Dawn Powell
Engel auf Toast

SERIE PIPER
Band 1482

Zu diesem Buch

»Engel auf Toast« ist eine turbulente Verwicklungskomödie, die im New York der vierziger Jahre spielt. Lou und Jay, zwei Geschäftsfreunde aus Chicago, beide verheiratet und recht erfolgreich in ihren Branchen – Hotelausstattung und Textilien –, befinden sich auf Geschäftsreise in New York. Lou hilft ritterlich seinem Freund, dem die Ehefrau nachgereist ist, aus der Patsche, indem er Jays Geliebte Ebie als seine Angestellte ausgibt. Natürlich klatscht Jays Ehefrau über Lous vermeintliche Eskapade, was Lous Frau zu Ohren kommt und sie in sprachlose Verzweiflung stürzt. Geschäfte und Amouren geraten gehörig durcheinander, und am Ende hilft nur noch Alkohol, um dem Schlamassel zu entkommen.

Wie immer porträtiert Dawn Powell die Bohemiens und Möchtegerns der New Yorker Szene mit Scharfsinn und Witz.

»Einer der amüsantesten Romane, die je geschrieben wurden.«

Edmund Wilson

Dawn Powell, geboren 1897 in Mount Gilead, Ohio, gestorben 1965 in New York. Verfasserin zahlreicher Theaterstücke, Kurzgeschichten und Romane, mit vielfach autobiographischen Bezügen. Avancierte in den vierziger Jahren zur Kultautorin, bis sie nach ihrem Tod in Vergessenheit geriet. 1987 wurde sie von Gore Vidal wiederentdeckt, der die Neuauflage ihrer Romane anregte. Der Piper Verlag stellte die Autorin mit ihrem Roman »The Golden Spur« (»Das Café an der Zehnten Straße«, SP 1483) erstmals auf deutsch vor.

Dawn Powell

Engel auf Toast

Roman

Aus dem Amerikanischen
von Lilian Faschinger
und Heimo Mitterer

Mit einem Nachwort
von Gore Vidal

Piper
München Zürich

Von Dawn Powell liegt in der Serie Piper
außerdem vor:
Das Café an der Zehnten Straße (1483)

Die Originalausgabe erschien 1940 unter dem Titel
»Angels On Toast« bei Charles Scribner's Sons in New York.
1989 wurde der Roman im Quality Paperback Book Club,
New York, und als Vintage Taschenbuch neu aufgelegt.
Originaltitel des Nachworts von Gore Vidal:
»Dawn Powell, the American Writer«.

ISBN 3-492-11482-2
Deutsche Erstausgabe
März 1994

Umschlag: Federico Luci,
unter Verwendung einer Collage von Celia Johnson (1991)
Gesamtherstellung: Clausen & Bosse, Leck
Printed in Germany

Für Max Perkins

1

Lou hatte eine Flasche Robinson's B. E. B. in der Reisetasche, aber Jay Oliver wollte nicht.

»Warum, zum Teufel, sollen wir uns hier im Abteil verkriechen«, sagte er. »Gehen wir nach vorne in den Speisewagen. Ich bin gern unter Leuten.«

»Ich nicht«, sagte Lou. »Ich muß mir einige Dinge durch den Kopf gehen lassen.«

Der Steward brachte Eis, Gläser und Soda.

»Na gut«, seufzte Jay. »Eigentlich kann ich ebensogut noch einen Augenblick hierbleiben.«

Er setzte sich hin und streifte seine Schuhe ab. Mit den Spitzen nach außen lagen sie auf dem Boden, rotbraun, gepflegt, typisch Jay Oliver. Er überkreuzte seine Füße in den Socken auf dem gegenüberliegenden Sitz und betrachtete sie zufrieden, wobei ihm auffiel, wie gut die knallroten Uhren auf den grauen Socken zum Fischgrätmuster seines blauen Anzugs paßten.

»Vier fünfzig hab ich für diese Socken bezahlt«, sagte er lakonisch.

Lou zog sein Jackett aus und hängte es in den Garderobenschrank. Er hatte im vergangenen Jahr etwa fünf Kilo zugenommen, fand aber, daß ein wenig Übergewicht einem Mann eine gewisse Autorität verlieh. Solange er am Bauch nicht zuviel ansetzte und nicht so aus den Fugen geriet wie sein alter Herr, war nichts daran auszusetzen. Fünfundachtzig Kilo waren in Ordnung für eins achtzig – die konnte er sich wegen seiner breiten Schultern leisten –, aber neunzig war der Anfang vom Ende. Schon diese fünf Kilo machten ihn ein wenig kurzatmig und längeres Sitzen im Anzug unbequem. Er knöpfte seinen Kragen auf – er trug einen losen weißen zu seinen neuen, importierten bunten Hemden –, hängte die Krawatte mit Kleeblattmuster von Sulka auf den Kleiderbügel, dann setzte er sich neben Jays Füße.

»Tolles Hemd, Lou«, sagte Jay. »Was hast du dafür berappt?«

»Achtzehn Dollar«, sagte Lou. »Ich hab mir zwar geschworen, nie ein rosa Hemd zu tragen, aber der Stoff hat mich umgehauen. Fühl mal dieses Material.«

»Spitze!« Jay blätterte den *American* durch und faltete ihn auf der Sportseite so zusammen, daß es aussah, als ob die geduckte Gestalt eines Footballstars aus dem Nordwesten, den Football unter dem Arm, bereit sei, in einem nie endenden Touchdown an Lou vorbeizuflitzen. Jay war immer noch ein bißchen sauer, weil Lou das Spiel an diesem Abend nicht abwarten und am nächsten Tag fliegen wollte, aber er würde schon darüber hinwegkommen. Lou hatte ihm nicht gesagt, daß er seine Gründe dafür hatte, im General zu reservieren. Man mußte ja nicht alles ausplaudern.

»Wenn wir schon den Zug nehmen müssen, warum dann nicht den Schlafwagen im Century?« beschwerte sich Jay. »Mit der New-York-Central-Bahngesellschaft hab ich noch immer gute Erfahrungen gemacht. Letzten Monat bin ich mit dem Commodore Vanderbilt aus New York rausgefahren und hab geschlafen wie ein Murmeltier. So ruhig fährt er.«

»Ach was, nichts geht über den General«, sagte Lou. »Du mußt zugeben, daß die Züge von der Pennsylvania-Gesellschaft besser gefedert sind.«

Von ihm aus konnte Jay rausgehen, wenn er wollte, und ihn nachdenken lassen. Jay war schon in Ordnung, er war sein bester Freund, aber irgendwas an Jay nervte ihn. In letzter Zeit schienen sie alles gemeinsam zu machen, obwohl sie nicht in der gleichen Branche waren, und es ging nicht, daß jemand über jeden Schritt Bescheid wußte, den man machte, selbst wenn es der beste Freund war. War Jay überhaupt sein bester Freund? Jay war bei Whittleby Cotton, und eigentlich war Whittleby Cotton sein bester Freund. Sollte Jay dort je rausfliegen, dann würde sein Nachfolger Lous bester Freund sein.

»Wie denkt deine Frau darüber, daß du eine Niederlassung in New York eröffnest?« fragte Jay.

»Wozu hätte ich es ihr erzählen sollen?« fragte Lou. »Ich handle mir ja nicht freiwillig Schwierigkeiten ein.«

Es beunruhigte ihn noch immer, daß Mary sich geweigert hatte, sich von ihm zu verabschieden. Seit Jahren schon kam und ging er ohne große Vorankündigung, das war sein Job, Teufel noch mal, und bis zu diesem Morgen hatte sie nie einen Mucks gemacht. Was wußte sie? Hatte sie Verdacht geschöpft?

»Du bist doch erst vor drei Tagen aus New York zurückgekommen«, hatte sie gesagt. »Wir hatten noch kaum einen gemeinsamen Abend, seit ich von meiner Kreuzfahrt wieder hier bin. Ich verstehe nicht, warum du diese Angelegenheiten nicht per Telefon regeln kannst wie andere Männer auch.«

»Liebling, du würdest das nicht verstehen, selbst wenn ich es dir erklärte«, antwortete er bestimmt. »Es wäre reine Zeitverschwendung.«

»Ich glaube wirklich«, sagte sie leise – und da merkte er, daß es ihr ernst war –, »daß du es vorziehst, von zu Hause weg zu sein.«

Also erklärte er ihr, wie kompliziert seine Geschäftsverbindungen in New York seien und daß er sich persönlich darum kümmern müsse – Telegramme und Telefongespräche seien niemals so effektiv –, aber während er redete, stand sie schweigend vom Tisch auf und ließ ihren Kaffee und den Toast, den sie eben mit Butter bestrichen hatte, unberührt auf dem Teller zurück. Er war immer froh gewesen, daß Mary so wohlerzogen war und nicht im Traum daran gedacht hatte, ihm eine Szene zu machen; aber diese stille Entrüstung konnte einen genauso auf die Palme bringen wie ein paar Teller, die durch die Luft flogen. Er ging ihr nach, dann zuckte er die Achseln, man durfte sich mit diesen Dingen nicht belasten. Als er ein paar Minuten später »Auf Wiedersehen« rief, bekam er keine Antwort aus dem verschlossenen Schlafzimmer. Das Baby war krank gewesen, also wagte er es auch nicht, sich von ihm zu verabschieden, aus Angst, er könnte es aufwecken. Als er draußen war, blickte er zum Schlafzimmerfenster hinauf, weil er insgeheim erwartete, Mary würde dort stehen und ihm zum Abschied zuwinken, aber die Rollgardinen waren geschlossen, damit die Sonne nicht eindrang – was bedeutete, daß sie wieder ihre Kopfschmerzen hatte, diese Kopfschmerzen, die seiner Vermutung nach daher kamen, daß sie ihre Gefühle zu sehr kontrollierte. Es ärgerte ihn jetzt, daß ihm eine solche Kleinigkeit wie die ungewohnte Abschiedsstimmung seiner Frau nicht aus dem Kopf ging, wo er doch über soviel Wichtiges nachdenken mußte – viel mehr, als Jay ahnen konnte. Zum Beispiel über die Sache mit seiner Ex-Frau, die in Chicago aufgetaucht war, die gute Fran, von der er niemals erwartet hätte, daß er sie wiedersehen würde. Solange sie sich in der Stadt herumtrieb, bestand die Gefahr, daß Mary dahinterkam, daß er schon einmal verheiratet gewesen war. Er war ein verschwiegener Mensch, und nachdem er und Fran sich getrennt hatten, hielt er es nicht für nötig, die neuen Freunde, die er in Chicago kennenlernte, in diese Sache einzuweihen, solange es unwahrscheinlich war, daß sie je wieder plötzlich auftauchte. Zu dem Zeitpunkt, als er und Mary geheiratet hatten, wäre es sinnlos gewesen, die Angelegenheit zur Sprache zu bringen. Sicher, er hätte es tun können, aber es wäre schwer gewesen zu erklären, daß der einzige Grund für die bisherige Geheimhaltung sein Wunsch gewesen war, das unstete Leben zu vergessen, das er geführt hatte, bevor er sich im Westen niederließ. Solange die gute Fran in Chicago herumlief, konnten Mary weiß Gott was für Dinge zu Ohren kommen. Eigentlich war er ganz clever, doch davon war bei seinem letzten Treffen mit Fran nicht viel zu merken – er hätte eine Abmachung mit ihr treffen sollen, um sie von seinem Territorium fernzuhalten. Es sah ihm gar nicht ähnlich, solche Fehler zu machen.

Er fragte sich, was wohl wirklich in Marys Kopf vorging. Eine kleine Verstimmung, das war alles, aber ihre verschlossene, stumme Tür ragte aus der Seite von Jays Zeitung heraus, dort, wo eigentlich der Touchdown-Held sein sollte. Sie stach ihm aus vorbeifliegenden Dörfern in Indiana ins Auge, verschwand wieder, blinzelte ihm aus dem Whiskyglas in seiner Hand zu. Lou ballte die Faust und verpaßte den grünen

Plüschkissen ein paar Schläge. Er wurde mit allem fertig, wenn er nur wußte, worum es ging, aber er haßte es, wenn irgendwelche Lappalien, die er nicht kapierte, ihn beunruhigten. Seine Frau, die sich nicht von ihm verabschiedet hatte, und dann Richter Harrod, der Onkel seiner Frau, der ihn geschnitten hatte. Er saß hinten im Salonwagen, rauchte eine Perfecto und war in den *Atlantic Monthly* vertieft, als handle es sich um die Börsenschlußmeldungen – so vertieft, daß er Lous ausgestreckte Hand gar nicht bemerkte.

»Blödsinn«, sagte Lou laut und deutlich und trank aus.

Jay schenkte nach.

»Flo wird Mary erzählen, daß du ein Büro in New York eröffnest«, sagte er heiter. »Flo kann ihre Klappe keine fünf Minuten halten.«

Sicher, Flo würde es ihr erzählen. Das heißt, wenn Mary ihr Gelegenheit dazu gab. Flo war mit ihnen zum Lunch im Drake gewesen und hatte gehört, wie sie über diese Pläne sprachen. Jays Hauptbüro war schon seit Jahren in New York, deshalb konnte er ihm eine Menge Tips geben, und Flo gab gelegentlich ihren Senf dazu, als sei sie eine alte New Yorkerin. Es würde Mary nichts ausmachen, daß er sie nicht in die geschäftlichen Details eingeweiht hatte, sie interessierte sich ohnehin nie sonderlich für das Büro; verletzen würde sie allerdings die Tatsache, daß Lou sie nicht zum Lunch eingeladen hatte, obwohl Jay seine Frau dabeihatte, vor allem, wo sie doch so gerne im Cape Cod Room aß, wie Lou genau wußte. Das waren die Dinge, die Mary weh taten und für Lou völlig unwichtig waren. Der springende Punkt war, daß Jay nur deshalb auf solche Kleinigkeiten achtete, weil er ein schlechtes Gewissen hatte, aber das konnte man Mary nicht erklären, denn sonst würde sie sich eines Tages daran erinnern, wenn er, Lou, selbst ein schlechtes Gewissen hatte und es mit einem netten Lunch beruhigen wollte. Jay glaubte, wenn er seiner Frau vor jeder Reise Honig um den Mund schmierte und ihr nachher ein Geschenk mitbrachte, dann hätte er seine Freiheit.

»Ich persönlich würde das Büro an der Rockefeller Plaza

nehmen, Lou«, sagte Jay. »Es liegt zentral, und du hättest eine gute Adresse. Außer du findest, das Empire State Building wäre besser fürs Prestige, was ich persönlich nicht glaube.«

Hatte irgend jemand um Rat gefragt?

»Du brauchst kein ganzes Stockwerk, weißt du«, setzte Jay fort. »Du brauchst nicht haufenweise Antiquitäten. Alles, was du brauchst, ist ein Schreibtisch, ein Telefon und eine gutaussehende Sekretärin.«

»Ich nehme an, die wirst du auswählen«, sagte Lou.

»Könnte ich schon«, sagte Jay. »Ich weiß, wie man eine gute Wahl trifft.«

»Ich dachte an ein nettes, älteres Modell«, sagte Lou mit unbewegtem Gesicht. »Lavendelgraues welliges Haar, Brille, Stil, das schon, aber ein mütterlicher Typ.«

Jay lachte spöttisch.

»Nimm eine Blondine, und ich mach sie älter«, sagte er. »Hör zu, Lou, Spaß beiseite, du brauchst dir keine Prunksuite einzurichten wie in Chicago. Wenn du in New York eine solche Supersuite von Büro hast, glauben die Leute, Chase National ist kurz vor der Übernahme. Halte es schlicht.«

Wie wär's damit, Lou Donovan seine Angelegenheiten auf seine eigene Weise erledigen zu lassen?

»Ich hab eine Blockhütte im Auge«, sagte Lou, »oder findest du, daß es einer dieser Kohlenfrachter am Hudson River auch tun würde?«

»Indiana ist ein mieser Bundesstaat«, sagte Jay, während er aus dem Fenster blickte. »Nimm South Bend. Oder Terre Haute. Flo will eine Melonenfarm unten in der Nähe von Vincennes kaufen, aber ich finde, wenn wir uns überhaupt eine Farm kaufen, dann in Pennsylvania. Das ist ein Staat.«

»Fährst du direkt ins Waldorf?« fragte Lou. »Ich hab eine Suite reserviert, falls du bei mir pennen möchtest.«

Jay holte ein Messer mit Perlmuttgriff hervor und begann sich die Nägel zu schneiden.

»Ich kann nicht ins Waldorf«, sagte er. »Dort bin ich, wenn ich mit Flo zusammen bin. Ich werde im Roosevelt absteigen.«

»Ist eine kleine Party angesagt?« fragte Lou.

Jay schüttelte den Kopf.

»Ebie?« fragte Lou, als er es endlich kapiert hatte.

Jay nickte.

»Sie steigt in Pittsburgh zu«, sagte er.

Lou zuckte die Achseln.

»Du hilfst mir doch, falls irgendwelche Verwandte von Flo auftauchen sollten, nicht wahr?« fragte Jay.

Lou sagte gar nichts. Jay würde wohl wieder in größere Schwierigkeiten geraten, wenn er das Risiko einging, sich am einen Bahnhof von seiner Frau zu verabschieden und Ebie am nächsten zusteigen zu lassen. Und mit großer Wahrscheinlichkeit würde er jetzt gleich in den Speisewagen gehen und dem ersten Rockzipfel in Sichtweite hinterherrennen, bis Ebie einstieg. Wenn er, Lou, solche Angst vor seiner Frau hätte wie Jay vor Flo, würde er entweder nicht mehr hinter jedem Rock herrennen oder damit herausrücken und mit den Ausreden aufhören. Lou war früher auch viel herumgezogen, aber seit er mit Mary verheiratet war, vermied er Schwierigkeiten, indem er zwar weiter das machte, worauf er Lust hatte, wenn er Lust hatte, aber heimlicher und auf völlig unverbindlicher Basis. Jay war vierzig und hing an Flos Gängelband, doch er hatte eine solche Angst, etwas zu versäumen, daß er das, was er bereits hatte, gar nicht genießen konnte. Er sagte, das sei deshalb so, weil er einmal sechs Jahre lang in einer Lungenheilanstalt gewesen war und das Gefühl hatte, er müsse die verlorene Zeit nachholen. Jedenfalls konnte er zu keinem Garderobenmädchen gute Nacht sagen, ohne was mit ihr anzufangen. Seine Freunde mußten Flo dann immer bearbeiten, damit sie ihn nicht sitzenließ, wenn sie was spitzkriegte. Sie merkte allerdings nie etwas, wenn sie es nicht merken wollte, sie wußte, wann sie sich taub zu stellen und einen Trostpreis in Form eines neuen Wagens oder eines Armbandes entgegenzunehmen hatte. Es ärgerte Lou, daß sein Kumpel Jay sich nie irgendeine Taktik zulegte, sondern so weitermachte und unweigerlich in Schwierigkeiten geriet.

»Okay, sag's doch, dir gefällt die Sache mit Ebie nicht«, sagte Jay, als Lou schwieg.

Wieder zuckte Lou die Achseln.

»Ebie ist ein lieber Kerl«, sagte Jay. »Ich komme immer wieder zu Ebie zurück. Du brauchst nicht zu glauben, daß sie ein Flittchen ist, nur weil sie eine Künstlerin ist. Ebie ist in Ordnung.«

»Dann ist Ebie eben in Ordnung«, sagte Lou. Es war ihm egal, was seine Freunde taten, aber es störte ihn mitanzusehen, wie ein gewitzter Kerl wie der gute Oliver, der zwischen zwanzig- und vierzigtausend Dollar im Jahr einstrich, einer Frau aus der Hand fraß. Ebie war Werbegraphikerin, sie ging ihrem Job nach, aber wie, das wußte niemand, weil sie auf ein Telegramm von Jay hin quer durchs ganze Land hüpfte. Jay glaubte nicht, daß sie nur auf sein Geld aus war, denn sie war auf die Kunsthochschule gegangen, nähte sich ihre Kleider selbst und lieh sich Geld, anstatt um teure Geschenke zu bitten. Da konnte man ihm nichts erzählen.

»Oh, ich gebe zu, sie stammt nicht aus einer der besten Familien Virginias, so wie deine Frau«, sagte Jay leicht gehässig, weil er wußte, daß Mary nicht allzuviel von Lous Geschäftsverbindungen hielt, »aber sie hat ein großes Herz. Sie würde mir ihr letztes Hemd geben.«

»Aber sicher«, sagte Lou.

»Ich halte eine ganze Menge von Ebie«, sagte Jay. »Ebie hat viel für mich getan. Ebie ist ein verdammt lieber Kerl.«

Es hatte keinen Sinn, ihn zu reizen.

»Ebie ist o. k. für eine Party«, sagte Lou. »Mit Ebie kann man sich gut amüsieren.« Er würde darauf wetten, daß jeder sich mit Ebie amüsieren konnte, aber wenn Jay das wüßte...

»Ah, Ebie hat mehr zu bieten als das«, beharrte Jay. »Ebie hat was auf dem Kasten. Jeder sieht diese blonden Locken und glaubt, sie sei ein Dummkopf, aber ich wünschte, ich hätte ihr Köpfchen. Eines Abends sind wir herumgesessen und haben uns ›Richtig oder Falsch‹ angehört, und Ebie konnte vier von fünf Fragen beantworten – einfach so. Sie liest alles.«

»Es überrascht mich, daß du nicht abhaust und sie heiratest«, sagte Lou sarkastisch.

Jay Oliver war sichtlich geschockt.

»Ebie heiraten? Na hör mal, man kann keine Frau heiraten, die so gut im Bett ist wie Ebie«, sagte er. »Das mußt du doch wissen, Lou.«

Trotz Klimaanlage und Ventilatoren war es recht warm in dem kleinen Abteil. Lou stand auf und schob die Tür zurück. Es war einer dieser plötzlichen Impulse, die er in bestimmten Augenblicken manchmal hatte und die ihm das Gefühl gaben, ein Glückskind zu sein, denn eine Minute früher oder später wäre der falsche Zeitpunkt gewesen: Genau in diesem Augenblick kam ein großer gebeugter Mann in einem locker sitzenden grauen Anzug den Gang entlang, und Lou streckte ihm sofort die Hand entgegen.

»Sieh mal einer an, Richter Harrod«, begrüßte er ihn. »Ich hatte im Speisewagen keine Gelegenheit, mit Ihnen zu plaudern. Wollen Sie nicht auf einen Whisky hereinkommen?«

Der große Mann gab ihm ohne ein Lächeln die Hand. Er war gute eins achtzig groß, und die hängenden Hautfalten in seinem Nacken sowie der langsame, vorsichtige Gang verrieten, daß es sich um einen Mann handelte, der daran gewöhnt war, eine ganze Menge mehr Gewicht mit sich herumzutragen. Seine Augen, grau, mit fast anklagend durchdringendem Blick, lagen tief unter einem dichten Gestrüpp weißer Augenbrauen, die ihm zusammen mit der hoch angesetzten, eindrucksvollen Nase und den strengen, geraden Lippen eine Würde verliehen, die ins Lächerliche zu ziehen den großen, widerspenstigen Ohren und den völlig kahlen, sich deutlich abzeichnenden Schädelknochen – wie geschaffen für eine Anatomievorlesung – Spaß machen mußte. Er entblößte seine kräftigen maisgelben Zähne zu einem kurzen, nicht allzu freundlichen Lächeln.

»Du hast sicher schon von Richter Harrod gehört«, sagte Lou, zu Oliver gewandt. »Der Onkel meiner Frau. Das ist Jay Oliver, Richter, Whittleby Cotton, Sie wissen schon.«

»Aha«, nickte Richter Harrod ernst. »Freut mich.«

Jay machte zögernd Anstalten aufzustehen, aber der Richter bedeutete ihm sitzen zu bleiben.

»Nein, ich kann Ihnen nicht Gesellschaft leisten, Louis«, sagte er. »Ich muß mich mit einigen Unterlagen in meinem Abteil beschäftigen. Ich wußte nicht, daß Sie nach New York fahren. Mary hat beim Lunch nichts davon erzählt.«

Mary war also bei den Harrods zum Lunch gewesen.

»Ich nehme an, sie und Mrs. Harrod wollten zu einer Matinee gehen«, sagte Lou versuchsweise.

»Zu einem Liederabend«, verbesserte der Richter. »Ich glaube, Myra Hess war die Solistin. Soviel ich weiß, sollte sie anschließend zu uns nach Hause als Ehrengast zum Cocktail eingeladen werden.«

»Ach ja«, sagte Lou und wurde rot, denn das war auch so eine Sache, die ihn ärgerte: daß Mary ein integrierter Bestandteil des gesellschaftlichen Lebens der Harrods war, aber nur wenn er, Lou, nicht zu Hause war. Eigentlich war es ihm scheißegal, und Mary wußte natürlich auch, wie er sich wand, wenn es um musikalische Abendunterhaltungen und förmliche Essenseinladungen ging; aber es hätte ihm gefallen, wenn ihn alle seine Kunden hätten sehen können, wie er sich wie zu Hause fühlte im schönen Garten des Richters, ein großes Tom-Collins-Glas in der Hand, den schlafenden Blauband-Scotchterrier des Richters vertrauensvoll zu seinen Füßen, die einflußreichen Freunde des Richters – Gouverneure, Bankdirektoren, Bischöfe –, alle an Lou Donovans Lippen hängend, während er kenntnisreich die Wirtschaftsbedingungen analysierte. Wäre es möglich gewesen, ein solches Image unter die Leute zu bringen, ohne dafür einen langweiligen Abend mit musikalischem Schwachsinn oder hochgestochenem Gequatsche in Kauf nehmen zu müssen, dann wäre Lou wunschlos glücklich gewesen. Aber nachdem ein halbes Dutzend angestrengter Versuche Marys wie auch des Richters, Marys Ehemann in das gesellschaftliche Leben der Harrods einzubeziehen, nichts als Peinlichkeiten für alle Seiten gebracht hatten, beschränkte sich der Kontakt nun auf die Familienbande zwischen den Harrods und ihrer Lieblingsnichte

Mary. Lou hatte den Verdacht, daß er auf diesen Familienversammlungen kaum erwähnt wurde. Er merkte, daß er diese Verbindung in Gespräche einfließen lassen und sie sich zunutze machen konnte, ohne die ärgerlichen Zusammenkünfte tatsächlich durchstehen zu müssen, und das war ihm ganz recht, wäre da nicht das zunehmend unhöfliche Verhalten sowohl von seiten des Richters als auch von Mrs. Harrod gewesen, wenn sie ihm begegneten. Sie wußten genau, daß Mary ganz verrückt nach ihm war, aber wenn sie ihm allein begegneten, verhielten sie sich so, wie der Richter es eben getan hatte: als würde Lou Donovan, wenn er von Mary sprach, eine ganz flüchtige Bekanntschaft vorschieben, um sich auf dieses Mitglied aus dem engsten Familienkreis des Richters zu beziehen. Die Tatsache, daß er zufällig ihr Mann war, machte diesen Verstoß gegen den Anstand nicht kleiner.

»Sind Sie sicher, daß Sie nicht schnell einen mit uns trinken wollen, Richter?« fragte Jay Oliver einladend. Jay kannte nur eine Methode, seine leichte Unsicherheit gegenüber gesellschaftlich Höherstehenden oder Untergebenen zu überwinden, und zwar, sich rasch mit ihnen zu betrinken, und es war diese einfache Formel, die wahrscheinlich dafür verantwortlich war, daß er manchmal bis zum Hals in Schwierigkeiten steckte, weil er während dieser netten Drinks, in deren Verlauf man sich besser kennenlernte, am leichtesten zu übervorteilen war. Der Richter ging auf das freundliche Angebot nicht ein.

»Hmm, nachmittags trinke ich selten«, sagte der Richter, und dann beschloß er, den Tadel mit einem noch schärferen abzuschwächen. »Mir erscheint es weder meinen Denkprozessen noch, hmm, meiner Laune zuträglich. Ich glaube allerdings schon, daß andere Männer eine unterschiedliche Konstitution haben und es möglicherweise, hmm, eher brauchen.«

Das Ende des Satzes ging in einem Husten unter.

»Das kann man wohl sagen, daß ich es eher brauche«, lachte Jay ungezwungen. »Ich kann nicht denken, ohne vorher einen gekippt zu haben, und ohne einen zweiten kann ich mich nicht entspannen.«

Lou war Jays leichtfertige Annahme peinlich, seine eigenen

Denkprozesse und die des Richters gehörten in ein und dieselbe Kategorie, obwohl er sich bei jeder Diskussion mit Mary über Jay Olivers Intelligenz immer beeilte zu sagen, daß Oliver ihm überlegen sei. Olivers Geschäfte verlangten mehr Köpfchen und Menschenverstand als die des Richters, erklärte Lou immer.

»Ich trinke, um zu denken, und denke, um zu trinken«, kicherte Jay.

»Verstehe, hmm«, sagte der Richter. »Das ist natürlich eine Möglichkeit... hmm.« Seine Stimme, ernst, salbungsvoll und gütig, war ein Klaps auf den Kopf, eine Nun-mein-Sohn-tut-es-uns-jetzt-leid-daß-wir-die-Zigarette-geraucht-haben-Stimme, und sein »Hmm« war ein freundlich schnurrendes Brummen, mit dem er einen undeutlichen Satz beendete, einen Satzteil betonte, ein beruhigendes Streicheln, das jegliches Mißtrauen einschläferte; und in härteren, offiziellen Gesprächen war es eine amtliche Garantie für die grundsätzliche Glaubwürdigkeit seiner Aussage. Seine Stimme war stets von diesem entschuldigenden Wohlklang durchdrungen, ohne diese Maske jedoch und ohne die Einstimmung auf den geringeren Rang und das geringere Alter seiner Zuhörer hätte sie wie ein unangenehmes, intolerantes Greinen geklungen. Es war, als sei sein viel zu großer Kehlkopf, der wie ein vielbeschäftigter Hotelpage in seiner Kehle auf und ab flitzte, ein Schachtelmännchen und als springe dieser auf der Lauer liegende kleine Dämon nach jedem beendeten Satz mit einem gurgelnden »Hallo, hier bin ich!« heraus.

»Mr. Oliver und ich sprachen gerade über die Eröffnung meines New Yorker Büros, Richter«, sagte Lou, und wie immer, wenn er mit dem Richter redete, verfiel er selbst in diesen triefend liebenswürdigen Tonfall.

»Ein Büro in New York? Aha«, sagte der Richter. »Das wird Mary freuen. Gerade heute hat sie gesagt, wie leid es ihr tut, die Herbstkonzerte wieder zu versäumen. Erst diese Woche hat sie von einem erzählt – kann das sein, eines mit Musik der Moderne? Irgend etwas in der Carnegie Hall. Ein Jammer, daß sie nicht mitkommen konnte.«

»Oh, Mary hört zu Hause eine Menge Musik. Wir haben ein ausgezeichnetes Radio, sie braucht nichts zu versäumen«, versicherte Lou ihm selbstbewußt. »Auf einer Geschäftsreise wie dieser hätte ich natürlich keine Zeit, mit ihr Konzerte zu besuchen. Da muß ich mich um die Arbeit kümmern.«

»Schließlich haben Sie Mrs. Harrod ja auch nicht dabei, oder, Richter?« warf Jay wiehernd ein, was offenbar nicht so gut ankam, denn der Richter lächelte nicht. »Ja ja, hmm«, sagte er. »Und außerdem gibt Mary am Donnerstag eine Dinnerparty, stimmt. Ich nehme an, Sie werden rasch zurück sein müssen, um dabei sein zu können.«

»Ja, sicher«, sagte Lou, der diese Party völlig vergessen hatte.

»Also dann, guten Tag, Mr. Oliver, guten Tag, Donovan«, sagte der Richter.

»Einer der reichsten Männer im Land«, sagte Lou, nachdem die Tür sich geschlossen hatte. »Wenn er Lust hätte, könnte er die Goldküste kaufen. Hat sein eigenes Flugzeug, besitzt einen über hundert Hektar großen Landsitz in Maryland, zahlt dreitausend Dollar im Jahr für seine Jäger, hat ein Fischwasser mit Wochenendhaus in Wisconsin – Mann, der ist reich. Steht auch dem Weißen Haus ziemlich nahe. Wie ein Vater für mich und meine Frau. Sie haben sie ja großgezogen.«

»Sieht mir aus wie ein alter Schwachkopf«, stellte Jay gähnend fest. »Mir wäre es nicht recht, wenn der bei mir herumschnüffelt und meiner Frau alles brühwarm erzählt, das sag ich dir.«

Das zeigte, was für ein Idiot Jay war; wenn es nicht direkt um seine Geschäfte ging, knüpfte er keinerlei persönliche Kontakte, die einem vielleicht anderweitig mal von Nutzen sein konnten.

»Darüber brauch ich mir keine Sorgen zu machen«, sagte er kurz angebunden. »Ich mach keine Dummheiten, zumindest nicht in seinem Revier.«

Das klang dann doch ein wenig zu brav, und er fügte etwas lockerer hinzu: »Mach nie was, das du nicht abstreiten kannst. Das ist der alte Donovan-Wahlspruch.«

»Du bist ein kluger Junge, Lou«, sagte Jay mit einem Seufzer. »Schade, daß ihr beide, du und Ebie, euch nicht so gut versteht.«

Jetzt wollte Lou in den Speisewagen gehen, in der Hoffnung auf eine zweite Gelegenheit, sich mit dem Richter zu unterhalten. Sie gingen also gleich nach hinten, aber der Richter war nicht da. Statt dessen verwickelte sie ein Kerl in einem abgetragenen, grünlich karierten Anzug in ein Gespräch über den Unterschied zwischen englischen und amerikanischen Geschäftsmethoden. Ein sonnengegerbter kleiner Kerl mit struppigen rotblonden Haaren und gebleichten Wimpern, vorstehenden Zähnen und einer langen Höckernase, und aus seinen Nasenlöchern und Ohren sprossen Haarbüschel. Seiner Redeweise konnte Lou nicht entnehmen, ob er ein echter Tommy war oder nur gern einer sein wollte.

»Zum Beispiel der Herzog von Windsor«, sagte der Fremde. »Ein guter Freund von mir. Mein Name ist Truesdale, hier ist meine Karte. T. V. Truesdale, ursprünglich eine alte Familie aus Nebraska, aus South Carolina dort hingezogen – übrigens ist der derzeitige Gouverneur mit der Familie meiner Mutter verwandt. Die letzten achtzehn Jahre habe ich nämlich im Ausland gelebt und die Königsfamilien Englands und Europas persönlich vertreten. Eldorana May, die Opernsängerin, ist nämlich meine Gattin – das ist ein Bild von ihr, ein Zeitungsausschnitt, den ich vor ein paar Tagen zufällig in der London Times gefunden habe. Ich lese nämlich alle ausländischen Zeitungen, deutsche, französische, russische natürlich nicht – sehen Sie hier, die Bildunterschrift: ›T. V. Truesdales Gattin‹.«

Lou sah sich den vergilbten Zeitungsausschnitt, mindestens zwanzig Jahre alt, mit dem verblichenen Bild einer üppigen Brünetten an, überprüfte die Bildunterschrift und gab ihn an Oliver weiter, der ihn interessiert betrachtete.

»Was heißt das, Sie vertreten die Königsfamilien?« fragte er.

Mr. Truesdale, der den Ausschnitt aus einer verbeulten, abgegriffenen braunen Aktentasche hervorgezaubert hatte, steckte ihn jetzt wieder in ein großes Kuvert aus Packpapier, das er so zart anfaßte, als sei es ein wertvoller Pfandbrief.

»Vertraten, bitte, vertraten«, verbesserte er mit seiner nasalen, monotonen Stimme. »Europa ist für mich ein toter Kontinent. Sehen Sie sich die Lage in Spanien an, das wird sich ausbreiten, verstehen Sie, in Europa wird man keine Geschäfte mehr machen können. Deshalb bin ich wieder in Amerika. Amerika ist das einzig mögliche Land. Und glauben Sie bloß nicht, daß die drüben das nicht wissen. Ich bin kein Kommunist, obwohl ich einmal Mitglied der sozialistischen Partei war und für Eugene Debs gestimmt habe, ob Sie es glauben oder nicht, und ich persönlich finde, daß vieles für Josef Stalin spricht, was man von Mr. Chamberlain nicht behaupten kann. Nicht nach allem, was er meinem Freund Windsor angetan hat. Einer der nettesten Kerle, die man sich vorstellen kann. Ich sagte zu ihm, zu Windsor, also ich sagte: ›Wissen Sie, Sir‹, sagte ich, ›die Hälfte von dem, was diese Briten daherreden, verstehe ich nicht, es ist so völlig anders als unsere Sprache; müssen sie denn murmeln und piepsen, als hätten sie heiße Kieselsteine im Mund?‹, und er sagte: ›Truesdale‹, sagte er, ›alles Quatsch, sie müssen überhaupt nicht, es ist reine Affektiertheit.‹«

Er holte eine uralte, abgewetzte Brieftasche aus Schweinsleder hervor und bezahlte akkurat sein Bier. Auch die Brieftasche behandelte er so liebevoll wie zuvor seine Aktentasche, als sei das alles, was von seinen unermeßlichen Schätzen gerettet wurde, nachdem der Palast zerstört worden war.

Oliver genoß es, dem Fremden zuzuhören, und er zwinkerte Lou bei jeder Anekdote zu. Das war das echte Reisen mit der Eisenbahn – irgendein exzentrischer Fremder, der plötzlich auftauchte und seine Lebensgeschichte erzählte; so verging die Zeit, während Indiana am Fenster vorbeiglitt, Städte unvermittelt auftauchten, ihre Namen mittels eines beschilderten Bahnhofes bekanntgaben, der einen Augenblick lang auf der Leinwand erschien, und dann wieder von Feldern, Wäldern, Hügeln überblendet wurden. Der Fremde schweifte durch eine ganze Reihe von Ländern, selbst ganz mitgerissen von seinen Geschichten, die ihnen die Drinks versüßten und sich in Lous Gedanken mit dem Bild von Marys verschlossener Tür und dem Haus in Winnetka vermischten.

»Und was war Ihr Job bei den Royals?« fragte Lou.

Die hellen Augen des Fremden glitten rasch von Lous makellosem grauem Anzug zu den ausgefransten Manschetten seines eigenen Hemdes, und er blickte mit erstaunter Betroffenheit auf diese Manschetten hinunter.

»Ich muß mich für mein Hemd entschuldigen«, sagte er. »Meine Wäsche war noch nicht fertig, als ich die Westküste verließ, deshalb war ich gezwungen, mir vom Steward etwas auszuborgen. Sieht scheußlich aus. Ich hasse dieses Zeug. Ich trage gern die besten Sachen, seit jeher, und das wird immer so bleiben. Also, wie ich schon sagte, auf meinen Reisen in Afrika habe ich immer für die Royal Family eingekauft. Wenn der Besuch eines Mitglieds der Royal Family in Afrika, Indien oder vielleicht sogar Kanada bevorstand, fuhr ich voraus, zog Erkundigungen über den persönlichen Geschmack aller Prominenten ein, mit denen dieses Mitglied voraussichtlich zusammentreffen würde, besorgte Dossiers über sämtliche wichtigen Familien, erfuhr vielleicht, daß der Oberhäuptling der Kenja eine musikbegabte Tochter hatte, und schlug eine Mundharmonika als Gastgeschenk des königlichen Besuchers vor. Wie ich zufällig weiß, hat mein Vorgänger bei einer früheren Reise eines Mitglieds der Royal Family ein Akkordeon als Gastgeschenk vorgeschlagen, in den Tropen natürlich ein unverzeihlicher Irrtum, da das Ding nur zusammengeklebt war und sich deshalb schon am ersten Tag in der Hitze auflöste, anstatt, wie beabsichtigt, ein freundschaftliches Klima zwischen den beiden Staaten zu schaffen.«

»Ganz schön raffiniert«, sagte Lou, dem so ein komplizierter Job gefiel. »Hören Sie mal, vielleicht kann ich Sie bei meinen Geschäften gebrauchen.«

Er bestellte einen Drink für den Mann und war noch beeindruckter, als der Fremde ablehnte und darauf bestand, nur sein eigenes Bier zu trinken, das er selbst aus seiner schäbigen Brieftasche bezahlte. Lou tat es leid, daß Oliver die Geschichte des Typen mit anhörte, denn er hätte ihn gern als jemanden vorgestellt, nach dem er schon lange für sein Team aus Superspezialisten suchte.

»Vielleicht schaue ich mal bei Ihnen vorbei«, sagte Truesdale, ohne sich besonders interessiert zu zeigen; trotzdem steckte er Lou eine Visitenkarte zu. »Sie erreichen mich gewöhnlich im Ellery in New York oder im Knickerbocker in Los Angeles oder im Lafayette in Havanna. Vergangenen Oktober wurde ich in Havanna bei einer Messerstecherei verletzt. Schauen Sie.«

Er rollte sein Hosenbein bis über das Knie hoch und war eben im Begriff, ihnen eine Narbe auf seiner knotigen Wade zu zeigen, als Richter Harrod – »Verzeihung, hmm, darf ich« – vorbeiging und Lou verstummen ließ. Er ging zurück ins Abteil, überließ Jay dem Fremden und sah ihn tatsächlich erst wieder, als sie in Penn Station ankamen, denn Ebie war in Pittsburgh zugestiegen. Als er am Morgen auf den Gang hinaustrat, stand Ebie da und strahlte ihn an. Die drei gingen zusammen auf einen kleinen Muntermacher, Jay mit glasigen Augen und einem fürchterlichen Kater und Ebie immer noch leicht beduselt, weil sie die ganze Nacht hindurch getrunken hatten; sie kicherte herum und zwickte sie ständig in den Arm. Als sie am Bahnhof ankamen, war Lou heilfroh, die beiden loszuwerden, doch in dem Augenblick, als sie den Warteraum betraten, hielt sich Jay an ihm fest.

»O Gott, Lou, sieh mal!« Keine andere als Flo Oliver löste sich aus der Menge und kam auf sie zu, mit einem triumphierenden Lächeln und einer alten Dame im Schlepptau, die dem Aussehen nach ihre Mutter sein mußte.

»Ich hab das Flugzeug genommen, um dich zu überraschen!« kreischte Flo. »Ich hab dich schön an der Nase herumgeführt!«

Noch bevor sich einer der Männer überlegen konnte, was sie wegen Ebie machen sollten, hatte sie sich schon auf sie gestürzt; da nahm Lou, einer Eingebung folgend, ganz ruhig Ebies Arm und sagte: »Also dann, Jay, bis später. Ebie und ich haben einen langen Tag vor uns. Ach ja, Flo, das ist Miss

Vane. Jay, du erinnerst dich, ich hab dir von Miss Vane erzählt – die Künstlerin, die die Gestaltung meines neuen Büros übernehmen wird.«

»Ich bin eben gekommen, um mich mit Mr. Donovan zu treffen«, stammelte Ebie.

»Genau wie ich«, kicherte Flo und griff nach Jays Arm. »Mama und ich konnten es kaum erwarten, dein Gesicht zu sehen, wenn du mich hier vorfindest.«

»Es geht nichts über eine kleine Überraschung«, sagte Lou. »Kommen Sie, Miss Vane. Auf Wiedersehen, Flo.«

Entschlossen steuerte er Ebie weg von diesem glücklichen kleinen Familientreffen und ließ Jay stehen, der sich, noch immer wie gelähmt vom Schock dieser gefährlichen Begegnung, den Schweiß von der Stirn wischte. Der arme Dummkopf stand einfach da, unfähig, das Beste aus seiner wunderbaren Rettung zu machen, und blickte seinem treuen Freund und Ebie mit offenem Mund nach, bis sie nicht mehr zu sehen waren.

»Und was nun, verdammt noch mal?« murrte Ebie verärgert, als sie in ein Taxi stiegen. »Mein Gott, das war knapp.«

»Ins Waldorf«, sagte Lou zum Taxifahrer.

»Ich zittere noch immer vor lauter Schreck«, gestand Ebie. »Ehrlich, du kannst dir nicht vorstellen, wie einen so etwas mitnimmt. Das ist also seine Frau.«

»Das ist Flo, ganz genau«, sagte Lou. Ebie zitterte wirklich, und Lou legte ihr den Arm um die Schulter. Er hoffte inständig, daß sie nicht vorhatte, seinen Tag mit einem kleinen Anfall weiblicher Hysterie einzuleiten, doch schon bald hatte sie sich wieder in der Gewalt. Als er durch die Heckscheibe des Wagens hinausblickte, bemerkte er plötzlich eine vertraute Gestalt, die an der Bordsteinkante stand und auf ein Taxi wartete. Es war Richter Harrod, der ihm mit einem Ausdruck unverhohlener Verachtung direkt in die Augen blickte.

2

Die Dummheit, die dazu gehörte, mit einer Frau verheiratet zu sein, die einen so überraschen konnte wie Flo! Die Dummheit, sagte Lou sich immer wieder, die dazu gehörte, um sich von ihr um ein Haar erwischen zu lassen, wenn ein paar einfache Vorsichtsmaßnahmen von vornherein alles geklärt hätten. Und vor allem die Dummheit, sich von einem Geschäftspartner aus der Klemme helfen zu lassen, der das immer gegen einen verwenden konnte!

Ebie war ebenfalls verärgert – das war das erste Mal, daß sie und Lou etwas gemeinsam hatten. Sie gingen kurz ins New Yorker, um einen zu kippen und ihre Nerven nach dem Schock, den ihnen Flos Anblick versetzt hatte, zu beruhigen, dann fuhren sie schweigend weiter stadtauswärts, denn es gab nichts zu sagen, außer was für ein Trottel Jay Oliver war: Konnte er denn gar nichts wie ein erwachsener Mann machen! Das Bild, wie er ihnen mit verblüffter, etwas dümmlicher Miene flehentlich nachgeschaut hatte, während Flo und ihre Mutter ihm mit ihrem fröhlichen Geschnatter auf den Leib rückten, war nicht besonders eindrucksvoll, aber wenn das der Typ war, auf den Ebie flog, na schön.

»Gottverdammte Idioten«, sagte Ebie plötzlich mit einem bitteren Lachen. »Beide, meine ich. Danke, daß du uns da rausgeholt hast. Weiß Gott, was Jay gemacht hätte, wenn du nicht eingegriffen und so getan hättest, als gehörte ich zu dir.«

»In so einer Situation würde ich von Jay das gleiche erwarten«, sagte Lou. Er begann sich für das instinktiv richtige Verhalten zu bewundern, das er an den Tag gelegt hatte, um Jays Gesicht zu wahren. Er fühlte sich ein wenig versöhnt mit Jay (obwohl er ihn noch immer ein wenig verachtete), weil er diese makellose Demonstration wahrer Männerfreundschaft ermöglicht hatte.

»Ach, der hätte niemals das gleiche getan«, sagte Ebie. »Er wäre nicht einmal auf den Gedanken gekommen.«

Natürlich nicht, dachte Lou; obwohl Ebie nicht allzu helle aussah, hatte sie genug Grips, um das zu begreifen.

»Die nächsten achtundvierzig Stunden hatte ich für ihn reserviert«, sagte sie.

»Möchtest du mit mir essen gehen?« fragte Lou. Ebies Achselzucken bedeutete, daß sie nichts Besseres vorhatte. Er könne sie gegen sieben Uhr abends in ihrem Apartment abholen. Er setzte sie vor Saks in der Fifth Avenue ab und fuhr weiter ins Waldorf.

Als er am Abend ins Hotel zurückkam, um sich frischzumachen, hatte Jay schon zweimal angerufen, und Lou wußte, was er von ihm wollte. Er sollte die Sache ausbügeln, damit Ebie ihm nicht mehr böse war. Er fand eine Nachricht vor mit der Bitte, Mr. Oliver unbedingt gegen sechs im Lokal von Jack Dempsey oder gegen sieben in Suite 26 B zurückzurufen, aber Lou warf die Mitteilungen in den Papierkorb. Wenn man dabei war, die Verträge für ein Büro in New York abzuschließen, und sich den ganzen Tag mit Bankleuten und Immobilienmaklern traf – wenn man also gerade den wichtigsten Schritt in seiner geschäftlichen Laufbahn unternahm, dann hatte man natürlich nicht die Zeit, einem armen Dummkopf aus einer Weiberfalle herauszuhelfen. Er hatte für Flo die Fassade aufrecht erhalten, fand Lou, jetzt mußte Jay selbst sehen, wie er die Sache mit Ebie wieder in Ordnung brachte. Er mußte lachen, als schließlich folgendes Telegramm eintraf: »Bitte geh mit Ebie aus, in eine Show oder so was, und erkläre Situation, aber nicht Rainbow Room oder Victor Moore Show.«

Beim Duschen dachte Lou daran, wie gut die Dinge an diesem Tag für ihn gelaufen waren. Er hatte eine piekfeine Bürosuite an Land gezogen, mit einem der wichtigsten Hotelmanager des Landes zu Mittag gegessen und einen guten Eindruck bei ihm hinterlassen, er hatte die großartige Idee für eine Art Hotelumfrage gehabt, und was ihn anging, so kam er sich vor wie J. P. Morgan persönlich. Früher hatte er sich öfter mit einer rothaarigen Hosteß in einem nahegelegenen Nachtklub verabredet, aber heute abend war ihm eher nach

Aufschneiden als nach Umlegen, daher war die Verabredung mit Ebie ganz passend. Er war nicht an ihr interessiert, somit konnte es ganz gemütlich werden. Er wollte mit ihr ins Cella auf ein Steak und ein paar Drinks gehen, später dann vielleicht ins Plaza, um ein paar Highballs zu trinken und zu plaudern. Ebie schien mehr Verstand zu haben, als er ihr zugetraut hatte, also waren die Aussichten im großen und ganzen durchaus erfreulich. Er probierte zwei Krawatten zu seinem neuesten Hemd und nahm schließlich die dunkelrote. Als er mit dem Aufzug hinunterfuhr, dachte er, daß es komisch wäre, Oliver und Flo in der Hotelhalle über den Weg zu laufen, aber er würde sie schon loswerden. Es war zehn vor sieben, und Ebies Apartment war nur ein Dutzend Häuserblocks entfernt.

Als er schließlich dort ankam, verblüfften ihn die Eleganz und Vornehmheit des Gebäudes. Erst die Adresse in der Park Avenue, wo er eher irgendeine Pension in den West Forties vermutet hätte, dann die Höflichkeit des Pförtners, als er ihren Namen nannte, eine Höflichkeit, von der er genau wußte, daß sie ausschließlich den Zahlungskräftigen entgegengebracht wurde. Er bemerkte, wie er seine den Abend betreffenden Pläne etwas großzügiger anzulegen begann – das Voisin's, dachte er, oder das Persian Room, aber er war sich noch nicht sicher. Als er in ihrem Apartment war, steigerte sich seine Verwirrung noch. Die Tatsache, daß Ebie nicht fertig war und eine schweigsame ältliche Haushälterin ihn bat zu warten, beeindruckte ihn ebenso wie die augenfällige Kostspieligkeit des Apartments. Es war irgend etwas Besonderes an der Wohnung, für das er bei sich zu Hause keine rechte Entsprechung finden konnte, obwohl Mary weiß Gott von vornehmerer Herkunft war als Ebie. Vielleicht waren es die vielen Bilder, obwohl er ein halbes Dutzend noch größerer Ölbilder zu Hause hatte, für die er bei Marshall Fields fünfzig oder sechzig Dollar das Stück bezahlt hatte. Ihr Zeichentisch, die Staffelei und der Schreibtisch hätten überall sonst seltsam gewirkt, aber vor diesem luxuriösen, aus einem Flügel, Perserteppichen und einigen Skulpturen bestehenden Hintergrund kamen einem die Werkzeuge der Künstlerin wie eine bezaubernde Dekoration vor, da ihr Nutzen so offensichtlich schien. Äußerst angenehm überrascht von Ebie, setzte Lou sich hin und zündete sich eine Zigarette an, wobei er noch immer angestrengt darüber nachdachte, was das Besondere an diesem Ort war, das er nicht definieren konnte. Vielleicht waren es die nachlässig, aber nicht unordentlich herumliegenden Sachen oder die Aura der feinen Adresse, die seine Sinne befriedigten wie ein besonders guter Cognac, und er kostete es auf dieselbe sinnliche Art aus – ein zweigeschossiges Apartment in der Park Avenue, das kostete mindestens viertausend, und zum ersten Mal beneidete er Jay ein wenig. Das alles bewog ihn, sich Ebie genauer anzusehen, als sie aus dem Schlafzimmer im oberen Geschoß herunterkam. Um die Wahrheit zu sagen, er hatte Ebie noch nie wirklich unvoreingenommen betrachtet.

Natürlich sehen viele Frauen in ihren eigenen vier Wänden besser aus. Hin und wieder stieß man auf eine Puppe, die den Leuten im Restaurant den Atem raubte, die aber, sobald sie in ihr eigenes Wohnzimmer zurückkehrte, die zweitklassige Leblosigkeit ihrer selbst ausgewählten, gewöhnlichen Einrichtung annahm. Trotzdem kam die Mehrheit der Frauen bei sich zu Hause besser zur Geltung, deshalb war es eigentlich nicht allzu überraschend, daß Ebie ziemlich würdevoll und ungewöhnlich hübsch aussah, als sie die Treppe herunterkam, mit Musikbegleitung, denn im Radio lief eine Platte von Paul Whiteman, »Afraid to Dream«, die ebenso weich und extravagant war wie das Eisbärfell vor dem großen offenen Kamin. Ebie war ein Mädchen, das jedesmal anders aussah, hübsch oder elegant, naiv oder ordinär, aber heute abend war sie besonders anziehend; der Schlag, den ihr Oliver versetzt hatte, hatte sie angeregt. Sie hatte rotgoldenes Haar – Lou erinnerte sich dunkel, daß es kürzlich noch platinblond gewesen war –, das diesmal nicht in kleinen Löckchen, sondern in zwei Zöpfen um ihren Kopf gewunden war, so daß ihr kleines freches Gesicht mit den wissenden haselnußbraunen Augen überhaupt nicht ordinär aussah. Sie hatte ein langärmeliges goldbraunes Abendkleid an, und der Bernsteinschmuck, den sie darüber trug, brachte zusammen mit ihrem Haar und ihrem Make-up einen eigentümlichen neuen Akkord in Lou zum Klingen, etwas, das nicht von Ebie selbst auszugehen schien, sondern von irgendeiner unbekannten Kraft, die er nie zuvor gespürt hatte.

»Ich weiß, Lou, ich bin zu aufgetakelt«, sagte sie schuldbewußt, »aber das tu ich immer, wenn ich wütend bin.«

»Du bist noch immer böse auf Jay?« fragte Lou.

»Fuchsteufelswild«, sagte sie nachdrücklich, und aus irgendeinem Grund fand Lou das wahnsinnig komisch, denn er lachte schallend.

»Er ist ein solcher Idiot«, sagte sie traurig, »nie plant er etwas ordentlich.«

»Diesmal hat er Glück gehabt«, meinte Lou.

»Oh, er hat immer Glück«, sagte Ebie. »Jay kommt immer gut davon, solange ihm jemand aus der Patsche hilft. Sicher, ich bin verrückt nach Jay, aber ich mag keine Dummköpfe. Wenn er nicht eine so geniale natürliche Begabung fürs Geschäft hätte, hätte ich schon vor langer Zeit mit ihm Schluß gemacht, aber gottlob ist er nicht in jeder Hinsicht so ungeschickt.«

»Jay ist ein guter Geschäftsmann«, stimmte Lou zu.

»Trotzdem sollte er sein Geld zusammenhalten«, sagte Ebie. »Das sage ich ihm ständig.«

Lou fragte sich, wieviel von dem Luxus in Ebies Wohnung auf Jays Kosten gegangen war. Jay wäre dämlich genug zu glauben, daß er ein Apartment bezahlen und ihr alles kaufen mußte, wo sich in solchen Fällen für einen halbwegs intelligenten Kerl die Ausgaben auf Abendessen und Geburtstagsgeschenke beschränkten. Ebie schenkte zwei Highballs ein.

»Nette Wohnung hier«, sagte Lou. »Offenbar läßt sich mit Werbegraphik einiges Geld verdienen.«

Ebie zuckte die Achseln.

»Wenn Jay nicht wäre, könnte ich mehr verdienen«, seufzte sie. »Ich geb jeden Auftrag ab, wenn er in der Stadt ist. Ich bin ein Idiot, das brauchst du mir nicht zu sagen.«

»Er weiß es nicht zu schätzen«, sagte Lou. »Ich bezweifle, daß Jay weiß, was du für ihn tust.«

Ebie blickte finster in ihr Glas.

»Ich werd immer ausgenutzt«, sagte sie. »Von all meinen Freunden werde ich ausgenutzt. Auch von diesem Ekel von Rosenbaum, der meine Sachen verkauft. Sagt er zu mir: ›Tu mir einen Gefallen, Ebie, und laß eine Bekanntschaft von mir ein paar Tage bei dir wohnen, sei so lieb, du hast ja Platz genug.‹ Und jetzt wohnt diese Bekanntschaft seit sechs Wochen bei mir. Es sieht so aus, als wollte sie für den Rest ihres Lebens hierbleiben.«

»Es handelt sich also um eine Frau«, sagte Lou.

Ebie versuchte beleidigt dreinzuschauen.

»Männer lasse ich hier nie wohnen«, sagte sie von oben herab. »Nein, diese Freundin von Rosenbaum ist eine Ausländerin. Wegen des Krieges will sie nicht mehr zurück. Rosenbaum kann sie wegen seiner Frau nicht bei sich zu Hause unterbringen. Für irgend jemanden bin ich immer der Trottel.«

»Eine Deutsche?« fragte Lou.

»Ein wenig von allem«, sagte Ebie. »Ich glaube, vor allem Weißrussin. Du wirst sie kennenlernen, wenn du dich öfter hier sehen läßt. Sie ist immer zu Hause. Trina ist ganz in Ordnung, aber warum muß ich immer die Dumme sein?«

»Da bist du selber schuld, Kleines«, sagte Lou. »Genau wie Jay. Du kannst nicht irgend jemand anderem die Schuld für deine Schwierigkeiten geben, wenn du selbst auf sie zugehst und ihnen die Hand entgegenstreckst.«

»Ich wünschte, ich hätte jemanden wie dich, Lou, der ab und zu ganz offen mit mir redet«, sagte Ebie. »Du hast recht, Jay ist genauso schlimm wie ich.«

Es war überraschend zu sehen, wie intelligent Ebie war. Sie tranken ein paar Highballs, und als sie das Apartment verließen, war es zu spät, um eine Show zu besuchen, also gingen sie hinüber ins Leon and Eddie, aßen ein Steak und sahen sich die Cabaretvorstellung an. Nach einer Weile redeten sie nicht mehr von Jay, fragten sich nur, wo er hingegangen war und ob

Flo schlau genug gewesen war, die Sache zu durchschauen. Ebie sah nicht ein, warum Jay seine Frau nicht den Herbst über nach Mexiko und den Winter über nach Florida schickte, so wie andere Männer. Dann wußte man, wo sie waren, und konnte sich entspannen.

»Es ist nicht nötig, zu einem so drastischen Mittel zu greifen«, sagte Lou lächelnd. »Ein bißchen gesunder Menschenverstand ist alles, was man braucht.«

Ebie war bitterböse wegen all der Schwächen, die Jay hatte, aber Lou sagte nichts dazu, denn Jay war sein bester Freund. Es gab vieles an ihm auszusetzen, aber ein Kumpel blieb ein Kumpel. Ebie war ein netter Kerl, das mußte Lou zugeben. Anders als Flo, versuchte sie nicht, Eindruck zu schinden und so klug wie ein Mann auszusehen, und sie tat auch nicht so, als sei sie ein unschuldiges kleines Ding gewesen, bevor sie Jay kennengelernt hatte. Sie war offen, erzählte ihm von ein paar anderen Affären, die sie gehabt hatte, und dann fragte sie ihn, ob er auch schon einmal ein Verhältnis gehabt habe. Er war knapp daran, ihr von seiner geheimen ersten Ehe zu erzählen, und daß Francie jetzt auf einmal aufgetaucht sei, um ihn zu verfolgen, aber er beherrschte sich rechtzeitig.

»Männer reden nicht über diese Dinge, Kleines«, sagte er.

Aus irgendeinem Grund ärgerte Ebie das.

»Aha, das tun sie also nicht?« sagte sie. »Warum fragen sie mich dann dauernd nach diesen Dingen? Schon recht, wenn du jetzt den Gentleman spielen willst, tut's mir leid, daß ich dir was anvertraut habe.«

Lou versuchte, sie mit ein paar Witzen zu besänftigen, denn er mochte sie wirklich, vor allem nachdem das Apartment gezeigt hatte, daß sie, entgegen seiner früheren Annahme, kein Flittchen war. Er lud sie ins La Conga ein, wo sie tanzten. Sie sagte, das sei etwas, aus dem sich Jay, ganz im Gegensatz zu ihr, überhaupt nichts mache. Sie stießen mit einem Mann zusammen, der das Lokal gerade mit einer gutgebauten kleinen Frau verließ, die Ebie anlächelte.

»Mein Gast«, flüsterte Ebie Lou zu. »Die Kameray. Sie ist mit Rosenbaum unterwegs.«

»Keine schlechte Figur«, sagte Lou, während sein Kennerblick den schwingenden Hüftbewegungen Mrs. Kamerays folgte.

Ebie stellte sich als gute Tänzerin heraus, und sie tanzten und tranken, bis das Lokal zumachte. Es war der angenehmste Abend, den Lou seit Jahren in New York verbracht hatte – nett, erholsam, genau das, was er brauchte. Das sagte er Ebie im Taxi.

»Ich wette, wir hatten einen angenehmeren Abend als Jay«, sagte sie, wobei sich ihre Miene verfinsterte. »Das hoffe ich jedenfalls sehr.«

»Na hör mal, sei nicht so hart zu Jay«, lachte Lou. »Du darfst zum Kumpel eines Freundes nicht so gemein sein. Hab Erbarmen.«

Er legte seinen Arm um sie. Als er aufwachte, schien die Sonne durch ihr Schlafzimmerfenster herein.

3

»Aber warum ausgerechnet Maryland?« wollte Jay Oliver wissen. Mit der versteckten Andeutung, ein nettes kleines Geschäft warte dort auf ihn, war er von Lou per Telefon ins Waldorf bestellt worden. Lou hatte mit Rosenbaum, dem Werbe- und Promotion-Genie, zu Mittag gegessen und ihn dann in seine Suite eingeladen, um das Geschäft mit Rosenbaums millionenschwerem Hintermann abzuschließen. Das Projekt beinhaltete eine große Bestellung bei Whittleby Cotton, und Lou war froh, seinem Freund Oliver einen Gefallen tun zu können. Unglücklicherweise war Jay vom Feiern am Abend zuvor noch derartig angegriffen, daß er diesen Glücksfall kaum zu schätzen wußte und überhaupt nicht den Eindruck erweckte, als sei er in der Lage, irgend etwas zu kapieren.

»Ist Maryland denn nicht gut genug?« fragte Rosenbaum.

»Ich sage überhaupt nicht, daß Maryland nicht gut genug ist – ich frage mich nur, warum Maryland«, erklärte Jay etwas lahm. »Es gibt doch auch Virginia, North Carolina, South Carolina – Virginia Beach zum Beispiel. Waren Sie dort je im Cavalier? Genau das Richtige, wenn Ihnen was an Pomp gelegen ist.«

»Ach, nimm noch ein Bromoform, und vergiß es«, rief Lou barsch aus der Vorratskammer. »Was zum Teufel ist heute mit dir los, Jay?«

Er kam mit einer Schale Eiswürfel aus der Vorratskammer und stellte sie auf das niedrige Tischchen vor dem Sofa, auf dem Jay saß. Durch die Fenster mit den schweren rosafarbenen Vorhängen aus Toile de Jouy sah der Nachmittagshimmel wunderbar blau aus, voller Wolken aus steifgeschlagener Sahne, die wirkten, als hätte sie der berühmte Küchenchef Oscar persönlich aus seinem Spritzbeutel gedrückt. Diese schöne Aussicht war offenbar kein Trost für Jay, denn er starrte trübsinnig hinaus.

»Ich hasse diese verdammte Stadt«, sagte er. »Nichts gegen Sie, Rosenbaum. Mir ist klar, daß es Ihre Heimatstadt ist.«

Rosenbaum zuckte die Achseln.

»Uns New Yorkern ist es egal, was irgend jemand sagt. Vielleicht haben wir weniger Heimatstolz als die Bewohner anderer Städte. Vielleicht sind wir einfach eingebildet. Hassen Sie es ruhig weiter.«

»Maryland mag ich auch nicht«, sagte Jay. »In irgendeinem Sommer vor Jahren hab ich im Lord Baltimore die schlimmste Woche meines Lebens verbracht. Ein Frauenzimmer hatte Detektive auf mich angesetzt.«

»Hör endlich mit der Quengelei auf«, rief Lou. »Maryland oder Kalifornien, ist doch völlig egal. Du bist beteiligt. Das ist der tollste Vertrag, den du seit ewigen Zeiten zu Gesicht bekommen hast, alter Junge.«

»Scheinbar krieg ich einfach nicht mit, um was es geht«, sagte Jay. »Ich weiß, daß es eine große Sache ist, sonst wäre Rosenbaum nicht dabei.«

»Nenn ihn doch Syd«, sagte Lou. »Wir sind alle Freunde.«

»Wenn es dir nichts ausmacht, werde ich ihn mit Rosenbaum ansprechen. Ich spreche alle meine persönlichen Freunde mit dem Nachnamen an – Vornamen verwende ich nur für geschäftliche Zwecke.«

Jay verfiel gerade in eine seiner widerlichen Stimmungen, wie immer zur falschen Zeit und in Gegenwart der falschen Leute. Für Lou war es ein Rätsel, wie Jay in seinem Geschäft Erfolg haben konnte, wenn er so sorglos mit seinen Kontakten umging. Lou war besonders zuvorkommend gegenüber Rosenbaum, um die Unhöflichkeit seines Freundes wettzumachen. Er wollte ihm nachschenken, aber Rosenbaum hielt seine Hand ablehnend über das Glas. Das Trinken war das einzige, das er bei seinen geschäftlichen Verpflichtungen zutiefst verabscheute. Er war ein großgewachsener, schlaksiger Mann mit hellgrauen, vorstehenden Augen, markanten groben Gesichtszügen, einem weichen Mund und lockigen braunen, stellenweise grauen Haaren. Seine breiten Schultern und sein Körperbau ließen ihn sportlich erscheinen, was ganz und gar nicht zutraf, genau wie seine humorvoll geschwungenen Lippen und das wache Zwinkern der Augen seinen düsteren, nachdenklichen Charakter überdeckten. Falls Jays Gereiztheit ihn ärgerte, so zeigte er es nicht.

»Mr. Oliver war bei den Erläuterungen des Majors nicht dabei«, sagte er.

»Sagen Sie ruhig Jay zu mir«, sagte Jay.

»Bei dem Grundstück, um das es hier geht, handelt es sich um dieses ausgedehnte Waldgebiet entlang der Chesapeake Bay, das die Van Duzers 1928 zu erschließen begannen und dann an die Chemical Bank verloren. Nun, der Major *ist* die Chemical Bank. Wir haben vor, es zu einem der exklusivsten Freizeitzentren des Landes auszubauen. Reitställe, Fuchsjagden, Kurbäder, dreißig wunderbare Landsitze, die von einem großen Hotel oder Club bedient werden.«

»Sie meinen also, man kann diese Häuser für ein Wochenende oder einen Monat mieten«, sagte Jay.

»Wir wollen deine beste Ware, Jay«, sagte Lou. »Mit dem Monogramm des Majors auf der gesamten Wäsche.«

»Jeder ist Gast des Majors, verstehen Sie«, sagte Rosenbaum.

»Millionär für ein Wochenende, verstehst du, das ist die Idee«, sagte Lou jovial. Er klopfte Jay auf den Rücken, denn er war bestens gelaunt. Selbst die Luft im Raum schien von kleinen schwebenden Dollarzeichen und fetten kleinen Nullen, Kommas und noch mehr Nullen erfüllt, die alle fröhlich herumtanzten und nur noch auf einen Füllfederstrich warteten, der sie in Aktion versetzen würde. Das Gespräch mit dem Major hatte diesen angenehmen Eindruck hinterlassen; und obwohl Lou drei harte Tage in der Stadt hinter sich hatte, ganz zu schweigen von den Nächten, und bis knapp vor der Besprechung zu Mittag nervlich und körperlich völlig am Ende gewesen war, hatte ihn der Geschäftsabschluß wunderbar erfrischt – so wie den farbigen Steward im Pullmanwaggon, der zu müde war, einen Finger zu rühren, bis ihn der Fünf-Dollar-Schein in einen regelrechten Tätigkeitsrausch versetzte. »Ich dachte, Sie sind müde, George«, hatte Lou ihn aufgezogen. »Nichts ist so erholsam wie Geld, Sir«, hatte George zurückgegrinst.

»Klingt nach einer großen Sache«, räumte Jay ein.

»Da liegt ein Vermögen für uns alle drin«, sagte Rosenbaum. »Wenn Sie den Major so gut kennen würden wie ich, dann wüßten Sie, daß er ein vorsichtiger Hund ist. Er würde keinen Pfennig in eine Sache stecken, aus der nicht fünfzig wieder herauskommen.«

»Ich nehme an, von jetzt an werden wir eine Menge Zeit in der Gegend von Baltimore verbringen«, sagte Jay. »Baltimore oder Washington. Könnt ihr beides geschenkt haben.«

»So ein Unsinn, von der Lage her ist dieses Grundstück eines der besten im Land«, sagte Lou. »Sieh mal. Du nimmst eine Maschine um halb drei – um Viertel nach vier bist du in Baltimore. Ein Wagen holt dich ab und bringt dich direkt nach Castles-in-the-Woods. Du lernst die reichsten Männer des Landes kennen. Die gesellschaftliche Elite. Du bist persönlicher Gast des Majors. Erzähl mir nicht, daß das keine heiße Sache ist.«

Rosenbaum ging zum Tisch, öffnete seine Aktentasche und kramte Fotos hervor, die er Jay schweigend in die Hand drückte.

»Wir werden das gesamte Areal modernisieren«, sagte Lou. »Wart nur ab, bis die Einheimischen sehen, was wir aus diesem Flecken machen.«

Die Bilder erinnerten Lou daran, daß er Rosenbaum die Fotos von seinem Haus in Winnetka nicht gezeigt hatte, also ging er ins Schlafzimmer und kam mit den Fotos vom Haus zurück, mit dem Bild der Kleinen, auf dem sie im Hof mit ihrem Pudel spielte, und dem Schnappschuß von Mary, auf dem sie in ihrem Zobel neben dem Packard stand.

»Meine Frau«, sagte er.

Rosenbaum warf höflich einen raschen Blick auf die Bilder und machte angemessen schmeichelhafte Kommentare.

»Ich wette, Mary ist beleidigt, weil du bei dem Dinner, das sie heute abend gibt, nicht dabei bist«, bemerkte Jay.

Lou sah auf die Uhr.

»Ich ruf sie besser an«, sagte er. Seine Beunruhigung über ihr seltsames Verhalten beim Abschied war verflogen, und in der Euphorie über seinen überraschend erfolgreichen Tag dachte er nur daran, wie stolz er auf die vornehme Herkunft seiner Frau war und was für eine ausgezeichnete Ehe sie führten. Ihm fiel ein, daß er Rosenbaum noch nichts von den Verbindungen seiner Frau erzählt hatte, obwohl er sie dem Bürgermeister gegenüber beiläufig erwähnt hatte. Auch die Frau des Majors hatte das Internat in Luzern besucht, dann ein Jahr lang das Konservatorium in Boston; der Schwiegervater des Majors war Richter, Lous Schwiegervater war auch Richter. Diese kleinen Übereinstimmungen hatte Lou ganz beiläufig erwähnt, sonst nichts, aber es hatte geholfen. Kein Geringerer als sein neuer Bekannter aus dem Zug, Mr. Truesdale, Spezialist für derlei private Dinge, hatte Lou mit diesen kleinen Details über die Person des Majors versorgt, per Telefon, um elf Uhr vormittags.

»Apropos Maryland«, sagte Lou, »hab ich Ihnen erzählt, daß der Onkel meiner Frau dort unten einen großen Landsitz hat, nicht weit entfernt von Ihrem Grundstück? Richter Minor B. Harrod.«

»Ach ja?« sagte Rosenbaum beeindruckt. »Natürlich hab ich von ihm gehört. Ihre Frau ist eine Harrod?«

»Eine geborene Mary Harrod«, sagte Lou, »stammt aus Boston. Sind Sie verheiratet, Rosenbaum? Es wäre schön, wenn Mary Mrs. Rosenbaum kennenlernen könnte.«

Mit unbewegter Miene rauchte Rosenbaum seine Zigarre.

»Falls Sie sich kennenlernen, dann nicht in Castles-in-the-Woods«, bemerkte er sarkastisch. »Es gehört zu meinem Job, die Gäste vor nicht-arischen Eindringlingen zu schützen.«

»Na, dann eben, wenn Sie mal in Chicago sind«, sagte Lou. Er ging ins Schlafzimmer, bestellte noch mehr Mineralwasser und meldete ein Gespräch mit Mary an. Er hatte der Telefonistin Anweisung gegeben, er wolle während der vergangenen zwei Stunden nicht gestört werden, und jetzt sagte sie ihm, Ebie habe zweimal angerufen. Er hatte angenommen, Ebie würde den Anstand haben, die letzte Nacht nur als einmaligen Ausrutscher zu betrachten, aber er konnte sich irren. Manchmal machten die Mädchen, die so locker daherredeten, mehr Schwierigkeiten als die andere Sorte. Er hatte den Hörer schon am Ohr, als die Telefonistin sagte: »Nehmen Sie den Anruf von Miss Vane jetzt entgegen?«, und es blieb ihm nichts anderes übrig, als ja zu sagen. Er ging zur Wohnzimmertür und gab Jay einen Wink.

»Ferngespräch«, sagte er und machte die Tür zwischen den beiden Zimmern zu.

»Hör zu«, sagte Ebies Stimme, »du tust mir doch einen Gefallen, oder?«

Aha, jetzt kam es. Kauf mir bitte ein paar Tidewater-Aktien, den Scheck schick ich dir später. Lou machte sich auf alles gefaßt.

»Rosenbaum ist gerade bei dir, stimmt's?« fragte sie. »Sei nicht so verdammt zurückhaltend, es wird dir nicht wehtun. Es geht um folgendes: Er wird dir meinen kleinen Dauergast für irgendeine Werbesache vorschlagen, und dann sag um Himmels willen ja, machst du das?«

Lou war schwer von Begriff.

»Wen? Was für eine Werbesache?«

Ebie war ungeduldig. »Diese Kameray, die ich am Hals hab. Sie weiß zuviel – vor allem nach dieser Nacht.«

»Oh.«

»Sie weiß nicht, daß du es warst. Sie weiß nur, daß es nicht Jay war. Auf jeden Fall nervt es mich, weißt du. Nicht zu wissen, wann sie mit etwas herausplatzt, wenn er hier ist.«

Das war einfach. Lou war erleichtert.

»Und was soll ich tun?«

»Schaff sie raus aus der Stadt, beschäftige sie im Westen, mir egal. Rosenbaum traut sich nicht so recht, sie mit etwas zu betrauen, aus Angst, du könntest mitkriegen, in was für einer Situation er ist, also hilf ihm aus der Patsche.«

»Das ist ein Kinderspiel«, sagte Lou. Er war dankbar für den Tip. Das war eine Möglichkeit, Rosenbaum, der immerhin den Major repräsentierte, einen Gefallen zu tun. »Wie fühlst du dich heute?«

»Scheußlich. Mein Magen spielt verrückt, weißt du. Ich mußte heute morgen zwei Zeichnungen in der Agentur abliefern. Dort hab ich Rosenbaum getroffen. Ich hab so gezittert, daß ich kaum den Bleistift halten konnte. Weißt du, daß wir gestern hier bei mir eine ganze Flasche Hennessey getrunken haben?«

Lou konnte sich nicht daran erinnern.

»Du hast ständig irgendwelche Leute angerufen«, sagte Ebie. »Weiß der Himmel wen. Dann bist du weggekippt.«

Die Telefonistin unterbrach das Gespräch und sagte ihm, die Verbindung mit Chicago sei hergestellt, also sagte er zu Ebie, er würde sie zurückrufen, und wartete.

»Hallo Mary«, sagte er heiter, »ich dachte, ich sag dir besser, daß ich hier festsitze. Es haben sich einige Dinge ergeben, und ich werde noch ein paar Tage brauchen, um alles abzuklären.«

»Ach ja?« sagte Mary kühl.

Das erinnerte Lou daran, daß ihr Verhältnis zur Zeit gespannt war, deshalb überlegte er, ob er ihr nicht etwas Persönliches erzählen könnte, etwas, das er ihr selten erzählte, das sie aber nur zu gern hörte.

»Ach, übrigens, im Zug hab ich ein bißchen mit deinem Onkel geplaudert«, sagte er. »Er war im selben Waggon.«

Er hörte nichts und schüttelte den Hörer.

»Mary, bist du noch dran?«

»Das ist jetzt das dritte Mal in den vergangenen zwölf Stunden, daß du mich anrufst und mir das alles erzählst«, sagte sie leise.

Das verblüffte Lou.

»Gestern nacht hast du mich zweimal angerufen«, sagte sie. »Einmal um vier Uhr, und um halb fünf noch einmal. Scheinbar kannst du dich nicht mehr daran erinnern.«

Lou wischte sich den Schweiß von der Stirn. So etwas hatte er noch nie getan. Sein Gewissen mußte Überstunden gemacht haben.

»Ich hab ganz vergessen, dir von meiner Begegnung mit dem Richter zu erzählen«, sagte er.

»Der Wortlaut war dreimal genau derselbe«, sagte Mary.

Lou nahm sich zusammen. Falls sie versuchen wollte, ihn auf die Palme zu bringen, würde er es ihr schon zeigen.

»Dann ist es wohl besser, ich ruf dich wieder an, wenn ich zurück bin«, sagte er kühl. »Es hat keinen Sinn, mein Geld mit Ferngesprächen zu vergeuden. Bis bald.«

Dabei vergaß er, sich nach der Kleinen zu erkundigen. Das würde sie schwer treffen. Es war aber auch komisch, denn er hatte die Kleine gern. Allerdings hatte Mary vom Zeitpunkt ihrer Geburt an alles in die Hand genommen und sie zu ihrem Privateigentum gemacht, das ihn nichts anging, bis er es sich sogar abgewöhnt hatte, sie auf den Schoß zu nehmen. Gelegentlich ertappte er sich bei dem Wunsch, ein eigenes Kind zu haben, und dann fiel ihm ein, daß er ja bereits eines hatte, nur gehörte es Mary, und er wagte nicht, es anzurühren. Manche Frauen ergriffen auf diese Art und Weise Besitz von ihren Kindern. Eigentlich war es egal, und es füllte ihr Leben während der Zeit aus, in der er unterwegs war.

Gerade wollte er Ebie zurückrufen, um noch mehr Informationen über Rosenbaum zu erhalten, als Jay hereinkam.

»Flo und ihre Mutter sind nach Atlantic City gefahren«, sagte Jay.

Wen zum Teufel interessierte das?

»Schön für dich«, sagte Lou.

»Ich hab noch keine Gelegenheit gehabt, mich dafür zu bedanken, daß du mir am Bahnhof aus der Klemme geholfen hast«, sagte Jay. »Ich weiß das wirklich zu schätzen. Flo hat's geschluckt.«

»Flo weiß, was gut für sie ist«, sagte Lou. »Wenn sie gestern nicht mitgekriegt hat, was läuft, dann hundertprozentig heute, nachdem du ihr diesen hautengen Hundert-Dollar-Fummel überreicht hast.«

»Sie hat aber nichts dergleichen gesagt«, meinte Jay, und dann nahm sein gebräuntes Gesicht einen erstaunten Ausdruck an. »Woher weißt du, daß ich ihr einen Fummel geschenkt hab?«

Lou lachte.

»Ein Schuß ins Blaue«, sagte er. »Mittlerweile kenne ich deine Taktik. Eine Frau muß ganz schön dämlich sein, um dir nicht auf die Schliche zu kommen.«

Jay setzte sich aufs Bett und zündete sich eine Zigarette an.

»Kommen Sie rein mit Ihrem Drink, Rosenbaum«, rief Lou. »Hier haben wir uns verkrochen, hier drinnen.«

»Hör mal, Lou, du hast mich doch nicht reingelegt mit Ebie, oder?« murmelte Jay mit sonderbarer Stimme.

Lou suchte gerade nach einer hinuntergefallenen Zigarette und antwortete nicht gleich.

»Sie sagte, du seist mit ihr ausgegangen, da hab ich mich eben gefragt –«, sagte Jay langsam.

»Worauf zum Teufel willst du hinaus?« rief Lou, und in dem Augenblick kam Rosenbaum zur Tür herein.

»Ich hab mich gerade gefragt, ob uns nicht irgendein nettes, intelligentes Mädchen dabei behilflich sein könnte, das Interesse der richtigen Leute für Castles-in-the-Woods zu wekken«, sagte Lou. »Nicht bloß so eine mittelmäßige Tussi, sondern jemand, der ein bißchen anders ist, mit mehr Stil, wissen Sie, eben anders.«

Rosenbaum trat ans Fenster und blickte hinaus.

»Ich könnte Ihnen eine äußerst begabte junge Frau vermitteln, die Ihrer Beschreibung entspricht«, sagte er. »Zur Hälfte Deutsche, zur Hälfte Russin, lebt hier im Exil. Voriges Jahr hat sie die kleine Tochter meiner Kusine aus Europa herübergebracht, und wir sind ihr sehr dankbar und fühlen uns natürlich verantwortlich für sie. Ich könnte mir vorstellen, daß sie dem Ganzen den passenden europäischen Schliff gibt. Diskret, intelligent – eine äußerst ungewöhnliche Persönlichkeit.«

»Klingt genau richtig«, sagte Lou unbefangen. »Wir engagieren sie. Wie heißt sie denn?«

»Mrs. Kameray«, sagte Rosenbaum, der noch immer zum Fenster hinausschaute. »Ich werde meine Sekretärin anweisen, sich mit ihr in Verbindung zu setzen und sie hierher zu schicken.«

Lou fand die beiden sehr komisch: Jay Oliver, der wußte,

wer die Frau war, aber nichts sagte, weil er Angst hatte, Rosenbaum könnte von ihm und Ebie erfahren, und Rosenbaum, der durch Mrs. Kameray bestens über Jay Oliver und Ebie informiert war, jedoch aus demselben lächerlichen Grund nicht zu erwähnen wagte, wo Mrs. Kameray wohnte.

Jay lehnte sich rauchend auf dem Bett zurück und bedeckte mit einer Hand die Augen.

»Was ist dir denn über die Leber gelaufen?« sagte Lou tadelnd. »Ich verschaff dir ein hübsches kleines Geschäft, und du benimmst dich, als wär es dir gerade durch die Lappen gegangen.«

»Ich fühl mich elend, das ist alles«, sagte Jay. »Darf man sich denn nicht elend fühlen?«

Rosenbaum nahm seinen Hut und seinen Stock vom Toilettentisch.

»Ich nehme an, Sie werden in irgendeinem heißen Laden feiern wollen«, sagte er mit einem Seufzen. »Ich bin ein Familienvater. Ich bleib heute zu Hause bei meiner Familie und meiner kleinen Hilda und hör mir die Jello-Sendung an.«

Lou begleitete ihn zum Aufzug. Als er zurückkam, zwinkerte er Jay zu.

»Familienvater, ja ja«, sagte er. »Du hättest sehen sollen, wie er gestern abend im La Conga Rumba getanzt hat.«

»Ach, dort bist du mit Ebie gewesen?« fragte Jay.

»Sie haben ein gutes Orchester«, sagte Lou beiläufig.

»Ich glaube, ich sollte öfter mit Ebie tanzen gehen«, sagte Jay.

Sein Ton war so bekümmert, daß Lou sich ärgerte.

»Na dann los, aber tu nicht so, als sei das eine solche Plage«, sagte er. »Du tanzt schließlich mit jedem anderen Flittchen in der Stadt.«

»Ebie ist also ein Flittchen«, sagte Jay.

»Das habe ich nie behauptet«, antwortete Lou, und in diesem Ton ging es dann weiter, bis Lou schließlich Ebie anrief, um zu zeigen, wie sehr er sie schätzte, und sie und Mrs. Kameray einlud, mit Jay Oliver und ihm einen Cocktail zu trinken.

»Wo immer ihr wollt«, fügte er hinzu.

»Trina würde gern ins Rainbow Room gehen«, sagte Ebie geduldig. »Sie sagt, sie habe noch nie die Dämmerung über das Rainbow Room heraufziehen sehen.«

»Du lieber Gott, ist das nicht schrecklich?« sagte Jay, als diese Nachricht an ihn weitergeleitet wurde. »Sag ihr, dann soll sie sich auf dem schnellsten Wege dorthin begeben, bevor es zu spät ist.«

Jay duschte sich, borgte sich von Lou eine Krawatte aus, und sie waren wieder dicke Freunde.

»Wir könnten sie so gegen acht abschütteln und uns dann amüsieren«, sagte Lou. »Wir müssen uns auf gar nichts einlassen.«

4

»Die Kameray ist nicht übel. Sie ist wirklich nicht übel«, sagte Lou auf der Toilette zu Jay.

»Dieser aufgesetzte Akzent geht mir auf den Wecker«, sagte Jay.

»Ich finde ihn süß«, sagte Lou.

»Sicher, deshalb benutzt sie ihn auch«, meinte Jay. »Wenn du mich fragst, ist sie eine Nervensäge.«

Jay machte sich noch immer Sorgen, weil er es nicht schaffte, Ebie zu versöhnen. Als sie sich gerade ein wenig erweichen ließ und einwilligte, eventuell am nächsten Tag mit ihm zum Lunch zu gehen, fiel Jay ein, daß Flo wahrscheinlich bis dahin zurück sein würde, und er wagte es nicht, sich festzulegen. Dadurch wurde es noch schlimmer. So lange war Ebie noch nie wütend auf ihn gewesen. Während der ganzen Zeit, als sie im Rainbow Room Cocktails tranken und im Trouville zu Abend aßen, war sie bestens gelaunt und charmant gewesen – bei einer Frau, die allen Grund zu schmollen hat, immer ein schlechtes Zeichen. Sie hatte sich brennend für alles interessiert, was Jay erzählte, nach seinen Anekdoten »Wie amüsant!« gerufen und alles in allem eine so höfliche, liebenswürdige Seite ihres Wesens hervorgekehrt, daß Jay das Schlimmste befürchtete. Um herauszubekommen, ob er mit seiner Vermutung richtig lag, machte er irgendeine Bemerkung über unerwartet auftauchende Ehefrauen, aber Ebie lachte bloß fröhlich und sagte: »Mein Lieber, wenn du so viele verheiratete Männer gekannt hättest wie ich, dann wüßtest du, daß sie alle Männchen machen müssen, wenn das Frauchen auftaucht.« Und zu Mrs. Kameray gewandt, fügte sie hinzu: »Man kann doch den Ehefrauen keine Vorwürfe machen – es ist nicht ihre Schuld, daß sie immer zu Hause sitzen müssen.«

»Ich wette, Rosenbaum würde sich schön ärgern, wenn er wüßte, daß wir heute mit der Kameray unterwegs sind«, sagte

Jay auf dem Klo zu Lou. »Er wollte sie doch erst morgen auf dich loslassen, oder? Aaarmes kleines Miiista Rosenbaum.«

»Ihr Akzent ist nicht aufgesetzt«, sagte Lou. »Sie ist doch Ausländerin, oder nicht?«

Jay verzog das Gesicht.

»Unsinn, sie hat perfekt Englisch gesprochen, als sie hierherkam«, sagte er. »Dann fing sie mit diesem Akzent an und merkte, wie die Männer darauf flogen. Seither macht sie auf Wie-sagt-man-in-Englisch und Es-stiiimmt-wie-sie-saaagen.«

»Wenn sie Ausländerin ist, hat sie ein Recht auf einen Akzent, oder?« sagte Lou. »Auf jeden Fall ist sie ein verdammt hübsches kleines Frauenzimmer, wenn du mich fragst.«

Jay brachte sein Jackett wieder in Ordnung.

»Was sie mit diesem süßen Akzent sagt, würde dämlich klingen, wenn sie es richtig sagen würde«, meinte er. »Sei doch kein so gottverdammter Schwachkopf. Das Frauenzimmer ist ein falsches Luder erster Güte.«

»Falsches Luder oder nicht, sie ist die Richtige für Castles-in-the-Woods«, sagte Lou. »Hör jetzt endlich auf damit, ja? Ich verhelfe dir zu einem hübschen kleinen Geschäft, und was tust du – meckern.«

Jay lächelte nicht.

»Ich hab Sorgen, Lou. Überall taucht Flo unvermutet auf. Wenn sie nicht meine Ehefrau wäre, liefe das unter Erpressung, denn sie beschuldigt mich nie ganz offen, sondern macht so lange irgendwelche Andeutungen, bis ich ihr einen Scheck in die Hand drücke, um sie zum Schweigen zu bringen. Und jetzt ist auch noch Ebie sauer. Ich weiß, daß du Ebie nicht magst, aber –«

»Ich habe nicht das geringste gegen Ebie, außer daß sie zu gut für dich ist«, unterbrach Lou. »Wozu spielst du mit jemandem wie Ebie herum?«

»Ich weiß nicht«, sagte Jay traurig. »Ich spiel ja nicht herum. Ich möchte einfach wieder zu Ebie zurück, das ist alles.«

»Das ist das Problem mit dir, Jay«, sagte Lou offen zu ihm.

»Du gehst ihnen immer auf den Leim. Schau mich an. Ich geh ins Spinning Top, hol mir Tessie oder Fifi, steck ihnen einen Fünfzig-Dollar-Schein zu, und das war's dann auch. Ich kann ihnen mit meiner Frau auf der Straße begegnen, ohne daß sie auch nur mit der Wimper zucken.«

»Aber sie haben keine Gefühle«, wandte Jay ein. »Macht es denn Spaß, mit irgendeinem kleinen Flittchen zu schlafen, das keine Gefühle zeigt?«

»Sobald du Gefühle zeigst, bist du verloren«, warnte ihn Lou. »Diese Mädchen sind schon in Ordnung. Kein Gequatsche. Nichts. Aber was tust du? Du angelst dir irgendein Weibsbild, das unzufrieden ist, womöglich böse auf ihren Mann, und zu anspruchsvoll für einen Fünfzig-Dollar-Schein, also mußt du ihr eine Diamantbrosche schenken. Und dann fangen die Schwierigkeiten an. Ach Jay, hier spricht Mrs. Friedman –«

»Das ist Schnee von gestern«, sagte Jay.

»Ist ja egal, es gibt immer jemanden wie sie. ›Ach Jay‹, sagt sie, ›ich bin gerade hier im Pelzgeschäft, und es ist mir so peinlich, mir fehlen hundert Dollar für die Änderung meines Nerzmantels. Sei ein Schatz und leih mir ein paar Hundert – schick sie rüber, ja?‹ ...«

»Ach, halt die Klappe«, sagte Jay.

»Oder sie muß ihren Wagen auslösen, oder sie will ihren Mitgliedsbeitrag für den Golfclub zahlen«, fuhr Lou unbarmherzig fort. »Zu anspruchsvoll für fünfzig Dollar pro Nacht. Das macht fünfhundert für einen Schuß, so ist das nämlich. Und dann redet sie, und ihre Freunde sind Freunde deiner Frau, und du steckst in der Scheiße. Um Himmels willen, Jay, wirst du denn nie schlauer?«

Sorgenvoll betrachtete Jay sein braunes Gesicht im Spiegel, das mittlerweile ein wenig von der Mischung aus Kater und Kummer gezeichnet war. »Kann ich was dafür, daß ich Frauen mit Stil mag?« fragte er. »Sicher, ich geb was aufs Äußere, aber ich mag es auch, wenn sie ein bißchen Stil haben, ein bißchen Intelligenz. Es macht mir keinen Spaß, wenn die Frau nicht ein bißchen Intelligenz besitzt.«

»Sie haben mehr, als du brauchen kannst, glaub mir«, sagte Lou. »Es ist diese Intelligenz, die dich teuer zu stehen kommt, mein Junge.«

Als sie an ihren Tisch zurückkamen, hatten Ebie und Mrs. Kameray die Köpfe zusammengesteckt und tuschelten ganz aufgeregt über irgend etwas, aber als die Männer sich hinsetzten, beendeten sie das Gespräch.

»Daß ihr Frauen ständig klatschen müßt!« sagte Jay. »Ihr Frauen habt doch nichts als Kleidung und Männer im Kopf.«

»Ich vermute, die Themen Kleidung und Sex sind in den vierzig Minuten, die ihr auf dem Töpfchen verbracht habt, nicht zur Sprache gekommen«, sagte Ebie schnippisch.

Darauf konterte Lou: »Männer haben keine Zeit, über Sex zu reden, wenn sie unter sich sind, das kann ich dir verraten.«

»Ach ja, dann weiß ich aber nicht, wie sie es gelernt haben«, sagte Ebie. Sie wandte sich an Mrs. Kameray. »Ist das nicht wundervoll? Sie reden nie über Sex, und wenn es um Sex geht, hören sie nicht zu. Sie lernen es nur durch Blindenschrift.«

Daß Ebie gehässig wurde, war ein gutes Zeichen, deshalb schöpfte Jay wieder Hoffnung.

Lou dachte, daß kein Mensch so litt wie Jay, wenn er in Ungnade gefallen war, und daß kein Mensch auf der Welt selbst soviel dazu beitrug, in Ungnade zu fallen. Das sollte mal einer verstehen. Diesmal tanzten sie ein wenig enger miteinander, aber Mrs. Kameray war zu müde, deshalb blieb Lou bei ihr sitzen und fragte sich, worüber er reden sollte, damit er weiter in den Genuß ihres verführerischen Akzents kam. Er konnte sich nicht erklären, warum ihn das so faszinierte, aber es faszinierte ihn, so wie Ebies Apartment. Es hatte etwas Besonderes, für ihn bisher Unbekanntes.

»Wir chaben über unser Freund Miista Rosenbaum gesprochen«, erklärte Mrs. Kameray. »Böses Gefühl für die Juden ist so groß, daß ich sage, er soll a schöne Name annehmen, zum Beispiel Rosetree oder Rosebush.«

Lou lachte laut.

»Ist das lustick?« fragte Mrs. Kameray unschuldig. »Miista Rosebush, er chat gelacht auch, aber ich chab gesagt, ich werde anfangen damit, bis jeder glaubt, er ist aine gute Miista Rosebush und nicht aine schlechte Mista Rosenbaum.«

Lou lachte Tränen. Er sah sich nach Jay und Ebie um, um ihnen die Geschichte nochmals erzählen zu können, aber er konnte sie nirgends auf der Tanzfläche entdecken. Sie waren wohl auf einen schnellen Drink hinaus an die Bar gegangen. Das war wieder typisch Jay Oliver – da konnte er den momentanen Knacks in seiner Beziehung zu Ebie ganz leicht dazu benutzen, die Sache ein für allemal zu beenden, aber nein, er mußte seinen Kopf ja wieder auf den Hackstock legen, in der richtigen Stellung, damit Flo und Ebie abwechselnd zuschlagen konnten.

Er sah Mrs. Kameray an und hätte gern gewußt, warum Ebie sie nicht ausstehen konnte. Sie war eine Dame, eindeutig eine Dame, das sah man, sie war niemand, der einem auf die Nerven ging, wenn er bei einem wohnte, und trotzdem sprach Ebie gehässig von ihr. Sie war anders als die amerikanischen Frauen, die er kennengelernt hatte, ungefähr achtundzwanzig, schätzte er, vielleicht jünger, aber so geschickt hergerichtet, daß sie wie eine zierliche kleine Frau aussah und nicht wie der Typ jugendliche Studentin, den die amerikanischen Achtundzwanzigjährigen zu imitieren suchten. Sie hatte schönes glattes braunes Haar, das in der Mitte gescheitelt und hinten zu einem kleinen Knoten zusammengefaßt war, einen schönen Busen, eine schmale Taille, perfekt gerundete Oberschenkel und schlanke Beine, wie die Frauen früher, dachte er, und sie war von kleiner Statur wie die Frauen früher. Von ihrem kleinen, blumengeschmückten Hut fiel ein silberner Schleier über ihre glatte weiße Stirn und auch über die Nase – eine kräftige Neuengland-Nase, wie seine Mutter sie hatte, auch die gleichen vollen roten Wangen und üppigen breiten Lippen, die ein wenig aufgeworfen waren, was sie nur noch aufreizender machte. Ihm gefielen ihre schmalen, abfallenden Schultern, die langen schlanken Unterarme, auch ihre schmalen Knöchel, die nach oben hin langsam in eine atemberaubende Rundung übergingen, und noch verführerischer als das war ihre Ausgeglichenheit, die gelassene Akzeptanz ihrer eigenen Reize, der kühle Blick ihrer dunkelbraunen Augen. Die längste Zeit schon versuchte er herauszufinden, was ihrer Erscheinung diese reizvolle Künstlichkeit verlieh, und er kam zu dem Schluß, daß es ihre fremdländisch anmutende Kleidung war, die Eleganz der Spitzenrüschen, und auch die buntbemalten Ohrringe aus Elfenbein trugen ihren Teil dazu bei, denn zu seiner Überraschung war sie überhaupt nicht geschminkt.

»Tragen Sie keinen Lippenstift?« konnte er sich nicht enthalten zu fragen.

Sie lächelte entschuldigend.

»Alle Leute schauen mich so an, wenn ich Liepenstieft trage«, sagte sie. »Ich mag es nicht, wenn alle mich anschauen so. Und maine Augen sind so gross, daß ich nicht nehmen kann das Zeug, was sie nehmen.«

»Ebie trägt es ganz schön dick auf«, sagte Lou.

Mrs. Kameray schlug die Augen nieder.

»Ebie ist so lieb«, sagte sie. »Ebie ist aine sehr liebe Mensch.«

Lou mußte daran denken, wie anständig dieses Mädchen war, sie hatte überhaupt nichts Falsches an sich, während Ebie sehr wohl hinter ihrem Rücken über sie herzog. Man traf nicht oft Frauen, die einander die Stange hielten. Lou sah, daß Ebie und Jay draußen an der Bar standen und sich angeregt unterhielten. Sie verstanden sich jetzt wieder, das sah er an ihren Gesichtern.

»Ebie ist in Ordnung«, sagte er, »wenn sie nicht trinkt.«

Mrs. Kameray gab keine Antwort.

»Ich frage mich, was Rosebush sagen würde, wenn er wüßte, daß Sie heute abend mit Jay und mir ausgegangen sind«, zog Lou sie auf. »Sie wissen ja, daß er für morgen ein Treffen zwischen Ihnen und mir arrangiert hat.«

Mrs. Kamerays Augen tanzten vor Vergnügen.

»Dann wollen wir Mr. Rosebush nicht enttäuschen, wenn er sich schon gemacht chat so viele Umstände wegen der Bekanntmachung. Tun wir morgen so, als kennen wir uns nicht«, schlug sie vor.

Lou lachte wieder und war einverstanden. Er sah, daß Jay und Ebie sich die Hälse nach ihm ausrenkten, und dachte, daß sie wahrscheinlich überrascht waren, weil er soviel lachte. Normalerweise war er ziemlich schweigsam, aber schließlich begegnete man nicht oft einem Mädchen mit einem so feinen Sinn für Humor.

»Was machen Sie geschäftlich, Mr. Lou?« fragte Mrs. Kameray interessiert und verschränkte dabei die Hände unter dem Kinn. »Ich möchte wissen so gerne.«

»Nehmen Sie zum Beispiel ein Hotel«, sagte Lou. »Oder ein Lokal oder ein Erholungszentrum. Es muß ausgestattet werden, nicht wahr – mit Möbeln, einem Orchester, Mädchen, die Zigaretten verkaufen, vielleicht auch mit Palmen. Und gute Straßen müssen hinführen, die Umgebung muß ansprechend sein. Na ja, und ich bin der Mann, an den man sich wendet.«

»Sie machen das alles?« fragte sie mit großen Augen.

»Mein Büro ist zwar nur ganz klein, aber ich habe Mitarbeiter auf der ganzen Welt, Leute, die Pläne anfertigen, Leute, die die Ausstattung einkaufen, Leute, die die Lokalpolitiker veranlassen, schmutzige Viertel in der Nähe eines Hotels auf Vordermann zu bringen – sie alle erstatten mir Bericht. Es läuft alles über mich, ich schmeiß den ganzen Laden.«

»Wie aine Kaiser«, seufzte Mrs. Kameray bewundernd. »Oh, Sie müssen aine Genie sein! Ja, wie aine Zar!«

Lange bevor Lou es bemerkte, waren Jay und Ebie verschwunden, was ihn nicht davon abhielt, Mrs. Kameray noch stundenlang von seinen Geschäften zu erzählen, während er Brandy zu ihrem Rheinwein mit Mineralwasser trank, begeistert von dem unerwarteten Vergnügen, mit einer Frau übers Geschäft reden zu können, und obwohl er nicht einmal ihre Hand berührte, war das Gefühl, Mary untreu zu sein, stärker als je zuvor in den sechs Jahren, die er jetzt verheiratet war.

5

Am Sonntag lag Ebie im Bett und dachte daran, was für ein Chaos sie aus ihrem Leben gemacht hatte. Sie hatte seit Jahren die Angewohnheit, jeden Sonntag darüber nachzudenken, und ihr fiel auf, daß sie sich in diesen Sabbat-Meditationen schon seit Wochen nicht mehr geübt hatte. Woran lag das? Im Lauf der Woche hatte sie schließlich genug Dinge getan, die ihr leidtun konnten, sie hatte ununterbrochen ihr Leben in ein Chaos verwandelt, soviel war sicher. Sie hatte diese Gewohnheit während des langen Aufenthalts von Trina Kameray aufgegeben, das mußte es sein. Das war es. Während der ganzen Zeit, die Mrs. Kameray nun bei ihr wohnte, war sie aufgewacht, wurde zuerst gereizt und schließlich wütend, nur weil jemand im Zimmer nebenan atmete. Wenn sie die Dusche hörte, dachte sie mißgünstig: »Mein neuer Duschvorhang in Rot und Silber, zum Teufel mit ihr!« Wenn sie Kaffee roch, mußte sie daran denken, daß er nach Trinas Art zubereitet wurde, mit einem Stückchen Zitronenschale, was Ebie haßte. Wenn das Telefon läutete, griff sie schnell nach dem Hörer und fauchte: »Falsch verbunden«, noch bevor der Anrufer die Gelegenheit hatte, die ausgesprochen ärgerliche Frage »Ist dort die Wohnung von Mrs. Kameray?« zu stellen. All diese Kleinigkeiten hatten Ebie reizbar gemacht und sie ständig mit christlicher Intoleranz erfüllt. Dabei war Mrs. Kameray die Unaufdringlichkeit in Person, und schließlich war das Apartment nicht gerade klein, es bot zwei Leuten mühelos Platz. Und sie war doch auch keine Egoistin, sagte sich Ebie, sie war doch völlig ehrlich zu sich selbst – sie würde es als erste zugeben, wenn sie eine Egoistin wäre. Es war nur so: Was ihr gehörte, das gehörte ihr.

Na gut, jetzt war sie die Frau ja losgeworden. Es war nicht die geringste Spur mehr von ihr zu sehen, sie war als Repräsentantin des Lou-Donovan-Service in Sachen Castles-in-the-Woods auf eine dreimonatige Tour durch das ganze Land geschickt worden. Deshalb hatte Ebie jetzt weder Haßgefühle noch sonntägliche Wutanfälle. Sie hatte Depressionen. Die gleichen Depressionen, die sie schon seit zehn Jahren hatte – eigentlich seit sie damit begonnen hatte, vierundzwanzig zu sein, ein Alter, dem sie während dieser zehn Winter in ihrem Privatleben die Treue gehalten hatte. Im Berufsleben gab sie achtundzwanzig an und schützte eine jungfräuliche Angst vor dem dreißigsten Geburtstag vor. Warum auch nicht, sie sah besser aus denn je, das heißt, wenn sie sich fein machte. Eine Werbegraphikerin, vor allem eine, die wie Ebie auf Mode spezialisiert war, bekam eine Menge Geld unter der Hand. Selbst wenn ihr Einkommen nicht ausgereicht hätte, sich elegant zu kleiden, diese Gelder hätten es ermöglicht. Und Geschenke. Beides.

Die Glocken der St.-Thomas-Kirche verrieten ihr, daß es so gegen elf sein mußte, also wälzte sie sich auf die andere Seite und überprüfte die Zeit anhand ihres kleinen Musikweckers, der schon seit einer halben Stunde »Lazy Mary« spielte. Ebie kam zu dem Schluß, daß die Glocken an ihren öden Sonntagen schuld waren. Sie drängten sich mit leisem Tadel in ihren Schlaf, weil sie zu spät zur Sonntagsschule in die Methodistenkirche in der Elm Avenue in Greenpoint, Iowa kam. Die Sonntagsschule war ihr zwar egal, doch sie bemühte sich aufzuwachen, weil sie ihr neues, rosa getupftes Musselinkleid und den toastfarbenen Strohhut ausführen wollte, damit der kleine Junge sie sah, der im Hof neben der Kirche spielte. Irgendwann würde sie schon aufwachen. Und dann war sie hier in New York und nicht in Greenpoint und dachte, was für ein Chaos sie in ihrem Leben angerichtet hatte seit diesen getupften Musselinsonntagen, und damals war sie ungefähr zehn gewesen. Nein, dachte sie traurig, seit ihrem zehnten Geburtstag hatte sie kein rosa getupftes Musselinkleid mehr besessen, abgesehen von diesem getupften Musselinkimono mit dem kobaltblauen Seidenfutter – aber der zählte nicht. Der hatte natürlich nichts Sonntagsschulmäßiges an sich. Doch er war aus getupftem Musselin.

Sie schlug die Decke zurück – es war eine warme Nacht

gewesen, trotz eines kühlen Lüftchens mit einem wohltuenden Hauch von Herbst und brennendem Laub. Sie erinnerte sich daran, daß die Kinder in Greenpoint früher an Septemberabenden immer Laub verbrannt hatten. Auch sonntags. Sie fragte sich, warum irgend jemand Laub verbrennen sollte, aber jedenfalls war es lustig und roch wundervoll. Sie mußte dieser Parfümfirma vorschlagen, einen Duft namens »Verbranntes Laub« auf den Markt zu bringen. Sie würden einwenden, daß Frauen nicht wie ein Lagerfeuer in einer Kleinstadt riechen wollen, aber dann würde sie mit »Russisch Leder« kontern. Frauen wollen nicht nach russischem Leder riechen, hatte es geheißen, aber dann stellte sich heraus, daß sie es sehr wohl wollten. Na also, immerhin ein konstruktiver Gedanke. Das Parfüm »Verbranntes Laub«. Man durfte es nur nicht mehr »Parfüm« nennen, wenn es nicht aus Frankreich kam, wegen dieses neuen Gesetzes. Na gut, dann sollten sie es eben »Verbranntes Laub – der neue Duft« nennen und sehen, wo sie blieben. Sie stand auf und ging ins Zimmer nebenan, barfuß, in ihrem neuen, hochgeschlossenen Nachthemd mit dem Zug drauf, das man ihr geschenkt hatte, nachdem sie es für den Hersteller entworfen hatte. Sie war neugierig, wie das Arbeitszimmer jetzt aussah, wo es wieder ein Arbeitszimmer war und kein Gästezimmer. Es sah wundervoll aus, die Couch war wieder eine Couch und kein Bett, der Tisch ein Schreibtisch und kein Toilettentisch.

»Mein Gott, langsam werde ich wirklich egoistisch«, gestand sie sich ein, und dann beschloß sie, daß diese Freude, die Wohnung wieder für sich zu haben, kein Egoismus war, sondern einfach Vergnügen am Alleinsein, etwas, das ganz typisch war für New York. In einer Stadt voller Menschen war der einzige Zufluchtsort die eigene Wohnung, dachte sie und freute sich über ihre klugen philosophischen Gedanken, doch dann fragte sie sich, ob sie das wirklich dachte. Das war ein weiterer Aspekt ihrer sonntäglichen Selbstgespräche, sie dachte sich Dinge und fragte sich dann, ob sie das auch wirklich dachte oder nur denken wollte, und, wenn das der Fall war, was sie sich hinter ihren Gedanken tatsächlich dachte.

Ebie hatte zwei kleine Zimmer, das Schlafzimmer und das Arbeitszimmer, in die man von der Galerie über dem Wohnzimmer gelangte, aber das Arbeitszimmer war so dunkel, daß sie gewöhnlich unten im hellen Wohnzimmer arbeitete und das Zimmer oben nur als Abstellraum verwendete. Sie hatte dieses Apartment seit fünf Jahren und war noch immer erstaunt und erfreut über die luxuriöse Ausstattung. Die Wohnung hatte ursprünglich einer Umschlaggestalterin gehört, es war eine Genossenschaftswohnung, noch immer voller kleiner Feinheiten, die die Besitzerin schließlich in den Bankrott getrieben hatten – die indirekte Beleuchtung, die gemütlichen Nischen und die Bücherregalattrappen auf der Galerie, die eigens angefertigten Türgriffe, Armaturen, Ventilatoren – lauter Dinge, die die arme Besitzerin nicht mitnehmen oder wiederverkaufen konnte. Der Einzug in diese Wohnung war ein wichtiger Einschnitt in Ebies Leben gewesen, die endgültige Entscheidung, das Spiel mit der Werbung mitzuspielen, die alte Künstlerclique und das verrückte Greenwich Village hinter sich zu lassen. Sie hatte genug Zeit damit verbracht, zu Füßen irgendwelcher vielversprechender Maler zu sitzen und sich von ihnen sagen zu lassen, sie müsse ihr Talent ernst nehmen, sich bedrängen zu lassen, sie müsse die hoffnungsvollen Ansätze aus ihrer Zeit in der Kunstkooperative weiterentwikkeln, und sich von ihnen die Werbegraphik schlechtmachen zu lassen, mit der sie sich ihren Lebensunterhalt verdiente – wozu sie selbst übrigens nicht in der Lage waren. Einige dieser Knaben hatten sie ausgenutzt, daran gab es keinen Zweifel. Oft kam sie nicht ins Bett, weil sie mitten in der Nacht kochte, während sie über Kunst redeten, aber sie fühlte sich geschmeichelt, dabeisein zu dürfen. Dann lernte sie auf dem Graphikerball Jay Oliver durch einen ihrer Bekannten aus der Werbebranche kennen, und zwar genau zum richtigen Zeitpunkt. Was der hartgesottene Geschäftsmann aus dem Mittelwesten sagte, kam ihr im Vergleich zum Gerede der Künstler herrlich erfrischend vor. Ihre zehn Jahre in der Kunstszene erschienen ihr nun wie eine lange Expedition in eine fremde, verschwommene, falsche Welt – es war schön, sie zu verlassen, um in die rauhe Geschäftswelt einzutreten und zu hören, wie ungeschminkt Jay redete. Geld. Geld. Und genau das war es ja, was alle wollten, auch die Künstler, nur war es so wunderbar, Leute kennenzulernen, die das auch offen zugaben. Es war wie in den unbeschwerten getupften Musselintagen, alles klar und einfach, eins, zwei, drei.

Ebie entsann sich jetzt, daß sie in dem Augenblick angefangen hatte zu glauben, daß das Leben ein Chaos war, als sie beschloß, sich von niemandem mehr etwas vormachen zu lassen und sich auch selbst nichts mehr vorzumachen. Und jetzt stand sie da und wußte nicht, wann sie sich etwas vormachte und wann nicht, ob ihr dieses angenehme, unabhängige, luxuriöse Leben gefiel, das ihr ihr Einkommen ermöglichte, oder ob ihr das wilde, bohemehafte Leben mehr Spaß gemacht hatte. Sie war zu dem Schluß gekommen, daß ein alleinstehendes Mädchen einen verläßlichen Hintergrund benötigte, vor dem sie ihr Bohemedasein ausleben konnte. In einem Palast konnte man ohne weiteres das Treppengeländer hinunterrutschen und dabei »Jippie« kreischen, und man konnte durchaus eine muntere Herzogin auf Kurzbesuch sein, doch wenn ein Mädchen in einer Kellerbude in Greenwich Village einen kleinen ausgelassenen Solotanz hinlegte, hielt man sie entweder für eine Verrückte oder für ein Flittchen. Eine gute Adresse war für ein Mädchen in New York das ein und alles. Ein Mann sah eine Wohnung wie die ihre, und man konnte ihm seine Heiratsgedanken so deutlich ansehen wie Sommersprossen.

Nicht, daß Ebie heiraten wollte. Gelegenheiten hatte es genug gegeben, aber was hätte es für einen Sinn, jemanden zu heiraten und dann jedesmal abzuhauen, wenn Jay Oliver anrief? Und doch hätte sie ein wenig Zuneigung gebrauchen können, dachte sie und wischte sich dabei mit dem Taschentuch eine kleine Träne aus dem Auge, es mußte ja nicht unbedingt ein Ehemann oder eine Mutter oder ein Vater oder ein Kind oder ein Hund sein, aber irgend etwas brauchte man. Man hatte einfach das Recht auf etwas, das einem gehörte, etwas, auf dem man herumhacken und von dem man sagen konnte, das da, das gehört eindeutig mir und sonst niemandem, und niemand außer mir hat das Recht, darauf herumzuhacken – das ist es, was Sicherheit bedeutet. Welche Sicherheit hatte sie in ihrem Leben? Nicht finanzielle Sicherheit, liebevolle, echte Sicherheit. Das machte sie noch nachdenklicher.

Ebie zog den Morgenrock aus Taft an und die Hausschuhe, die Hannah für sie bereitgestellt hatte, und schaltete das Radio ein. Sie brauchte jetzt etwas Gesellschaft. Könnte man Sonntage doch nur überspringen! Ihr Schlafzimmer war ziemlich kahl im Vergleich zum luxuriös und üppig eingerichteten Wohnzimmer, aber das hatte nicht unbedingt damit zu tun, daß ihr das Geld ausgegangen war, nachdem sie das untere Geschoß eingerichtet hatte, sondern damit, daß sie nicht gern in einem Meer von Rüschen aufwachte. Sie konnte das nicht genau erklären, aber wenn man in einem Raum mit kahlen Wänden und Fenstern ohne Gardinen aufwachte – Jalousien ja, aber keine Vorhänge –, dann konnte man den Tag vorausplanen, ohne durch etwas abgelenkt zu werden. Das kleine weiße Radio auf dem Nachttisch gab eine eintönige Predigt von sich, und wieder überlief Ebie ein Schauer, und sie schaltete es aus. Sie konnte ebensogut hinuntergehen und Frühstück machen. Hannah kam sonntags nie, also mußte sie es selbst machen.

In der kleinen Küche neben dem Wohnzimmer gab es Regale voll hübscher, schwarzweiß karierter Blechdosen, einen Glasschrank mit verschiedensten Wein-, Whisky-, Cognac- und Likörgläsern, die alles über die Gastlichkeit des Südens verrieten, und ein Regal mit Delikatessen in Dosen – eingelegte Walnüsse, Pfirsiche in Cognac, geräucherter Lachs, eingelegte Muscheln, Kokosraspeln, schwarzer und roter Kaviar, verschiedene Teesorten, Oolong, Jasmin, Mate – ließ auf einen guten Geschmack schließen, was das Essen betraf.

»Wenn man sich vorstellt«, dachte Ebie, »daß ich das Mädchen bin, das früher den Salat mit Zucker und Essig zubereitet hat.«

Tatsächlich war Ebie durchaus in der Lage, ein feines kleines Dinner hervorzuzaubern, wenn ihr der Sinn danach stand, eine Begabung, die sie an Sonntagabenden für ihren Vater zu einer ausgesprochen beliebten Gastgeberin gemacht hatte, damals in Greenpoint, und auch später noch, als sie Kunst studierte und am Washington Square wohnte. Während sie die Kaffeemaschine anstellte, fragte sie sich, ob Lou Donovan Jay je erzählt hatte, was an jenem Abend geschehen war. Männer waren immer so diskret miteinander, daß jeder Idiot sofort wußte, was sie verbargen. Sie war nicht wütend auf Jay wegen der dummen Sache mit seiner Frau, wie er glaubte – obwohl sie ihn in dem Glauben gelassen hatte, sie sei noch immer wütend. In Wirklichkeit war sie auf sich selbst wütend. Auf dem Tisch lag das Telegramm mit der Absage für einen Auftrag, nur weil sie ihn verschoben hatte, um nach Pittsburgh zu rasen und sich mit Jay zu treffen. Wenn sie unfair sein wollte, konnte sie Jay die Schuld daran geben, aber natürlich war alles ihre eigene Schuld, weil sie so verrückt nach ihm war. Sich fest vorzunehmen, Geld anstatt Kunst zu machen, und dann zuzulassen, daß ein verheirateter Mann ihr beides verpfuschte! Das war ja schon schlimm genug, doch dann sollte sie wenigstens dafür sorgen, daß in der Liebe alles gut lief, wenn sie schon deshalb Chaos in ihr Leben brachte – aber nein, sie mußte auch hier noch Chaos machen, indem sie mit dem besten Freund des Mannes eine Nacht verbrachte.

»Wie bin ich nur ein derartiges Ekel geworden?« fragte sie sich laut. »Wenn es schon sein mußte, warum dann gerade mit seinem besten Freund?«

Sie beschloß, dem Brandy die Schuld zu geben, aber das führte nur zu weiteren Selbstvorwürfen. Es bedeutete, daß sie Chaos in ihr Leben brachte, weil sie zuviel trank. Das Trinken ruiniert das Aussehen eines Mädchens binnen kürzester Zeit, hatte Rosenbaum ihr gesagt. Andererseits – und darauf hatte sie ihn aufmerksam gemacht – konnte sie ihm Mädchen zeigen, die ihr Leben lang keinen Tropfen getrunken hatten und trotzdem nicht gerade umwerfend waren, was ihr Aussehen betraf. Sie schaltete das Radio in der Küche ein, suchte WQXR und bekam die Fünfte Symphonie. Sie bekam immer die Fünfte Symphonie. Mittlerweile konnte sie sie fast schon selbst schreiben – am Beginn bumm bumm bumm, immer wieder von vorne, bis jedes Instrument ein paar treffende Bemerkungen eingeworfen hatte, dann wieder der Anfang und noch einmal, ah, und jetzt geht's los. Aber nein, genau da, wo der Mittelteil kommen sollte, beginnt der Schluß, und jedes unwichtige Instrument spricht ein paar Worte zum Abschied, dann alle zusammen, amen, amen, adieu – halt, einen Augenblick noch, nur noch eine allerletzte Idee, dann adieu, doch halt, noch ein Gläschen zum Finale, bumm ta ta bumm, dann noch eins (jetzt ist's aber endgültig soweit, nach diesem allerletzten müssen wir wirklich gehen). Das war die Fünfte Symphonie, und das war es auch, worauf Kunst und Kultur schließlich hinausliefen – zuviel Spinat, entweder man nahm ihn und sagte, er schmeckt, oder man hielt sich an Leute wie Lou Donovan und Jay Oliver, die sich über Kultur lustig machten, weil sie keine hatten. Bei dem Abendessen neulich hatte sie die beiden aufgezogen, an dem Abend, an dem sie Mrs. Kameray losgeworden war.

»Was möchtest du, Herzchen, ein Steak?« hatte Jay gefragt.

»Ein Steak, um Himmels willen«, hatte sie gespottet. »Da räumen diese Penner heute ein Vermögen ab, und dann fällt ihnen nichts Besseres ein, als uns auf ein Steak einzuladen.«

»Alles, was du willst, Herzchen«, sagte Jay. »Du brauchst nur mit den Fingern zu schnippen und kriegst Schnecken auf Toast.«

»Das heutige Geschäft ist noch gar nichts«, sagte Lou. »Sobald wir es geschafft haben, mein Mädchen, wirst du Engel auf Toast essen.«

Der Ober stand abwartend neben ihnen, und Lou blickte zu ihm auf.

»Herr Ober, vier Engel auf Toast«, sagte er, »das Beste ist gerade gut genug für uns.«

Engel auf Toast, so ein Unsinn. Während Ebie dasaß, Toasts mit Würstchen und Ananasscheiben aß und WQXR hörte, studierte sie den Kulturteil der *Sunday Tribune*. Immer wenn sie sich über ihre Affäre mit Jay ärgerte, weinte sie ein wenig über den Kulturspalten. Das half am ehesten gegen ihre

Sonntagsdepressionen. Royal Cortissoz oder Jewell lobten hier »Dünen«, »Bauer aus Kansas«, »Äpfel und Bibel«, »Der alte Oberst«, »Weiße Kirche auf dem Lande« (als hätte sie das nicht selbst schon vor Jahren gemacht), Bilder ihrer ehemaligen Kollegen aus der Kunsthochschule. Auch sie könnte sich in dieser illustren Gesellschaft befinden – »stark beeinflußt von Kenneth Hayes Miller« oder »in der Tradition der Schule des Mittleren Westens« oder »an Cézanne erinnernd, freilich ohne dessen Klasse und Einfallsreichtum«. Ja, sie könnte unter diesen unsterblichen Zeitgenossen weilen, anstatt hier in diesem eleganten Apartment zu sitzen, mit den Orchideen der vergangenen Nacht und dem morgigen Frühstück im Kühlschrank, ihr Leben ein einziges Chaos – ja, daran bestand kein Zweifel, obwohl das Talent, ihre Kunst für schnöden Mammon zu verkaufen, diese früheren Weggefährten merkwürdig neidisch gemacht hatte. Wieder trocknete sie eine Träne und schlug die Gesellschaftsspalten auf, ohne einen bestimmten Grund, außer daß sie in diesen kleinen, sich immer wiederholenden Sätzen sicher nichts finden würde, was an die Vergeblichkeit von Liebe und Kunst erinnerte. Wenigstens dachte sie das, bis sie eher lustlos die Kolumne »Neues aus den Urlaubsorten« überflog und nach »White Sulphur Springs« auf die erste Meldung unter »Atlantic City« stieß:

»Mr. und Mrs. Jay Oliver residieren mit ihrer Mutter Mrs. MacAlister im Hotel Traymore.«

Ebie legte die Zeitung weg und zündete sich eine Zigarette an. Nachdem er versucht hatte, sich mit ihr zu versöhnen. Nachdem sie ihm fast verziehen hatte und nur auf den richtigen Moment wartete, um ihm ganz zu verzeihen. Und dann fährt er ausgerechnet mit seiner Frau und seiner Schwiegermutter nach Atlantic City. Na ja, warum auch nicht? Ehefrau bleibt Ehefrau. Sie sollte nicht wütend sein auf Jay. Sie war selbst schuld, weil sie ihr einfaches früheres Leben als richtige Künstlerin aufgegeben hatte (daran weiterarbeiten, auch wenn es Jahre gedauert hätte! – das hätte sie machen sollen) und angefangen hatte, die wertvollen Dinge im Leben mit

Werbegraphik, verheirateten Männern und schicken Lokalen zu verunstalten. Weil sie auf ein Wort von dem Mann quer durchs ganze Land angetanzt kam. Weil sie dabei ihre Arbeit mit Füßen trat. Weil sie ihre kleinen alten getupften Musselinideale mit Füßen trat, dachte sie traurig. Geschah ihr ganz recht, daß er ihr jetzt seine Frau und einen kleinen Familienspaziergang auf der alten Strandpromenade vorzog. Geschah ihr recht, wenn sie sich mit einem Typen wie Jay einließ. Feuerwehrmann auf Besuch. So wurden Typen wie Jay und Lou genannt. Typen, über die die alte Clique gelacht hätte. Typen, mit denen man ins Luchow essen ging und anschließend zur Mitternachtsshow ins Jimmy Kelly, und die dann brüllten: »Greenwich Village – jippie!« Und die Clique machte sich über sie lustig und wußte es nicht zu würdigen, daß sie auf ihre Art clever sein mußten, um soviel Geld zu verdienen, und die Feuerwehrmänner auf Besuch sahen sich deine Kunstwerke und die Kunstwerke deiner Freunde an und sagten: »Wie lange hast du gebraucht, um ein so großes Bild abzumalen?«

Eine Zeitlang fiel man natürlich auf sie herein, auf die Feuerwehrmänner, weil man vielleicht etwas zuviel über Kunst geredet, sich etwas zuviel über Literatur unterhalten hatte, etwas zu kopflastig gewesen war, anstatt zu tanzen und sich zu amüsieren. Aber man war ein Idiot, wenn man sich mit ihnen einließ. An diesem Punkt der Überlegungen zog Ebie die Jalousien hoch und sah, daß es ein herrlicher Tag war, der seine elegantesten Sonntagswolken angelegt hatte, weiß, ruhig, stattlich, und einen dunkelblauen Himmel, daß die Sonne aufpoliert war und funkelte und mit ihren Strahlen, die von den Fenstern auf der gegenüberliegenden Seite des Innenhofes reflektiert wurden, die Augen blendete, wild drauflos schien und sich bemühte, einen guten Eindruck zu hinterlassen, damit sie nach dem Mittagessen nicht wiederzukommen brauchte. Nein, nichts hinderte sie daran, wieder ihr altes Leben zu führen, sie konnte jederzeit zurückgehen, genau wie Jay und Lou jederzeit zu ihren Ehefrauen zurückgehen konnten. Jay und Lou mit ihrem großen Respekt vor der

Ehe. Heimlich machten sie zwar alles, wozu sie Lust hatten, aber die Ehefassade mußte aufrechterhalten werden. The Show Must Go On. Das war das Heuchlerische an den Feuerwehrmännern auf Besuch. Und genau wie Ebie eines Tages ganz plötzlich das Künstlerleben in Greenwich Village satt gehabt hatte, hielt sie jetzt ihr derzeitiges Leben nicht mehr aus. Sie rief in der Garage an, damit man ihren Wagen herausfuhr, und dann rannte sie die Stiege hinauf, um sich anzuziehen. Sie wühlte in einer Schublade, bis sie auf ein getupftes Musselintrikot mit blauen Schleifen stieß. Wenn man es schon nicht außen tragen konnte, so wenigstens direkt am Leibe. Sie schaltete das Radio auf volle Lautstärke ein, und während sie sich hastig ein Kostüm anzog, sang sie leise mit Bing Crosby: »I Can Dream, Can't I?« Sie hatte plötzlich das Bedürfnis, alles, was mit der Gegenwart zu tun hatte, hinzuschmeißen.

»Am liebsten würde ich nach Greenpoint zurückgehen«, dachte sie, »nur würde das nichts bringen, weil ich nicht mehr zehn Jahre alt bin.«

Vor dem Haus öffnete der Pförtner die Tür ihres kleinen blauen Plymouth für sie.

»Freut mich, daß Sie an einem so herrlichen Tag hinausfahren können«, sagte er herzlich. »Genau das richtige Wetter, um aufs Land zu fahren.«

Es war ihr also anzusehen, daß sie vorhatte, irgendwohin zu fahren.

Der kleine blaue Plymouth mit den roten Rädern rollte durch die Park Avenue, über die Auffahrt zur Grand Central Station und dann die Fourth Avenue entlang. Abgesehen von den paar Leuten, die im Hotel Vanderbilt ein und aus gingen, war die Fourth Avenue südlich von Murray Hill sonntags eine menschenleere Straße. Das war ein nettes Hotel, dachte Ebie, mit Medaillons aus Wedgwoodporzellan an den Türen und einem dunklen Mezzanin, wo man mit dem einen Mann zu Mittag essen konnte und bei einem Blick über das Geländer gleichzeitig den anderen Mann sah, mit dem man zu

Abend essen würde, in rauhbeiniger Männergesellschaft (Zigarren, Cognac, Kennt-ihr-den-mit-dem-Filzhut-und-dem-Klempner), an einem Tisch unten im Speisesaal. Ein nettes Hotel, das Vanderbilt. Caruso hatte hier einmal ein Stockwerk gemietet, aber nicht nur deshalb war es etwas Besonderes, erinnerte sich Ebie mit nostalgischem Lächeln. Sie hatte vergessen, das alte Hotel Murray Hill ein paar Blocks weiter hinten zu grüßen, an das sie auch Erinnerungen hatte. Messingbetten zum Beispiel. Erkerfenster. Im Speisesaal Verleger, Firmenvertreter, Handelsreisende, Kanarienvögel aus dem Harz, eine angenehme Provinzatmosphäre, und man konnte erraten, was für ein Typ Mann einer war, wenn er dieses Restaurant vorschlug.

Ein kleines blaues Auto steht einer jungen Frau sehr gut, wie jede junge Frau weiß, und deshalb drehten sich die vereinzelten Fußgänger nach Ebie um, während sie die Fourth Avenue entlang und dann hinüber zum Irving Place fuhr, wo die Sonntagsruhe sich auf die gepflegten alten Brownstone-Häuser, die hübschen alten Apartmenthäuser, gesenkt hatte; hier lebten wirklich Menschen, man sah sogar einen Vater auf der Straße, der ein Baby im Kinderwagen schob, ein seltenes Schauspiel in Ebies Leben, deshalb lehnte sie sich hinaus, um zu sehen, ob in dem Kinderwagen wirklich ein Baby war oder ob es sich um einen Werbegag handelte. Die Ampel sprang auf Rot um und brachte sie direkt vor dem Haus zum Stehen, in dem sie mit ihrer Freundin Honey aus der Kunstkooperative gewohnt hatte. Ebie war überrascht, daß das Gebäude, ein altes Brownstone-Haus, entworfen von Stanford White, immer noch stand (sie konnte sich noch erinnern, daß die Vermieterin sie auf das Haus um die Ecke am Gramercy Park aufmerksam gemacht hatte, in dem Mr. White bis zu seiner Ermordung gelebt hatte) – ach ja, und hier hatte doch dieser junge Musiker den Schriftsteller David Graham Phillips erschossen. Diese Gegend war ein romantisches Mörderviertel, häufig erwähnt, weil Washington Irving einmal hier gewohnt hatte, der aber, soweit ihr bekannt war, nie ermordet wurde.

Dieses Haus, das Ebie von früher als elegantes altes Mietshaus in Erinnerung hatte, war ziemlich heruntergekommen – »Möblierte Zimmer« und ein armenisches Restaurant im Keller. Ebie fielen seltsame, geräumige, walnußgetäfelte Zimmer ein, finstere Mahagonitreppen, die die Stockwerke und die verschiedenen Flügel miteinander verbanden, kunstvoll gearbeitete Balustraden, kleine Balkons im großen Foyer, wie gemacht für ein kleines Orchester, so daß sich die trostlose Pensionsatmosphäre mit dem verblichenen Glanz längst vergangener Bälle mischte. Fast konnte man das Echo von »Kiss Me Again« aus dem dunklen Samt der Wandbehänge schütteln. O ja, es war ein altes Walzerhaus, dachte Ebie, das war es. Sie fragte sich, ob Honey noch immer hier wohnte, und starrte auf die Eingangstür, halb in der Erwartung, die alte Freundin würde in Lebensgröße herausspazieren, aber es war keine Spur von ihr zu sehen. Auch recht, denn bei ihrer Trennung war das Verhältnis ziemlich frostig gewesen, ohne erkennbaren Anlaß, außer daß die eine die Freunde der anderen gar nicht mochte oder aber zu sehr. Jedenfalls hatten sie die Angewohnheit, die Stunde vor dem Zubettgehen – die Stunde des Strümpfewaschens und Eincremens – mit bissigen Bemerkungen über den jeweiligen Verehrer der anderen zu verbringen. Honey war noch Jungfrau (zumindest ließ sich das Gegenteil nicht beweisen) und mächtig stolz darauf. Man hätte glauben können, das sei etwas, was schon seit Generationen im Besitz der Familie war, so daß sie es unter keinen Umständen je übers Herz bringen würde, es zu versetzen. Honey belegte bei der Kunstkooperative Kurse in Ölmalerei und stand einem Werbefotografen gegen Geld Modell, und Ebie machte Kurse in Kohlezeichnung und verdiente sich ihr Geld mit Entwürfen und Illustrationen für Modezeitschriften. Sie hatten ein Wohnzimmer mit recht hübschen Möbeln, zumindest ließ sich, so wie im Falle von Honeys Unschuld, das Gegenteil nicht beweisen, weil sie immer mit bunten Schonbezügen aus Chintz verhüllt waren. Es gab einen offenen Kamin, in dem man kein Feuer machen durfte, ein kleines Schlafzimmer, ein Bad und eine Kochnische, alles für achtzehn Dollar die Woche. Da sie zu Hause ausschließlich Frühstück zubereiteten oder ein Abendessen aus der Dose aufwärmten, waren ihre Ausgaben sehr gering, wenn sie nicht gerade von Freunden aus der Kunstkooperative eingeladen wurden, auf eigene Kosten, denn die waren gewöhnlich arm. Um zu sparen, gingen Ebie und Honey sogar abwechselnd am einen Abend mit einem Feuerwehrmann auf Besuch aus und am nächsten mit einem Typen aus der Kunstkooperative. Sie hatten sogar ihren Spaß, wenn sie mit niemandem ausgingen, sondern einfach zu zweit auf Tour waren. Sie hingen bis acht herum, taten so, als wollten sie einen Krimi zu Ende lesen oder seien eigentlich gar nicht hungrig, und wenn sie sich dann mit der Tatsache abgefunden hatten, daß niemand mehr auftauchen würde, der sie zum Abendessen einladen würde, gingen sie in eine Bar um die Ecke, die O. Henry dereinst frequentiert hatte, und dann saßen sie in einer dunklen, mit rauchgeschwärztem Holz verkleideten Nische, tranken Whisky, erzählten einander Dinge, von denen sie später wünschten, sie hätten sie nie erzählt, und prahlten mit ihren Familien, die sie mal unter die oberen Zehntausend ihrer Heimatstadt einreihten, dann wieder als romantische Außenseiter darstellten. Die Familie draußen im Mittelwesten mußte auf ein bloßes Wort der New Yorker Töchter wie auf Rädern hin- und hergesaust sein. Dieses Lokal hatte auch nichts von einem Café an sich, und sie kamen sich sehr welterfahren vor, weil sie oft die einzigen weiblichen Gäste waren. Honey liebte Literaten, also gingen sie manchmal in ein Stammlokal vieler Schriftsteller in der Eighth Street, wo man seinen Lieblingsautor im Straßencafé bestaunen konnte. Honey hatte meistens eine Zeitschrift mit ihren »Arbeiten« bei sich, um bei den Fremden Eindruck zu schinden, die sich gewöhnlich an sie heranmachten, um sich mit ihnen zu verabreden. Dort tranken sie Planters Punch, eine Spezialität des Hauses, die zuerst die Blicke der Männer und dann die Männer selbst an ihren Tisch zog: »Entschuldigung, ich hoffe, ich störe nicht, aber würden Sie so freundlich sein und mir sagen, wie dieser wundervolle Drink heißt?... Planters Punch?... Dankeschön. Äh, ich hoffe, Sie halten mich jetzt nicht für aufdringlich, wenn ich eine Runde davon bestelle. Mich würde wirklich nur interessieren, wie er schmeckt.«

Was für ein Drink! Der Kellner kam mit den Gläsern mit einem halben Meter zerstoßenem Eis ums Glas herum und einem Berg darin, gekrönt von einer Miniaturtanne aus Pfefferminze und extralangen Strohhalmen, mit denen man nach Rum bohrte, der direkt aus dem feuchten Erdinnern zu kommen schien – jemand hatte einmal gesagt, daß man an klaren Tagen fast Floyd Collins erkennen könne. Nachdem der Anfang gemacht war, knallte Honey ihre Zeitschriften auf den Tisch und zeigte ihre »Arbeiten«. Sie sei das Mädchen im Nachthemd auf Seite 98, das sich die Hände an den Kopf hielt und in der Bildunterschrift in Großbuchstaben bemerkte: »Ach, hätte ich doch nur ein Alka Seltzer genommen, dann wäre ich fröhlich aufgewacht!«

»Da«, rief Honey dann, »können Sie glauben, daß ich das bin? Mein anderes Profil ist viel hübscher – meine rechte Gesichtshälfte, meine ich, aber zur Abwechslung wollten sie einmal diese Seite.«

Dann blätterte sie aufgeregt die nächste Zeitschrift durch. Da war sie, auf der Rückseite des Titelblattes, in drei verschiedenen Posen. EINS: Ballkeid. Sie tanzt mit einem Mann mit weißer Krawatte, der sein Gesicht abwendet. Sprechblase aus ihrem Mund: *Ach, gehen wir nach Hause, Liebling, niemand will mit mir tanzen, dabei bin ich genauso hübsch wie Emily.* Sprechblase des Mannes mit der weißen Krawatte: *Ja, Liebling, aber warum gehst du nicht mal zu unserem Hausarzt?* ZWEI: Dr. Troutmans Praxis. Honey in Straßenkleidung. Sprechblase aus Honeys Mund: *Aber, Herr Doktor, kann ich denn gar nichts gegen meinen Körpergeruch machen?* Antwort des Arztes in der Blase: *Glücklicherweise, Mrs. Flashman, gibt es ein Geheimrezept, das in Ärztekreisen schon seit vielen Jahren bekannt, aber erst seit kurzem auf dem Markt ist. Es heißt ---.«* DREI: Der Ball. Honey trägt ein anderes Ballkleid und ist von einem halben Dutzend Männern umringt, die die Hände nach ihr ausstrecken, während ihr stolzer Ehemann triumphierend mit ihr über die Tanzfläche fegt. *Na, Liebling, wer hätte das gedacht?* sagt er in der Blase zu ihr. *Ich habe gemerkt, daß du heute abend keinen Tanz ausgelassen hast. Wie hast du das nur gemacht?* Darauf sie zu ihm strahlend in der Blase: *Mit Bodyjoy. Seit ich Bodyjoy verwende, können meine Poren wieder richtig atmen, und ich bin wieder das Mädchen, das du früher gekannt hast.*

Die Fremden waren stets beeindruckt und sagten meistens zu Honey, daß ihre darstellerischen Qualitäten in diesen drei kleinen, aus dem Leben gegriffenen Vignetten derart beeindruckend seien, daß sie zum Film gehen solle, worauf sie aufbrauste: »Aber ich BIN beim Film, nur mach ich nicht das Zeug, das Sie meinen. Ich bin Künstlerin.«

Honey war ein solcher Schwachkopf, daß Ebie nicht verstehen konnte, wie sie es diese zwei Jahre mit ihr hatte aushalten können. Es kam soweit, daß der bloße Anblick Honeys, wie sie sonntags herumsaß und sich die Zehennägel lackierte oder sich mit der Bürste hundertmal durch die roten Haare fuhr, ausreichte, um sie wahnsinnig zu machen. Als der Friseur für eine Dauerwelle eine dicke Strähne dieser wundervollen Haare wegbrannte, tat Honey ihr dennoch leid, und sie versuchte, das arme Ding zu trösten, das heulend auf dem Bett lag, neben sich den Handspiegel mit der Vorderseite nach unten.

»Mach dir nichts draus, Honey«, hatte Ebie gesagt, »du warst sowieso nie der herkömmliche Typ von Fotomodell, du hast eine Frisur wie diese Reklameschönheiten gar nicht nötig. Du bist ein anderer Typ, verstehst du, nicht dieses Fotomodell-Einheitsgesicht.«

Worauf sich Honey aufsetzte und wieder interessiert in den Spiegel schaute.

»Ich weiß«, stimmte sie mit Genugtuung zu. »Ich bin eher der Elfentyp. Mein Gesicht ist exakt herzförmig, nicht wahr?«

Selbst wenn es nierenförmig gewesen wäre – Ebie wollte nichts mehr hören, und um keinen Schreikrampf zu bekommen, zog sie auf der Stelle aus. Sie nahm sich dann ein Zimmer am Washington Square North East, mit einer Hintertür auf den Hof. Der Raum war riesig, hoch, mit getäfelten Wänden und großen Fenstern, durch deren ständig schmutzige Scheiben nur wenig Sonnenlicht einfiel. Es gab einen Ölofen zur Abwehr der seltsamen Windstöße und Zugluftattacken, die in Winternächten um das hochherrschaftliche Zimmer strichen und durch verriegelte Türen, Wände, geschlossene Fenster und mit Brettern vernagelte Kamine pfiffen. Aber ein prächtiger Kirchenstuhl und ein riesiges Sofa, die sie bei einer Auktion um die Ecke erstanden hatte und die vom bloßen Ansehen auseinanderzufallen drohten, sowie ihre Staffelei, das Zeichenbrett, Kunstdrucke von Daumier, Steinlen, Breughel und Grosz und einige ihrer eigenen Zeichnungen an den Wänden verliehen dem Raum Atmosphäre. Ja, das Atelier war von so bohemienhafter Romantik, der Traum eines jeden Künstlers, daß Ebie dort immer weniger Kunst machte und statt dessen immer mehr über Kunst redete. Je mehr sie für die Werbung machte, desto mehr ihrer alten Skizzen heftete sie an die Wände, und je mehr Geld sie verdiente, desto mehr genoß sie die Gesellschaft der Möchtegernkünstler und -künstlerinnen. »Mann, damals war ich vielleicht begabt«, dachte sie jetzt verwundert, »ich hab wirklich ein helles Köpfchen auf den Müll geworfen, als ich mit Jays und Lous Clique anfing.« Aber daran war sie natürlich selbst schuld, das wußte sie ja.

Weiter vorn in der Straße hielt der blaue Plymouth vor einer Tür, auf der nur »BAR & GRILL« stand. Es war der Eingang zum Restaurant eines leicht mittelalterlich anmutenden Hotels, dessen vom Zahn der Zeit geschwärzte Fassade von Feuerleitern zerschnitten war, die neben den schmutzigen Fenstern bis hinauf zu den häßlichen Wasserspeiern auf dem Dach führten. Auch dieses Hotel rief in Ebie gewisse Assoziationen hervor, und einen Augenblick betrachtete sie es nachdenklich vom Wagen aus und fragte sich, ob sie die schlummernden Erinnerungen wecken sollte. Selbst an einem sonnigen Tag wie diesem war BAR & GRILL eine finstere Höhle, die dunkle Wandvertäfelung aus Eichenholz reichte hoch hinauf und traf auf rußige Wände, und vor den Bullaugenfenstern hingen Vorhänge aus schwerem kürbisfarbenem Chintz, so daß man sich beim Eintritt zunächst in einem vernebelten Keller wähnte, bis ein schwacher grauer Lichtstrahl, der durch ein Fenster über der Tür einfiel, gestattete, daß man sich die lange dunkle Theke entlangtastete. War man einmal drinnen, kam man nicht so schnell wieder heraus, und obwohl Ebie diese Legende kannte, schrak sie zusammen, als sie denselben rotbackigen, aber mürrisch blickenden Mann mit dem Filzhut am hinteren Ende der Theke sah, der vor fünf Jahren Tag und Nacht hiergewesen war, immer den Mantel über dem Arm, wie auf der Flucht, einer Flucht, die nie stattfand.

Es war nach zwölf, der Zeitpunkt, zu dem die Bar sonntags aufsperrte, und die älteren weiblichen Dauergäste des Hotels nahmen gerade ohne erkennbare Eile ihre Plätze im Grillroom ein, lächelten den Kellnerinnen mit einem Nicken zu, und um die Bestellung ihres ersten Manhattan noch ein wenig hinauszuzögern, hatten sie ihr Strickzeug und ein schmales Bändchen irgendeines englischen Barden bei sich. Hätte man sich je gefragt: »Was ist wohl aus dieser berühmten alten Suffragette geworden, die sich damals ans Gerichtsgebäude von San Francisco ankettete? Was ist aus dem Anwalt geworden, der Killer Mackay freigekriegt hat? Was ist wohl aus dem Mädchen geworden, das den Sturz von den Niagarafällen überlebte? Was ist aus dem Schriftsteller geworden, der nie mehr etwas schrieb, nachdem die Verkaufszahlen seines ersten Buches in die Millionen gegangen waren? Was ist aus den ersten Frauen der Männer geworden, die heute berühmt sind?«, dann wäre die Antwort gewesen: »Geh ins BAR & GRILL.« Hier hausen sie, so weit vom Leben entfernt, als seien sie in Bali. Zu Mittag kommen sie herunter in den Grillroom, und wenn es dunkel wird, ziehen sie sich nach oben zurück, wo es noch dunkler ist, tasten sich durch schmale, stille Korridore in ihre kleinen, finsteren, anständigen Zimmer. Sie reden selten miteinander, doch die Anwesenheit der anderen ist ihnen ein Trost, und wenn die Dame, die einst mit Caruso gesungen hat, in der Nacht wieder einmal diese rasenden Schmerzen in ihrem linken Ohr bekommt, kann sie jederzeit an die Wand klopfen und damit den ehemals berühmten Architekten herbeirufen, der von der Anklage freigesprochen wurde, vor zwanzig Jahren in der Nähe von Albany eine ganze Familie erwürgt zu haben.

Ein Fenster mit bunten Scheiben hinter der Bar tauchte diese Dauergäste, die hier zu Mittag aßen, in ein frommes Leuchten, während sie an ihren Getränken und an der Literatur nippten. Nippen und kippen, nippen und kippen, so ging es dahin, bis der kleine Wagen mit den Cocktailwürstchen kam, ein Zeichen, daß es Zeit für den Cocktail war, und zu diesem Zeitpunkt waren die mittags noch existierenden Barrikaden bereits abgebaut, Intimsphären verletzt, vertrauliche Informationen ausgetauscht, Briefe von abwesenden Neffen oder berühmten, weit entfernt lebenden Freunden laut vorgelesen, während über Lautsprecher ein Potpourri aus Cole-Porter-Hits gespielt wurde. Was an diesen kleinen, ehrwürdigen, angesehenen Hotels außerdem merkwürdig war – beim Durchschnittsgast schienen sie keinen Anklang zu finden. BAR & GRILL beispielsweise sprach vornehm aussehende Witwen und alte Jungfern mit geringem Einkommen an, weil sich das Management verstaubt pietätvoll gab, was es einer Dame ermöglichte, hier in höchst vornehmer Form ihrer heimlichen Trunksucht zu frönen – ein sehr ruhiger und verschwiegener Ort; dann gab es noch diese müden Eintagsfliegen, die verglühten Sternschnuppen, und auf der anderen Seite eine fröhlichere, jüngere Gruppe, deren Loyalität gegenüber dem BAR & GRILL auf den billigen Martinis fußte. Bei ihren bescheidenen Ein-Dollar-Mahlzeiten (vier Martinis und ein Sandwich) amüsierte sich diese lebhaftere Runde über die älteren Dauergäste und tauschte taktlose Bemerkungen aus, wenn die kleine, sehr, sehr dicke alte Dame, ebenfalls Dauergast, hereinwatschelte und von zwei höflichen Herren äußerst würdevoll zu einem Barhocker geleitet wurde, die mit dem gallertartigen kleinen Wesen sichtlich nicht zurechtkamen und es portionsweise hinaufschieben mußten.

Der Anblick des flotten kleinen blauen Wagens, der draußen angehalten hatte, verband alle Gruppen in gemeinsamer Aufregung, die noch erhöht wurde durch das ungewöhnliche Ereignis, daß ein so elegantes und gutaussehendes Wesen wie Ebie Vane diese antiquierte Höhle betrat. Nicht, daß viele der Dauergäste nicht ebenso imposante Freunde in anderen Stadtteilen gehabt hätten, doch diese Freunde zeigten verständlicherweise nicht die geringste Lust, sich mit ihnen in diesem finsteren Loch zu treffen. Mit wem war sie verabredet – was führte sie hierher und nicht ins Lafayette, ins Fifth Avenue, ins Brevoort oder in einen der anderen, teureren und sicherlich passenderen Treffpunkte?

Nachdem sie sich kurz umgesehen hatte, nahm sie an der Bar Platz und bestellte einen Dubonnet mit einem Schuß Brandy als Muntermacher.

»Was ist aus Willie geworden?« fragte sie den Barkeeper, einen jungen Mann mit einem strahlenden, rosigen Gesicht – wie ein Verkäufer im Supermarkt, dachte sie.

»Willie? Willie hat sich seit fünf Jahren nicht mehr blicken lassen«, sagte er mit angenehmem schottischem Akzent.

Der mürrische Mann mit dem Filzhut, der seinen Stock an die Haltestange der Bar gehängt hatte, die dicke Dame und die beiden grauhaarigen Männer, die am anderen Ende der Bar schweigend Scotch tranken, alle beobachteten Ebie im Barspiegel. Sie sah ihre Augen zwischen den Flaschen auf dem Regal, ihre stumm fragenden Mienen. Sicher wirkte sie hier fehl am Platz, als einziger normal aussehender Gast in dem ganzen Laden. Sie sah sich genauer um, und da erblickte sie in der dunklen kleinen Ecknische, wo die lebhaftere Gruppe beim Mittagessen saß, die Person, nach der sie Ausschau gehalten hatte. Sie bezahlte ihren Drink und ging hinüber.

»Hallo, Mama«, sagte sie.

»Na, so was, hallo Ebie«, sagte ihre Mutter freundlich. »Setz dich doch – das sind Freunde von mir – ich habe mir ihre Namen nicht gemerkt. Ich habe ihnen gerade erzählt, wie absolut lächerlich dieser Artikel über Edgar Arlington Robinson war, also unterbrich mich nicht.«

Ebie nickte den anderen zu und setzte sich an den Rand der Bank neben ihre Mutter. Die anderen, die bis zu diesem Zeitpunkt mit resignierter, unglücklicher Miene dagesessen waren und sich gegenseitig hilflose Blicke zugeworfen hatten, blühten jetzt auf. Keine ihrer guten Taten war jemals dankbarer zur Kenntnis genommen worden als dieses einfache Erscheinen an ihrem Tisch, denn ihr adrettes kariertes Kostüm und ihr natürliches hübsches Äußeres machten die endlosen Anekdoten ihrer Mutter erträglich, und gleichzeitig rechtfertigten sie die Existenz ihrer Mutter, etwas, das dic Leute, die sie gerade unterhielt, nicht für möglich gehalten hatten. Um die Wahrheit zu sagen, das flotte Grüppchen hatte gerade beschlossen, die Bar wegen Mrs. Vane zu verlassen, obwohl ein Drink nur zwanzig Cents kostete. Die drei, zwei Männer und ein Mädchen, hatten sich gerade vergnügt über die Party vom Vorabend unterhalten und beim Gedanken an die schrecklichen Dinge, die sie gesagt und getan hatten – noch dazu gegenüber X oder Y –, die Hände vors Gesicht geschlagen; sie hatten aber einander versichert, daß es nicht soviel ausmachte, da allgemein bekannt war, daß X oder Y sich auch gelegentlich danebenbenahmen.

»Aber bei Mrs. Whitney!« rief das Mädchen immer wieder. »Gerade bei Mrs. Whitney! O Foster, wie konntest du nur! Du kannst schließlich nicht durch die Gegend laufen und an jedem Schnurrbart ziehen, den du siehst.«

»Wie hätte ich denn wissen sollen, daß das General Vanderbilt war?« beschwerte sich der junge Mann, und dann seufzte er. »Aber was für eine Gastfreundlichkeit! Zwei Diener für jeden Gast, die jedesmal sofort nachschenkten, wenn man ausgetrunken hatte, bis sie uns schließlich rauswarfen. Warum gibt es nicht mehr solche Häuser?«

»Du brauchst dich gar nicht aufzuregen, meine Liebe«, tadelte der andere junge Mann das Mädchen, »wo du doch diesen Kunsthändler in die Schokoladentorte gestoßen hast.«

Und wieder schlugen sie sich die Hände vors Gesicht, brüllten vor Lachen, machten sich Vorwürfe, brüllten vor

Lachen, und dann erschien Mrs. Vane, so wie sie bei jedem Gast im BAR & GRILL in irgendeinem unpassenden Augenblick erschien, weshalb sie »Das Gespenst« genannt wurde. Sie war eine großgewachsene, hagere Frau von sechzig Jahren und sah aus wie eine Hexe, mit schwarzen Augen, glänzenden, schwarz gefärbten Haaren und seltsamen Gewändern, die mit klimpernden Klunkern irgendwie an ihrem Körper befestigt waren, und dazu trug sie Armbänder, die ihre erstaunlich langen Fingernägel gut zur Geltung kommen ließen. Als komische Alte hatte Mrs. Vane ihren Zweck im BAR & GRILL mehr als erfüllt, aber es war ihr Verlangen nach Gesellschaft, was sie – und beinahe auch das Hotel – ruinierte. Mrs. Vane verabscheute die einsamen Frauen, die im Hotel wohnten, aber eine literarisch gebildete Frau mit dezidierten Ansichten brauchte jemanden, mit dem sie sich unterhalten konnte, und Albert, der Barkeeper, war meist zu beschäftigt, um ihr zuzuhören. In solchen Momenten hielt sie sich ihre Lorgnette vor die Augen und suchte den Raum nach passender Gesellschaft ab. Diesmal erspähte sie die intelligente junge Runde in der hintersten Nische und stürzte sich augenblicklich auf sie.

»Ich liebe Gelächter«, sagte sie zur Einleitung. »Darf ich Ihnen Gesellschaft leisten? Ich bin ganz außer mir wegen dieses Artikels über Robinson, Sie wissen schon, Robinson, der Dichter – ich lese Ihnen vor, was diesem Vollidioten zu Robinson einfällt – hmm... warten Sie mal – hier... hören Sie sich das an.«

Sie hatte sich hineingedrängt, die junge, fröhliche Runde war zerschlagen, und jetzt saß sie da und bestellte ihren trockenen Sherry – aber wirklich ganz, ganz trocken bitte, Albert –, einen nach dem anderen, weil sie keine Trinkerin war und nur einen kleinen Schuß Sherry vertrug oder, wenn es kalt war, einen kleinen Brandy zur Stärkung. Diese beiden Getränke nahm sie nur in sehr geringen Dosen zu sich, dafür aber ständig. Ihre Tischgenossen saßen fest, das Gelächter verstummte, und sie hatten die düstere Vorahnung, daß das stundenlang so weitergehen konnte, ohne daß sich ein Entrinnen abzeichnete. Als Ebie eintrat, konnten sie wenigstens neugierig die elegante Unbekannte an der Bar beobachten und mußten ihren Blick nicht ununterbrochen auf Mrs. Vanes Hexengesicht richten. Zu ihrer größten Verwunderung ging die gutaussehende Unbekannte dann genau auf ihren Tisch zu, und als sich herausstellte, daß sie Mrs. Vanes leibliche Tochter war, respektierten sie Mrs. Vane wieder und hörten ihr interessiert zu, damit sie nicht mit ihrem hübschen Gast den Tisch verließ. Während einer Pause, in der Mrs. Vane ihr Glas ansetzte, sagte einer der jungen Männer: »Sind Sie und Ihre Mutter länger in der Stadt?«, in der Hoffnung, Ebie so ins Gespräch zu ziehen und ihre Mutter auf Eis zu legen, aber das Gegenteil trat ein, denn Mrs. Vane stellte ihren Drink hastig wieder hin und ging sofort von den Erinnerungen an Robinson auf ihre eigene Lebensgeschichte über.

»Meine Güte, junger Mann, ich lebe in New York, seit mir klar wurde, daß es unmöglich ist, in Iowa einen anständigen Psychoanalytiker aufzutreiben. Seit 1924 bin ich jetzt mit Unterbrechungen hier. Abgesehen von ein paar Jahren in Europa natürlich. Ich habe Freud kennengelernt. Apropos Freud, Ebie, hörst du ab und zu noch was von deinem Vater?«

»Ich hab eine Weihnachtskarte bekommen«, sagte Ebie. »Seither nichts mehr. Es stand nur ›Vater und Daisy‹ drauf.«

»Wahrscheinlich hat er wieder geheiratet«, vermutete Mrs. Vane, aber das Thema schien sie nicht sonderlich zu interessieren, denn sie kam sofort wieder auf ihr Leben zu sprechen und berichtete von dem unvergeßlichen Abend, den sie mit dem großen irischen Schriftsteller Gogarty verbracht hatte, der, so erklärte sie, eindeutig der amüsanteste Mann gewesen sei, den kennenzulernen sie jemals das Vergnügen gehabt habe. Die jungen Leute schauten Ebie neugierig an und versuchten, ihre Beziehung zu der wunderlichen alten Langweilerin zu ergründen, und Ebie schaute auf die Uhr. Mrs. Vane ging ausführlich auf ihre leidenschaftlichen Vorurteile gegen George Moore, James Joyce, Bernard Shaw und andere berühmte Persönlichkeiten ein, die sie dem vor Geist sprühenden Mr. Gogarty gegenüber an ihrem wundervollen gemeinsamen Abend erwähnt hatte.

»Und was hat er gesagt?« fragte das Mädchen höflich.

Mrs. Vanes gelbes Gesicht leuchtete auf.

»Gogarty? Gar nichts hat er gesagt«, rief sie triumphierend. »Den ganzen Abend kein Sterbenswörtchen! Woher kam die Karte, Ebie?«

»Greenpoint«, sagte Ebie. »Er lebt immer noch in Greenpoint. Er hat immer noch das Geschäft, weißt du. Hör mal, Mama, wie wär's, wenn wir gemeinsam in ein Haus in Connecticut ziehen würden?«

Nichts hätte Mrs. Vanes Monolog unterbrechen können – außer dieser Frage. Sie sah Ebie stirnrunzelnd und mit durchdringendem Blick durch ihre Lorgnette an.

»Connecticut? Ein Haus?« Plötzlich besann sie sich auf gewisse Höflichkeitsregeln, wandte sich den drei jungen, peinlich berührten Leuten zu und sagte freundlich: »Ich glaube, ich habe mich noch nicht vorgestellt. Mein Name ist Mrs. Vane. Entschuldigen Sie, daß meine Tochter private Angelegenheiten zur Sprache bringt, während andere Leute essen. Was für ein Haus, Ebie, meinst du eine Pension?«

»Nein, weder eine Pension noch ein Puff«, rief Ebie gereizt. »Ein Haus.«

Darauf stützte Mrs. Vane ihr Kinn auf die Hand und musterte Ebie ernst.

»Ich nehme an, du meinst einen Schuhkarton. Das sind die Häuser, die sie in Connecticut haben. Schuhkartons. Nein, Ebie. Ich sehe nicht ein, warum ich in einem Schuhkarton leben sollte. Nicht in meinem Alter.«

Das Mädchen witterte nun die Gelegenheit zu entkommen und nickte ihren Begleitern vielsagend zu.

»Mrs. Vane und ihre Tochter möchten Familienangelegenheiten besprechen, Kinder«, sagte sie. »Sie wollen sicher ungestört sein.«

»Aber nein«, protestierte Mrs. Vane und griff quer über den Tisch nach ihrer flüchtenden Tischgenossin, »meine

Tochter ist es, die stört. Ich hatte keine Ahnung, daß sie kommt. Warum hast du mich nicht angerufen, Ebie? Schließlich schneit man nicht einfach bei jemandem herein.«

»Ich hab eine Nachricht hinterlassen«, antwortete Ebie, »aber du hast nie zurückgerufen.«

»Wahrscheinlich gab es nichts zu erzählen«, sagte Mrs. Vane. »Ich sehe keinen Grund, das Telefon zu benutzen, nur weil eines zur Hand ist. Wenn ich etwas zu erzählen gehabt hätte, hätte ich natürlich angerufen. Bleiben Sie doch noch!«

Diese letzte Aufforderung äußerte sie in einem höchst gastfreundlichen Ton, so als sei sie früher dagewesen, habe sich diese tolle Ecke geschnappt und diesen Fremden liebenswürdigerweise gestattet, sich zu ihr zu setzen. Die lebhafte Runde kletterte jedoch rasch über ihre mit Stoff behängten Knie, wobei die Männer noch einen schmachtenden letzten Blick auf Ebie warfen. Als sie auf das rechteckige Licht zueilten, das den Eingang zur Höhle verriet, hörte Ebie deutlich, wie das Mädchen auf eine geflüsterte Bemerkung des Mannes zur Antwort gab: »Ja, aber ein bißchen zu – zu sehr à la Harper's Bazaar, findest du nicht?« Um in dieser Gegend nach Harper's Bazaar auszusehen, genügten ein Tweedkostüm und ein greller Schal, dachte sie.

»Wer waren diese Leute, Mama?« fragte Ebie.

»Ich kenne ihre Namen nicht«, sagte Mrs. Vane und beherrschte ihren Ärger über den Verlust ihres Publikums. »Schließlich lebe ich schon eine ganze Weile in dieser Gegend, Ebie. Da ist es nur normal, daß eine Menge Leute mich kennen, ohne daß ich sie kenne. Wie war das jetzt mit dem Schuhkarton?«

»Ich hab heute nur dran gedacht«, sagte sie geduldig, »daß wir die einzigen zwei Vanes in New York sind und daß wir uns öfter sehen sollten. Ich hab mir überlegt, daß wir ein Haus in irgendeinem kleinen Dorf haben könnten, so wie früher in Greenpoint, um dorthin zu fahren, wenn wir von New York die Nase voll haben.«

Nachdem sie es gesagt hatte, klang es derart dämlich, daß es

Ebie nicht wunderte, als ihre Mutter das Gesicht zu einer Grimasse verzog und sie mit schräggelegtem Kopf von der Seite her prüfend ansah wie ein neugieriges altes Huhn.

»Ich hab von New York gerade die Nase voll«, fügte Ebie hinzu.

»Ich nicht«, sagte Mrs. Vane. »Nicht im geringsten. Warum sollte ich wieder in einem Haus leben wollen? Ich bin damals aus einem Haus hinausanalysiert worden, ich will nicht wieder in eines zurück. Ist dir klar, was ein Haus bedeutet, Ebie?«

»Ich hab genug Geld, daran soll es nicht scheitern.«

»Es ist nicht das Geld«, sagte Mrs. Vane mit einiger Heftigkeit, »es ist die Einkaufsliste, der Brotzusteller, der Kohlenlieferant, der Müllmann, die Kinder.«

»Ich habe keine Kinder«, sagte Ebie verzweifelt.

»Kinder gibt es überall«, sagte Mrs. Vane. »Ich habe noch nie ein Haus gesehen, in dem nicht früher oder später Kinder aufgetaucht sind. Ein Schuhkarton. Das ist typisch für dich, Ebie. Ganz typisch Vane.«

Da Ebie noch nie in ihrem Leben einen Vorschlag gemacht hatte, der auch nur annähernd an die groteske Normalität des jetzigen herangereicht hätte, ließ sie die Bemerkung ihrer Mutter durchgehen.

»Wir könnten einen Kombi kaufen, und an einem Sonntag wie diesem könnten wir sogar in eine dieser kleinen Kirchen gehen, so wie die, in die du mich geschickt hast, als ich klein war«, sagte Ebie.

Ihre Mutter sah sie immer noch an, als erwarte sie jeden Augenblick ein noch eindeutigeres Anzeichen von Geisteskrankheit.

»Der einzige Grund, weshalb ich dich in die Kirche geschickt habe, war, weil ich zu Hause ein wenig Ruhe haben wollte«, sagte sie. »Das ist der einzige Grund, weshalb Eltern ihre Kinder in die Kirche schicken. Außerdem ist mein Besitz hier in New York. Mein Besitz ist von größter Wichtigkeit für mich.«

Mrs. Vane hatte »den Besitz« vor Jahren als Vorwand benutzt, um in New York bleiben zu können, und Ebie erkannte den Einwand wieder. Sie hatte tatsächlich ihr Haus in Iowa verkauft und damit die erste Rate für ein renoviertes Mietshaus in New York bezahlt, und so sah sie sich zu ihrer ersten Reise nach New York genötigt, einer Reise ohne Rückkehr, wie sich herausstellen sollte. Der »Besitz« lag hinter einer Bäckerei im italienischen Viertel und wurde von verarmten Künstlern und Schriftstellern bewohnt, die selten die Miete bezahlten und ständig Mitteilungen für Mrs. Vane im »BAR & GRILL« hinterließen, mit der Bitte, etwas gegen das Loch im Dach, die Ratten in der Mauer, das kochende Wasser in der Klomuschel, die zwei alten Penner, die allnächtlich auf einer Zeitung im Stiegenhaus schliefen, die Explosionen im Ofen, die Kakerlaken, die Wanzen, die Jungen, die im Hof Baseball spielten, und andere unwichtige Dinge zu unternehmen. Diese kleinen Mitteilungen, die auf die rosa Notizzettel des Hotels gekritzelt waren, da die Telefonistin die Anrufe entgegennahm, wurden Mrs. Vane jeden Tag um zwölf, wenn sie sich zu ihrem ersten Sherry in der Bar einfand, vom verwaisten Hoteldiener, einem älteren Schwarzen von etwa sechzig Jahren, eine nach der anderen überbracht.

»Meine Güte, Albert«, sagte sie dann, während sie die rosa Zettel mit der Genugtuung eines Stars studierte, der die Fanpost durchliest, »Zwei B behauptet, die Mädchen oben von Vier A seien Nutten, und verlangt, daß sie entweder rausgeschmissen werden oder daß ein Teppich auf die Treppe gelegt wird, damit man nicht hört, wie sie die ganze Nacht rauf- und runtertrampeln.«

»Werfen Sie sie lieber raus«, riet Albert an dieser Stelle.

Mrs. Vane war erstaunt.

»Nein, wirklich nicht, Zwei B werde ich rauswerfen. Sie sind diejenigen, die sich dauernd beschweren.«

»Sie können sie nicht rauswerfen, wenn sie ihre Miete bezahlt haben«, sagte Albert.

»Das ist ja das Angenehme«, erwiderte Mrs. Vane. »Das haben sie nicht. Ich kann jederzeit jeden rausschmeißen, denn keiner zahlt jemals die Miete. Außer Vier A.«

Eines Tages beschwerte sich sogar Vier A. Sie verlangten, Mrs. Vane solle auf der Stelle hinkommen und sich das Dach ansehen. Sie beanstandeten weniger das Loch als vielmehr die Ziegel, die durch das Loch hereinfielen, schließlich könnten sie jemanden verletzen. Mrs. Vane entschloß sich, dieser Aufforderung nachzukommen, und so ging sie also hinüber zu ihrem »Besitz«, gehüllt in ihre prächtigsten Gewänder aus Kaninchenfell und Leopardenimitat sowie in einen grünen Schal, den sie sich um den Kopf geschlungen hatte, um die großen runden Ohrringe besser zur Geltung zu bringen, und läutete bei Vier A. Aber jedesmal, wenn sich die Tür einen Spalt öffnete, lugte ein Mädchen heraus und schrie: »Verschwinde, verschwinde.« Verwirrt ging Mrs. Vane schließlich über die Treppe in den kleinen Hof, der zwischen der Bäckerei und ihrem Haus lag, und machte sich bemerkbar, bis das Mädchen zum Fenster herausschaute und wieder wild gestikulierte, sie solle verschwinden. Mrs. Vane zuckte die Achseln und ging nach Hause, wo ein Anruf auf sie wartete – sie solle sofort hinüberkommen und sich das Zimmer von Vier A ansehen.

»Gutes Mädchen, ich war doch gerade da«, sagte sie. »Sie wollten mich ja nicht hineinlassen.«

»Oh«, sagte das Mädchen kleinlaut, »wir haben gedacht, Sie seien eine Zigeunerin.«

Eben dieser Besitz war es, der Mrs. Vane jetzt in der Stadt festhielt und verhinderte, daß Ebie ein neues, normales Familienleben in einem einfachen Dorf führen konnte, fernab von allen Jay Olivers und Werbegrafik. Es war nicht das erste Mal, daß ihre Mutter sie enttäuschte, aber Ebie war immer von neuem überrascht.

»Ich gehöre hierher, liebes Kind«, sagte Mrs. Vane. Sie klopfte auf ihre Zeitschrift. »Ich habe gerade diesen Artikel gelesen, als du mich mit der Schuhkartongeschichte gestört hast. Ich bin gerne auf dem laufenden. Ich lese alles, egal, wie wütend es mich macht. Du solltest mehr lesen. Du hetzt ständig herum. Du solltest lesen und herausfinden, worum es im Leben wirklich geht.«

Offenbar gab es nicht viel mehr zu sagen. Alle paar Jahre

erinnerte sich Ebie an ihre Mutter und versuchte, die Bekanntschaft wiederzubeleben, aber es war immer dasselbe. Sie hatten sich nichts zu sagen und brauchten einander zweifellos nicht mehr als vor Jahren, als Mrs. Vane Vorsitzende des Frauenvereins von Greenpoint gewesen war.

»Warum in aller Welt«, fragte ihre Mutter, die sich plötzlich für Ebies Fingernägel interessierte, »hat jemand solche Fingernägel?«

»Weil sie mir gefallen«, sagte Ebie gereizt.

»Ich bin froh, daß es deine eigene Wahl ist«, sagte Mrs. Vane. »Ich habe schon gedacht, dein Arzt hat es dir verordnet. Ich muß nach oben gehen und nachsehen, ob die Kleine schon gekommen ist, die mir die Haare macht. Wiedersehen, Liebes.«

»Läßt du dir wieder die Haare färben?« fragte Ebie.

Mrs. Vane zog ein gequältes Gesicht.

»Nicht färben, Ebie, in Ordnung bringen. Das ist ein großer Unterschied.«

Sie erhob sich und entschwebte, ihre Zeitschrift unter dem Arm, und Ebie gab auf. Sie dachte, sie könnte jetzt einen Drink vertragen, um sich aufzumuntern, und stellte sich an die Bar, nachdem ihre Mutter in die Hotelhalle hinausgeglitten war.

»Wir haben uns im General aus Richtung Chicago getroffen«, sagte eine Stimme an ihrem Ellbogen. »Ich glaube, wir haben einen gemeinsamen Freund, Mr. Donovan, Mr. Louis Donovan.«

Ebie erschrak und wich zurück. Neben ihr an der Bar stand ein Herr mittleren Alters in einem topmodischen Anzug, den mattgrauen Hut elegant ins wettergegerbte Gesicht gezogen, das jetzt ein gewinnendes, sämtliche Zähne entblößendes Lächeln aufleuchten ließ. Ebie konnte sich nicht erinnern, ihn je zuvor gesehen zu haben.

»Mein Name ist Truesdale«, sagte er und zog kurz den Hut. »Hier ist meine Karte.«

Verblüfft blickte Ebie auf die Visitenkarte, die ihr in die Hand gedrückt wurde.

»T. V. Truesdale« stand da, und in der linken unteren Ecke »Persönlicher Beauftragter von Louis Donovan, Präs. des Louis-Donovan-Service.«

»Na, so was«, sagte Ebie. Es stimmte, was ihre Mutter gesagt hatte, man wußte nie, wer einen kannte, bis es zu spät war.

6

Seit Jahren schon ging Mr. Truesdale im Hotel Ellery ein und aus, ohne den Respekt oder das Interesse des Managements für sich gewonnen zu haben. Er hatte ein Zimmer für fünfundsiebzig Cent im ersten Stock, dem Stockwerk über dem BAR & GRILL, und da es das einzige Fünfundsiebzig-Cent-Zimmer im ganzen Haus und ursprünglich für den farbigen Liftboy gedacht war, gereichte die Tatsache, es gemietet zu haben, Truesdale auch nicht gerade zu großen Ehren. Er wußte das natürlich und vermied es, den verächtlichen Blick des Managers auf sich zu ziehen, wenn er das palmengeschmückte Foyer betrat; statt dessen schlich er sich durch den Lieferanteneingang auf der Hinterseite rein und raus, über Mülleimer und streunende Katzen, und huschte durch den Hof über die Hintertreppe in das kleine finstere Loch über der Küche. Ein Zwischendeck, das war es, und er hatte sich daran gewöhnt, die ganze Nacht den Lärm des Hotels zu hören, rhythmisch klappernde Teller, streitende Köche, herumrollende Mülleimer, klirrende Milchflaschen, die Fehlzündungen der Lieferantenlastwagen, Koffer, die die Stiegen hinauf- und hinunterpolterten – und wenn man das hörte, kam es einem vor, als fahre man wirklich irgendwohin, wenn auch nur in einen weiteren neuen Tag.

Die Tatsache, daß Mr. Truesdale weder ein Säufer noch ein Frauenheld, noch ein lauter Gast, die Sorte mit Haustieren oder Geigen, war, verbesserte seine Lage nicht wesentlich. Manchmal ließ das Fehlen solcher Laster darauf schließen, daß der Mann entweder bettelarm war oder aus mysteriösen und zwielichtigen Gründen das Gesetz mied. Doch ehrlich war er. Aber selbst das wurde nicht allzusehr honoriert, seit er einmal die Rechnung für zwei Übernachtungen mit einem Dollar in Zehn-Cent-Stücken, achtunddreißig Ein-Cent-Stücken und zwölf Cents in Briefmarken beglichen hatte. Die eineinhalb Dollars waren bezahlt, na gut, doch man stelle sich vor, einer der feineren Gäste hätte gesehen, wie! Es hätte das Ellery wie eine Absteige aussehen lassen, und anständige Gäste hätten auf der Stelle das Weite gesucht!

Der Manager des Ellery hatte eine ganze Auswahl von Begrüßungsfloskeln für seine Gäste parat. Für die alten männlichen Dauergäste hatte er ein zutiefst respektvolles »Guten Tag, Sir. Wie geht's Ihrer Arthritis heute, Sir?« reserviert. Gewöhnlich stürzte er ihnen voran zur Tür, um sie ihnen aufzuhalten, und an eisigen Wintertagen schaute er ihnen von der Tür aus nach und rief »Geht es, Sir?«, und keiner der alten männlichen Dauergäste bedankte sich für die Sorge darüber, daß sie jeden Augenblick tot umfallen könnten. Gegenüber den alten weiblichen Dauergästen war er väterlich, humorvoll, zog sie wegen ihrer Koketterie auf, beglückwünschte sie zu ihrer Rüstigkeit, tätschelte sie immer wieder, schimpfte ein wenig mit ihnen, wenn sie keinen Schal trugen, und ergötzte sie mit seiner Behauptung, sie seien allesamt schwachsinnig. Seine alten Damen waren ihm besonders wichtig, obwohl sie lauter Geizhälse waren und glaubten, für ihr Geld sei alles zu haben; doch er war klug genug zu wissen, daß es die Frauen waren, die Geld hatten, vor allem alte Frauen, und wen stört schon die Knausrigkeit seiner Gäste, wenn sie einen vollen Sparstrumpf haben. Wenn jemand wirklich keinen Cent mehr hat, dann wird Geiz zum Laster. Der Manager – er hieß Mr. Lowry – hatte eine weitere Begrüßung für die Ehemänner aus der Gegend auf Lager, die im Ellery Quartier bezogen, wenn ihre Frauen weg waren oder ihre Wohnung renoviert wurde; dabei handelte es sich um Geschäftsleute, Familienväter, deren Töchter die Universität besuchten, und Mr. Lowry behandelte sie als seinesgleichen: Er schüttelte den Kopf über die Geschäfte, den Abstieg der Dodgers, die Zustände in Europa, die verdammten Roten und ließ unmißverständlich durchblicken, daß auch er ein Zuhause hatte, eine Familie, einen Buick und einen Cockerspaniel, wie jeder andere anständige Bürger; er wollte nicht fälschlicherweise für einen windigen Wichtigtuer gehalten werden, nur weil er in der Hotelbranche tätig war. Mit diesen Gleichgestellten trank

Mr. Lowry oft ein oder zwei Bier in der Bar, und wenn es sich wirklich um zuverlässige Männer handelte, betrank er sich in der einen oder anderen Sommernacht mit ihnen. Man konnte sicher sein, daß seine Begleiter einen respektablen Kontostand vorzuweisen hatten, wenn man Mr. Lowry in trunkener Selbstvergessenheit herumtorkeln sah. In Gesellschaft solch rechtschaffener Männer gestattete Mr. Lowry es sich sogar, sich in seiner eigenen Bar zu betrinken, aber er trank nie mit einem Trinker, das heißt einem ganz gewöhnlichen Trunkenbold, und er machte es sich zur Gewohnheit, nie zum Vergnügen zu trinken. Mr. Truesdale, dem er es nie verzeihen würde, daß er seine Rechnung einmal mit Drei-Cent-Briefmarken beglichen hatte, begrüßte er nur mit einem Kopfnicken, genauer gesagt, mit der Andeutung eines Nikkens, ohne ihn dabei anzulächeln oder direkt anzusehen, mit dem abwesenden Nicken eines vielbeschäftigten Mannes eben, aber das war immerhin etwas, besser als der schroffe Ansatz eines Nickens, den er für Schuldner übrig hatte. Mr. Truesdale jedoch weigerte sich standhaft, irgendein Nikken zu akzeptieren, und marschierte mit steinerner Miene am Manager vorbei, wenn sie einander begegneten, obwohl nachher im Korridor oder in der Zurückgezogenheit seines Zimmers ein kurzer lautloser Fluch über seine Lippen kam. »Schweinehunde! Diesen Schweinehunden zeig ich's noch!« Indem Mr. Truesdale Mr. Lowry in den Plural setzte, wies er darauf hin, daß er in diesem weniger einen einzelnen Feind sah, sondern vielmehr ein ganzes Heer von Feinden.

Das Hotelfoyer war noch finsterer und trostloser als das BAR & GRILL und wurde kein bißchen freundlicher durch die Palmen und den Bücherstand von der Leihbibliothek, der selten geöffnet war, und wenn, dann gab es dort kaum zwanzig Bücher. Den Ständer mit den Postkarten zu fünf Cents, auf denen das Hotel abgebildet war, brauchte ohnehin niemand zu betreuen, denn die Dauergäste des Ellery kamen offensichtlich nie in Versuchung, die Leute daheim davon in Kenntnis zu setzen, wie weit sie es gebracht hatten. Durch eine Allee von Palmen schritt oder kroch der Gast zur Rezeption, um die Post oder die Rechnungen in Empfang zu nehmen, und dort stand für gewöhnlich Mr. Lowry und beaufsichtigte seine Angestellten bei der Arbeit oder nahm sich selbst des Gastes an. Normalerweise stand er hinter den Postfächern und beobachtete mißbilligend seine Telefonistin oder den Hotelboy, als wäre es sein mißbilligender Blick, der die Arbeit erledigt, und nicht seine Mitarbeiter. Gelegentlich lachte Mr. Lowry, ein dröhnendes, sympathisches Lachen, worauf sich jeder besser fühlte. Er hatte sein liebevolles Glucksen für die alten Dauergäste, sein kumpelhaftes Lachen für seinesgleichen, aber das war nichts gegen sein Lachen, wenn er einen wirklich guten Witz hörte, eine amüsante Geschichte oder eine schlagfertige Antwort. Die Leute erzählten ihm oft Anekdoten, oder ein lustiger Kerl ließ einen guten Witz vom Stapel, und Mr. Lowry lachte und lachte, allerdings nur, wenn der Gast seine Rechnung schon bezahlt hatte oder gerade im Begriff war, es zu tun. Wenn der Kerl im Rückstand war, tat Mr. Lowry den Scherz mit einem Achselzucken ab und brummte sarkastisch »Witzbold« hinter ihm her. Aber was konnte witziger und erfrischender sein als die Bemerkungen eines Mannes, der gerade seine Rechnung bezahlte? Mr. Lowry hatte einen ausgesuchten Humor und betrachtete es nicht als seine Schuld, wenn jemand, der einem Geld schuldete oder einen ungedeckten Scheck überreichte, nie etwas Witziges sagte.

In Mr. Truesdales abgewetzter Reisetasche unter dem Bett lag – und darüber wäre Mr. Lowry höchst erstaunt gewesen – eine große Karteikarte mit kurzen Informationen über Mr. Lowry, und eben diese Kartei enthielt bruchstückhafte Aufzeichnungen über andere Personen aus dem Hotel, zum Beispiel über Mrs. Vane. Mrs. Vane stand, mit ein paar persönlichen Bemerkungen über ihre geschmacklichen Neigungen, unter der Rubrik »Mögliche Interessenten für einen Wagen«. Mr. Truesdale verdiente sich gelegentlich ein paar ehrliche Dollars, indem er dem Vertreter einer Autofirma Listen mit »Interessenten« verkaufte. Mr. Lowry war – und es wäre ihm sicher peinlich gewesen, das zu erfahren – ein potentieller Toupetkäufer. Unter »Verkaufstaktik« hatte Mr. Truesdale notiert: »Toupet verleiht nötige Würde für Hotelmanager sowie ein jugendliches Aussehen zur Gewinnung jüngerer Gäste, außerdem günstig für L.s Neigung zu Erkältungen.« Man sieht also, daß Mr. Truesdale, selbst wenn er scheinbar keiner Arbeit nachging, in Wirklichkeit nie untätig war und sowohl aus sämtlichen Unterhaltungen, die er mitanhörte, als auch aus seinen scharfen kleinen Augen Nutzen zog. Mr. Truesdale vergaß nie ein Gesicht, das er einmal gesehen hatte, noch irgend etwas über dessen Besitzer. Das war eigentlich gar nicht so außergewöhnlich, da sein täglich Brot so häufig von seinem Gedächtnis abhing, das von den Dossiers unterstützt wurde. Mr. Truesdale war weder ein Menschenfreund noch ein Beobachter der zeitgenössischen Szene. Falls er jemals ein paar Groschen zusammenkratzen sollte, so träumte er häufig, würde er es genießen, mit niemandem reden zu müssen, und wenn jemand von ihm wiedererkannt werden wollte, würde er nur die Achseln zucken und sagen: »Ach, ich treffe so viele Menschen!« Er hätte die große Genugtuung, sich um seine eigenen Angelegenheiten kümmern und den anderen sagen zu können, sie mögen dasselbe tun. Er war jedoch schon fünfzig, und die Chancen, je ein paar Groschen zusammenzukratzen, wurden von Tag zu Tag kleiner. Vor zwanzig Jahren hätte ihn die Tatsache, daß er bei Lou Donovan einen Fuß in der Tür hatte, optimistisch gestimmt. Heute sah er es als einmaligen Glücksfall, der bald wieder vorbei sein konnte. Solange es gutging, sorgte er klarerweise dafür, daß soviel wie möglich für ihn heraussprang. Es gab immer die Chance auf ein bißchen dauerhaftes Glück. In den letzten drei Tagen hatte er mehr verdient als in den zwei Monaten davor. Er hatte ein paar Zehner und drei Fünfer in seiner abgenutzten Brieftasche – im Drogeriemarkt hatte er übrigens für siebenundneunzig Cents eine neue Brieftasche aus echtem Schweinsleder erstanden, plus zehn Cents für seine Initialien. Lou hatte auf einem anständigen Anzug bestanden und ihm dafür vierzig Dollar Vorschuß gegeben. Vierzig Dollar für einen Anzug! Truesdale gab ungern Geld für Kleidung aus, aber Tatsache war, daß er mit größter Vorsicht aufstehen mußte, weil der Hosenboden seines derzeitigen Anzugs hauchdünn und fast durchgewetzt war. Also ging er in die Division Street und suchte sich für vierzehn Dollar fünfzig einen eleganten Anzug in strahlendem Aquamarinblau aus.

»Unter anderen Umständen würde ich für diesen Qualitätsanzug keinen Cent mehr als zwölf Dollar bezahlen«, sagte er streng zum Verkäufer, »aber wie Sie sehen, ist der Hosenboden meines alten Anzugs im Eimer, deshalb kann ich nicht mit Ihnen handeln.«

Er kaufte ein Paisleyhemd, fünfundneunzig Cents, mit Stehkragen, und stieß auf ein einmaliges Sonderangebot für Fliegen, drei für neunundfünfzig, eine mit blauen Punkten, eine mit grünen Punkten und eine schlichtere mit schwarzen Punkten, alle hundert Prozent Kunstseide. In einem anderen Geschäft (»K. O.-PREISE! PREISINFARKT! ALLES MUSS RAUS!«), weiter unten an der Brooklyn Bridge, fand er ein halbes Dutzend bunter Taschentücher, in einer Ecke mit »Lawrence« bestickt, für neunzehn Cents. Für das gleiche Geld hätte er drei mit seinen eigenen Initialen bekommen können, aber die Sparsamkeit siegte über den Egoismus. Kaum jemandem fiel der Name auf einem Taschentuch auf, und wenn sich von der Fehleinschätzung eines Herstellers, was die Beliebtheit des Namens »Lawrence« betraf, profitieren ließ, dann sollte man das auch tun.

Kein Zweifel, die neue Garderobe weckte tatsächlich seine Lebensgeister. Er ging in die Papierwarenhandlung in der Fourteenth Street und kaufte eine neue Aktentasche, achtundneunzig Cents, ein wunderschönes Stück mit Reißverschluß; er kaufte sich auch ein hübsches Set, bestehend aus Füllfeder und Kugelschreiber – ein Dollar –, ein brandneues Sortiment Karteikarten sowie vier Fläschchen Tinte mit den Bezeichnungen »Aztekenbraun«, »Patrizierviolett«, »Südseeblau« und »Spanisches Ziegelrot«. Das würde ihm die Arbeit erleichtern, denn er hatte beschlossen, mit jeder dieser Farben bestimmte Dinge in den Personendossiers einzutragen, mit Blau zum Beispiel mögliche Interessenten für einen

Wagen, mit Violett die für Klaviere oder Radios und so weiter. Er stellte das kleine Quartett der Tintenfläschchen auf seine Kommode, legte die drei Fliegen zusammen mit seiner alten in die oberste Schublade, und zum ersten Mal seit Jahren verspürte er wieder die Erregung des Besitzerstolzes.

»Natürlich ist es erst ein Anfang«, sagte er sich.

An dem Sonntag, an dem er Ebie Vane begegnete, zahlte er seine wöchentliche Rechnung mit einem Zwanziger und wurde von Mr. Lowry dafür mit einem Witz belohnt. Er seinerseits lohnte es Mr. Lowry, indem er das Wechselgeld nahm und ganz ruhig sagte: »Ja, wenn ich mich recht erinnere, war das eine der Lieblingsanekdoten des alten Maharadscha – seine allerliebste, um die Wahrheit zu sagen. Er hat sie jahrelang erzählt.«

Und damit ging er, während der Manager, ziemlich verstimmt über die Zurückweisung seines gutgemeinten Angebotes, »Witzbold« brummte. Der Grund für die Freundlichkeit lag nicht nur in Truesdales ungewohnter Zurschaustellung von Wohlstand, sondern auch in einer plötzlichen Serie von Anrufen und Telegrammen, lauter Anzeichen für den Aufstieg eines Gastes in der Welt. Mr. Lowry war sogar gewillt anzunehmen, daß der Vorfall mit den Drei-Cent-Briefmarken eher die Geste eines Exzentrikers als die eines armen Schluckers war. Doch wenn er geneigt war, Frieden zu schließen, so war es wiederum Mr. Truesdale nicht, der mit hocherhobenem Kopf an ihm vorbei ins BAR & GRILL stolzierte, ganz so, als sei Mr. Lowry nur ein Angestellter des Hauses, was ja auch der Fall war, und nicht der Besitzer, als der er sich gerne sah.

Als Mr. Truesdale an diesem Sonntag ins BAR & GRILL kam, war gerade eine Unterhaltung zwischen Albert und dem mürrischen Mann mit dem Filzhut über Häuser auf dem Lande im Gange, eine Unterhaltung, für die Mrs. Vane mit ihrer unüberhörbaren Rede über Schuhkartons das Stichwort geliefert hatte. Da man gerade von Bauernhöfen sprach – der mürrische Mann wünschte sich nichts sehnlicher, als seine Farm in der Nähe von Danbury in Connecticut loszuwerden, auf der sich nur die Hühner und die Steuern vermehrten. Wenn er sie loswurde, dann könnte er sich mit dem Zaster eine Dreizehn-Meter-Badewanne kaufen, hochseetüchtig natürlich, und würde, verflucht noch mal, nie mehr aussteigen. Er würde fischen, hinter jedem verdammten Fisch von Neufundland bis zu den Bimini-Inseln und den Florida Keys würde er herjagen. Nie mehr würde er einen Finger rühren, er würde seine Versicherungspolicen kündigen und an jedem Strand zwischen hier und weiß Gott wo liegen, und ernähren würde er sich von Fisch, das schmeckte nicht schlecht, und er würde ihn mit Bier oder nach Möglichkeit mit spanischem Rotwein runterspülen. Albert, der Barkeeper, hatte dem Angeln allerdings nie etwas abgewinnen können. Was ihn betraf, so war Fisch etwas, das in Konserven landete und auch dort bleiben konnte. Er besaß ein Stück Land in Northern Beach, Long Island, das er mit dem Geld aus dem Verkauf von Zeitschriftenabonnements erworben hatte, und etwa hundert Dollar in bar, und wenn er sich etwas mehr ersparte, würde er es verkaufen, zusammen mit seinem alten Chevy, und sich ein einstöckiges Haus in Bensonhurst zulegen, den oberen Stock vermieten und den unteren behalten, und so würde es sich von selbst abzahlen. Mr. Truesdale notierte sich diese zwei Wünsche für seine Dossiers über die beiden Männer und tauschte Visitenkarten mit dem mürrischen Mann aus, einem gewissen Thompson aus der Papierindustrie. Und während seine Ohren diese Informationen aufnahmen, beobachteten seine Augen Ebie Vane, die Dame, die er im Zug zusammen mit Lou Donovan und dem anderen Typen gesehen hatte. Sie sah ungleich besser aus als an dem Morgen, an dem er sie aus dem Zug hatte aussteigen sehen; damals hatte er sie für ein Edelflittchen gehalten. Vielleicht hatte er sich geirrt. Heute wirkte sie ganz adrett. Er war sich nicht ganz sicher, in welchem Verhältnis sie zu Donovan stand – ob er sie im Zug aufgerissen hatte, ob sie eine gewöhnliche Sekretärin war, eine Zufallsbekanntschaft oder eine alte Freundin. Ihre Anwesenheit in der Bar des Ellery sprach für die Aufriß-Theorie, denn Donovan war sicher nicht der Typ Mann, der eine wirkliche Freundin in einer solchen Kaschemme absetzt. Nach einigen Minuten weiterer Beobachtung jedoch fielen Truesdale der Wagen, die Mutter und die Kommentare der anderen Gäste auf, die darauf schließen ließen, daß Ebie hier fremd war. Die Alte war ihre Mutter, soviel stand fest. Mr. Truesdale, stets loyal gegenüber seinen Arbeitgebern, beobachtete alles mit größter Genauigkeit, für den Fall, daß es etwas gab, was Mr. Donovan vielleicht interessieren könnte. Ganz egal, welcher Art ihre Verbindung zu Donovan war, ob Freundin oder Angestellte – falls es eines Tages irgendwelche Verwicklungen gab, konnte er sie mit ein paar präzisen Angaben klären. Es konnte sicher nicht schaden, wenn er sie ansprach. Seine neue Glückssträhne verlieh ihm Selbstvertrauen, denn normalerweise war er niemand, der fremde junge Damen belästigte; andererseits wirkte Ebie aufgrund ihrer traurigen Stimmung zugänglicher als sonst. Sie warf einen Blick auf seine Visitenkarte und musterte den Mann daraufhin neugierig. Sie wußte, daß Lous Werbeaktivitäten die seltsamsten Kreise zogen, deshalb war mit dem Mann wahrscheinlich alles in Ordnung. Nicht, daß sie auf die Referenzen der Männer, die sie in Lokalen kennenlernte, Wert legte. Die Welt war schließlich kein Privatklub, Gott sei Dank. Man konnte mit jedem Fremden nach Belieben reden oder auch nicht, solange er keine Annäherungsversuche machte oder unangenehm wurde.

»Ich wußte nicht, daß Mr. Donovan in diesem Hotel einen Beauftragten hat«, sagte sie.

»Ich gehe hier ein und aus«, sagte Mr. Truesdale. »Die Küche hier ist natürlich nicht die beste.«

»Wie ist die Küche?« fragte Ebie uninteressiert. »Gottlob esse ich hier nicht.«

Mr. Truesdale überlegte nur kurz.

»Irisch«, entschied er schließlich. »Ich persönlich halte die indische Küche für die beste der Welt.«

Mit einem Wink gab er Albert zu verstehen, daß er ein Bier wollte.

»Ich sehe, daß Sie Dubonnet trinken. Darf ich Sie zu einem

weiteren einladen, diesmal mit einem Schuß Campari, das Lieblingsgetränk meines lieben Freundes, des Herzogs von Malleywell, der früher in Kalkutta gelebt hat?«

»Ich riskier's«, sagte Ebie mit einem Achselzucken.

Plötzlich kam ihr der Gedanke, der Mann könnte ein Detektiv sein. Er könnte im Auftrag von Jays Frau unterwegs sein und Lou dazu verwendet haben, um mit ihr ins Gespräch zu kommen. Natürlich, das war's. Die Frau fliegt mit ihrer Mutter nach New York, um Jay auf frischer Tat zu ertappen, und setzt dazu noch den Typen in den Zug, um weitere Beweise zu bekommen. Wahrscheinlich war er jetzt gerade dabei, Lous Alibi zu überprüfen – er hatte gesagt, daß sie die Innenarchitektin sei, die seine Büroräume gestalte, und daß sie Jay gar nicht kenne. Sie versuchte sich zu erinnern, was Lou an jenem schwarzen Tag noch gesagt hatte. Daß sie ihn vom Zug abgeholt habe. Tja, dieser Mann wußte es besser, und deshalb würde sie sich irgendwie herausreden müssen, falls er Fragen stellte.

»Ich wage zu behaupten, daß die meisten von euch New Yorkern zu wissen glauben, was Curry ist«, sagte Mr. Truesdale. »Aber was wird einem hier für Curry verkauft? Sahnesoße mit ein wenig Currypulver! Keine Bombay-Ente. Keine geraspelte Kokosnuß. Eine Spur Major Grey vielleicht, vielleicht auch nicht. Kommt drauf an. Kennen Sie Mr. Donovan schon lange?«

Ebie rüstete sich für den Zeugenstand. Sie beschloß, sich als uralte Freundin Lous auszugeben. Sie sei in Pittsburgh zugestiegen, denn das mußte er überprüft haben. Sie sei Werbegrafikerin, denn auch das mußte er überprüft haben, wolle sich aber auf die Innenarchitektur verlegen, weshalb sie auch Mr. Donovans New Yorker Büroräume gestalte. Sie habe Mr. Oliver im Zug zum ersten Mal in ihrem Leben gesehen, zusammen mit ihrem lieben Freund Mr. Donovan. Sie besuche gerade ihre Mutter im Ellery, um einen Umzug aufs Land zu besprechen.

»Aber warum sitze ausgerechnet ich in der Klemme?« ärgerte sich Ebie im nachhinein. »Warum bin zur Abwechslung nicht ich es, die Jays Frau ein Schnippchen schlägt? Aber nein, ich bin keine Kriminelle. Ich bin es, die Jays Ehe retten muß. Lou Donovan und ich. Wir sind die Rettungsmannschaft.«

Während Mr. Truesdale ganz nebenbei thailändische und ceylonesische Gerichte miteinander verglich, war es ihm ein Leichtes, Ebie ihre präparierten Informationen zu entlocken. Die Bekräftigung ihrer Freundschaft mit Lou bestätigte seine Vermutung, daß sie seine Freundin sei, ihre Mutter erklärte die Verbindung zum Hotel Ellery. Was ihn allerdings am meisten interessierte, war der Wunsch nach einer Farm. Es war unwahrscheinlich, daß die Dame, die eine Farm kaufen wollte, genau die kaufen würde, die der mürrische Mann loswerden wollte, und Mr. Truesdale war in der Tat kein Fall bekannt, bei dem ein solches Zufallsgeschäft zustande gekommen wäre. Aber es war einen Versuch wert. Ein Wörtchen hier, ein vertraulicher Tip an Thompson, und schon konnten zehn oder zwanzig Dollar für den Informanten herausspringen. Mr. Truesdale machte sich nichts vor, was seinen Wert betraf – ein paar Dollar hier und da, keine Verantwortung für eventuell daraus erwachsende Komplikationen, keine Verpflichtungen, keine Bindungen. Er konnte jederzeit seine Zelte abbrechen und weiterziehen, nach Westen oder Osten, außer er hatte etwas an der Angel, das längerfristig aussah, wie seine Kontakte zu Lou Donovan.

»Eine Werbegrafikerin verdient eine Menge Geld«, sagte Mr. Truesdale und betrachtete Ebie nachdenklich. »Wahrscheinlich mehr als eine Innenarchitektin.«

»Man steht zu sehr unter Druck«, sagte Ebie. »Man kann nie Schritt halten. Und ich spare nie. Ganz egal, was ich verdiene.«

»Das beste für jemanden wie Sie wäre es dann, in Sachwerte zu investieren«, empfahl ihr unbekannter Berater voll Autorität. »Autos. Diamanten. Selbstverständlich sollten Sie Ihre Zukunft absichern, ein Dach über dem Kopf und dergleichen. Es beruhigt einen New Yorker ganz ungemein, wenn er weiß, daß er einen kleinen Zufluchtsort hat, an den er sich in schlechten Zeiten zurückziehen kann.«

»Soviel ist sicher«, sagte Ebie. Sie sah ihn mißtrauisch an. War das ein dezenter Wink, die Stadt zu verlassen? Möglicherweise war Jays Frau mit einem Revolver unterwegs. Manchmal bekamen Ehefrauen einen Revolver in die Hand, und dann wollten sie erstmal alle anderen Frauen erschießen, nie jedoch den Kerl, der es verdient hätte. Vielleicht wollte dieser kleine Schnüffler sie warnen. Natürlich hatte sie ihm den Hinweis gegeben, daß sie sich gerne mit ihrer Mutter irgendwo auf dem Land niederlassen würde. Er hatte ihn allerdings schnell aufgegriffen. Dafür gab es sicherlich einen Grund. Vielleicht bluffte er.

»Es ist natürlich wichtig, den richtigen Ort zu finden«, überlegte er. »Vielleicht möchten Sie ein Landhaus – oder eher was, mit dem Sie sich selbst versorgen können. Falls Sie natürlich nicht auf Ihr Gehalt angewiesen sind, falls Sie andere Rücklagen haben, auf die Sie zurückgreifen können –«

»Hab ich aber nicht.« Ebie erstickte diesen Versuch im Keim. Jays Frau wollte offenbar herauskriegen, ob Jay das Familiensilber angriff.

»Da ich zufällig weiß, daß Mr. Donovans Geschäfte ausgezeichnet laufen, ist anzunehmen, daß die Gestaltung seiner Büroräume gut bezahlt wird«, sagte Mr. Truesdale mit großer Geste, so als bezahle er es aus seiner eigenen Tasche.

»Ich weiß, daß Mr. Donovan großzügig sein wird, sollte ich den Job übernehmen«, sagte Ebie vorsichtig. »Insbesondere gegenüber einer alten Freundin wie mir.«

Sie dachte, sie sollte jetzt besser gleich alles klären, deshalb fügte sie hinzu: »Vielleicht sind alle Leute aus Chicago großzügig, ich weiß es nicht. Lou ist der einzige von dort, den ich wirklich gut kenne.«

Mr. Truesdale blinzelte, faßte sich aber sofort wieder. Ebie dachte, es überrasche ihn, daß sie nur Lou kannte, aber dann kam ihr der Gedanke, er könnte annehmen, daß sie darauf aus sei, sich Lou zu angeln. Das amüsierte sie. Ein Punkt gegen Jay und sein Frauchen. Sie ließ nicht zu, daß Truesdale ihren Drink bezahlte, den sie nur widerwillig hinunterstürzte, weil er zu bitter war. Sie war erleichtert, als der alte Hotelpage mit der Nachricht kam, falls Mrs. Vanes Tochter noch hier sei, bitte ihre Mutter sie für einen Augenblick zu sich nach oben.

»Sollte mir etwas bezüglich eines Hauses auf dem Lande zu Ohren kommen, werde ich mich mit Ihnen in Verbindung setzen«, machte sich Mr. Truesdale erbötig. »Hier und da hört man was. Ist natürlich nicht mein Beruf. Aber manchmal hört man was. Ich kann Sie ja jederzeit über Mr. Donovans Büro erreichen. Das heißt, falls Sie wirklich ernsthaft interessiert sind.«

»Oh, das bin ich«, versicherte Ebie ihm. »Das bin ich durchaus.«

»Es war mir ein außerordentliches Vergnügen, Sie wiederzusehen«, sagte Mr. Truesdale und verbeugte sich. »Es wäre mir eine Ehre, Ihnen behilflich zu sein.«

Ebie nickte ihm freundlich zu und ging ins Foyer. Mr. Truesdale bezahlte sein Bier und blickte sich aufmerksam um, um zu sehen, was aus seinem anderen Freund mit dem Wunsch nach dem Boot geworden war. Im Augenblick saß Mr. Thompson in einer Nische und nahm das Ein-Dollar-Mittagessen mit Steak zu sich. Er forderte Mr. Truesdale nicht auf, sich zu ihm zu setzen, denn eine Unterhaltung an der Bar war eine Sache, eine Unterhaltung bei Tisch eine andere.

»Nur ganz kurz zu Ihrem Besitz, mein Freund«, sagte Mr. Truesdale. »Ist er in gutem Zustand?«

»Sechzehn verwahrloste Hektar, das Dach undicht, der Garten im Eimer, die Hühner sterben dahin«, sagte Mr. Thompson prompt, ohne das halsbrecherische Eßtempo, das er an den Tag legte, zu verlangsamen, denn er schlug sich den Bauch ohnehin nur voll, um den Körper für weiteres Trinken zu stärken. »Meine Frau hat bei unserer Trennung sämtliche gut erhaltenen Möbel verkauft, und den Rest hat meine Tochter mitgenommen, als sie heiratete, deshalb ist es fast leer. Verdammt ungemütlich. Ich bin meistens hier, aber ich hab diese Farm. Schreit nach Reparaturen. Ich hab einen Neger dort draußen, einen unfähigen Trottel, aber er kümmert sich ein bißchen darum und tut hier und da was im Garten.«

»Wieviel wollen Sie dafür?« fragte Mr. Truesdale.

Thompson blickte freundlicher. Er überlegte einen Augenblick.

»Viertausendfünfhundert«, sagte er. »Soviel würde es mich kosten, es herzurichten. Lieber würde ich es loswerden.«

Mr. Truesdale sah sich um.

»Wieviel wäre es Ihnen wert, den Namen eines seriösen Interessenten zu erfahren?« fragte er mit gedämpfter Stimme.

»Nicht einen Cent«, sagte sein Freund geradeheraus. »Außer er kauft.«

»Und wenn er kauft?« fragte Mr. Truesdale.

»Setzen Sie sich«, sagte Thompson. »Trinken Sie ein Bier mit mir.«

7

Mrs. Vane bewohnte im Ellery ein Zimmer mit Bad für siebzehn Dollar die Woche. Es war ein recht geräumiges Zimmer im vierten Stock, straßenseitig gelegen, mit zwei großen Fenstern und einem ansehnlichen Bad. In bestimmten glücklichen Momenten, um die Mittagszeit an bestimmten Tagen im Dezember und spätnachmittags während der Sommersonnwende, tauchte die Sonne das Apartment auf der gegenüberliegenden Straßenseite in ihre Strahlen, und das dankbare Haus reflektierte das Licht sofort und warf es durch die großen Fenster zurück in Mrs. Vanes vom Glück begünstigten Raum. Diese Momente waren es wert, daß man sich auf sie freute, und die Dame war enttäuscht, wenn sie einer unwichtigen Besorgung wegen dieses magische Ereignis versäumte.

»Ach du liebes bißchen«, rief sie dann entsetzt. »Ich hab heute die Sonne verpaßt!«

Die Einrichtung war aus Ahornimitation, mit einem Sofa, das eine Wohnzimmeratmosphäre schaffen sollte. Dieser wünschenswerte Effekt wurde jedoch gleich wieder aufgehoben durch aufeinandergestapelte Hutschachteln, ausgebeulte, schäbige Gepäckstücke und einen offenen Schrankkoffer, der fast das ganze Zimmer verstellte, sowie einen riesigen viktorianischen Toilettentisch aus Walnußholz mit einem großen Spiegel und einer Tischplatte aus Marmor, ein Stück, das Mrs. Vane aus einem Auktionshaus irgendwo auf dem Land gerettet hatte und das sicher, so meinte sie, Unsummen wert war, falls der richtige Käufer auftauchte. Es hatte bereits ein kleines Vermögen gekostet, ihn verpacken, zustellen und in ihr Zimmer im Ellery schleppen zu lassen, soviel wußte Ebie.

»Bist du es, Ebie?« rief ihre Mutter. »Komm rein.«

Die alte Dame saß in Frottierhandtücher gehüllt vor dem Waschbecken, während die Kleine vom Kosmetiksalon nebenan das Haarfärbemittel mit Wattebäuschen in den alten Skalp einarbeitete. Die Kleine nickte Ebie zu und zwinkerte.

»Das ist kein Haarfärbemittel, wissen Sie«, sagte sie frech, »es ist nur eine Tönung, bitte sehr.«

Ebie rückte einen Stuhl zur Badezimmertür und zündete sich eine Zigarette an.

»Warum läßt du sie dir nicht braun färben, Mama?« schlug sie vor, »das wäre weicher. Ich meine, wenn du sie schon färben mußt.«

»Warum sollte ich weicher aussehen wollen?« fragte ihre Mutter gereizt.

»Sehen Sie?« sagte die Kleine.

Die Kleine war ein drahtiges kleines irisches Mädchen mit einem großen hübschen Puppenkopf mit blauen Augen und lockigen Haaren, der ihren zähen kleinen Körper abrundete.

»Der alten Dame ist heute was über die Leber gelaufen«, flüsterte sie Ebie zu. »Seien Sie vorsichtig.«

»Ich bin schlechter Stimmung, Mama«, sagte Ebie, »ist Brandy im Haus?«

»Also Ebie!« sagte ihre Mutter tadelnd. »Woher weißt du, daß ich welchen habe? Ich gehe übrigens sparsam damit um.«

»Erst vor kurzem hab ich dir eine Flasche geschickt«, verteidigte sich Ebie. »Wo ist er?«

Ihre Mutter stieß einen tiefen Seufzer aus.

»Nichts bleibt mir erhalten«, sagte sie. »Schau im Schrank neben dem Schuhkästchen nach.«

Ebie fand die Flasche und ein paar Gläser.

»Sie auch?« bot sie dem Mädchen an.

»Ein halbes Gläschen«, sagte die Kleine. »Ich hab das in Irland gelernt. Letztes Jahr bin ich heimgefahren, und mein Vater fand es schrecklich, daß ich nicht trinke. ›Komm schon, Maureen‹, sagte er, ›ein Gläschen wird dir guttun, nur ein halbes.‹ Er kippte ein Dutzend halbe Gläschen. Ich sagte, ›Warum nimmst du kein volles, Paps, wenn dir der Sinn danach steht?‹, und er sagte, ›Nein, Maureen, ich nehm nur ein halbes, ich bin kein Trinker, Kindchen.‹«

»Wenn du ihn schon so großzügig ausschenkst, nehme ich auch einen Kleinen«, sagte Mrs. Vane. »Schließlich ist es mein Brandy.«

»Sobald der alte Junge genug intus hat, fängt er an, mir Geschichten zu erzählen«, sagte die Kleine und schnalzte genüßlich mit der Zunge. »Alles über die kleinen Menschen, nicht so wie eure Elfen und Zwerge, sondern kleine Männchen mit Bärten und roten Schuhen, ganz wild. In der Kirche in Queenstown ist ein kleines Männchen, das so angezogen ist, ein echtes Männchen, er läutet die Glocken.«

»Ja, und du hast mir nie die irische Pelerine mitgebracht«, erinnerte Mrs. Vane sie vorwurfsvoll.

»Ihre Mama bittet mich ständig um eine irische Pelerine, weil sie sie einmal im Film gesehen hat. Sinnlos, ihr zu sagen, daß man das in Irland gar nicht anzieht. Wie mein Vater, der immer will, daß ich ihm einen Uncle-Sam-Anzug mitbringe, wie ihn die Amerikaner tragen.«

»Ist auch egal, mach mit meinen Haaren weiter«, befahl Mrs. Vane. »Ich möchte mit meiner Tochter reden.«

»Schießen Sie los«, sagte die Kleine.

»Was hast du auf dem Herzen, Mama?« fragte Ebie.

»Dieses alte Möbelstück«, sagte ihre Mutter. »Sieh es dir an, Ebie. Es ist ein schönes Stück, nicht wahr? Du kommst viel herum und müßtest wissen, was so was wert ist. Es ist eine echte Antiquität.«

»Es ist alt, aber das ändert nichts daran, daß es stört«, sagte Ebie. »Was willst du mit dem Ding? So ausgebeult wie es ist, sieht es aus wie ein Fährschiff. Es fehlt nur noch eine Signalpfeife.«

»Bei Gott, das stimmt«, pflichtete die Kleine bei.

»Woher kennst du dich denn mit Antiquitäten aus, Kindchen?« fragte Mrs. Vane unfreundlich, während ihr die Kleine ein Handtuch um den Kopf wickelte.

»Durch meinen Freund«, sagte die Kleine.

»Dieser Möbeltapezierer?« fragte Mrs. Vane und fügte streng hinzu: »Ich dachte, er hat mittlerweile um deine Hand angehalten, Maureen.«

»Mama, ich bitte dich!« wies Ebie sie zurecht. »Die Mädchen müssen heute nicht auf der Stelle heiraten. Die Zeiten sind vorbei.«

»Ich bin keine Greisin, meine Liebe«, erwiderte Mrs. Vane verstimmt.

»Stimmt, mein Freund und ich wollen einfach zusammenleben«, kicherte die Kleine und zwinkerte Ebie dabei zu.

Mrs. Vane machte den Versuch, sich umzudrehen und dem Mädchen einen vernichtenden Blick zuzuwerfen, aber sie schaffte es nicht, da die kräftigen Hände ihren Kopf wie in einem Schraubstock festhielten.

»Ein anständiges katholisches Mädchen wie du!« rief sie schockiert.

»Was ist daran so schlimm?« fragte die Kleine unschuldig.

»Ich würde es nicht tun, das ist alles«, sagte Mrs. Vane, die in ihrer Falle festsaß. »Ich würde es nicht tun. Er wird dich verlassen, todsicher. Und was ist, wenn du ein Kind bekommst?«

»Ich werd keins bekommen«, sagte die Kleine.

»Laß sie in Ruhe«, sagte Ebie zu ihrer Mutter. »Ich bin diejenige, um die du dir Sorgen machen sollst. Ich bin deine Tochter.«

»Ich hasse junge Leute«, sagte Mrs. Vane mit tiefer Überzeugung. »Ihr zwei glaubt wohl, daß man jeden älteren Menschen verspotten und lächerlich machen kann. Keine von euch beiden hat auch nur einen Funken Verstand. Ebie, wegen dieser Teestube, die du im Sinn hast...«

»Keine Teestube, Mama«, protestierte Ebie und hatte schon fast genug von dieser Idee mit dem Umzug aufs Land, weil alle sie plötzlich damit bedrängten.

»Was immer es auch ist, ich fange an, es für die beste Idee zu halten, die du je gehabt hast«, fuhr Mrs. Vane überraschenderweise fort. »Es wundert mich nur, daß dir das nicht früher eingefallen ist.«

»Als ich es vorhin unten vorgeschlagen habe, hast du es glattweg abgelehnt«, sagte Ebie.

Ihre Mutter überging diese Bemerkung.

»Ich hab darüber nachgedacht. Ich glaube, es könnte eine Goldgrube werden.«

»Eine Goldgrube?« Diese Seite der Sache verblüffte Ebie.

»Sicher. Zum Beispiel dieser wunderschöne alte Toilettentisch hier. Ich hab eine Nase für solche Sachen. Nichts täte ich lieber, als im ganzen Land herumzufahren und hier ein Stück, da ein Stück zu kaufen. Ich würde ein Vermögen damit verdienen.«

»Wie mit deinem Apartmenthaus«, spottete Ebie.

»Mach dir darüber keine Gedanken«, sagte Mrs. Vane. »Ich kann zwei Dinge zugleich tun. Oder ich verkaufe das Haus und investiere den Erlös in Antiquitäten. Du betreibst die Teestube, an irgendeinem alten Mühlbach vielleicht, und ich kümmere mich um die Antiquitäten.«

Ebie stand auf. »Das ist wirklich eine Superidee«, sagte sie, »und ich sehe schon, wie du Millionen dabei verdienst, aber vergiß die Sache mit der Teestube. Das Haus, das ich kaufen will, soll ein Zuhause sein, verstehst du, ein Zuhause.«

»Ein Zuhause«, wiederholte Mrs. Vane verdutzt.

»Na schön, dann vergiß auch das«, sagte Ebie resignierend. »Ich hab den Vorschlag nur gemacht, weil ich New York satt habe. Ich hab das alles satt. Ich möchte den ganzen Tag auf der Veranda herumliegen wie alle anständigen Leute, im Garten herumgraben und den Fortsetzungsroman im *Cosmopolitan* lesen.«

»Du weißt nicht, was du redest, Ebie«, sagte ihre Mutter kopfschüttelnd. »Ich meine es ernst. Wir kaufen ein Haus, und fürs erste nehme ich dieses Stück mit hinaus, finde hier und dort ein paar günstige Sachen und mache einen Gewinn damit.«

»Ist sie nicht großartig?« staunte die Kleine, während sie das betagte Haupt bearbeitete, als fördere ihre Stimulierung der Gehirnzonen diese Woge der Inspiration.

»Das ist meine erste echte Eingebung seit Jahren«, erklärte Mrs. Vane stolz. »Ich bin richtig aufgeregt.«

»Ich nehme an, das Ellery wird sich freuen, das Ding da loszuwerden«, sagte die Kleine mit einer Kopfbewegung in Richtung Toilettentisch. »Sie brauchen kein Haus, Miss Vane. Stellen Sie es einfach auf einen Parkplatz und ziehen Sie ein.«

»Wann wirst du Genaueres wissen?« fragte Mrs. Vane ungeduldig und ignorierte das Mädchen. »Ich bin wirklich fest entschlossen, es zu riskieren.«

Ebie fühlte sich schwach, so, als ob das Schicksal sie in etwas hineintriebe und sie kein Recht hätte, dagegen anzukämpfen. In der ersten Zeit mit Jay Oliver hatte sie einmal das Bedürfnis verspürt, sich die Pulsadern aufzuschneiden und das ganze Chaos zu beenden. Seither war Schlimmeres passiert als bloßes Liebesgezänk, und sie wollte nur noch davonlaufen, nicht den Kopf in den Gasherd stecken oder dergleichen, sondern einfach ganz still und leise aus ihrem derzeitigen Leben verschwinden, ohne viel Aufhebens, ohne Abschied, ohne Streit. Zunächst hatte ihrer Mutter die Idee mit dem Umzug aufs Land nicht gefallen, na gut, dann eben nicht. Dann hatte dieser merkwürdige kleine Mann an der Bar, der zweifellos von Mrs. Jay Oliver engagiert worden war, um sie zu überwachen, wieder mit dieser Landhausidee angefangen, als sei es das Gebot der Stunde. Ihr war es ziemlich egal gewesen. Aber jetzt ging ihre Mutter mit Feuereifer darauf ein. Der Einfall mit den Antiquitäten würde sie vielleicht eine Zeitlang beschäftigen, aber sie würde ihn verwerfen, sobald er in Arbeit ausartete.

»Lassen Sie sich von dem alten Mädchen kein Haus aufschwatzen«, riet ihr die Kleine lachend. »Ich weiß, wie Verwandte sind. Glauben Sie mir, ich hab das abgestellt. Dauernd haben sie mir von zu Hause geschrieben: ›Maureen, du fehlst uns, schick uns ein Foto von dir – P. S.: Leg etwas Geld bei, die Zeiten sind schlecht hier.‹ Also hab ich ihnen Fotos von Warteschlangen geschickt, mit Leuten, die um Nahrungsmittel anstehen, und dazugeschrieben: ›Die dritte von hinten bin ich – die, die den Blechnapf hochhält.‹ Das hat sie zum Schweigen gebracht.«

»Ich verurteile dich nicht, Maureen«, sagte Mrs. Vane. »Du wirst jeden Cent, den du verdienst, für dein Baby brauchen. Aber Ebie …«

Ebie und die Kleine lachten.

»Also gut, Mama, ich werde mich umsehen«, sagte Ebie.

»Das mit dem Antiquitätenhandel regeln wir, wenn wir das Haus haben. Mir ist es egal, was du verkaufst, solange ich nichts damit zu tun habe.«

»Sie werden New York vermissen, glauben Sie mir«, sagte die Kleine.

»Zum Teufel mit New York«, sagte Ebie und ging, noch deprimierter, als sie vorher gewesen war.

8

Was für eine Woche, was für eine Woche, dachte Lou, der trällernd unter der Dusche stand, was für eine traumhafte Woche war das für ihn gewesen. Was für eine Stadt, dieses New York, dachte er, während er sich den Kopf mit Föhrenduft-Shampoo einseifte, was für ein wunderschöner, großherziger Schatz von einer Stadt. Kein Ort auf der Welt war wie New York. Alles war wie am Schnürchen gelaufen, wie geschmiert. Das lag an der Stadt, vielleicht aber auch ein wenig daran, daß Lou Donovan wußte, wie man mit ihr umging. Er war eben doch ein Großstadtmensch. Kleinigkeiten lagen ihm nicht, aber wenn er vor einem großen Problem stand, einer großen Stadt, der allergrößten, dann schaukelte er das Ding mit verbundenen Augen. Mit Menschen war es dasselbe. Unwichtige Leute, kleine Fische gingen ihm auf die Nerven, aber er wußte genau, wie er die Präsidenten, die Manager, die Frauen aus gutem Hause (zum Beispiel Mary, seine eigene Frau) anpacken mußte.

Er trat aus der Dusche und begoß sich mit Eau de Cologne. Er hatte beschlossen, um eins zu fliegen, aber zuerst waren noch einige Dinge wegen der Büroeinrichtung zu regeln (die Sekretärin hatte sich tatsächlich als weißhaarig herausgestellt, sicher vorzeitig ergraut, aber das verlieh dem Ganzen eine stilvollere Atmosphäre), und er mußte ein paar Vorkehrungen treffen, bevor er Truesdale nach Maryland hinunterschickte, damit er dort für ihn nach dem Rechten sah, inkognito natürlich. Der Mann konnte wertvoll für ihn sein. Dann war da noch das Essen, das Florabella-Kosmetik Inc. für seine Angestellten und die Presse um zwölf im Ritz gab. Er hatte versprochen, kurz vorbeizuschauen und die Leute zu begrüßen, bevor er zum Flughafen fuhr. Florabella stand auf einer Stufe mit Elizabeth Arden und Rubinstein, und Lou schätzte sich glücklich, seinen Kunden solche kostspieligen Produkte empfehlen zu können. Die meisten von ihnen konnten sich die Großhandelspreise nicht leisten, aber für Castles-in-the-Woods war das Beste gerade gut genug. Florabella-Seife mit Erdbeerduft und Florabella-Badesalz mit Erdbeerduft in jedem Badezimmer, Florabella-Make-up und Toilettenpapier mit Erdbeerduft in jeder Damentoilette, ein Springbrunnen mit Eau de Cologne von Florabella im Gartenrestaurant des Hotels. Er hatte bereits bestellt, es war ein Kinderspiel gewesen. Eine wahre Freude, sich an einem so schönen Septembertag unbegrenzt aus einem Schatzkästlein bedienen zu können, das einem nicht gehörte.

Er pfiff vergnügt vor sich hin, während er eine graue Krawatte mit kleinen gelben Punkten aussuchte – acht fünfzig –, einen grauen, fein gestreiften Anzug – hundertvierzig hatte er dafür bezahlt –, graue Seidensocken. Er sah gut aus, vielleicht ein paar verräterische Fältchen um die Augen, trotzdem besser als der Durchschnitt. Nichts Aufdringliches, einfach dezente Eleganz. Das hatte Mary ihm beigebracht, sie haßte auffallende Kleidung, er durfte sich höchstens ab und zu mal einen Nadelstreif anziehen.

»Ich weiß nicht, warum«, hatte sie einmal gesagt und dabei schmunzelnd den Kopf geschüttelt, »aber Lou sieht immer so aus, als hätte er einen karierten Anzug an, selbst wenn es ein ganz schlichter dunkelblauer ist.«

Er wußte, was sie meinte – daß er allem, was er auf dem Leibe trug, seine persönliche Note verlieh. Sogar früher, als er nicht mehr als zweiundzwanzig fünfzig für einen Anzug ausgegeben hatte, hatte er ihn getragen, als sei er etwas Besonderes.

Unten im Blumenladen suchte er sich eine hübsche Freesie für sein Knopfloch aus und schickte der Frau des Majors einen Strauß Chrysanthemen für zwanzig Dollar, mit seiner Karte – er hatte sie leider nicht kennengelernt, doch sie war gerade mit der *Normandie* angekommen, wie ihm seine Informanten mitgeteilt hatten. Tja, das waren die Details, die zählten! Er ging zum Tisch der Telefonistin, um Jay Oliver anzurufen, weil er wissen wollte, ob er schon aus Atlantic City zurück war; das war jedoch nicht der Fall, und deshalb rief er in seinem Büro in Chicago an und erklärte Miss Frye, was sie zu tun und zu sagen hatte.

»Ich bin heute abend zurück, aber sagen Sie Mrs. Donovan lieber, daß ich erst morgen erwartet werde«, sagte er, weil er bereits daran dachte, sich nach seiner Ankunft eventuell mit Mrs. Kameray zu verabreden, die bereits in Chicago war. Das war eben der Unterschied zwischen ihm und Jay Oliver, dachte er – für jedes kleine Abenteuer ebnete er den Weg im voraus und ließ sich so immer einen Ausweg offen.

»Die erste Mrs. Donovan war wieder da«, sagte Miss Frye am Telefon. »Sie ist Ihnen immer noch auf den Fersen.«

Schon wieder Francie. Man sollte meinen, daß man jemanden nach fünfzehn Jahren endgültig los war, und sie war ihm ja auch wirklich seit zehn Jahren nicht mehr über den Weg gelaufen, bis vorigen Monat, als sie und ihr an Schwindsucht leidender Mann nach Chicago gekommen waren. Er hatte nichts gegen Fran, sie war okay, nur fühlte er sich dann immer so verdammt unbehaglich, weil sie dauernd davon redete, daß sie früher dies und jenes getan hatten, und immer die Gefahr bestand, daß sie Mary alles erzählte. Warum konnte nicht alles ein für allemal vergangen und vergessen sein?

»Was wollte sie?« fragte er.

»Sie hat gesagt, sie sei pleite«, antwortete Miss Frye. »Sie wissen schon. Sie will ihren Mann nach Arizona bringen. Hat den Wagen hier verpfändet, um das Hotel zahlen zu können.«

»Arizona, Quatsch, ich wette, er will nach Santa Anita«, knurrte Lou. »Der Typ wird nie klüger. In Hialeah hat er in zwei Tagen sein ganzes Geld verloren, also nimmt er jetzt Kurs auf Tia Juana und die Rennbahnen an der Westküste. Kein Wunder, daß er pleite ist.«

»Na ja, sie hat gesagt, sie will ihn seiner Gesundheit wegen nach Arizona bringen«, sagte Miss Frye unverbindlich. »Ich weiß nicht, ob das stimmt. Sie kommt später noch einmal vorbei.«

»Wieviel wollte sie?«

»Nur soviel, um davon den Wagen auszulösen und ein paar Wochen zu leben. Sechzig, siebzig Dollar.«

»Siebzig Dollar ist eine Menge Geld«, sagte Lou. »Geben Sie ihr zwanzig und sagen Sie ihr, ich hätte gesagt, sie soll sich verkrümeln. Ich bin kein Rockefeller.«

Er fühlte sich an diesem Morgen zu gut, um sich darüber aufzuregen, daß Francie noch immer in der Nähe war. Ihm fiel ein, daß diese Woche ein Hotelmanagerkongreß im Stevens stattfand und möglicherweise einige Geschäftsfreunde in der Stadt waren.

»Laden Sie jeden, der anruft, für heute abend zu einer kleinen Party ein«, sagte er. »Ich komme am späten Nachmittag. Tag der offenen Tür. Sehen Sie nach, ob noch genug Scotch da ist.«

»Mr. Oliver war hier«, sagte sie. Jay war also schon zurück. »Es ist schon ein Weilchen her, er bediente sich an der Bar, und als er ging, war er ziemlich angeheitert.«

»Wenn er wieder anruft, sagen Sie ihm, er soll so gegen sechs vorbeikommen.«

»Das wollte er sowieso«, sagte Miss Frye. »Er hat gesagt, Sie hätten einander einiges zu erzählen. Was geht da eigentlich vor in New York?«

»Das geht Sie gar nichts an«, lachte Lou. Ganz schön auf Draht, diese Miss Frye.

Lou bezahlte bei der Telefonistin, einem hübschen Ding mit Ponyfrisur. In jeder Hinsicht auf der Höhe. Für jeden Spaß zu haben, aber nicht flachzulegen. So zumindest hatte Jay Oliver es ausgedrückt. Jay konnte an keiner Telefonistin vorbeigehen, ohne sie anzumachen.

»Sie sehen einfach großartig aus mit der Blume im Knopfloch!« sagte sie. »Wirklich glücklich. Macht das die Blume?«

»Sicher, das macht die Blume«, sagte er. »Was gäbe es sonst für einen Grund?«

»Wenn das alles ist, was Sie dazu brauchen!« seufzte sie. »Vielleicht sollte ich mir auch eine Blume anstecken, wenn ich sonst nichts brauche, um glücklich zu sein.«

Lächelnd ging Lou zurück zum Blumenladen und bestellte für zehn Dollar rote Rosen und einen Gardenienzweig für die Telefonistin des Hotels.

»Nicht die Blonde«, erklärte er, »die mit der Ponyfrisur und dem Südstaatenakzent.«

»Das ist die, die Herzröschen mag«, sagte der Verkäufer, der neben ihm stand und gerade einen kleinen Blumenstrauß in Wachspapier einwickelte.

»Na schön, schicken Sie ihr auch noch Herzröschen«, sagte Lou. »Das Mädchen soll um jeden Preis zufrieden sein.«

Er schrieb »Sind Sie jetzt glücklich?« auf eine Karte, unterschrieb mit seiner Zimmernummer und »Donovan« und steckte sie in einen Umschlag. Nach reiflicher Überlegung steckte er noch einen Zwanziger hinein. So etwas machte ihm wirklich Spaß. Er hatte kein Verständnis für Knausrigkeit. Diese Typen, die genau die zehn Prozent fürs Trinkgeld ausrechneten, die nur eins gaben, wenn es nicht anders ging, und so weiter. Sicher, vor zwanzig, ja noch vor fünfzehn Jahren hatte er auch noch rechnen müssen, aber, mein Gott, damals hatte er nur fünfzig oder sechzig Dollar die Woche verdient. Er hatte damals auch auf Pferde gewettet, und sie hatten ihn ganz schön reingelegt. Das war was anderes. Manche Männer wurden nie klüger. Manche Männer, so wie der Affe, mit dem Francie jetzt zusammen war, gingen weiter jahrein, jahraus zum Rennen, verloren und wußten nicht, wann sie aufhören sollten. Nach drei oder vier glücklosen Jahren hatte er sich zurückgezogen. Glücksrad, Roulette oder sogar Poker, ja, da machte das Spiel selbst wenigstens ein bißchen Spaß. Gewöhnlich schaffte er es, mit mehr Zaster aufzuhören, als er angefangen hatte. Aber die Pferde – nun, die Pferde mochten ihn einfach nicht. Zur Hölle mit ihnen.

Er ging durch die Park Avenue, zog seinen Bauch ein und war derart guter Laune, daß es ihn überraschte, ringsherum so viele mürrische Gesichter zu sehen, mißmutige Türsteher in Uniformen, die störrische kleine Hunde der Hotelgäste an der Leine führten, finster blickende Kindermädchen, die brüllende kleine Buben in Matrosenanzügen und Mädchen in Rüschenkleidchen über den dünnen X-Beinen an der Hand hielten, ihnen aber eigentlich lieber den Hals umgedreht hätten. Was war los, daß heute alle so mißmutig waren?

Seine gute Laune hielt den ganzen Vormittag an; er war angetan von seiner Empfangsdame, dem Teppich, dem Sofa und den Stühlen, die für das Sitzungszimmer geliefert worden waren. Viel war nicht nötig – nur ein guter äußerer Eindruck, eine Adresse. Außerdem würde er wahrscheinlich nicht öfter als zwei oder drei Tage im Monat hier sein. Wenn das Projekt Castles-in-the-Woods nicht mehr Zeit in Anspruch nahm als erwartet. Er beschloß, kurz im Präsentationsraum von Florabella drüben in der Madison Avenue vorbeizuschauen und von dort mit dem alten Florabella selbst oder sonst mit Bill Massey zum Lunch zu gehen. Der Präsentationsraum von Florabella sah wirklich toll aus, das mußte man den Typen lassen. Sie wußten, wie man ein Stück Seife so verpackte, daß es aussah wie der Hope-Diamant, in einem mit Satin ausgeschlagenen Karton, eingebettet in Glitzerpapier, und das andere Zeug genauso, alles präsentiert in einem duftenden Ausstellungsraum, dessen Wände mit Satin tapeziert waren, und dazu hübsche Mädchen in verschieden geblümten, hautengen Satintrikots, die einen dazu brachten, mehr zu bestellen, als man eigentlich vorgehabt hatte. Lou setzte sich auf ein elegantes rosa Sofa, während die Produkte von Florabella, geschmackvoll auf goldenen Treppchen arrangiert, sich in der Mitte des Raumes langsam unter einer Glasglocke drehten. Bill Massey kam aus den hinteren Büroräumen, die nichts von der Eleganz der vorderen hatten, aber das kümmerte niemanden. Das hübsche Mädchen, das ihn auf Lous Bitte geholt hatte, lächelte ihnen zu und entfernte sich anmutig. Massey, ein stämmiger Ire, mit einer Figur wie ein Berufsboxer, breitem Nacken, großer Nase und rotem Kraushaar, sah dem Mädchen mißbilligend nach.

»Hat sie Ihnen schöne Augen gemacht?« fragte er.

»Darf sie das denn nicht?« fragte Lou. »Ich bin doch Kunde, oder? Wird dem Kunden hier gar nichts gegönnt?«

Massey seufzte.

»Ich engagiere diese Mädchen wegen ihres Sexappeals, aber ich werde es verdammt noch mal nicht zulassen, daß sie Gebrauch davon machen«, sagte er. »Das ist ein Problem, glauben Sie mir. Sie besorgen das Geschäft, aber sie sollen es nicht dem Kunden besorgen. Schließlich haben manche Kunden Ehefrauen. Es wäre nicht das erste Mal, daß eine Gattin hier hereinspaziert und anfängt, mir einzuheizen, weil ich ihrem Mann heiße Ware verkauft habe. Das war Nettie, ich werd ihr sagen, daß sie Sie in Ruhe lassen soll, Sie haben eine Frau.«

»Ach, lassen Sie sie doch, sie ist mir nicht zu nahe getreten«, sagte Lou.

»Wenn das kein eindeutiger Blick war, dann weiß ich auch nicht«, sagte Massey bestimmt. Er seufzte und fuhr sich durch das rote Haar. »Jeden Morgen sage ich ihnen ein paar aufmunternde Worte. Gerade eben wieder. ›Geht da hinein und kämpft‹, hab ich zu ihnen gesagt. ›Für Florabella, eure alte Alma Mater. Aber um Gottes willen‹, sag ich, ›wackelt nicht so mit den Hüften, Kinder.‹ Ich hab gesagt: ›Könnt ihr nicht, sagen wir mal, eine Stunde am Tag an etwas anderes denken?‹«

Er ging seinen Hut holen, und Lou begann sich mit dem Mädchen zu unterhalten, das zurückgekommen war und ein Silbertablett mit hübsch verpackten Proben herumreichte. Sie hatte einen anmutigen Gang im Rhythmus eines professionellen Mannequins, die Kombination aus ihren sorgfältig gebräunten Beinen und ihrem engen aquamarinblauen Satintrikot mit seinen vorteilhaften Stoffeinsätzen vorne und hinten sah sehr appetitlich aus.

»Zu schade, daß Sie nur zwei Beine haben«, sagte Lou.

»Dankeschön«, sagte sie freundlich, mit einer leichten Verbeugung.

»Danken Sie nicht mir, danken Sie Gott«, sagte Lou. »Würde es Ihnen etwas ausmachen, mir die beiden zu leihen, damit ich sie in meinem Büro an die Wand hängen kann?«

Sie kicherte und bewegte den Fuß in ihrer silbernen Sandale verlegen hin und her.

»Ja, Gnädigste«, sagte Lou, »Mann, wenn Sie ein Tausendfüßler wären, würde ich Sie heiraten.«

»Seien Sie nicht albern, ich bin schon verheiratet«, kicherte sie.

Lou zuckte die Achseln.

»Na schön, Sie lassen mich also abblitzen. Wie alt sind Sie?«

»Neunzehn«, sagte sie.

»Teufel auch, was sollte ich mit einer neunzehnjährigen alten Schachtel anfangen?« fragte er. »Sie würden bloß noch ein paar Jahre taugen. Das würde nur Zeit und Geld kosten. Vergessen Sie das Ganze.«

»In Ordnung, Mr. Donovan«, zwitscherte sie. »Ich wußte nicht, daß Sie auf der Suche nach einer Frau sind.«

»Ich bin immer auf der Suche nach einer Frau«, beteuerte er. »Gerade heute sind mir die Frauen ausgegangen. Zu schade, daß Sie nicht mein Typ sind.«

Massey kam zurück, den Hut in den Nacken geschoben.

»Wir sind zu früh dran für das Bankett«, sagte er und sah auf die Uhr. »Gehen wir noch auf einen Sprung in die Men's Bar, und dann spielen wir mit Zündhölzern um die Drinks. Nach der höllischen Tour durch die Stadt gestern nacht kann ich einen Whisky gebrauchen. Kannst du mich nächstes Mal daran erinnern, daß ich mich umbringe, bevor ich rauf nach Harlem fahre? Schreib dir das auf, Nettie.«

»In Ordnung, Mr. Massey«, sagte sie gehorsam.

Lou ließ einen Zehner auf ihr Tablett flattern und berührte mit seinem Zeigefinger sanft ihr Kinn.

»Sie gefallen mir«, sagte er. »Wenn ich das nächste Mal in der Stadt bin, werde ich mich mit Ihrem Mann duellieren. Wie groß ist er?«

»Eins achtzig«, sagte sie, »er war Verteidiger bei Dartmouth.«

»Eins achtzig? Dann sollte ich mich lieber mit ihm anfreunden«, sagte Lou. »Ich hab ihn mir anders vorgestellt, etwa eins fünfundzwanzig. Sagen Sie ihm, ich hab nichts gegen ihn. Kommen Sie, Florabella.«

»Sie können wohl keine auslassen, oder?« spottete Massey. »Ein richtiger Weiberfresser. Wenn Sie Tag und Nacht so viele um sich hätten wie ich, würden Ihnen die schönen Mädchen derart zum Hals raushängen, daß Sie hinter der häßlichsten, fettesten Frau der Welt her wären, nur um mal was anderes zu erleben. Oder das Ufer wechseln. Ich hab doch tatsächlich erst vor kurzem die Geschichte gehört, ich – man stelle sich das vor, ich – sei schwul.«

»Und?« fragte Lou. Massey hieb ihm auf die Schulter.

»Das soll reichen«, sagte er.

»Ich brauch Ihnen nicht hinten reinzukriechen, Junge«, sagte Lou. »Ich hab bei Ihnen bestellt, jetzt kann ich mich zurücklehnen und Sie, verdammt noch mal, beleidigen, wie es mir paßt.«

In der Men's Bar im Ritz trafen sie Rosenbaum, der die Börsennachrichten las, während er auf einen Kunden wartete. Er wollte eine Runde ausgeben, aber Florabella bestand auf dem Zündholzspiel.

»Herrgottnochmal, das Zündholzspiel ist die einzige geistige Beschäftigung, die ich habe«, flehte er.

Rosenbaum zuckte die Achseln. Er kannte das Zündholzspiel nicht, also erklärte Florabella es ihm geduldig. Man mußte erraten, wie viele Zündhölzer der andere in seiner Hand hatte, und wenn es stimmte, bekam man einen Punkt, und wenn man drei Punkte hatte, hatte man die Runde gewonnen.

»Hören Sie«, sagte Rosenbaum, »macht es Ihnen was aus, wenn ich einfach die Drinks bezahle und uns den ganzen Unsinn erspare?«

Aber Lou und Florabella ließen das nicht zu, und so gewann er mit dem größten Bedauern, und Florabella mußte zahlen. Als Florabella hinausging, um nachzusehen, ob die Gäste bereits zum Lunch kamen, nahm Rosenbaum Lou beiseite.

»Ich möchte mich bei Ihnen dafür bedanken, daß Sie unserer Freundin der Familie, Mrs. Kameray, diesen Job gegeben haben«, sagte er mit gedämpfter Stimme. »Sie war sehr glücklich darüber, und ich glaube, sie wird ihre Sache verdammt gut machen. Besonders gefreut hat mich, daß Sie meiner Empfehlung geglaubt haben, ohne vorher mit ihr zu sprechen. Das ist echtes Vertrauen.«

»Wenn Sie sagen, daß jemand okay ist, dann ist er das auch«, sagte Lou in herzlichem Ton. »Soviel zu dem, was ich von Ihrer Meinung halte, Rosenbaum.«

Das kleine Luder! Sie hatte Rosenbaum gegenüber mit keinem Sterbenswörtchen erwähnt, daß sie an jenem Abend stundenlang mit ihm zusammen gewesen war.

»Ich glaube, wenn Sie sie kennengelernt hätten, wären Sie sehr zufrieden mit ihr gewesen«, fuhr Rosenbaum fort. »Sie hat Charme und ein sicheres Auftreten – alles, was man braucht.«

»Mein Gott, ich kann nicht jeden kennenlernen, der mir empfohlen wird«, sagte Lou offenherzig. »Und wenn sie die schöne Helena selber wäre – wenn man nur vier oder fünf Tage in New York ist, hat man nicht die Zeit, sich mit allen Leuten zu treffen, die man gerne sehen würde. Sie sagen, sie ist okay – gut, dann ist sie okay.«

Florabella kam zurück und sagte, daß sie jetzt hineingehen müßten, um die Gäste zu empfangen. Es sei zwar noch niemand gekommen, aber als Gastgeber müsse er dort sein. Und wenn Lou nur kurz bleiben könne, solle er lieber jetzt gleich kommen.

»Schade, daß Sie uns nicht Gesellschaft leisten können, Rosenberg«, sagte Florabella.

»Rosenbaum«, verbesserte Rosenbaum.

Florabella machte eine unbekümmerte Handbewegung.

»Rosenberg, Rosenstein, Rosenbaum – ist doch alles gleich, mein Freund, solange das Herz am richtigen Fleck sitzt.«

»Sag Rosebush zu ihm, so wie ich«, lachte Lou, aber er stellte sein Gewieher ab, als Rosenbaums Gesicht plötzlich einen erstaunten Ausdruck annahm. Beunruhigt spürte er die Blicke in seinem Rücken, die Rosenbaum ihnen nachdenklich hinterherschickte, als er mit Florabella hinausging. Er hätte sich auf die Zunge beißen können wegen dieser Bemerkung. Es war genau die Art von dämlicher Bemerkung, die jemand wie Jay Oliver machte; sich so zu verplaudern konnte tödlich sein, wenn der andere nicht ganz blöd war. Lou fürchtete, daß

Rosenbaum, seinem nachdenklichen Blick nach zu schließen, ganz und gar nicht blöd war.

»Warum hab ich nur diesen Rosebush-Gag unterbringen müssen?« dachte er reuevoll. Ein wunderbarer Hinweis, um jemanden stutzig zu machen. Ebenso schlimm, wie wenn man mit einer Telefonnummer herausrückte, die man eigentlich gar nicht wissen konnte. Lou ärgerte sich so sehr darüber, Mrs. Kamerays kleinen Rosebush-Witz ausgeplaudert zu haben, daß er bei den ersten Gästen Florabellas eine recht schwache Figur abgab. Ein paar Minuten stand er mit den anderen herum und lachte mechanisch, während Florabella sie mit einer Anekdote nach der anderen, einem anzüglichen Limerick nach dem anderen unterhielt. Gewöhnlich notierte sich Lou alle neuen Witze, um später damit seine Kunden zu erbauen, aber diesmal hörte er nur mit halbem Ohr hin. Später dann, im Flugzeug, versuchte er sich ein paar davon in Erinnerung zu rufen, es fiel ihm aber nicht ein einziger ein.

9

Mitten in der Nacht redeten Ehefrauen auf ihre Männer ein, in der Finsternis redeten und redeten sie, während die Uhr auf der Kommode den Schlaf wegtickte und die letzten Trambahnen in entlegenen Straßen in noch entlegeneren Vororten bimmelten, wo in den neuen Häusern, die unter der Hypothekenlast und den modernsten Ausstattungen fast zusammenbrachen, Ehefrauen in der Finsternis redeten und redeten und redeten. Im ganzen Land sprachen die Ehefrauen ohne Pause mit monotoner Stimme über die Bridge-Preise, den Lunch, die Sauce Hollandaise, die Walnuß-Surprise, die kleinen Niederlagen, die kleinen Eifersüchteleien, die Kinder, den Lebensmittelhändler, den Nachbarn, und die Ehemänner konnten den Kopf unter das Kissen stecken, sich Watte in die Ohren stopfen, so tun, als schnarchten sie oder vor Erschöpfung laut seufzen, es nützte nichts, die Stimmen leierten dahin, durchstießen die Dunkelheit, durchlöcherten die nächtliche Stille, so unaufhörlich und unwillkürlich wie das Zirpen der Grillen.

Jay Oliver tröstete sich manchmal mit dem Gedanken an all die anderen Ehemänner, und er zwang sich, in aller Fairneß zuzugeben, daß er, wenn er einmal eine Nacht zu Hause verbrachte, vielleicht nur deshalb todmüde war, weil er während der vergangenen Tage anderswo ziemlich auf den Putz gehauen hatte, und betrachtete das Zuhören als gerechte Strafe für die Dummheiten, die er in letzter Zeit angestellt hatte. Flos nasale Stimme drang von ihrem Bett auf der anderen Seite des Nachttisches durch die Dunkelheit, während sie die Nährcreme von Helena Rubinstein auf ihre entspannten Poren und Lachfältchen auftrug; an der Veränderung ihres Tonfalls konnte Jay mittlerweile fast erkennen, ob sie gerade das Kinn, die Nase oder den Hals bearbeitete. Heute abend vernahm er im Halbschlaf irgendwas über einen gemischten Salat. Offenbar hatte Eleanor – wer auch immer Eleanor war, und er hatte weiß Gott schon so viel von Eleanor gehört, daß er sie mittlerweile kennen sollte – auf einem gemischten Salat bestanden. Alle anderen hätten für den Lunch des Frauenvereins lieber Waldorfsalat gewollt, aber Eleanor habe hartnäkkig auf gemischtem Salat bestanden. Schläfrig stellte Jay sich Eleanor Soundso vor, wie sie mitten im Eßzimmer stand und mit dem Fuß aufstampfte, die Apfel-Nuß-Komposition à la Waldorf einfach auf den Boden warf und schrie: »Entweder ein gemischter Salat oder gar nichts! Ich bestehe auf einem gemischten Salat!« Er spann diese melodramatische Szene im Halbschlaf weiter, die Bilder veränderten sich von Normalgröße zu Traumproportionen, und gerade als Eleanor selbst zu einer Freiheitsstatue in einem Eßzimmer geworden war, das so groß war wie die Grand-Central-Station – eigentlich war es ein Eßzimmer, in dem die Züge auf zwei Ebenen unter dem Tisch hin und her sausten –, gerade da vernahm er ein weiteres bekanntes Stichwort, einen Satz, der sich wie ein roter Faden immer wieder durch Flos zahllose Monologe zu nachtschlafender Zeit zog.

»Wenn ich nur einmal den Fuß in dieses Haus setzen könnte, nur einmal«, sagte sie. Da wußte er, daß sie bei ihrem Dauerthema angelangt war und sich wieder einmal über die Donovans ereiferte und darüber, mit welch kühler Höflichkeit Mary Donovan sie auf Distanz hielt, und natürlich konnte ein Ehemann dagegen nichts unternehmen, selbst wenn es ihn insgeheim ebenso wurmte.

»Na ja, ich bin schon oft an ihrem Haus vorbeigefahren, von außen kenne ich es«, fuhr Flo kummervoll fort. »Es ist nicht übel, ein schönes Haus, wenn man den französischen Landhausstil mag. Ich persönlich finde unser Haus im Kolonialstil viel hübscher, und es sieht auch amerikanischer aus. Und selbst wenn das Viertel hier schon bessere Tage gesehen hat, liegt es zumindest näher am Zentrum, und das gefällt mir daran. Ich hab das Haus von außen gesehen, aber ich wäre ganz einfach neugierig, wie sie es eingerichtet hat. Sie soll ja so wahnsinnig kultiviert sein und einen ausgezeichneten Geschmack haben, und eine Harrod ist sie auch noch, meine

Güte, man möchte glauben, es geht um die Königsfamilie, wenn Lou immer wieder davon anfängt. ›Meine Frau ist übrigens eine Harrod.‹ Ich finde meine Verwandtschaft kein bißchen schlechter. Meinem Großvater hat das größte Geschäft in Taylorville gehört, ich hätte nach Vassar auf die Universität gehen können, wenn ich nicht so dumm gewesen wäre, auf dich reinzufallen. Nach Europa hätte ich gehen können. Ich finde es nur merkwürdig, daß alle deine Geschäftsfreunde uns schon zum Essen oder zum Kartenspielen zu sich nach Hause eingeladen haben, nur die Donovans nicht, dabei ist er doch angeblich ein so dicker Freund von dir. Ich würde einfach gern dieses Haus betreten und mit eigenen Augen sehen, was so besonders daran ist, daß sie niemanden hineinlassen wollen. Nicht, daß sie mir die kalte Schulter zeigen würde, heute bei Eleanor war sie die Freundlichkeit in Person und hat sich sehr für die Petit-Point-Stickerei interessiert, die ich für Eleanors Eßzimmerstühle gemacht habe. Ich muß zugeben, die Stickerei ist wirklich ungewöhnlich, ob sie Eleanor nun gefällt oder nicht, wir haben uns also darüber unterhalten, Mary Donovan und ich, und dann hab ich ihr alles über unsere kleine Reise erzählt, und stell dir vor, sie hatte keine Ahnung, daß Lou für die Gestaltung seines New Yorker Büros eine Innenarchitektin engagiert hat. Ich sagte: ›Aber ja, sie hat ihn in New York am Bahnhof abgeholt‹, du weißt schon, dieses hart aussehende Mädchen mit dem pinkfarbenen Schleier am Hut, diese Miss Vance oder Vane oder so.«

Diese letzten Namen rissen Jays Augen und Ohren so ruckartig auf, daß er glaubte, einen Höllenlärm gemacht zu haben. Plötzlich war er hellwach und hielt sich an der Bettdecke fest.

»Vance?« sagte er heiser.

»Na ja, Vance oder Vane, ist ja egal, glaub mir, Lou wird ihretwegen noch Schwierigkeiten bekommen, das sah ich an ihrem Gesichtsausdruck«, fuhr Flo zufrieden fort. »Als ich sie erwähnte und erzählte, daß Lou gesagt hat, daß sie sein New Yorker Büro einrichtet, hat Mary Donovan die Ohren gespitzt, also wußte ich, daß da was nicht stimmt, und dann sagte sie: ›Ach ja, das muß die sein, die mein Onkel mit Lou zusammen gesehen hat. Ich hoffe sehr, daß sie das New Yorker Büro genauso schön gestaltet wie Marshall Field das Büro in Chicago.‹ Einfach so, weißt du, ganz ruhig, ganz natürlich, aber mich kann man nicht täuschen. Ich hab sofort gemerkt, daß ich etwas angesprochen hatte, was ihr schon länger im Kopf herumgegangen war. Schon am Bahnhof hab ich gemerkt, daß da was nicht stimmt. Mama auch. Mama hat dasselbe gesagt, als sie sah, wie merkwürdig Lou sich benahm. Sie sagte: ›Dieses Mädchen ist keine Innenarchitektin, sie ist Lous Freundin.‹«

»Ach, das glaub ich nicht.« Jays Stimme klang so matt, daß Flo sagte: »Was?«, und er sagte: »Ich habe gesagt, daß du recht haben könntest, aber ich glaube es eigentlich nicht.«

Das ärgerte Flo so sehr, daß sie sich im Bett aufsetzte und die Stimme erhob.

»Du glaubst es also nicht, o nein, natürlich glaubst du es nicht, ihr Männer haltet ja immer zusammen, ihr haltet zusammen, anstatt zu euren Frauen zu halten, du weißt verdammt gut, daß Lou eine Freundin in New York hat, du traust dich einfach nicht, es mir zu sagen. Nun, das brauchst du auch nicht, Mama und ich sind schlau genug, es ist uns nicht entgangen. Eine Innenarchitektin hat es nicht nötig, ihren Kunden am Bahnhof abzuholen; wenn du mich fragst, dann wette ich, daß sie die ganze Zeit über im Zug war, wahrscheinlich ist sie schon in Chicago mit ihm eingestiegen. Lou kommt ungestraft mit allem davon, nur weil Mary zu vornehm ist, um die Augen offenzuhalten. Aber das gibst du natürlich nicht zu. Ihr Männer habt ja so schreckliche Angst davor, etwas über einander auszuplaudern. Braucht ihr auch nicht, das kannst du mir glauben. Mary Donovan ist kein Dummkopf, sie ahnt was.«

Jay lag da und sagte gar nichts, aus Angst, seine Stimme könnte versagen; er fragte sich nervös, was mit ihm los war, daß er nicht für Lou eintreten und ihn verteidigen konnte, so wie Lou es für ihn getan hatte, und er war wütend auf Lou, weil dieser in einer kritischen Situation so souverän die Nerven bewahrt hatte.

»Du würdest nie zugeben, daß sie seine Freundin ist«, sagte Flo verärgert, »weil du wahrscheinlich das gleiche machst und Angst hast, ich könnte dahinterkommen. Hör zu, mein Lieber, vor mir kannst du nichts verbergen, aber auch gar nichts. Ich hab eine ziemlich gute Nase, was solche Dinge betrifft. Was ist denn jetzt los? Wo gehst du hin? Warum stehst du auf?«

»Ich hol mir was zu trinken«, sagte Jay geduldig, während er in seine Hausschuhe stieg. »Ich hab Durst, sonst nichts.«

»Das kommt von dem Schinken, den wir gegessen haben«, sagte Flo. »Bei Eleanor hat's zum Lunch auch Schinken gegeben. Überbacken, mit Ananas, eine Art Auflauf, und Süßkartoffelpüree mit Marshmallowrand. Und dann den gemischten Salat und Bananen-Mandel-Eiscreme mit Erdbeersauce und Biskuit. Ich wurde ganz nervös, als eine der Frauen beinahe einen Soßenfleck auf die Petit-Point-Stickerei gemacht hätte, aber zum Glück hat sie nur auf ihr Kleid gekleckert. Eleanor hat gesagt, wenn Männer zum Essen kommen, dann schützt sie die Petit-Point-Stickerei auf den Eßzimmerstühlen, indem sie ein Wachstuch auf die Stühle legt, auf denen die Männer sitzen, damit nichts zwischen ihren Beinen hindurch auf die Stickerei fällt; bei den Frauen wird die Stickerei natürlich durch die Röcke geschützt. Mary Donovan hat gesagt, das sind die reizendsten Stühle, die sie je gesehen hat, und ich hab mich angeboten, ihr zu zeigen, wie man sie bestickt, damit sie mich vielleicht einmal zu sich einlädt. Irgendwie tut sie mir leid, so fein und so überzeugt von sich, wie sie ist, und dabei hat Lou die ganze Zeit schon diese Vance in New York und tut so, als sei es rein geschäftlich. Glaub mir, wenn ich an ihrer Stelle wäre, ich würde es ihm schon zeigen, wenn er das nächste Mal nach New York fährt, würde ich ihm nachfahren und ihm so lange überallhin folgen, bis ich ihn auf frischer Tat ertappt habe. Das werd ich ihr auch raten, wenn sie mich fragt.«

»Das würde ich nicht tun«, wollte Jay sagen, aber kein Laut

drang über seine Lippen, deshalb gab er es auf und tappte zur Schlafzimmertür hinaus, erleichtert, als er im Flur über einen Teppich stolperte und seinen Gefühlen freien Lauf lassen konnte, indem er fluchte und sich über die Dummheit des Dienstmädchens und auch der Herrin des Hauses aufregte, weil die Böden zu stark gebohnert waren und die Teppiche deshalb im ganzen Haus herumrutschten. Der Gegenangriff brachte Flo erfolgreich zum Schweigen.

»Ich bin zu müde, um mich mit dir zu streiten, Jay«, klagte sie. »Die letzten vier Tage bin ich im ganzen Land herumgeflogen, und dann das Mittagessen heute, und ich bin wirklich hundemüde. Es ist einfach gemein von dir, Streit anzufangen, wenn ich versuche, mich ein wenig auszuruhen. Geh und hol dir was zu trinken, wenn du nicht schlafen kannst, aber laß mich zur Abwechslung mal ein wenig ausruhen.«

Er hörte, wie sie sich umdrehte und atmete erleichtert auf. Auf der Veranda fand er, was er suchte, und es war beileibe kein Zuckerwasser. Ein, zwei Stunden saß er auf dem Rattansofa und rauchte und trank Brandy, während er niedergeschlagen darüber nachdachte, wie jämmerlich er sich dafür revanchierte, daß Lou ihm das Leben gerettet hatte. Na schön, dann war er eben ein Schweinehund, aber was blieb einem Mann anderes übrig, wenn seine Frau es darauf anlegte, einen Schweinehund aus ihm zu machen? Ein gottverdammter Idiot, das bin ich, brummte er unentwegt, der größte Idiot auf Gottes weitem Erdboden, ich verdiene einen gewaltigen Tritt in den Arsch, das geschähe mir ganz recht. Lou dagegen war ein Superkerl, ein echter Freund, ein Kumpel, der Mann, der ihn gerettet hatte, als er in der Klemme saß. Nun, das mindeste, was er tun konnte, war, Lou zu verraten, was Flo und Richter Harrod Mary erzählt hatten. Andererseits sah er eigentlich nicht ein, warum Lou Donovan nicht auch einmal in der Tinte sitzen sollte. So wie andere Männer auch. Andere Männer wurden jedesmal erwischt, wenn sie einer Stenotypistin das Kinn tätschelten oder für einen schnellen Kuß hinter einer Küchentür verschwanden. Ein Mann – selbst ein so intelligenter wie Lou Donovan – konnte nicht erwarten, daß ständig alles wie geschmiert lief. Es war nicht normal, daß ein Mann durchs Leben ging, ohne je auf die Schnauze zu fallen. Lou war ein Dummkopf zu glauben, daß er immer Glück hatte. Trotzdem würde er ihm raten aufzupassen, sobald er wieder in der Stadt war. Das war er ihm schuldig.

10

Wer tauchte natürlich um sechs Uhr auf? Die alte Francie! Das sah ihr ähnlich. Lou, der wieder in Chicago war, stand in der »Bürobar« und rasierte sich, und wie immer freute er sich über das elegante kleine Refugium, das er aus der vernachlässigten ehemaligen Aktenabstellkammer gemacht hatte. Demnächst würde er einen Barkeeper auf die Gehaltsliste setzen, Junge, das wär was! Eher wie eine Jacht als wie ein Geschäftsbüro! Er hatte einen kleinen Handspiegel an ein Whiskyglas gelehnt, das auf einem Spieltisch stand; sein Mantel, das Jackett und das graue Hemd hingen über der Sessellehne aus Chrom. Er lief in Socken herum, weil er seine Schuhe zu Mike, dem hauseigenen Schuhputzer, gebracht hatte, um keine Zeit zu verlieren.

»Sie ist wieder hier«, sagte Miss Frye und schloß die Tür zum Büro hinter sich. »Was soll ich jetzt machen?«

Tja, was ließ sich schon machen?

»Na so was, woher wußte sie denn, daß ich eben angekommen bin?« fragte Lou. »Um zwanzig vor sechs bin ich aus dem Flugzeug gestiegen, und eine Viertelstunde später ist sie mir auf den Fersen.«

»Ich hab's Ihnen ja gesagt«, meinte Miss Frye. »Ich habe Sie gewarnt.«

»Haben Sie ihr den Scheck gegeben, wie ich Sie gebeten habe?«

»Sie hat ihn nicht angenommen«, sagte Miss Frye. »Sie hat gesagt, sie müsse persönlich mit Ihnen reden. Ich konnte nichts machen.«

»Was treibt sie bloß in Chicago?« stöhnte Lou.

»Ihr Männer«, sagte Miss Frye. »Ihr wollt eure Vergangenheit abstreifen wie eine alte Hose.«

»Ich wünschte, das wäre so einfach«, seufzte Lou. Irgendwie erleichterte es ihn, daß Miss Frye alles über sein Privatleben wußte, auch, daß er schon einmal verheiratet gewesen war. Deshalb verstand sie es auch, ihm Probleme vom Leib zu halten – und sie war zuverlässig. Kein Sex, nur sachliche Kompetenz. Sollte er je in Schwierigkeiten geraten, dann konnte er sich auf Miss Frye verlassen. Diese Sicherheit war ihm sechzig Dollar die Woche wert.

»War sie in Begleitung? Wie war das überhaupt?«

»Na ja«, sagte Miss Frye, »den Ford hat sie noch immer, so pleite ist sie also doch wieder nicht. Ich hab gesehen, wie sie ihn auf der gegenüberliegenden Straßenseite geparkt hat.«

»Wie sieht sie denn aus – das alte Mädchen, meine ich?«

Miss Frye hob ihr pfiffiges kleines Koboldgesicht und schnupperte, so als nehme sie Witterung nach dem passenden Wort auf.

»Abgetakelt?« half Lou nach. »Verhärmt?«

»Nein«, sagte Miss Frye. »Schick.«

Schick. Noch schlimmer. Miss Frye schien der gleichen Meinung zu sein, denn sie schüttelte teilnahmsvoll den Kopf.

»Ich geb ihr zehn Minuten«, sagte Lou. »Sie wird sehen, daß ich keine Zeit habe, und wenn die Knaben aufkreuzen, wird es ein Leichtes sein, sie loszuwerden. Diese Kongreßrunde wird sie verscheuchen.«

»Sind Sie den ganzen Abend hier?« fragte Miss Frye.

Lou zuckte die Achseln. Was Miss Frye nicht wußte – und auch nicht erfahren würde, wenn es nach ihm ging –, war, daß er sich abends mit Mrs. Kameray verabredet hatte. Die Knaben sollten ruhig über die Bar herfallen und sich amüsieren, sie sollten tun, was sie wollten, wenn schon niemand in der Stadt war, der ihnen nachspionierte. Er würde ihnen die Schlüssel geben, Jay Oliver den Gastgeber spielen lassen und dann ins Stevens verschwinden und Mrs. Kameray abholen, um sie ein bißchen näher kennenzulernen.

»Vielleicht, vielleicht auch nicht«, sagte er. »Ich bin jedenfalls noch nicht zurück, falls meine Frau anrufen sollte. Geben Sie mir noch etwas Bargeld, bevor Sie gehen. In Fünfzigern.«

Als Francie eintrat, verstand Lou, was Miss Frye gemeint hatte. Seit sie sich vor zehn Jahren das letzte Mal gesehen hatten, hatte sie zehn oder fünfzehn Pfund abgenommen, und unter einem Deckel aus schwarzem Satin, der aussah wie ein von einem extravaganten Schleier umhüllter Zylinder, ragte ein Büschel maisgelber Locken hervor. Ihr grell karierter Rock war hoch geschlitzt (sie hatte immer noch gute Beine, und das wußte sie auch, denn sie setzte sich sofort auf einen der Barhocker, wo sie sie gut zur Geltung bringen konnte), und obwohl er mehr Knie als nötig zeigte, wenn sie sich drehte, so waren die Knie doch hübsch genug, um es zu rechtfertigen. Ein Chiffonschal, der zu ihren mohnroten Lippen und Fingernägeln paßte, war um den Kragen ihrer schwarzen, getupften Samtjacke drapiert. Sie mußte sich mit ihrem Gesicht sehr viel Mühe gegeben haben, denn es sah nicht alt aus, nicht einmal wie dreißig, nur hatte es diesen verzweifelten, starren Ausdruck, den das Gesicht einer Frau immer annimmt, wenn sie beschlossen hat, der Welt zu zeigen, daß sie keine Angst mehr vor ihr hat. Es sah tapfer, aber für Männer nicht sehr einladend aus. Oder vielleicht kam ihm das nur so vor, weil er Francie so gut kannte. Es war ein wunder Punkt. Für ihn würde sie wohl nie anders aussehen oder anders sein als die, die fünf Jahre – 1920 bis 1925 – mit ihm zusammen von der Hand in den Mund gelebt hatte, erst in Newark, New Jersey, dann in Coral Gables und zuletzt in Coney Island. Ach Gott, fast hätte er die Pension in Coney Island vergessen! Wahrscheinlich würde Francie für ihn nie etwas anderes sein als eine Pechmarie. Selbst wenn sie gar nichts mit seinem Pech zu tun gehabt hätte, sähe er sie so, weil es mit ihm bergauf gegangen war, sobald sie sich getrennt hatten. Es war nicht ihre Schuld. Er konnte der alten Fran wirklich nicht die Schuld daran geben. Trotzdem war sie für ihn Freitag der Dreizehnte, und sie ließ sich nicht mit einem bloßen Lachen verscheuchen.

»Entschuldige meinen Aufzug, Francie«, sagte er, entschlossen, es ganz locker zu nehmen. »Ich bin gerade mit dem Flugzeug aus New York gekommen und muß gleich zu einer Sitzung mit einigen wichtigen Hotelmanagern.«

»Dein Aufzug braucht dir nicht peinlich zu sein«, sagte Francie lachend. »Ein altes Ehepaar wie wir!«

Peng. Das saß. Immer fing sie damit an, daß sie früher einmal verheiratet gewesen waren, und tat so, als seien sie es noch immer. Unwillkürlich blickte Lou sich rasch im Zimmer um, als ob Mary oder die Harrods hinter einem Vorhang stehen und entsetzt zuhören könnten. Wenn man Francie so reden hörte, konnte man glatt annehmen, daß sie sich nie hatten scheiden lassen. Als hätte er jetzt nicht Mary und die Kleine und Francie nicht den Affen, aber sie hatte es immer irgendwie geschafft, ihn aus der Fassung zu bringen. Er hatte wirklich nichts gegen Francie – sie hatten zwei schöne und drei weniger schöne Jahre miteinander verbracht, aber warum um Himmels willen mußte sie ausgerechnet jetzt in seinem Leben auftauchen? Warum mußte sie nach all den Jahren ausgerechnet in Chicago aufkreuzen? Warum mußte sie ihm über den Weg laufen wie eine schwarze Katze, wo er doch gerade die größte Glückssträhne seines Lebens hatte? Sicher, sie tat ihm leid, denn vom Zeitpunkt ihrer Trennung an hatte er Glück gehabt und sie Pech, aber eine Zeitlang war er in dieser Hinsicht mehr als anständig gewesen und hatte ihr hin und wieder einen Scheck geschickt, wenn sie ihm schrieb, nicht unbedingt soviel, wie sie wollte, aber konnte ihr Affe sie denn nicht unterstützen, verdammt noch mal?

Es wäre ihm lieber gewesen, sie hätte ihm eine Szene gemacht und ihn angebrüllt, aber statt dessen saß sie einfach da und starrte ihn an, lächelte und schaffte es, ihn an die intimen Dinge von früher zu erinnern. Es war unanständig, und er spürte, wie sein Hals rot anlief. Sie zog ihn mit ihren Erinnerungen aus, darauf lief es hinaus. Er wünschte, sie würde zur Sache kommen und mit der Sprache herausrücken – ihm sagen, daß sie wieder pleite sei und daß es ihr schrecklich unangenehm sei, ihn um etwas zu bitten, aber sie wolle sich nur etwas leihen und es ihm am Zehnten dieses oder eines anderen Monats zurückzahlen. Er war entschlossen, sich zu verteidigen, entschlossen, sie daran zu erinnern, daß er ihr vorigen Monat zweimal einen Scheck ausgestellt hatte; es wurde langsam Zeit klarzustellen, daß er kein gutgläubiger Trottel war. Er wußte verdammt genau, daß der Affe sie auf ihn ansetzte.

»Das ist ja was ganz Neues«, sagte sie und sah sich in dem gemütlichen kleinen Raum um. »Die Bar direkt neben dem Büro. Wozu denn das? Kannst du es nicht erwarten, in die Bar nach unten zu kommen?«

Lou blickte sein eingeseiftes Gesicht im Spiegel an.

»Das hier ist eine Stadt mit vielen Kongressen«, sagte er. »Die Besucher wissen ein kleines Refugium zu schätzen, wo sie trinken und in privatem Rahmen Geschäfte besprechen können. Wo sie sich amüsieren können, ohne daß irgendein wichtiger Kunde ihnen auf die Finger schaut. Es ist gut fürs Geschäft. Ich hab den Raum letztes Jahr herrichten lassen.«

Francie spazierte herum und sah sich die Tische an.

»Sogar Roulette«, sagte sie. »Und sieh dir diese Flaschen an!«

Sie zeigte auf das glitzernde Flaschenmeer hinter der zinnoberroten Bar. »Das erinnert mich an damals, als wir genug Geld hatten, um Brandy für diesen Senator zu kaufen, der dir ein Geschäft vermitteln sollte. Der Witz war, daß er nie anrief. Das hab ich von Anfang an gewußt.«

»Ja«, sagte Lou ruhig. »Du hast immer gewußt, daß keiner anrufen würde, nicht wahr Francie?«

Das brachte sie zum Schweigen. Ohne sich umzudrehen, spürte er, wie sie ganz still wurde.

»Ich weiß, was du meinst, Lou«, sagte sie leise. »Wenn ich Verstand genug gehabt hätte, um an deine wirren Pläne zu glauben, wären wir jetzt zusammen, und ich wäre nicht pleite, während bei dir alles läuft. Wir hätten beide Geld. Und wir wären – zusammen. So wie es sein sollte.«

Lou rasierte sich zu Ende, legte den Spiegel zusammen und verstaute ihn in seiner Tasche, die auf dem Sessel stand. Er sah sie nicht an, weil er genau wußte, daß sie sich mit einem Taschentuch die Augen wischte.

»Rasierst du dich immer noch zweimal täglich?« fragte sie mit leicht bebender Stimme.

»Ich bin früh aufgestanden«, sagte er kühl. Die einzige Möglichkeit, diese Gefühlsduselei zu beenden, war, hart durchzugreifen, und das würde er jetzt auch tun.

»Okay, rück raus damit«, sagte er. »Wozu hat dich der Affe diesmal angestiftet? Ich hab dir gesagt, daß ich zur Zeit gewaltige Ausgaben habe, die Kleine hat Mastoiditis, Mary mußte ihre Kreuzfahrt abbrechen, das Finanzamt ist hinter mir her. Ich bin ziemlich knapp bei Kasse.«

Er sah, wie sie erstarrte und sich abwendete. Sie versuchte so zu tun, als sei sie nur vorbeigekommen, um über die alten Zeiten zu reden, und falls das Thema Geld zur Sprache käme, so sei das nicht beabsichtigt gewesen, sondern hätte sich ganz spontan ergeben.

»Die arme Kleine«, sagte sie, und schon ging es von neuem los. Ihm fiel ein, daß sie sich während ihrer Ehe immer Kinder gewünscht hatte – eines zumindest – und daß sie sich deshalb regelmäßig gestritten hatten. Wenn er zweihundert für einen Wagen hinblättern könne, dann könne er sich auch ein Kind leisten, das war stets ihr Argument gewesen. Er hatte dann immer gesagt, er könne Kinder nicht ausstehen, weil sie die Ehe ruinieren würden. Und dann das verrückte Leben, das sie führten, möblierte Zimmer, immer auf der Flucht vor dem Sheriff oder der Vermieterin, nein, er wolle keine Kinder. Und jetzt war er vernarrt in das kleine Mädchen, das Mary ihm geschenkt hatte. Na und? Konnte er was dafür, daß er auch nur ein Mensch war?

»Willst du was trinken?« fragte er. »Ach nein, du hast das ja nie vertragen, stimmt's?«

Er war froh, sich an etwas erinnern zu können, das nicht zu persönlich war.

»Ein Glas, und du hattest einen sitzen, weißt du noch?«

»Ich hab mich geändert«, sagte sie. »Ich nehm gern einen Highball.«

Er ging hinter die Bar und mixte ihr einen. Wo zum Teufel blieb Jay Oliver oder sonst jemand, irgend jemand, der ihn von ihr erlöste?

»Hör mal, würdest du es bitte für dich behalten, daß du meine Exfrau bist?« fragte er ganz beiläufig, als denke er nicht ständig daran, seit sie in der Stadt aufgetaucht war. »Ich meine, es hat keinen Sinn, das jetzt zur Sprache zu bringen.

Du bist jetzt Mrs. Thompson, und es gibt eine neue Mrs. Donovan. Du weißt schon. Macht vielleicht einen merkwürdigen Eindruck.«

Sie nickte langsam. Ihre Augen wanderten durch den Raum, betrachteten die silberfarbenen Jalousien und die Aktskizzen an den purpurroten Wänden. Durch die glitzernden Silbervorhänge sah man den See, blau und kalt und glatt wie Metall.

»Ziemlich nobel hier«, sagte sie. »Ein Wunder, daß du nicht jede Nacht hierbleibst, anstatt nach Hause zu gehen.«

»Das mach ich häufig«, sagte er. »Die Kumpels von außerhalb sind natürlich scharf drauf. Für sie ist es eine Art private Anlaufstation, wo sie sich zwischen zwei Zügen aufhalten, Telefongespräche führen, ein paar Drinks kippen, Geschäfte erledigen oder sich mit 'ner Puppe treffen können. Wie ein illegaler Alkoholausschank von früher, das ist das Reizvolle daran. Vor einigen Wochen waren ein paar Männer aus der Werbebranche da, und die haben bis Sonntag nachmittag gewürfelt. Sind nicht ein Mal rausgegangen. Junge, das war vielleicht was! Es ging um fünfhundert pro Wurf. Ich hab dreitausend gewonnen, aber ich war der Gastgeber, deshalb mußte ich es mir von ihnen wieder abnehmen lassen.«

Sie nippte an ihrem Drink, und an der Art, wie sie das machte, merkte er, daß sie immer noch nicht wußte, wie man damit umging. Provinziell, das war Francie, bis hin zu der fürchterlichen Art, wie sie eine Zigarette rauchte, den kleinen Finger weggestreckt, den Kopf in die Höhe gereckt, wie ein Vamp aus dem Schmierentheater. »Die Pfarrerstochter« – das war Francie mit einem Drink, einer Zigarette und übereinandergeschlagenen Beinen. Früher einmal hatte ihn das ziemlich angemacht, dachte er jetzt verwundert. Vielleicht deshalb, weil Francie damals der Maßstab für das war, was er selbst lernte; sie blieb genau an dem Punkt stehen, wo er anfing, und das hatte früher sein Ego befriedigt, aber jetzt war ihm der Gedanke peinlich, daß er je ein solcher Hinterwäldler gewesen war.

»Ich möchte auch gern was Neues anfangen«, sagte sie. »Es

geht um folgendes, Lou. Ich weiß, du hältst nicht viel von Frank –«

»Richtig!« Frank war der Affe, den sie geheiratet hatte.

»Es geht ihm nicht gut, ehrlich, Lou! Er ist lungenkrank, und es gibt kaum eine Arbeit, die ein Lungenkranker machen kann. Eine leichte Erkältung, und er liegt den ganzen Winter flach. Das Klima tut ihm nicht gut.«

Jetzt kam es.

»Warum ist er mit seinem Geld nicht in den Westen gegangen, anstatt alles in Hialeah zu verlieren?« stieß Lou barsch hervor. Es war immer dasselbe. »Mir tut er nicht leid.«

»Hör zu, Lou, die Pferderennbahn ist sein ein und alles. Er kann im Bett liegen und sich damit beschäftigen, mehr ist ohnehin nicht drin. Und der Junge weiß einfach alles, was man über Pferde und Rennstrecken wissen kann. Du hast dich früher auch gut ausgekannt, aber ehrlich, wenn du ihn hören könntest, müßtest du den Hut vor ihm ziehen. Er kennt jeden Rennstall, er weiß, welches Pferd lehmige Böden mag und welches sandige; er kennt sich wirklich aus. Egal wo wir sind, aus der ganzen Nachbarschaft kommen die Leute und hören sich an, was er zu sagen hat.«

»Wahrscheinlich wissen sie nichts von seinem Fiasko in Hialeah«, sagte Lou sarkastisch. »Siebenhundert Dollar in zwei Tagen.«

»Lou, du weißt, daß man mit siebenhundert nicht viel anfangen kann«, sagte Francie weinerlich. »Man braucht Spielkapital. Wenn er tausend hätte –«

Lou lachte auf.

»Siebenhundert Dollar sind ein Haufen Geld, Herzchen«, sagte er.

»Kann ich noch einen Drink haben?« fragte Francie plötzlich.

Lou schaute auf seine Armbanduhr.

»Die Kumpels können jeden Augenblick hier sein, aber von mir aus. Dasselbe noch mal?«

»Vielleicht lieber pur«, sagte Francie. »Oder warte mal, hast du vielleicht einen Absinth? Seit ich in New Orleans war, bin ich verrückt nach Absinth. Und in Havanna hab ich dann immer Ojen getrunken.«

»Bist ja ganz schön viel herumgekommen«, sagte Lou. »Du solltest lieber beim Scotch bleiben.«

Er schenkte zwei Fingerbreit in ein Glas ein. Jede Minute war eine Qual. Er hatte keine Lust, sich mit ihr zu unterhalten, warum sollte er auch, es zog ihn runter, erinnerte ihn zu sehr an die Hoffnungslosigkeit ihres früheren Lebens. Wenn sie nur aufstehen würde, so tun, als wolle sie gehen. Irgendwas. Und plötzlich begriff er auch, wie furchtbar es wäre, wenn Mary oder die Harrods plötzlich dahinterkämen, daß er schon einmal verheiratet gewesen war. Das war ja kein Verbrechen. Aber warum in Gottes Namen hatte er es nie erwähnt? Wie sollte er ihnen das je erklären?

»Du hast also eine gute Partie gemacht«, sagte Francie langsam. »Ich hab natürlich in der Zeitung davon gelesen. Sie ist aus gutem Hause, glaube ich. Wie war das noch gleich – adoptiert von ihrem Onkel, dem alten Richter Soundso? Jedenfalls hatte ich den Eindruck, daß du in die oberen Zehntausend eingeheiratet hast.«

Lou begann hastig zu reden und versuchte, das Thema zu wechseln. Er redete von dem neuen Haus in Winnetka, wie der Architekt ihn ausbeutete, daß allein die elektrischen Anschlüsse zehntausend gekostet hätten, das sei kriminell, aber in diesem Geschäft müsse man eben was darstellen, die Kumpels einladen, der äußere Eindruck müsse stimmen. Man müsse so tun, als sei man reich, damit man es auch wurde, das sei schon komisch, und nebenbei mache er seine Geschäfte direkt mit den hohen Tieren, den Generaldirektoren, erst gestern zum Beispiel habe er zu Mittag gegessen mit Major – nun, er wolle keinen Namen nennen, die Welt würde schon noch von Castles-in-the-Woods hören, einem der größten –. Lou hörte so plötzlich auf, wie er begonnen hatte, denn in seinem Bemühen, von persönlichen Dingen auf geschäftliche überzugehen, hatte er seine Geschäfte als so einträglich geschildert, daß es um so lukrativer erscheinen mußte, ihn anzupumpen. Noch aber bedrängte ihn Francie nicht.

»Ich hätte gedacht, diese Kongreßtypen gehen lieber dahin, wo es Mädchen gibt, anstatt hier rumzusitzen und zu trinken.«

»Natürlich besorg ich ihnen Mädchen, mach dir darum keine Sorgen«, sagte Lou kurz angebunden. »Das versteht sich doch von selbst! Ich bestelle ein halbes Dutzend scharfe Hasen aus dem Spinning Top gleich nebenan oder aus Giulios Grotte. Sie kommen zwischen ihren Auftritten kurz vorbei und bringen Leben in die Bude. Die meisten haben hundert Dollar in der Tasche, wenn sie wieder gehen. Diese Jungs haben Kohle, weißt du, und das wissen die Puppen auch!«

Mit ihr reden, als sei sie ein Mann, das war es! Alles Persönliche ausklammern. Sich nicht darauf einlassen! Francie streifte ihre Schuhe ab.

»Ich weiß nicht, warum ich das immer mache, wenn ich Whisky trinke«, sagte sie lachend. »Ich muß dann plötzlich meine Schuhe ausziehen.«

Miss Frye öffnete die Tür, und Lou sprang auf.

»Bestimmt sieht es komisch aus, wenn man reinkommt und uns beide ohne Schuhe sieht«, kicherte Francie.

Miss Frye lächelte unsicher. Lou versuchte ihr zu signalisieren, sie solle ihm helfen, Francie loszuwerden, aber Francie ließ ihn nicht aus den Augen, und deshalb wagte er keine deutlichen Zeichen.

»Mike hat Ihre Schuhe gebracht, Mr. Donovan«, sagte Miss Frye, und der zwergenhafte alte Schuhputzer schlurfte hinter ihr herein und stellte die Schuhe auf den Sessel.

»Ist noch etwas zu erledigen, bevor ich gehe?« fragte sie.

»Ich kann Sie noch nicht gehen lassen, Miss Frye, tut mir leid«, sagte Lou hastig. Du lieber Himmel! Wollte sie ihn mit Francie allein lassen? Wer weiß, was sie anstellen würde. Weinen. Schreien. Alles war möglich. »Erkundigen Sie sich, ob Mr. Oliver sein Büro schon verlassen hat. Oder versuchen Sie, ihn im Geschäft zu erreichen. Oder im Drake. Ja, genau. Er könnte im Drake sein, mit dem alten Whittleby. Sagen Sie, daß ich auf ihn warte. Und bestellen Sie im Café Brötchen, Oliven und was zu knabbern – aber daß genug von allem da ist. Vielleicht sind wir nur zu sechst, vielleicht kommen aber auch zwanzig.«

»Das ist vielleicht 'ne Besprechung«, sagte Francie.

Lou zuckte die Achseln.

»Reine Routinesache, das ist alles. Also, was hast du auf dem Herzen?«

Und Francie legte los.

»Ich hab mir gedacht, wenn du mir zweiundsechzig Dollar gibst, dann könnten wir den Wagen auslösen und nächste Woche nach Arizona fahren«, sagte Francie in einem Atemzug. »Sag nicht nein, Lou. Ich weiß, daß du mir schon oft geholfen hast, und ich weiß auch, wie du über Frank denkst, aber diesmal wird's klappen. Ich werde ihn bei seiner Tante in Arizona lassen, und vielleicht wird er wieder gesund. Dann fahre ich weiter nach Los Angeles und suche mir dort einen Job – nicht beim Film, ich weiß, daß ich dafür zu alt bin, aber vielleicht in irgendeiner Kirche oder so. Irgendwo müssen doch Orgelspieler gebraucht werden; man hört sie dauernd im Radio. Als wir uns kennenlernten, hab ich schließlich fünfundsiebzig die Woche im Kino verdient – mehr als du beim Kartenverkaufen.«

Wenn es einen Abschnitt in seinem Leben gab, den er vergessen wollte, dann die Zeit als Kartenverkäufer in dem schäbigen Kino in Jersey. Als nächstes würde sie damit anfangen, daß er als Kind Kegeljunge in der Kegelbahn gewesen war, und mit allem anderen, was er vergessen wollte – nicht weil er sich dafür schämte, verdammt noch mal, jeder mußte sich auf der Karriereleiter hocharbeiten, aber die Zeiten, an die es ihn erinnerte, waren so erbärmlich gewesen, Zeiten, in denen er herumgestoßen worden war, Zeiten, in denen er so dumm gewesen war, sich nicht einmal getraut hatte, irgendwas zu sagen; schon daran erinnert zu werden, weckte in ihm einen Minderwertigkeitskomplex. Natürlich, sie würde alles aufs Tapet bringen. Sie konnte nicht zulassen, daß ein Mann in der Gegenwart glücklich war. Das war typisch Francie.

»Ich war eine verdammt gute Orgelspielerin«, sagte Francie. »Du hast selbst gesagt, daß ich ›I Love You Truly‹ inniger spielen konnte als jeder andere.«

Jetzt kam also wieder die alte Orgelgeschichte, wie lange sie geübt hatte, um Kinoorgelspielerin zu werden, und daß sie diesen Superjob erst ein Jahr gehabt hatte, als der Tonfilm kam und alle arbeitslos machte. Das war schade, natürlich war es schade, das hatte er damals immer wieder gesagt, tagein, tagaus, aber Frauen und Elefanten vergessen nie etwas.

»Ich hab gehört, daß es jetzt in einigen der Nobelrestaurants Orgelspieler gibt«, sagte sie. »Meine Idealfigur hab ich auch wieder, und vielleicht könnte ich irgendwo als Hostess arbeiten. In einem Nachtclub zum Beispiel.«

Lou sagte nichts. Wenn sie glaubte, sie könne mit Glamourgirls konkurrieren, dann würde er sie nicht daran erinnern, wie alt sie war. Zwei Jahre älter als er.

»Wie kommst du auf genau zweiundsechzig Dollar?« fragte er. »Warum müssen es zweiundsechzig sein?«

Jetzt war er ziemlich gemein, das wußte er, aber das lag daran, daß sie einfach hereingeschneit war und jetzt hier herumhing. Daß sie gekommen war und ihm seine wunderbare Woche verdorben hatte, seinen schönsten Augenblick, und ihn daran erinnerte, daß er einmal ein kleinstädtischer Dummkopf gewesen war, der von allen schikaniert worden war und nicht das geringste Selbstbewußtsein gehabt hatte.

Francie fummelte nervös an ihrem Chiffonschal herum.

»Ich rechne für uns beide einen Dollar fünfzig pro Tag fürs Essen, und vierzig, um den Wagen auszulösen, das reicht für ungefähr zwei Wochen, lange genug, um in den Westen zu kommen. In Santa Fe ergibt sich dann schon wieder was.«

»Ihr könntet doch gleich nach Santa Anita oder Caliente weiterfahren, oder?« fragte Lou leise. »Dort gibt's Pferderennbahnen für den Affen. Und angenommen, ihr habt den Wagen gar nicht verpfändet, angenommen, er steht in diesem Augenblick gleich hier um die Ecke, dann könntet ihr die vierzig Dollar auf ein Pferd setzen, nicht wahr?«

Sie saß in der Falle, und das wußte sie.

»Na schön, was das betrifft, hab ich nicht die Wahrheit gesagt«, gab sie zu und schaute zu Boden. »Ab und zu muß man lügen. Gerade du solltest das wissen. Du kannst Frank sowieso nicht ausstehen, und deshalb kann ich nicht offen mit dir reden. Ehrlich, Lou, ich kann einen Kerl, der nur noch ein oder zwei Jahre zu leben hat, nicht hängenlassen. Wenn er sich bei dem Gerede über Pferderennen wie ein richtiger Mann vorkommt, obwohl ich verdammt gut weiß, daß er keiner ist – nun, was soll's, ich kann es nicht erklären, aber wenn du hören würdest, wie er manchmal weint, weil er nicht richtig für mich sorgen kann –«

»Du kannst nicht von mir erwarten, daß ich einen Typen aushalte, nur weil du zufällig nach ihm verrückt bist«, sagte Lou und bedauerte sofort, daß er das gesagt hatte.

Francie schaute ihm direkt in die Augen, sehr ernst.

»Du weißt, daß ich nie nach irgend jemandem verrückt war außer nach dir«, sagte sie. »Du hast das gewußt, als du mich verlassen hast. Du wirst das immer wissen. Frank lag krank zu Hause, und mir ging's schlecht – nun, mehr war da nicht. Man braucht jemanden, Lou, sieh es mal von der Seite. Wenn ich ihn nicht geheiratet hätte, müßtest du meinen Unterhalt zahlen. Ich hab dich echt nicht oft belästigt, das mußt du zugeben, seit du geheiratet hast, hab ich mich nie blicken lassen, bis jetzt. Ich hab dich echt nie belästigt.«

Dieses »echt« ließ ihn unruhig hin und her rutschen, genau wie ihr kummervoller Blick. Man hätte glauben können, daß Frauen nach einer Weile über etwas hinwegkommen, aber nein, bei Gott, sie klammern sich an jede verdammte Kleinigkeit in ihrem Leben, horten jede lächerliche, längst vergangene Romanze wie einen Schuldschein. Er versuchte zu ignorieren, wie ihre Augen seinen Händen folgten, während er sein Hemd zuknöpfte, und er wurde rot, weil er wußte, was sie dachte, daß es wie in den alten Zeiten war, dauernd dachte sie an die alten Zeiten, und er versuchte immer so zu tun, als habe es sie nie gegeben. Es war seltsam, daß sich ein Mann so dafür schämte, einmal für jemanden etwas empfunden zu haben, und es war ebenso seltsam, daß eine Frau es nie leid wurde, darüber zu reden.

»Zweiundsechzig Dollar sind eine Menge Geld, Francie«, sagte er energisch. »Vielleicht nicht, wenn man nicht so dafür schuften muß wie ich. Du kannst gleich nach Hause gehen und dem Weißen Mann berichten, daß Rote Feder gesagt hat, wenn er so viel an die Regierung abführen müßte wie ich, dann würde er auch nicht zweiundsechzig Dollar für jeden Penner lockermachen, der ihn anpumpt.«

Ja, und da gab es noch was, weshalb er diese ganze Szene verabscheute und sich selbst und Francie und alles, was damit zu tun hatte. Der Gedanke daran, daß er einmal etwas mit einer Frau gehabt hatte, die sich für einen verkommenen Penner wie diesen Trottel, den sie schließlich geheiratet hatte, begeistern konnte. So was machte einen Mann fertig.

Francie hörte auf, mit den Beinen zu baumeln, und die Zehen in ihren Strümpfen zappelten unruhig hin und her. Ihr Schweigen machte ihn nervös. Dann sagte sie sehr leise: »Du hast von deinem Haus erzählt, ich bin oft daran vorbeigefahren. Ich hab das Baby gesehen. Ich hab sie auch gesehen. Mary.«

Lou gefror das Blut in den Adern. Hatte sie mit Mary gesprochen? Und der Gedanke daran, daß diese Augen ihn angesehen hatten, ihn und Mary, ohne daß sie wußten, daß sie beobachtet wurden. Die traurigen, eifersüchtigen Augen der guten Francie.

»Nein, ich bin nie hineingegangen«, sagte Francie bitter, als spüre sie sein Unbehagen. »Ich hab nie was zu ihr gesagt. Ich wollte sie nur sehen, das war alles.«

Plötzlich hatte Lou das Gefühl, es nicht mehr auszuhalten.

»Miss Frye!« brüllte er. »Miss Frye, wo zum Teufel bleiben die Sachen aus dem Café?«

Miss Frye öffnete hastig die Tür, der Zusteller aus dem Restaurant stand direkt hinter ihr, mit einer großen Platte Hors d'œuvres und einem Korb voll Knabbergebäck, das in kleinen Silberschüsseln auf der Bar verteilt werden sollte. Lou wischte sich über die Stirn.

»Ihre Frau hat gerade angerufen«, sagte Miss Frye.

»Rufen Sie sie zurück und sagen Sie ihr, ich werde mit der

morgigen Maschine zurückerwartet«, sagte Lou. »Und rufen Sie im Colony an. Vielleicht ist Mr. Oliver dort.«

»Gut«, sagte Miss Frye, und wieder konnte Lou ihr kein Zeichen geben, weil Fran ihn nicht aus den Augen ließ.

»Jetzt versuchst du also Mary abzuschütteln«, sagte Francie. »Hast wohl genug von ihr, hm, hast wohl auch von ihr genug?«

Lou zog heftig an seiner Krawatte.

»Von Mary hab ich bestimmt nicht genug«, fuhr er sie an. »Wie kommt dein Spatzenhirn denn darauf?«

»Verbringst ganze Nächte hier mit all diesen Mädchen«, sagte Francie. »Was ist sie für eine Frau, daß sie sich das gefallen läßt?«

»Gefallen läßt!« schrie Lou. »Woher soll sie es denn wissen?«

»Du lügst sie also an«, sagte Francie. »Das hast du mir nie angetan. Dafür hast du zuviel von mir gehalten, das rechne ich dir hoch an.«

Lou hielt sich mit beiden Händen am Tisch fest. »Ich lüge sie nicht an«, protestierte er. »Ich erspare mir nur Erklärungen, das ist alles. Erklärungen kosten Zeit, und ich bin ein sehr beschäftigter Mann.«

»Als wir zusammen waren, hast du das nie gemacht«, sagte Francie. Sie sagte »zusammen«, als bedeute es alles. »Sei ehrlich, Lou, du warst damals glücklich mit mir, das mußt du zugeben, du warst wirklich glücklich. Ich hab Häschen zu dir gesagt, weißt du noch?«

»Nicht jeder Mann, der ›Häschen‹ genannt wird, ist automatisch der glücklichste Mann auf der Welt«, murmelte Lou. »Kannst du um Himmels willen nicht damit aufhören, Francie?«

»Wir waren immer zusammen«, fuhr Francie verträumt fort, während sie durch das Fenster über den See blickte, »außer einmal, als du wegen diesem Job in einer Werbeagentur nach Toronto gefahren bist, und einmal, als du mit deinem Bruder für das Ölgeschäft nach Texas gefahren bist.«

»Ich war in meinem ganzen Leben noch nicht in Toronto«,

sagte Lou grimmig. »Und daß ich einen Bruder habe, höre ich zum erstenmal.«

Im nächsten Augenblick merkte er, was er getan hatte, aber es war zu spät.

»Oh!« Francie rang nach Luft und griff sich ans Herz. Einen Moment lang blickte sie vor sich hin, dann beugte sie sich langsam hinunter und nahm ihre Schuhe. Schweigend ließ sie ihre Füße hineingleiten. Sie sah abgehärmt und niedergeschlagen aus.

»Lieber Himmel, jeder braucht ab und zu mal ein Alibi, einfach um sich eine Menge Gerede zu ersparen, das ist alles«, brummte Lou.

Francie strich sich den Rock glatt und zupfte an ihrem Schal herum. Sie lachte kurz auf, und es klang wie Eiswürfel in einem Glas.

»Wie konnte ich nur so leichtgläubig sein«, sagte sie. »Ich wußte, daß du eine Menge Dinge gemacht hast, die mir nicht gefielen, aber ich war mir absolut sicher, daß du mich nie betrogen hast. Das war das Schöne. Ich wußte es einfach. Ist doch egal, was am Ende dabei herauskam, hab ich mir gesagt, solange es das Richtige war, war es das Richtige. Man braucht was, um weitermachen zu können, weißt du, vor allem... Der Bruder in Texas... Wie blöd muß ich gewesen sein. Es ist zum Lachen. Noch dazu genau damals, als wir wirklich verliebt ineinander waren. Ich-ich-ich meine... Komisch, wie sehr man an manchen Dingen hängt, egal was passiert, und dann stellt sich heraus, daß es genau die Dinge waren, die man sich hätte sparen können.«

Und jetzt würde sie gleich zu weinen anfangen.

Lou blickte unmutig und verschränkte die Arme. Wo blieben die Kumpels, die jetzt kommen und ihn retten sollten?

»Hör jetzt auf damit, Francie«, knurrte er.

»Oh, die vierzig Dollar sind mir nicht so wichtig, das ist es nicht«, schluchzte sie in ihr Taschentuch. »Vielleicht würde er sie gleich wieder verspielen, so wie in Hialeah, aber irgendwie ist das deine Schuld. Ich muß immer dran denken, daß wir uns nie getrennt hätten, wenn ich alles geglaubt hätte, was du erzählt hast, daß du Hotelkonzessionen kaufen und wiederverkaufen willst, und an all deine anderen wilden Ideen. Ich hol das jetzt nach, indem ich an das glaube, was Frank mir erzählt, verstehst du? Vielleicht kommt er genau dann, wenn ich ihn verlasse, ans große Geld, genauso wie es mit dir war. Ich möchte nicht zweimal den gleichen Fehler machen.«

»Du vergleichst also ein Geschäftsgenie mit einem Rennbahngauner«, sagte Lou sarkastisch.

Er beherrschte sich, um sie nicht anzuschreien, sie solle sich zum Teufel scheren und aufhören, sein Innenleben durcheinanderzubringen. Er kam sich völlig wertlos vor. So, als habe er es seit den Zeiten im Kino um kein bißchen weiter gebracht. Francie schaffte das in zehn Minuten.

»Da«, sagte er, einer plötzlichen Eingebung folgend, und wühlte in seiner Hosentasche. »Das ist alles an Bargeld, was ich im Augenblick übrig habe. Das Scheckheft ist über Nacht im Safe. Das wird fürs erste reichen.«

Er legte drei Zehner auf den Tisch. Francie sah sie einen Augenblick an, ohne sie anzurühren, dann wischte sie sie plötzlich vom Tisch und trampelte darauf herum. »Was soll denn das!« fuhr er sie an.

Er war so überrascht und empört, daß er nichts anderes herausbrachte.

Genauso unerwartet bückte sich Francie im nächsten Augenblick, hob die drei Scheine auf, glättete sie sorgfältig und steckte sie in ihre Brieftasche. Dort, wo die Münzen hingehören, sah er ein Fünfcentstück, ein Aspirin und zwei Ein-Cent-Briefmarken.

»Selbst wenn es nur ein Cent wäre«, sagte Francie matt, »müßte ich es wohl aufheben.«

Sie puderte sich die Nase und zupfte die neuen blonden Locken über den Ohren zurecht. Endlich ging sie. Endlich. Dreißig Dollar reichten aus, damit sie die Stadt verließ. Er hätte ihr mehr geben können, das hätte er auch getan, wenn ihre Art, sein Ego zu erschüttern, ihn nicht derartig wütend gemacht hätte. Manche Frauen hatten diese Gabe. Aber er sollte sich nicht aufregen, es zumindest nicht zeigen.

»Also dann, Francie«, sagte er. »Es tut mir leid, aber alles in allem betrachtet, kannst du mir nichts vorwerfen. Das Leben ist hart, manche von uns schaffen es und manche nicht, so seh' ich es.«

»Du weißt wohl genau, wo es langgeht«, sagte Francie. »Mr. Dale Carnegie.«

Er sah, daß sie ihn traurig und ruhig anschaute, und er hätte sich denken können, daß etwas im Anzug war, aber irgendwie hatte er nicht damit gerechnet, daß sie wirklich die Arme um seinen Hals schlingen und ihn leidenschaftlich küssen würde. Es war das Schlimmste, was bisher passiert war, und natürlich war es genau der Moment, den Miss Frye sich ausgesucht hatte, um ein paar Männer hereinplatzen zu lassen.

»Donnerwetter noch mal!« rief Jay Oliver.

Lou stieß Francie von sich und versuchte es mit einem Grinsen, während er sich den Lippenstift aus dem Gesicht wischte.

»Sieh mal einer an, der alte Lou«, frohlockte Jay. »Ich will verdammt sein, wenn er nicht gerade in einer Besprechung ist!«

Die zwei Werbetypen aus Denver und der kanadische Whiskybaron waren da. Sie strahlten und warteten darauf, vorgestellt zu werden, was Lou murmelnd hinter sich brachte, wobei ihm nicht entging, wie köstlich sich Jay über seine peinliche Lage amüsierte. Francie nahm schweigend ihre Handtasche.

»Ich bin in einer Sekunde bei euch, Jungs«, sagte Lou und versuchte, sich locker zu geben. »Ich begleite nur diese Dame zum Aufzug.«

»Ich dachte, es gibt hier ein paar Puppen«, sagte der Kanadier.

»Oh, die Puppen müssen jeden Augenblick da sein«, beruhigte ihn Lou. »Komm, Francie.«

»Warum verläßt uns diese kleine Dame denn schon wieder?« fragte Jay liebenswürdig. »Wie wär's, wenn wir sie auf einen kleinen Drink oder zwei hierbehalten würden? Oder ist sie dein Privatbesitz, Lou, du alter Halunke?«

»Nein«, sagte Lou, »sie muß nur –«

Als er Francies sardonisches Lächeln bemerkte, senkte er den Blick.

»Du kannst doch noch hierbleiben, Kleines, oder?« Vergnügt nahm Jay Francies Arm. »Was ist denn dabei, wenn wir uns ein Weilchen amüsieren? Wir sind alle anständige Jungs. Sag ihr das, Lou.«

»Sicher sind sie das«, sagte Lou mit dem scheußlichen Gefühl, eine Niederlage erlitten zu haben. Draußen hörte er das schrille Gekicher und das Trippeln der Mädchen aus der Grotte, die gerade aus dem Aufzug kamen, und es klang für ihn, als seien Einsatztruppen im Anmarsch. Seufzend atmete er auf.

»Ah, sie kommen. Die Puppen kommen, es besteht also kein Grund mehr, dich noch länger aufzuhalten, Francie, wenn du gehen mußt. Die Burschen haben jetzt Gesellschaft.«

»Ach was, bleib trotzdem«, drängte Jay, wunschlos glücklich, da er Lous Unbehagen spürte. »Kannst du nicht noch bleiben?«

»Sicher, ich bleibe«, sagte Francie. Sie riß sich ihren Zylinderdeckel vom Kopf und warf ihn ausgelassen dem großen Kanadier zu. »Ich möchte mich einmal in meinem Leben mit einem anständigen Kerl amüsieren. Bring sie auf Touren, Lou, los geht's!«

Freitag der Dreizehnte, dachte Lou wie betäubt und versuchte zu lächeln, schwarze Katze von links nach rechts, Neumond über der falschen Schulter. Goldmarie. Pechmarie. Na schön, was soll's, Kopf hoch.

»Krieg ich denn keinen Kaviar?« beschwerte sich Francie, während sie die Hand nach dem Tablett ausstreckte. Lou reichte ihr die Kaviarbrötchen.

»Engel auf Toast, wenn du wünschst, Liebling«, sagte er locker. So war es richtig. Laß dir nichts anmerken. Kopf hoch. Laß sie nur immer lachen.

11

Am Vormittag nach einer Party überfiel Lou immer ein heftiges Verlangen nach mariniertem Hering in Sahne, und den bestellte er dann zusammen mit einem Glas Bier, wenn er im Old Heidelberg frühstückte. Er war niedergeschlagen, und zwar nicht nur wegen seines Katers. Den hatte er vor einer Stunde mit einem Alka Seltzer im Hotel Stevens, wo er die Nacht verbracht hatte, erfolgreich bekämpft. Es waren wieder die Kleinigkeiten, die Kleinigkeiten. Er hatte die Verabredung mit Mrs. Kameray gestern abend sausen lassen, einfach weil er, so unglaublich das auch schien, nicht gewagt hatte, die Büroparty zu verlassen, aus Angst, Francie könnte Dinge erzählen, die sie für sich behalten sollte. Sie hatte zwar ihr Versprechen gehalten, ihre Ehe nicht zu erwähnen, doch wieviel konnte man schließlich auf diese Diskretion geben? Ihre verliebten Blicke und Umarmungen, die vertraulichen kleinen Anspielungen auf frühere Intimitäten ließen alles noch schlimmer aussehen. Zum Schluß waren sie noch ins ›Giulio‹ gegangen, aber da war es zu spät gewesen, um sich mit der kleinen Kameray zu treffen. Als er sie anrief, um ihr alles zu erklären, war sie stocksauer. Das machte nichts, bei Gelegenheit würde er sie schon wieder milde stimmen. Seiner Einschätzung nach war sie nicht der Typ, der einem lange böse sein konnte. Aber es ärgerte ihn einfach, daß die Dinge nicht so liefen, wie er es sich vorgestellt hatte. Und dann noch die alte Francie. Sie war schließlich mit Jay Oliver losgezogen, aber von dieser Seite drohte ihm keine Gefahr, er war sicher, daß er sich auf Jay Oliver verlassen konnte, selbst wenn sie ihm alles erzählt hatte. Jay würde den Mund halten, aber allein die Tatsache, daß er etwas wußte, war unangenehm genug. Er würde Jay eben einfach wieder daran erinnern müssen, wie er die Sache mit Ebie für ihn gedeichselt hatte. An Tagen wie diesem konnte ihm die geringste Kleinigkeit weiterhelfen oder ihn zu Fall bringen. Als der Kellner um ihn herumscharwenzelte (»Jawohl, Mr. Donovan, selbstverständlich, Mr. Donovan«), war das Balsam auf seine Wunden, aber dann kam es zu dieser kurzen Begegnung mit dem alten Grahame, dem Chef einer Hotelkette und Freund von Richter Harrod. Lou hatte ihm freundlich zugewinkt, als er an ihm vorbeiging.

Grahame, eben im Begriff, seine hundertdreißig Kilo hinter das Lenkrad eines Packard Coupé zu zwängen, stieg tatsächlich aus und watschelte zurück zum Eingang des Restaurants, um Lou die Hand zu schütteln. Es war die herzlichste Begrüßung, die er Lou je hatte angedeihen lassen, was Lous trübe Stimmung sehr hob.

»Freut mich sehr, Sie zu sehen, Mr. Grahame!« sagte Lou glücklich.

»Ganz meinerseits«, sagte Grahame mit seiner keuchenden, atemlosen Piepsstimme, »man sieht Ihnen an, daß es Ihnen gutgeht.«

»Danke, Mr. Grahame«, sagte Lou. »Nett von Ihnen, daß Sie das sagen.«

»Freut mich immer, wenn ich sehe, daß es einer unserer ehemaligen Hotelpagen zu etwas gebracht hat«, sagte Grahame, ohne Lous Hand loszulassen. »Viel Glück, Cassidy, und falls Sie je beim Hotel vorbeikommen, dann schauen Sie doch rein und begrüßen Sie die Kollegen von früher.«

Noch bevor Lou etwas sagen konnte, war er, zufrieden mit seiner kleinen Unterhaltung, zu seinem Wagen zurückgewatschelt. Sicher, er hatte Grahame eigentlich nur ein paarmal bei den Harrods getroffen, und der alte Junge war über sechzig und wahrscheinlich stockblind. Trotzdem wurmte ihn dieses »Cassidy«. Er freute sich, als er einen von Grahams Managern entdeckte, ein Typ namens Pritchard, der am Nebentisch ein verspätetes Frühstück einnahm und dem er seine verletzten Gefühle anvertrauen konnte. Pritchard war okay, er hielt viel von Lou, und sie hatten bereits einige Geschäfte miteinander abgeschlossen.

Pritchard war heute ebenfalls schlechter Laune.

»Woher soll ich denn wissen, weshalb der alte Knabe solche Sachen sagt?« meinte er, als Lou sich beklagte. »Stell dir vor, wir könnten so einen Seitenhieb ungestraft vom Stapel lassen! ›Einer unserer Hotelpagen‹ – sagenhaft! Nur gut, daß er zu dumm ist, um es bewußt als Beleidigung gemeint zu haben.«

»So blöd ist er auch wieder nicht«, sagte Lou. »Man sitzt nicht auf vier Millionen, wenn man blöd ist.«

»Aber sicher«, sagte Pritchard. »Grahame ist der klassische Erfolgsmensch im alten Stil. Mit fünfundzwanzig hat ihm sein alter Herr das Geschäft übergeben. Er hat reich geheiratet, und jetzt hält er eben einmal die Woche einen Vortrag darüber, daß ein gutes Herz und eine Krone auf dem Briefpapier ausreichen, um Erfolg zu haben. Es ist ein Jammer.«

»Er hätte Botschafter werden sollen«, sagte Lou, immer noch gekränkt. »Er war schon überall.«

»Nicht überall. Nur dort, wo es ein Ritz gibt«, sagte Pritchard verdrießlich. »Der alte Schweinehund hat sich in den letzten zwanzig Jahren nirgendwo rausgetraut. Wenn er nach Paris kommt, fährt er direkt ins Ritz und läßt sich das Essen aufs Zimmer bringen, bis es Zeit ist, nach London zu fliegen. Und dort das gleiche. ›Wo ist das Ritz?‹ sagt er, wenn er aus seinem Privatabteil steigt, dann wird er schnurstracks dorthin gebracht und sagt: ›Wo ist meine Suite?‹, und damit hat er London abgehakt. Er würde nie irgendwohin fahren, wo es kein Ritz gibt. ›Wo ist das Ritz?‹ sagt er, wenn er das Schiff verläßt oder aus dem Zug steigt, ›bringen Sie mich direkt zum Ritz‹. Wenn es dort keines gibt, steigt er wieder ins Flugzeug. Von wegen Geschäftsgenie und so. Hocharbeiten und niedersaufen und so.«

»Was ist denn am Ritz auszusetzen?« fragte Lou. »Es ist ein gutes Hotel. Ein ehemaliger Hotelpage muß das doch wissen, oder?«

Es kam ihm jetzt witzig vor, oder zumindest ein bißchen witzig.

»Woran denkst du?« fragte Pritchard, als Lou schwieg.

»Ich hab nur gerade daran gedacht, daß ich nach New York ziehen könnte«, sagte Lou nachdenklich. »Ich weiß nicht.

Immer wenn ich hierher zurückkomme, passiert was, irgendeine Kleinigkeit, die mich in Schwierigkeiten bringt. Ich bin nicht der Kleinstadt-Typ. Zuhause fühle ich mich, wenn ich in New York bin oder auf Reisen.«

»Seit wann ist Chicago plötzlich eine Kleinstadt«, spottete Pritchard.

»Ich will damit nur sagen, sobald ich hier aus dem Zug steige, werden Sachen wichtig, die mir woanders egal sind«, erklärte Lou.

»Unsinn, das ist bloß dein schlechtes Gewissen«, sagte Pritchard. Er seufzte. »Niemand hat ein schlechtes Gewissen, wenn er weg ist von Zuhause. Es ist wie eine Garage, die zum Haus gehört. Glaub mir, ich kenn mich da aus.«

Lou war nicht besonders scharf darauf, sich die Beichte anzuhören, die jetzt mit ziemlicher Sicherheit kommen würde, aus dem einfachen Grund, daß seiner Erfahrung nach Männer immer sauer auf einen waren, nachdem sie einem ihr Herz ausgeschüttet hatten. Als hätte man sie darum gebeten. Er wollte es nicht wissen. Er forderte keinen dazu auf. Aber es war zwecklos, sie davon abzuhalten.

»Gestern abend zum Beispiel«, sagte Pritchard wie erwartet. »Das war vielleicht ein Theater.«

»So?«

»Ich bin mit meiner Frau und meiner Tochter ausgegangen, du weißt schon, Barbara Lucy, du hast sie beim Rennen kennengelernt«, Pritchard nahm einen Schluck Bier und blickte unmutig. »Sie hatte also ihren sechzehnten Geburtstag, und wir haben sie ins Chez Paris ausgeführt. Ich hab mit der Kleinen getanzt oder es zumindest versucht, ich bin kein guter Tänzer, und rate mal, mit wem wir auf der Tanzfläche zusammengestoßen sind – mit Jay Oliver und so einem Häschen.«

Francie, dachte Lou. Dorthin sind sie also gegangen.

»Ich hatte schon einen sitzen, du weißt ja, wie man sich stärken muß, wenn man mit der lieben Familie ausgeht«, fuhr Pritchard fort und strich sich über seinen Schnurrbart. »Ich hab einen mit der jungen Dame zur Brust genommen – die Kleine hat nur Sherry getrunken –, dann hab ich ein paar

Schnelle an der Bar gekippt. Jay und ich haben dann ein paar Witze auf der Tanzfläche gemacht, du weißt schon, von der netten Sorte, und schließlich haben wir die Partner gewechselt, Jay hat mit Barbara Lucy getanzt und ich bin mit dem Häschen auf Tuchfühlung gegangen.«

Jay hatte also nicht mal genug Verstand gehabt, Francie in ein kleines, verschwiegenes Lokal auszuführen. Nein, das Chez Paris mußte es sein. Sogar er und Mary hätten dort sein können – wenn Mary ausnahmsweise Lust gehabt hätte, in einen Nachtclub zu gehen, oder wenn er gestern abend überhaupt in ihrer Nähe gewesen wäre.

»Na ja, meine Frau war natürlich sauer auf Jay, denn sie kennt Flo und empfand es als eine Frechheit, sich mit diesem Häschen in der Öffentlichkeit zu zeigen. Ich war zu benebelt, um mir darüber den Kopf zu zerbrechen. Und der Kleinen machte es Spaß, die Partner einfach so auf der Tanzfläche zu wechseln, also ging ich mit dem Häschen auf Tuchfühlung – ich kann überhaupt nicht tanzen, ich marschiere einfach irgendwie herum und bring sie ein bißchen auf Touren, wenn sie der Typ dafür sind –, und plötzlich marschiert meine Frau auf die Tanzfläche und holt zuerst Babara Lucy, dann versucht sie, mich am Arm zu fassen, als ich mit dem Häschen vorbeischwebe. Nun, du kennst mich ja. Zu diesem Zeitpunkt kratzte mich das nicht mehr, und schließlich ist meine Frau mit Barbara Lucy nach Hause gefahren, und als ich nach Evanston rauskam, stand ich vor verschlossener Tür. Also hab ich die Nacht im Stevens verbracht. Ich hab keine Ahnung, was ich jetzt tun soll.«

Lou zündete sich eine Zigarette an, stolz darauf, daß seine Finger kaum zitterten. Zwei Punkte für die alte Francie.

»Ich würde nur zu gern wissen, wie die Lage bei Oliver zu Hause ist«, sagte er nur.

Pritchard schüttelte besorgt den Kopf.

»Er hat keine Chance. Nicht, wenn Eleanor ihre Finger drin hat. Ich hab zu ihr gesagt, gleich nachdem wir das Häschen gesehen haben, hab ich zu ihr gesagt, ›schau mal, Eleanor, ich weiß, daß du Flo kennst, und ich weiß, wie Frauen zusammenhalten, wenn es darum geht, einander ungute Nachrichten zu überbringen, aber mach diesmal eine Ausnahme. Gib mir dein Ehrenwort, daß du Flo nichts erzählst.‹ Da sagt sie: ›Einverstanden, es ärgert mich zwar‹, sagt sie, ›aber ich will kein böses Blut machen.‹ Sie gab mir also ihr Ehrenwort, daß sie nichts erzählen wird.«

»Glaubst du, sie hat was erzählt?« fragte Lou.

Das war alles Francies Schuld. Pestmarie, falls es so was gab.

»Was denkst du denn, heute um zehn Uhr vormittag hat es die ganze Stadt gewußt«, sagte Pritchard mißmutig. »Soviel zum Ehrenwort meiner Frau.«

»Alles weitere werde ich dann wohl von Jay erfahren«, sagte Lou. Soviel war sicher. Er würde die Sache bei Flo wieder ausbügeln müssen. Und Flo würde Jay so lange drangsalieren, bis er sagen würde, er habe nur eines der Mädchen von der Party in Lou Donovans Büro nach Hause begleiten wollen, und Flo würde dann sagen, na so was, Mrs. Donovan hat doch gesagt, daß er noch nicht zurück ist. Oder nicht. Es gab eine Rettung. Mary, seine liebe, liebe Frau, zeigte Flo Gott sei Dank die kalte Schulter. Mary zeigte allen seinen Geschäftsfreunden die kalte Schulter. Mary war sich zu fein dazu, ihren Ehemann zu unterstützen, und was war angenehmer als das? Sie traf sich nie mit Flo, außer wenn sie in einer Runde Karten spielten – es lebe die vornehme Lebensart. Mit einem Mal fühlte er sich wieder sicher. Er war jetzt froh, daß er die Verabredung mit Mrs. Kameray gestern abend nicht hatte einhalten können. So brauchte er wenigstens deswegen keine Schuldgefühle zu haben. Er beschloß, die ganze Geschichte zu klären, bevor er an diesem Abend nach Hause fuhr.

»Ich erwarte um zwölf einen Mann aus New York«, sagte er. »Wenn du deinen Chef siehst, sei doch so nett und sag ihm, sein Hotelpage braucht eine neue Uniform.«

»Ach was, kümmere dich doch nicht darum, was der alte Schafskopf sagt«, sagte Pritchard. »Ich schwör's dir, jetzt arbeite ich schon fünfzehn Jahre für ihn, und er nennt mich immer noch Mitchell. Hör zu, einmal hab ich ein paar Besuchern die Papierfabrik meines Bruders gezeigt, und dabei treffe ich zufällig eine Delegation der Wirtschaftskammer, die sich unter der Leitung des alten Grahame dort herumtreibt. Er hat mich nicht einmal erkannt. Ich hab ihn angesprochen. Er drückt mir die Pratze, und dann sagt er: ›Wissen Sie, Mitchell‹, sagt er, ›als Arbeiter hat man es heutzutage besser als in meiner Jugend.‹ Ich hab irgendwas dahergebrabbelt, und darauf sagt er: ›Sind Sie zufrieden mit Ihrer Arbeit hier, Mitchell? Haben Sie einen guten Vorarbeiter?‹ Verdammt noch mal, die Bemerkung mit dem Hotelpagen ist wirklich nichts Neues. Vergiß es. Du bist voll im Geschäft.«

Lou lachte. Zum Teufel mit Grahame. Das nächste Mal, wenn er ihn traf, würde er sich revanchieren.

»Falls du Oliver triffst, sag ihm, wir sind Freunde gewesen«, rief Pritchard ihm nach.

Als er wieder im Büro war, schien die Sonne durch die großen Fenster, als sei nichts vorgefallen. Die falschen Bücherregale, aus denen die Tür zur Bar gefertigt war, sahen völlig harmlos aus, und nichts wies darauf hin, daß man nur auf einen Knopf drücken mußte, damit sie den Weg freigaben in eine Welt bücherloser Versuchung. Miss Frye saß mit einer Lesebrille auf der Spitze ihrer scharfen Nase hinter ihrem riesigen Eichenholzschreibtisch und tippte. Lou warf seinen Hut auf die Garderobe und klemmte sich hinters Telefon. Er rief die Hausverwaltung an.

»Was ist mit diesem Wasserkühler los? Tun Sie mehr Eis rein, ja? Aber sofort. Hier ist Donovans Büro.«

»Woher wissen Sie das?« fragte Miss Frye und blickte von ihrer Schreibmaschine auf. »Sie haben ihn noch nicht mal ausprobiert.«

»Ach nur so, reine Intuition«, sagte Lou.

Miss Frye musterte ihn nachdenklich.

»So ist das also«, sagte sie. »Vielleicht hätten Sie in ein Dampfbad gehen sollen.«

Lou machte eine ungeduldige Handbewegung.

»Streiten Sie nicht mit mir, Miss Frye«, bat er. »Mir geht so viel im Kopf herum. Was gibt's Neues?«

Er ging an seinen eigenen Schreibtisch, ein großes, nierenförmiges, hübsches Stück, das in einer Ecke zwischen zwei hohen Fenstern mit schweren blauen Vorhängen stand. Vor dieser blauen Umrahmung, auf dem Hintergrund der Eichenvertäfelung, würde sich eine Blondine wunderbar machen, hatte Miss Frye schon öfter bemerkt und prophezeit, daß eine solche sich dieser Tage auch finden werde. Lou sah sich die Telegramme an. Eines von Rosenbaum, der ihm riet, sich umgehend mit Mrs. Kameray in Verbindung zu setzen, eines von der Sekretärin in New York, die ihm mitteilte, daß die Büromöbel eingetroffen seien. Telegramme von seinem Privatkundschafter, dem guten T. V. Truesdale, Persönlicher Beauftragter des Lou-Donovan-Service.

»WEGEN UNTERNEHMEN MARYLAND PERSÖNLICH NACHFORSCHUNGEN ANGESTELLT STOP GESAMTE UMGEBUNG DAGEGEN STOP ALLGEMEINE ANSICHT ZU GEWINNORIENTIERT UNTERGRÄBT SÜDSTAATENIDEALISMUS GEFÄHRDET ANSÄSSIGE CLUBS UND LANDSITZE STOP ANSÄSSIGE GESCHÄFTSLEUTE BEREITEN WIDERSTAND VOR VERTEUERN SÄMTLICHE WAREN STOP BESONDERS FEINDSELIG GEGENÜBER ROSENBAUM STOP EMPFEHLE IHM VOR WEITERER WERBEKAMPAGNE IM SÜDEN REITEN ODER TRINKEN ZU LERNEN STOP BEFÜRCHTUNG CASTLES DRÜCKT GRUNDSTÜCKSPREISE STOP EMPFEHLE GOODWILL-TOUR IN DER GEGEND. GEZEICHNET T. V. TRUESDALE.«

»Süß«, sagte Lou und riß das nächste auf.

»WIE WÄR'S MIT TRAUMDEUTERIN FÜR CASTLES-COCKTAIL-BAR? SOEBEN UNGEWÖHNLICH BEGABTE ARMENISCHE PRINZESSIN KENNENGELERNT ZUR HÄLFTE ÄGYPTERIN ANPASSUNGSFÄHIG AN SÜDLICHES GESELLSCHAFTSLEBEN LIEST AUCH AUS KARTEN UND STERNEN UND IST TÄNZERIN MÖGLICHE DINNER-AT-

TRAKTION FÜR DEN BALLSAAL DES GRAND HOTEL. NUR EIN VORSCHLAG. GEZEICHNET T. V. TRUESDALE.«

»Ist das nicht niedlich?« rief Lou. Der gute Junge legte sich voll ins Zeug. Und noch eines.

»VERLÄSSLICHE INFORMATIONEN STREIT MAJOR UND GATTIN WEGEN PHANTASTISCHER BLUMENGESCHENKE EINES HEIMLICHEN VEREHRERS GATTIN ZOG ZU BOTSCHAFTER NICHTS ÜBEREILEN FÜR DEN FALL DASS BEZIEHUNG IN DIE BRÜCHE GEHT. GEZEICHNET T. V. TRUESDALE.«

»Würden Sie mir vielleicht verraten, wer dieser seltsame Vogel ist, den Sie da in New York angeheuert haben?« fragte Miss Frye, die Lou bei der Lektüre von Truesdales Werken beobachtet hatte.

»Er könnte sich als nützlich erweisen«, antwortete Lou abwägend. »Er hat wohl gerade entdeckt, daß es Western Union gibt.«

»Alle zehn Minuten ist eines gekommen«, sagte Miss Frye. »Für mich ergeben sie keinen Sinn. Außer es gibt in dem Konsortium eine Klatschkolumne, von der ich nichts weiß.«

»Ich hab keine Geheimnisse vor Ihnen, Mädchen«, sagte Lou, »bis auf ein paar Kleinigkeiten, die ich für mich behalte.«

Mary hatte dreimal angerufen. Das war merkwürdig, da man ihr mitgeteilt hatte, daß er erst am Nachmittag zurückkommen werde. Jemand mußte ihr was gesagt haben, irgendwas war schiefgelaufen.

»Hat meine Frau irgendwie angedeutet, was sie wollte?« fragte er.

Hatte sie nicht. Aber etwas mußte sie beunruhigen, sonst hätte sie nicht dreimal an einem Vormittag angerufen. Mrs. Donovan war niemand, der häufig im Büro anrief. Lou blickte düster. Ihm kam ein schrecklicher Verdacht.

»Hören Sie, Miss Frye, glauben Sie, Francie könnte meine Frau angerufen haben? Ich würde gern Ihre Meinung hören.«

Miss Frye stieß einen Pfiff aus, verzog ihr kleines Gesicht

zu einer Grimasse intensiver Konzentration und schüttelte dann den Kopf.

»Das bezweifle ich«, sagte sie schließlich. »Sie war zu guter Stimmung, als ich sie das letzte Mal sah.«

»Wo haben Sie sie gesehen? Sie sind vor sieben hier weggegangen, und sie war bis etwa neun da.«

Miss Frye warf den Kopf zurück.

»Hören Sie, ich gehe aus wie alle anderen auch. Mein Freund und ich gingen nach dem Kino noch ins Chez Paris, und dort sahen wir die Gute mit Mr. Oliver.«

»Was hat sie dort gemacht?« fragte Lou.

»Offensichtlich haben sie gerade eine neue Art von Rumba ausprobiert«, sagte Miss Frye. »Mr. Oliver stand mit den Händen über dem Kopf da und klatschte, und sie schwang die Hüften.«

Warum in aller Welt hatte er ihr nicht ein paar Hundert gegeben und gesagt, sie solle aus der Stadt verschwinden? Lou stöhnte. Er rief zu Hause an. Wenn Mary sich Sorgen machte, war es besser, nicht mit faulen Ausreden zu experimentieren. Er würde ihr natürlich nicht die volle Wahrheit sagen, aber er würde sie auch nicht anlügen.

Immer wenn er Marys ruhige, angenehme Stimme am Telefon hörte, schwoll sein Herz vor Stolz, sie errungen zu haben. Man merkte sofort, daß sie Klasse hatte, daran gab es keinen Zweifel. Es lag an der Art, wie sie ein Zimmer betrat, wie sie sich kleidete, an ihrer natürlichen Zurückhaltung; man brauchte kein Wort zu sagen, der Satz »Das ist meine Frau« genügte, und sofort stieg man im Kurs.

»Hallo Schatz«, sagte er rasch, noch bevor sie etwas sagen konnte. »Ich bin gestern abend so spät gekommen und wollte dich nicht stören, deshalb bin ich im Stevens abgestiegen. Wie geht's der Kleinen?«

»Darüber wollte ich mit dir reden, Lou«, sagte Mary. »Der Doktor sagt, daß sie wieder völlig gesund ist, daß ihr aber ein bißchen Ruhe guttun würde. Tante Felicia würde sie deswegen nächste Woche gerne mit nach Arizona nehmen.«

Da war's wieder, wie üblich. Seine Frau und seine Tochter

gehörten der Familie Harrod. Sie standen unter der Obhut von Tante Felicia und dem Richter. Er, Lou, war höchstens so etwas wie ein Chauffeur – soweit ihnen bekannt war, hieß er Cassidy. Es wäre etwas anderes, wenn er nicht soviel für sein Zuhause und seine Familie lockermachen würde. Dann könnten sie sich mit Recht einmischen und sagen: »Dieser Mistkerl von einem Ehemann behandelt dich schlecht, er kümmert sich nicht um dich, aber wir werden schon dafür sorgen, daß ihr beide, du und die Kleine, drei Mahlzeiten pro Tag bekommt.« Sicher, dann wäre es in Ordnung. Er wäre zwar trotzdem wütend, aber dann hätten sie zumindest ein Recht dazu. Aber nein, sie müssen ihre Nase in die Angelegenheiten einer glücklichen Familie stecken, die in den besten Verhältnissen lebt und um die er sich ununterbrochen kümmerte. Aber es hatte keinen Sinn, Mary das klarzumachen. Sie verstand ihn nie, und wenn, dann verstand sie ihn falsch und glaubte, er habe kein Verständnis für ihren Familiensinn, weil er selbst nie welchen gehabt hatte. Sie stand auf seiner Seite, sagte aber, er müsse akzeptieren, daß andere Menschen einen ausgeprägten Familiensinn hatten, der sich bis zu den Cousins vierten Grades und sogar bis zu den ehemaligen Hausangestellten der Cousins vierten Grades erstreckte. Er müsse einsehen, daß seine diesbezügliche Engstirnigkeit ein Fehler sei, ein verzeihbarer zwar, aber nichtsdestotrotz ein Fehler.

»Was sagt der Arzt?« fragte er nach einer Pause.

»Der Arzt hält es für das beste. Er glaubt, es würde ihr guttun.«

»Zu schade, daß er es mir nicht selbst gesagt hat, als ich die Rechnung bezahlte«, sagte Lou scharf, aber es war ja egal, er durfte nicht wütend werden. »Wie lange wirst du weg sein?«

»Nicht länger als drei oder vier Wochen«, sagte Mary. »Die Kleine bleibt natürlich auch gerne allein bei Tante Felicia, wenn du meinst, ich sollte lieber zu Hause bleiben. Selbstverständlich würde ich das Kindermädchen mitschikken, dann würde ich ihr überhaupt nicht abgehen, wirklich.«

»Ach nein«, sagte Lou. »Du würdest dir Sorgen machen

ohne sie. Ich möchte nicht, daß du zu Hause bleibst und dich sorgst.«

»Bist du sicher, daß du allein zurechtkommst?«

»Aber sicher. Vielleicht fahre ich dann gar nicht hinaus zum Haus. Ich könnte in einem Hotel in der Stadt bleiben.«

Es folgte eine Pause, und dann sagte Mary: »Oh.«

»Wann möchtest du fliegen? Ich werde die Tickets besorgen und alles arrangieren.«

»Nein, nein, Liebling, das wird nicht nötig sein. Onkel Harrod kümmert sich um alles.«

Die übliche Abfuhr. Der gute Cassidy, der Hotelpage, durfte keinesfalls versuchen, sich in Familienangelegenheiten hineinzudrängen, die ausschließlich die Harrods betrafen.

»Du bist ganz sicher, daß du allein zurechtkommst?« fragte Mary.

»Klar. Du tust das doch auch, wenn ich fort bin, oder?«

»Natürlich, Schatz.«

Ihm schien, als wolle sie noch etwas sagen, aber was immer es war, sie zögerte. Lou hatte Angst, sie zu fragen, denn vielleicht war es etwas, das er nicht hören wollte. Sie könnte erklären, was für unangenehme Nachrichten sie dazu veranlaßt hatten, bei seiner Abreise so ungewöhnlich kühl ihm gegenüber zu sein. Es war besser für beide, diese Dinge nicht offen auszusprechen. Er bewunderte sie viel zu sehr, um ihr ins Gesicht zu lügen, und für jemanden wie Mary schickte es sich nicht, sich auf das Niveau der quengelnden, quälenden Ehefrauen wie Flo hinabzubegeben, die ihren Männern ständig Fragen stellten.

»Ist das alles?« fragte er.

»Ja. ... War es schön in New York?«

»Schön? Also hör mal, glaubst du, ich fahre nach New York, um es dort schön zu haben? Mein liebes Kind, ich bin dort ständig auf Achse. Ich hab geschuftet. Ich hab einiges in Aussicht. Ich bin todmüde.«

»Dann machen wir uns heute einen gemütlichen Abend. Heute ist zwar Tante Felicias Kammermusikabend, aber ich bleib lieber bei dir zu Hause.«

Normalerweise hätte Lou die Gelegenheit zu einem heimlichen Rendezvous genützt, da seine Frau beschäftigt sein würde. Aber jetzt dachte er, die Harrods sollten ruhig wissen, daß Mary seine Gesellschaft der ihren vorzog, wenn er zu Hause war. Sie sollten nur sehen, wer bei den Donovans das Sagen hatte.

»Soll ich ein paar Leute zum Kartenspielen einladen?« fragte er.

»Nein«, sagte Mary. »Ich würde mich lieber mit dir unterhalten. Ich möchte mit dir allein reden. Ich hab einiges auf dem Herzen, weißt du.«

Es gab also etwas, und das kam jetzt. Nachdem sie aufgelegt hatte, starrte er zum Fenster hinaus und trommelte mit den Fingern auf dem Schreibtisch herum.

»Miss Frye«, rief er schließlich, »ich möchte, daß Sie sämtliche Unterlagen über Castles-in-the-Woods heraussuchen, die Fotos und alles, und so viele Florabella-Proben wie möglich bestellen, und machen Sie mir Kopien von den Bestellungen, die vorigen Monat bei uns eingegangen sind.«

Miss Frye blickte überrascht auf.

»Ich möchte das heute Abend mit nach Hause nehmen, um es Mary zu zeigen«, erklärte er.

»Ich wußte gar nicht, daß Sie mit Ihrer Frau übers Geschäft reden«, rief sie aus.

»Heute abend schon«, sagte Lou.

12

In letzter Zeit dachte Mary immer häufiger daran, zu einem Psychoanalytiker zu gehen. Mit ihrem Kopf stimmte irgend etwas nicht, aber das Problem war, daß sie nicht unter Halluzinationen litt, sondern unter Tatsachen. Was konnten die Ärzte dagegen machen? Also, Herr Doktor, würde sie sagen, wenn sie zu einem von Denen ginge (in ihren Gedanken nannte sie die Psychoanalytiker immer ›Die‹), die ersten neunundzwanzig Jahre meines Lebens war ich völlig normal, ich hatte die Ration Halluzinationen, die alle anderen auch haben; eine ungewöhnlich intelligente und kultivierte Erziehung erlaubte es mir, mit mehr oder weniger verbundenen Augen durchs Leben zu gehen, aber seit einiger Zeit scheint mich mein Geist zu verwirren. Herr Doktor, ich glaube, ich werde zurechnungsfähig. Darauf würde der Arzt natürlich sagen, Unsinn, Mrs. Donovan, Sie können mir nicht erzählen, daß eine intelligente Frau wie Sie anfängt, an ihrer Geisteskrankheit zu zweifeln. Mrs. Donovan, würde er mit einem milden Lächeln sagen, ich versichere Ihnen bei meiner Medizinerehre, daß Sie genauso verrückt sind wie alle anderen in diesem Raum. Vergessen Sie das. Sie sind wahrscheinlich erschöpft, haben sich Sorgen wegen der Erkrankung Ihres Kindes gemacht, diese Mastoiditis-Operation, das ist normal, völlig normal. Sie haben sich zu sehr mit ihrer Musik beschäftigt, haben sich gefühlsmäßig zu sehr hineinversetzt, das ist alles. Diese ›Wahrheiten‹, die Ihrer Beschreibung nach Ihre nächtlichen Träume und täglichen Gedankengänge stören, werden bald verschwinden. Warum fahren Sie nicht nach New York und machen dort einen Einkaufsbummel? – Vergessen Sie sich selbst, denken Sie ein paar Tage nicht an Ihren Mann, grübeln Sie nicht über diese Probleme nach; ich garantiere Ihnen, innerhalb kürzester Zeit sind Sie wieder Ihr glückliches, lächelndes, verrücktes Selbst.

Das Problem mit den ›Wahrheiten‹ war, daß man sie im

Gegensatz zu den Halluzinationen mit niemandem teilen konnte. Die ›Wahrheit‹ kam in kleinen Raten, das war alles. Sie war zum Beispiel immer in der Lage gewesen, sich mit Leuten über die außerordentliche geschäftliche Begabung ihres Mannes zu unterhalten, über seinen enormen Wissensschatz und über seine Großzügigkeit, aber es gab absolut niemanden, mit dem sie über die Zweifel und über das tiefe Mißtrauen reden konnte, die sie plötzlich befallen hatten. Herr Doktor, würde sie sagen, obwohl sie niemals den Mut aufbringen würde, zu einem Psychoanalytiker zu gehen, Lou wäre entsetzt, aber nur mal angenommen, sie ginge. Herr Doktor, würde sie sagen, können Sie mir ein harmloses Pülverchen empfehlen, das die Halluzinationen wiederherstellt? Gibt es irgendeine Diät gegen den Verlust der Selbstzufriedenheit, gibt es irgendeine Spritze zur Injektion von Selbsttäuschung?

Was ihr eigenes Leben anbelangte, so wußte Mary nicht, welches Ereignis diese unwillkommene Verschärfung ihres Wahrnehmungsvermögens ausgelöst hatte. Vielleicht ein Blick, den sie aufgefangen, eine Bemerkung, die sie mitangehört hatte, aber womit immer es auch begonnen hatte, es war passiert, und jetzt war alles von Bedeutung, was sie während ihres Tagesablaufes hörte und sah. Zum Beispiel seine Gelassenheit, wenn er sie ein oder zwei Wochen alleine ließ, weil seine Geschäfte es verlangten. Sie nahm seine Abwesenheiten auch gelassen hin, aber bis vor kurzem hatte sie geglaubt, daß ihrer beider Gelassenheit dieselbe sei und daß sie beide ihre Traurigkeit in ihrem Inneren vergruben. Nun, es schien so, als sei er auch innerlich gelassen. Oder seine Unzugänglichkeit, die kühlen Küsse, seine Gleichgültigkeit, wenn sie sich gelegentlich liebten. Sie war vielleicht auch nicht sehr zugänglich, sie gab auch kühle Küsse, doch das war ja alles, was ein leidenschaftlicher Mann verlangte. Die Blutarmut ihrer Beziehung zeigte sich, als er nicht mehr leidenschaftlich war. Natürlich konnten nicht beide passiv sein. Aber wie sonst sollte sie sein? Sie konnte ihm doch nicht gestehen, daß sie nicht schlafen konnte, wenn er weg war, und daß sie oft in der

Nacht aufstand, völlig verloren ohne ihn, und sich Platten anhörte, bis es hell wurde. Und sie brachte es nie zuwege, ihm ins Ohr zu flüstern, daß sie ihn liebte, oder mit ihm Händchen zu halten, aber sie hatte den Eindruck, daß Lou das ohnehin nicht gemocht hätte. Es war ihr – und, wie sie annahm, auch ihm – immer völlig angemessen erschienen, daß der Mann der Liebhaber war und dieser Liebe auch Ausdruck verlieh und die Frau der nachgebende und schüchtern passive Teil. Aber was machte man, wenn es nichts gab, dem man nachgeben konnte, keine stürmischen Annäherungen, denen gegenüber man sich passiv verhalten konnte? Nun, das würde sie nie erfahren, denn sie würde es nie wagen, danach zu fragen. Vielleicht konnte ihr jemand dabei helfen, ihre eigenen inneren Barrieren niederzureißen. Vielleicht sollte sie statt zu einem Psychoanalytiker in eine Schule für Umgangsformen gehen. Herr Professor, würde sie sagen, ich möchte gerne wissen, wie man seine gute Erziehung vergißt. Gibt es über den Sommer einen Intensivkurs zum Thema »Wie verlerne ich meine damenhaften Manieren«? Gibt es einen Fortgeschrittenenkurs im Selbststudium, der einem zeigt, wie man sich als menschliches Wesen benimmt und nicht als feine Dame? Aber sie wollte doch ihre Gefühle nicht öffentlich verkünden. Das war das Problem.

Vielleicht sollte sie einen Chirurgen zu Rate ziehen. Herr Chirurg, würde sie sagen, wie lange würde ein Krankenhausaufenthalt nach einer kleineren Gehirnoperation dauern? Wie riskant ist es, diesen kleinen Abschnitt hinter der Stirn zu entfernen, der die beiden Teile »Was ein braves Mädchen sieht und hört« und »Was wirklich passiert« voneinander trennt? Der Abend zum Beispiel, als diese Frau anrief und Lou sprechen wollte und die Nachricht hinterließ, Mr. Donovan möge zurückrufen.

»Spricht dort seine Mutter?« hatte die Dame mit ausländischem Akzent gefragt.

»Ich bin seine Frau«, hatte Mary geantwortet. »Kann ich etwas ausrichten?«

Es folgte eine kurze Pause und darauf ein »Nein, danke

schön«, das fast so klang, als sei es ihr peinlich. Da hatte sie dann vermutet, daß er bereits in der Stadt war, obwohl er gesagt hatte, er würde erst am folgenden Tag zurück sein. Aber sie hätte sich lieber auf die Zunge gebissen, als das zu erwähnen, man konnte doch nicht jemanden ganz offen eines Seitensprungs bezichtigen. Sie hatte sich gewünscht, er würde darauf bestehen, daß sie zu Hause blieb und das Baby allein mit Tante Felicia in den Westen schickte, aber sie brachte es nicht fertig, es selbst vorzuschlagen. Und er hatte bloß gesagt: »Wie lange wirst du weg sein?« Dann hatte eine der Frauen bei einer Bridgeparty behauptet, Jay Oliver habe eine Geliebte in New York, und mit einem Schlag war sie sicher gewesen, daß das auch bei Lou der Fall war. Aber sie wußte, daß sie es niemals erwähnen würde, nie imstande sein würde, ihn zu fragen, ihm nachzuspionieren, daß sie jeden Verdacht, den sie hegte, zusammen mit dem Beweis in ihrem Inneren einfrieren mußte.

Jetzt, da alles, was mit ihm zu tun hatte, eine neue Bedeutung annahm, fiel Mary mit Erstaunen ein, daß ihre Tante und ihr Onkel Lou von Anfang an nicht gemocht und ihm nicht getraut hatten. Sie wußte, daß sie ihm gegenüber Vorbehalte hatten, aber sie hatte gedacht, das sei bloß ihre Enttäuschung darüber, daß er nicht zu ihresgleichen zählte. Sie hatte nicht im Traum daran gedacht, daß es echte Abneigung sein könnte. Er war neu in Chicago gewesen und hatte auch nichts mit Tante Felicias Herkunft von der Ostküste zu tun. Er war Mary wie der ungeschliffene, herzliche, bodenständige Amerikaner erschienen, auf den ihr Onkel nach außen hin immer Loblieder gesungen und den er insgeheim herablassend behandelt hatte. Sie hatte ihre Kühle gegenüber Lou als die ganz natürliche Eifersucht auf den Mann abgetan, der ihnen ihre geliebte Nichte weggenommen hatte. Und daß Lou die Nase über den Richter und Tante Felicia rümpfte, nahm sie mit loyalem Verständnis hin, als Ausdruck seines völlig unnötigen Minderwertigkeitsgefühls wegen seiner gesellschaftlichen Herkunft. Immer wieder hatte sie ihm versichert, er sei in jeder Hinsicht begabter und bewundernswerter als jeder der Harrods, er brauche sich ihnen nicht unterlegen zu fühlen, er müsse einfach begreifen, daß sie verwöhnte, vom Glück begünstigte Menschen seien, die es mit seinen Leistungen aus eigener Kraft niemals aufnehmen konnten. Jetzt plötzlich merkte sie, wie sehr sie ihn verachteten, wenn Tante Felicia sagte: »Dein Onkel befürwortet die Ehescheidung nicht, mein Liebes, aber er sagt oft, solltest du zu sehr unter dem Fehler, den du gemacht hast, leiden, dann würde er alles tun, was in seiner Macht steht, um dich freizubekommen.«

Mary war zu verblüfft gewesen, um sich zu ärgern. Das war genau an dem Tag gewesen, an dem Lou ihr von dem netten Zusammentreffen mit dem Richter im Zug erzählt hatte. Nun berichtete sie davon arglos ihrer Tante.

»Oh, dann hat er dir also davon erzählt«, sagte Tante Felicia mit einem sonderbaren Lächeln. »Der Richter hatte angenommen, es wäre ihm nicht recht, wenn es zur Sprache kommt.«

Tante Felicia wollte damit irgend etwas andeuten, und der Schluß lag nahe, daß Lou sich in einer Gesellschaft befand, in der er sich nicht hätte befinden sollen. Mary wagte nicht nachzufragen. Ihre Tante hätte ohnehin nicht mehr verraten. Statt dessen hörten sie sich die Simon-Barer-Platten an, die gerade aus England gekommen waren, bis es für Tante Felicia Zeit für ihre Anprobe war.

Als Lou später am Nachmittag anrief und fragte, ob sie nicht Lust auf ein wenig Gesellschaft beim Essen habe, erinnerte sie ihn nicht daran, daß sie sich an diesem Abend eigentlich allein miteinander unterhalten wollten. Es war ein weiteres Anzeichen für eine Veränderung in ihm, daß er ihre alte Abmachung brach, niemanden kurzfristig zu ihnen nach Hause einzuladen. Unvorhergesehene gesellschaftliche Verpflichtungen erfüllte er fast immer, indem er in der Stadt blieb und Marys Fortbleiben entschuldigte. Sie hatte das immer als Rücksichtnahme auf ihre Schüchternheit und ihre Abneigung gegen Menschenansammlungen betrachtet. Jetzt berücksichtigte er nur, daß es ihm unangenehm war, mit ihr allein zu sein.

»Wenn du gern Gesellschaft hättest, natürlich«, sagte sie.

»Die Olivers«, sagte er. »Du weißt schon. Er ist von Whittleby Cotton. Mit denen habe ich geschäftlich viel zu tun. Sie kennst du ja. Hast du wirklich nichts dagegen?«

»Aber nein«, sagte sie.

Es war der Abend, an dem Tante Felicias Kammermusikensemble zusammenkam und auf den sie sich immer sehr freute, doch sie verzichtete darauf, wenn Lou zu Hause war. Sie wußte, daß sie den ganzen Abend daran denken würde und an die Ruhe, die sie in der Musik fand, während sie sich bemühen würde, fröhlich zu sein oder wenigstens nett zu Lous Freunden. Die unablässigen schmerzlichen Gedanken, die unterdrückten Gefühle begannen bereits, ihr hämmernde Kopfschmerzen zu verursachen. Manchmal dachte sie, daß sie gerne ihre Schädeldecke abnehmen würde, nur um zu sehen, was wirklich in ihrem Kopf war. Ihre eigenen anerzogenen Reaktionen waren das einzige, dessen sie sich sicher war.

»Dann ist also alles in Ordnung«, sagte Lou mit einem Anflug von Zweifel in der Stimme. Es schien ihr fast, als erwarte er von ihr, daß sie ihm die Fragen stellte, die sie belasteten.

»O ja, sicher«, sagte sie.

13

Das Haus in Winnetka war eigentlich mehr Lous Haus als Marys. Er hatte viel Zeit und Geld in die Planung und in die Einrichtung investiert, und als das einmal erledigt war, verlor er das Interesse daran und überließ Mary den Rest. Zuerst wollte er ein größeres Haus bauen als das von Richter Harrod, in dem Mary früher zu Hause gewesen war. Da der Richter trotz seines weit größeren Vermögens nicht mit Geld um sich warf, war es ziemlich einfach, sich ein größeres Haus zuzulegen. Als nächstes wollte er ein geräumigeres Wohnzimmer, weil der Richter mit seinem eigenen großen Wohnzimmer prahlte, und so wurde das von Lou einen halben Meter länger. Das zusätzliche Stockwerk, das ausschließlich für Tante Felicias kleine Konzerte benützt wurde, interessierte Lou nicht, also schenkte er es sich. Die fast krankhafte Sucht des Richters nach frischer Luft, die sich in Veranden, die als Schlafzimmer dienten, an der Rückseite des Hauses manifestierte, erweckte gleichfalls keinen Neid in Lou. Bar und Freizeitraum des Richters im Keller waren jedoch nur halb so gut ausgerüstet wie bei Lou, und er hatte nur einen Pingpongtisch, wogegen Lou zwei hatte, die aber gewöhnlich zugunsten der Bar ignoriert wurden. Aufgrund seiner guten Beziehungen zu Teppichgroßhändlern hatte Lou im ganzen Haus edle Orientteppiche liegen anstatt der schäbigen Brücken, die der Richter für ausreichend erachtete. Und wenn die Harrods sich ihrer dicken Steinwände rühmten, die das Haus im Sommer kühl hielten, dann konterte Lou mit einer Klimaanlage. Wenigstens konnte seine Frau sich nicht darüber beschweren, daß sie jetzt auf Annehmlichkeiten verzichten mußte, die sie von früher gewohnt war, noch konnte sie sich brüsten, ein exklusiveres Zuhause verlassen zu haben. Dafür hatte Lou schon gesorgt.

Über dem Haus lag eine Atmosphäre von Stille und Frieden, die Lou, der glücklich über seine Verbindung mit den

Harrods war, als der Inbegriff guten Stils erschien. Mary liebte ihr Musikzimmer und das Schlaf- und Spielzimmer der Kleinen, und eventuellen Eigenheiten ihres Geschmacks konnte sie hier freien Lauf lassen. Der Rest des Hauses war ebenso unpersönlich gut eingerichtet wie ein Ausstellungsraum für professionelles Möbeldesign. Mary beugte sich diesbezüglich Lou, so wie sie sich zuvor Tante Felicia gebeugt hatte, was die Raumgestaltung betraf. Sie mochte Blumen und trug von überallher schöne Vasen zusammen, und wenn sie mit dem Kindermädchen und der Kleinen einen Ausflug aufs Land machte, blieb sie oft stehen, um Apfelblüten, Palmkätzchen und andere dekorative Zweige für das Haus zu sammeln.

Lou war fast noch stolzer auf das, was Mary abging, als auf ihre Vorzüge. Was er an ihr am meisten bewunderte und was er für sein eigenes Glück als am wichtigsten erachtete, war ihre Verschlossenheit. Er mußte sich nie anhören, was in ihrem kleinen Kopf vorging, und sie fragte nie danach, was in seinem vorging. Wenn sie ab und zu wegen irgendwelcher Kleinigkeiten weinte – und er nahm an, daß das vorkam –, dann wußte er nicht, weshalb, und wollte es auch gar nicht wissen. Wenn er selbst einmal niedergeschlagen war, wollte er auch nicht, daß jemand ihn fragte, was mit ihm los sei, und Mary stellte keine Fragen, selbst wenn sie es bemerkte. Wenn er den Verdacht hatte, daß ihr etwas nicht paßte, was er gesagt oder getan hatte – er tat ständig ihrer Tante und ihrem Onkel unrecht –, blieb sie ein paar Tage lang mit Kopfschmerzen in ihrem Zimmer, das war alles. Ihr Verhältnis hätte nicht angenehmer sein können.

Ein weiterer Punkt, der Lou, abgesehen von ihren tadellosen Manieren, ihrem guten Namen und ihrer diskreten Passivität, für sie eingenommen hatte, war ihre Jugend, eine Eigenschaft, die er bei keiner anderen Frau gefunden hatte. Sie war zwölf Jahre jünger als er, und es schien seiner Eroberung einen zusätzlichen Reiz zu verleihen, so als sei ihre Jugend ein seltener Diamant, den er sich hatte leisten können und den er jetzt stolz herzeigte. Er erwähnte ihre Jugend häufiger als nötig, denn, um ehrlich zu sein, wirkte sie durch ihre Reserviertheit und Würde – Charakterzüge, die er sich trotz seiner Bemühungen noch nicht hatte aneignen können – älter als er. Schon mit einundzwanzig, als er sie kennenlernte, sah sie um einiges älter aus. Selbst damals war sie keine Schönheit, außer man hielt Zerbrechlichkeit für etwas Schönes. All das, was ihm an ihrer Erscheinung gefiel, war weit von dem entfernt, was er bisher als verführerisch bewundert hatte. Sie hatte keinen üppigen, sinnlichen Körper, der hitzige Leidenschaft oder auch nur die natürliche Vitalität der Jugend ausstrahlte. Statt dessen strahlte ihre großgewachsene, zarte Gestalt nur eine angeborene, anämische, kränkliche Geistigkeit aus. Sie sei als Kind zu schnell gewachsen, sagten alle, aber glücklicherweise waren ihre Bewegungen anmutig genug, um ihren schlaksigen Gliedmaßen Würde zu verleihen. Doch sie hatte ein volles Gesicht, und trotz ihres schmalen Knochenbaus wirkte sie nicht mager. Sie hatte schwere, hängende Augenlider, riesige graue Augen, einen vollen großen Mund mit makellosen Zähnen, ein hübsches Engelsgesicht, ihre durchscheinende, fahle weiße Haut bildete einen Kontrast zu den kupferfarbenen kurzen Locken. Ihr Gesicht und das Gestrüpp aus natürlichen Locken sahen so unschuldig und kindlich aus, daß es immer ein Schock war, sie dastehen zu sehen, den langen dünnen Körper, zu lang und zu dünn, den zarten Hals, die unglaublich dünnen Handgelenke, die fast papierdünnen weißen Finger. Die Oberarme wie auch die Hüften und Schenkel waren wohlgeformt, die Knöchel wiederum unglaublich zart. Bis zu dem Zeitpunkt vor sieben Jahren, als er Mary kennenlernte, hatte Lou, wie ihm schien, genau das Gegenteil jedes einzelnen von Marys körperlichen Merkmalen als anziehend empfunden. Doch dann hatte er sich in sie verliebt, und er war überwältigt von ihrer verträumten, geschlechtslosen Anmut. Er hatte geahnt, daß er es mit einer Frau zu tun hatte, deren er niemals überdrüssig werden würde, weil es nicht genug von ihr gab, dessen er überdrüssig werden konnte. Und da es ihm nie gelingen würde, sie zu prägen, würde er nie aufhören, es zu versuchen. Sie würde diese reine, jungfräuliche Art behalten, und selbst nachdem er sechs Jahre lang mit ihr geschlafen hatte – eine nicht sonderlich befriedigende Angelegenheit, da er sich noch immer vor ihr fürchtete –, hatte er nicht das Gefühl, sie wirklich vollständig erobert zu haben. Ihre Augen leuchteten nicht anders als vorher. Er hatte etwas gelernt, und zwar, daß die allzu kühle Frau für ihn, wie für viele Männer, eine ständige Herausforderung darstellte, die Herausforderung der Jungfrau, während er Frauen, die ihn weit mehr befriedigten, aus seinem Leben gestrichen hatte, und manchmal dachte er, daß die berühmten Kurtisanen der Geschichte so gewesen sein mußten – kühl, unbewegt, gefühllos –, daß sie so gut wie nichts von sich hergaben, damit der Liebhaber ihnen verfiel, und nicht die heißen Puppen waren, als die die Geschichte sie uns überliefern möchte.

Er kam so gegen sechs nach Hause, die Aktentasche voll mit den Unterlagen, die Miss Frye für ihn zusammengestellt hatte. Mary zog sich gerade im Schlafzimmer um, und er ging hinein und küßte sie. Als er sah, wie sie in ihrem Slip, die schmalen Schultern entblößt, vor dem Frisiertisch saß und sich kämmte, merkte er schlagartig, wie verloren er ohne Mary wäre. Er fragte sich noch immer, wie er den Mut aufgebracht hatte, sie zu umwerben, wie er dieser anderen Welt je auch nur einen Augenblick hatte Paroli bieten können, aber hier war der lebende Beweis seiner Unerschrockenheit, er verstand nur noch immer nicht, warum oder wie es zugegangen war, außer daß es genau diese Unverfrorenheit gewesen war, die ihr gefallen hatte. Allein sie zu sehen, so wie sie jetzt dasaß, als Teil seines Zuhauses, gab ihm neues Vertrauen in sich selbst. Welche Sorgen ihr auch immer während der letzten paar Wochen durch den Kopf gegangen sein mochten, er hatte vor, sie zu zerstreuen. Das fiel ihm nicht allzu schwer, denn sobald er das Zimmer betrat, wurden Marys Zweifel schwächer, sein energisches Auftreten wirbelte eine solche Wolke allgemeiner Verwirrung auf, daß es ihr schwerfiel, sich der kleinen Probleme zu entsinnen, die seine Abwesenheit verursacht hatte.

»Du läßt mich also im Stich«, sagte er und grinste sie im

Spiegel an. »Ich bin auf mich allein gestellt, während du mit diesen geschniegelten Cowboys durch die Gegend ziehst.«

Der kleine Vorwurf zeigte, daß es ihn wirklich störte, daß sie wegfuhr, deshalb leuchtete ihr Gesicht sofort auf.

»Es ist nur wegen der Kleinen, Liebling«, sagte sie, »und ich würde auch jetzt noch hierbleiben, wenn du unbedingt möchtest – ich meine –«

»Die Kleine kommt zuerst«, sagte er bestimmt. »Du und ich, wir zählen nicht. Nur das Kind. Warte einen Augenblick – ich hab sie einen ganzen Monat nicht gesehen –, ist es okay, wenn ich hineingehe?«

Das nahm ebenfalls eine Last von Marys Seele, denn es zeigte, daß er sich für das Kind interessierte, und ihre Tante hatte angedeutet, daß Lou ein gleichgültiger Vater sei. Sie schlüpfte in ihren Morgenrock und folgte ihm durch den Flur ins Kinderzimmer.

Die Kleine saß an ihrem Tischchen auf der Veranda und aß ihr Mittagessen in Gesellschaft ihrer zwei besten Freunde, eines riesigen Osterhasen, der auf einem kleinen Stuhl saß, und einer schwarzgoldenen Stoffkatze im Puppenstühlchen. Das Kindermädchen machte im Kinderzimmer gerade das Bett.

»Sie ist noch immer ein wenig blaß«, sagte Mary, obwohl das kleine Mädchen wie ihre Mutter war, von Natur aus blaß und untergewichtig.

»Na, wie geht's Papas Mädchen?« fragte Lou und hob sie in die Höhe.

»Bitte stör sie nicht beim Essen, Liebling«, wandte Mary ein, »und sie fürchtet sich immer, wenn sie hochgehoben wird.«

Lou stellte sie auf den Boden.

»Mir macht es nichts aus«, sagte das Kind höflich, »wenn Papa so spielen möchte.«

Lou lachte verlegen. Die Kleine war eine Harrod, so wie Mary eine war, und obwohl sie erst vier war, hatte Lou Angst vor ihren ruhigen grauen Augen, er wußte nicht recht, was der Richter und Tante Felicia dem Kind beigebracht haben mochten, auf jeden Fall gehörte es ganz und gar ihnen, nicht ihm. Mary streichelte das Köpfchen mit den gleichen kupferroten Locken, wie sie sie hatte.

»Vielleicht soll Papa dich lieber am Morgen besuchen, da gibt es kein Kopfwehweh«, sagte sie liebevoll. »Das Kindermädchen sagt, daß sie Kopfschmerzen bekommt, wenn sie abends Gesellschaft hat.«

Lou verließ das Zimmer, während Mary dem Kindermädchen Anweisungen gab. So war es, seit das Kind auf der Welt war, dagegen gab es kein Mittel, das wußte er. Die Kleine war Marys Angelegenheit, so wie das Geschäft seine war. Na schön, wenn sie glücklich dabei war. Aber er war froh, daß keiner seiner Geschäftsfreunde sah, was für eine schlechte Figur ein so guter Gesellschafter in seinem eigenen Kinderzimmer machte.

»Soll ich mich feinmachen?« fragte ihn Mary.

Lou schüttelte den Kopf.

»Auf keinen Fall, das ist nur ein gemütlicher Abend daheim, Jay und Flo sollen sich wie zu Hause fühlen, ungezwungen, du weißt schon«, sagte er.

Nichts hätte Mary mehr beunruhigen können als der Gedanke an ein ungezwungenes Beisammensein mit Flo Oliver, aber sie riß sich zusammen.

»Ich hab gedacht, wir könnten Juleps trinken«, sagte Lou. »Es ist zwar etwas spät dafür, aber es gibt nichts Besseres, um das Eis zu brechen. Wir servieren sie unten im Zimmer mit dem Spieltisch, ja?«

Das neue Service mit den silbernen Julepbechern war ein Weihnachtsgeschenk des Richters und bot sich immer für eine gute Anekdote an; es würde Jay Oliver zeigen, daß der alte Junge freundlicher zu Lou war, als man aufgrund seines Verhaltens im Zug hätte annehmen können.

»Es paßt doch, wenn ich ein langes Kleid anziehe, Liebling?« fragte Mary.

Doch Lou blieb hart. Es war eine formlose Einladung, Flo hatte ohnehin panische Angst vor Mary, und die einzige Möglichkeit, das in den Griff zu bekommen, bestand darin zu zeigen, daß die Donovans, obwohl sie etwas mehr Zaster hatten, nicht damit angaben.

»Ich nehme an, am späteren Abend wird Bridge das Beste sein«, sagte Mary resignierend.

»Kein Bridge«, sagte Lou. »Für den unterhaltsamen Teil des Abends hab ich eine kleine Überraschung. Laß mich nur machen.«

Mary war das nur recht. Es war eine solche Erleichterung, Lou wieder voller Tatendrang durch das ganze Haus laufen zu sehen, und allmählich fing sie an zu glauben, daß der Abend vielleicht doch nicht ganz so öde werden würde.

14

Die Olivers hatten ihren Streit in einem flotten Tempo um halb fünf begonnen – zu dem Zeitpunkt, an dem Flo Jay aus ominösen Gründen zu Marshall Field zitiert hatte –, aber so gegen halb sieben ging ihnen der Stoff aus, und auf der Fahrt zu den Donovans sah es so aus, als gebe es gar kein dickes Ende, nur Gejammer und »Ach, wirklich?« und »Das glaubst du!« und »Ach, es ist zum Wahnsinnigwerden!« Das Haus der Donovans rückte in Sichtweite, und es kam zu einem kurzen Augenblick vollkommener Übereinstimmung, als beide Olivers eine Stinkwut auf die Donovans bekamen und in stillschweigendem Einverständnis beschlossen, sich möglichst rasch zu betrinken. In ihrem nagelneuen, roten, goldbestickten Kleid, das sie sich erst an diesem Tag eigens für diesen Anlaß gekauft hatte, sah Flo ausgesprochen kriegerisch aus, und sie hatte sich mit einer der schrecklichsten Dauerwellen herausgeputzt, die ihr Schönheitssalon je hervorgebracht hatte, jede Locke wie aus reinstem Eisen. Sie hatte die Angewohnheit, mehr Rouge als empfehlenswert aufzutragen, und als sie an diesem Abend mit einem brandneuen Farbton ankam, flehte Jay sie schmerzerfüllt an, es abzuwischen.

»Hör mal, alle tragen Rouge«, hatte sie ihn angeschnauzt. »Ich gefall dir in Rot nicht, ich gefall dir nicht, wenn ich Schmuck trage – schließlich bin ich keine alte Frau, noch nicht, ich hab ein Recht auf ein wenig Farbe.«

Das kleine Hermelinjäckchen, das Flo in letzter Minute gekauft hatte, hatte den letzten Anlaß für ihren Streit gegeben, denn die Olivers standen bei diesem Geschäft ohnehin schon ziemlich in der Kreide, und Jay sah nicht ein, warum ihn ein kleines Familienessen bei den Donovans dreihundert Dollar kosten sollte. Außerdem hatte Lou nichts von Abendkleidung gesagt. Während Jay seinen Smoking anzog, regte er sich in einem fort darüber auf.

»Hör zu, du Idiot, Leute wie Mary Donovan machen sich

immer fein«, wies Flo ihn zurecht. »Sie erwähnen es nicht, weil sie es für selbstverständlich halten. Oder sie glauben vielleicht, wir gehören zu denen, die sich in diesen Dingen nicht auskennen. Sie machen mich krank.«

»Jetzt reg dich doch nicht auf«, sagte Jay. »Warte um Himmels willen, bis du beleidigt wirst.«

»Ich würde gerne wissen, was an diesem Haus so besonders sein soll«, bemerkte Flo säuerlich, als sie sich der Auffahrt näherten. »Die glauben wohl, daß es eine Ehre für uns ist, einen Blick auf ihre schäbige Hütte werfen zu dürfen.«

»Du hast das doch immer gewollt«, knurrte Jay. »Seit du sie kennengelernt hast, jammerst du die ganze Zeit.«

»Ach wirklich?« sagte Flo.

»Es ist zum Wahnsinnigwerden, ständig hackst du auf mir herum, wenn ich zu Hause bin, und da wunderst du dich noch, daß ich es hasse, nach Hause zu kommen? Ich wette, es gibt keinen anderen verheirateten Mann in der Stadt, der das aushält, was ich jede verdammte Minute aushalte.«

»Das glaubst du«, sagte Flo und ließ es gnädig zu, daß ihr aus dem Wagen geholfen wurde. »Du weißt gar nicht, wie gut es dir geht.«

Das Eis schmolz nicht sofort bei dem heimeligen Anblick von Mary Donovan in einem sportlichen Strickkleid und Lou mit offenem Kragen und einem leuchtend grünen Sportsakko. Als Flo aus dem Wagen stieg, hatte Lou ihren großartigen Aufzug mit roter Taftschleppe und Hermelinjäckchen erspäht und aufgestöhnt.

»Das ist aber nett von euch, daß ihr euch so feingemacht habt!« sagte Mary. »Das wäre selbstverständlich nicht nötig gewesen, aber –«

»Nun, wir haben's trotzdem getan«, sagte Jay. Er wich Flos vernichtendem Blick aus, denn obwohl sie es gewesen war, die darauf bestanden hatte, daß sie sich fein anzogen, wußte er, daß ihm das heftige Vorwürfe für den Schnitzer, der ihr unterlaufen war, nicht ersparen würde.

»Wir sind doch nur zu viert«, sagte Mary verzweifelt, während sie Flo ins Badezimmer führte.

»Ist das Ihr Ernst?« sagte Flo derart offensichtlich entsetzt, daß Mary noch verwirrter wurde.

Unten erging es Lou kein bißchen besser, denn Jay befand sich in einem Zustand tiefsten Trübsinns. Wäre er ein Mann gewesen, der eine Niederlage eingesteht, dann hätte Lou zugegeben, daß selbst ein offenes und aufrichtiges Gespräch mit Mary unter vier Augen über all seine Sünden in der Vergangenheit einfacher gewesen wäre als diese geschickt geplante Umgehung des Tête-à-têtes.

»Was hat Flo denn schon wieder?« fragte Lou heiter. Er holte gerade das hübsche Julepservice heraus und bereitete sorgfältig alles vor, mit der Hilfe von Annie, dem dicken schwarzen Dienstmädchen, die Mr. Donovan bei seiner heiligen Handlung vorsichtshalber nicht zu sehr unterstützte.

»Flo hat überhaupt nichts«, sagte Jay gereizt. »Was hat denn deine Frau?«

Das ging ein wenig zu weit, und Lou verlor fast die Beherrschung. Seine Mary und einen Drachen wie Flo in einem Atemzug zu nennen.

»Ich hab mich nur gefragt, ob was wegen Ebie rausgekommen ist«, sagte Lou.

»Nein, das ist in Ordnung«, sagte Jay schuldbewußt und fragte sich, wie lange es wohl dauern würde, bis Flo betrunken genug war, um mit der irrtümlichen Annahme anzufangen, daß Ebie Lous Freundin sei.

»Ich wollte ein kleines Wandgemälde für das New Yorker Büro bei ihr in Auftrag geben«, sagte Lou. »Solche Sachen macht sie zwar normalerweise nicht, aber es gibt keinen Grund, warum sie es nicht mal probieren sollte. Ich hab ein paarmal bei ihr angerufen, aber in Rosenbaums Büro hat man mir gesagt, daß sie seit zwei Tagen unauffindbar ist.«

»Kann man es ihr verübeln?« fragte Jay ungerührt. Dann kamen die Frauen herein, und Mary sah im Vergleich zu Flos greller Auffälligkeit ungewöhnlich blaß aus, wie ein Skelett.

Lou beeilte sich mit seinem Julep-Ritual, während er die Konversation alleine bestritt und ausführlich schilderte, daß der Richter ein kleines Vermögen für das Julep-Set bezahlt und ihm sein persönliches Spezialrezept zur Zubereitung des Drinks gezeigt hatte, demzufolge das Glas zuerst verkehrt in den Puderzucker getaucht wird und so weiter, bis Flo sagte: »Zu schade, daß Ihr Onkel nicht hier sein kann, um es persönlich zuzubereiten!«

»Das ist eine Idee«, sagte Lou. »Wir könnten ihn anrufen.«

»Wir hatten gehofft, wir würden Gelegenheit haben, ihn heute abend kennenzulernen«, sagte Flo.

»Macht es dir was aus, mir einen ganz gewöhnlichen Scotch einzuschenken, alter Junge?« fragte Jay. »Ich hab damit angefangen und möchte nicht gern durcheinandertrinken.«

»Das ist eine gute Idee«, sagte Flo. »Mir wird von Julep immer schlecht. Es sieht zwar wundervoll aus, aber ich glaube, es liegt am Bourbon. Ich vertrage einfach keinen Bourbon.«

Schweigend deutete Lou mit dem Kopf auf die Karaffe mit dem Scotch an der Bar, und zufrieden schenkte Jay sich und Flo ein. Mary wollte gerade wie üblich um ihren Sherry bitten, aber das Scheitern des Julep-Experiments war zuviel für sie, und so nahm sie Lou zuliebe einen Julep.

»Ich hab gedacht, Lou hat geschwindelt, als er sagte, daß Sie nichts trinken, Mrs. Donovan«, lachte Flo. »Sie sind wohl eine von den Frauen, die nur zu Hause trinken.«

»O sicher«, sagte Lou. »Mary verträgt einiges, ohne daß man es ihr anmerkt. Du solltest dir das von ihr beibringen lassen, Flo.«

Das saß, dachte er zufrieden. Kein Wunder, fand er, daß Jay sich in eine tolle Frau wie Ebie verknallt hatte, jeder würde das, bei einem Drachen wie Flo, die dauernd das Kriegsbeil schwang. Er hatte geglaubt, dieses kleine freundschaftliche Dinner würde die kleine Unstimmigkeit zwischen ihm und Mary und zwischen Flo und Mary aus der Welt schaffen, denn daß Flo gekränkt war, weil Mary sie ständig mied, war kein Geheimnis. Statt dessen sah es eher danach aus, als würde es mit einer Schlägerei enden.

Jay und Flo schenkten sich Scotch nach, und Jay wurde immer trübsinniger, Flo immer aufgekratzter. Es schien, als wollten sie sich gegenseitig darin übertreffen, dem Gastgeber und der Gastgeberin zu zeigen, daß, was sie beide betraf, die Party, das Haus und alles darin kein besonderer Genuß für sie war.

»Komm, zeig Flo das obere Stockwerk«, drängte Lou. »Zeig ihr den Spiegel, den wir für das blaue Schlafzimmer gekauft haben.«

»Was Antikes?« fragte Flo.

»Nichts Antikes«, sagte Lou. »Dieses alte Zeug ist sowieso nur ein Modetick. Das ist das Problem, das wir bei Castles-in-the-Woods hatten, Jay. Ich hab einen Mitarbeiter dort unten, einen Freund des Majors, der alles mit Antiquitäten vollstopfen will. Er hat offenbar die ganze Gegend abgegrast. Ich hab da energisch durchgegriffen. Modern, hab ich gesagt. Fortschrittlich. Auf der Höhe der Zeit.«

»Ich finde Antiquitäten so geschmackvoll«, sagte Flo zu Mary.

»Ja», sagte Mary hilflos.

»Was ist denn Castles-in-the-Woods?« fragte Flo.

»Schön, daß du dich dafür interessierst«, sagte Lou. »Nach dem Essen heute abend werde ich Filme zeigen, die unser Mann in Baltimore gemacht hat, auf denen das gesamte Arenal zu sehen ist, und dann habe ich noch Farbfotos von unseren Plänen, vom gesamten Bauvorhaben. Daran haben Jay und ich in New York gearbeitet, während ihr Mädels geglaubt habt, wir amüsieren uns.«

»Mir hat man nichts davon erzählt«, sagte Flo.

»Ich erkundige mich nie nach Lous Geschäften, weil ich weiß, daß ich nichts davon verstehe«, sagte Mary entschuldigend.

»Nun, das wird euch eine Vorstellung davon geben«, sagte Lou.

Während des Essens besserte sich Jays Stimmung ein wenig, und als der Wein kredenzt wurde, beschloß er, seine vorherige Grobheit gegenüber Lou wiedergutzumachen und ihn um einen dieser altmodischen Juleps zu bitten. Flo änderte ihre Meinung und wollte auch einen kosten. Lou war mittlerweile egal, was passierte, und er ließ die Suppe stehen, um hinunterzugehen und schnell ein paar Juleps zu mixen, was er ohne Publikum nicht ganz so elegant machte, zerstoßenes Eis, ein paar Schuß Bourbon in jedes Glas, kurz etwas Minze hinein und fertig.

Im Speisezimmer lobte Flo gerade Marys Porzellanservice, ihre Tischwäsche, ihre Köchin und ihren Teint, und Mary rutschte unglücklich auf ihrem Sessel hin und her, weil sie nicht wußte, ob Mrs. Oliver sich über sie lustig machen oder ihr schmeicheln wollte. Flo brachte jedes Kompliment so an, daß es wie ein Bumerang zurückkam und Jay traf. All die Dinge, die sie bewunderte, waren Dinge, die sie auch haben könnte, wenn Jay an hübschen Sachen interessiert wäre und sein mangelnder Geschäftssinn nicht verhindern würde, soviel Geld zu verdienen wie Lou, und wenn er nur auf seine Frau hören würde. Wenn Jay auf seine Frau gehört hätte, würden sie jetzt in einem größeren und luxuriöseren Haus als die Donovans wohnen, und Jay würde sich nicht wegen eines Darlehens an Lou wenden, sondern umgekehrt. Aber nein, Jay war genau wie seine ganze Familie, ein nichtsnutziger, uninteressierter Haufen, man konnte ihm keine Vorwürfe machen, es lag in der Familie.

»Ach wirklich?« fragte Jay.

»Jawohl«, sagte Flo.

»Das glaubst du«, sagte Jay.

Im Grunde amüsierten sie sich großartig, aber Mary konnte das nicht wissen und blickte hilflos von einem zum anderen, lächelte so lange höflich, bis ihr die ganze Tragweite der Bemerkung klar wurde, dann schaute sie mit weit aufgerissenen Augen betrübt und bestürzt auf ihren Teller. Lou, der eben mit den Juleps zurückkam, sah, daß Jay und Flo das übliche Theater aufführten, nichts Ernstes, und es störte ihn, daß Mary ihnen die kalte Schulter zeigte. Verärgert dachte er, daß ihr kein Stein aus der Krone fallen würde, wenn sie hin und wieder in Anwesenheit seiner Freunde etwas lockerer wäre, er gab sich weiß Gott auch locker in Anwesenheit ihrer Familie. So herablassend wie sie ihn behandelten, hatte er allerdings das Gefühl, daß er sich ihnen gegenüber manchmal zu locker gab. Auch ärgerte er sich über sie, weil sie die Freunde, die sie erwähnen sollte, nicht erwähnte, und so blieb die undankbare Aufgabe, ihre Beziehungen in die Unterhaltung einzuflechten, ihm überlassen.

»Ich hab die Rede gelesen, die Ihr Onkel bei der Universitätsfeier gehalten hat«, sagte Flo zu Mary. »Glauben Sie mir, der alte Knabe weiß, wovon er redet. Diese Ausländer, die versuchen, das Land zu regieren. Ich könnte ihm da Sachen erzählen.«

»Warum rufst du ihn nicht an, Lou?« fragte Jay.

Lou schaute ihm in die Augen.

»Na schön, warum nicht? Geh, Liebling, ruf den Richter an. Die Fotos von Castles-in-the-Woods interessieren ihn sicher. Nächstes Jahr präsentieren wir die Modelle bei der Weltausstellung, Jay.«

»Aber nicht im Ernst!«

»Warum nicht?« wollte Lou wissen. »Jay, du alter Dummkopf, du scheinst nicht zu begreifen, daß Castles-in-the-Woods die größte Sache seit dem Boulderdamm ist. Für jeden, der ein so schönes Stück vom Kuchen bekommt wie deine Firma...«

»Wahrscheinlich ist mein Stück nicht ganz so groß, wie es sein sollte«, sagte Jay, was nicht ganz fair war, weil die kleine Extraprovision, mit der er Lou bei diesen Geschäften entschädigte, ein strenges Geheimnis war.

»Es gibt auch noch andere Firmen, mein Junge«, sagte Lou mit unbewegtem Gesicht. »Zum Beispiel Cannon. Zum Beispiel Lady Pepperell.«

Diese dezente kleine Drohung brachte Jay wieder zur Vernunft, und er zuckte die Achseln.

»Wann hat sich die Sache mit der Weltausstellung ergeben?«

»Ich hab das ins Rollen gebracht, bevor ich von New York abflog«, verkündete Lou stolz. »Ich hab es dem Major und Rosenbaum vorgeschlagen, und jetzt ist es praktisch beschlossene Sache. Eine Miniaturausgabe des Hotels, in dem es ausschließlich Hähnchen Maryland und Kaffee gibt. Und Juleps. Dann die Modelle des gesamten Projekts mit Prospekten und Fotos. Und ein Agent, der für alles verantwortlich ist.«

»Du arbeitest aber verdammt flott«, sagte Jay.

»Natürlich wird es noch ein paar Wochen dauern, bis alles unter Dach und Fach ist«, sagte Lou. »Ich werde öfter nach New York müssen.«

»Oh«, rutschte es Mary heraus.

»Lous Arbeit interessiert Sie nicht sonderlich, oder?« lachte Flo. »Ich war früher selbst Geschäftsfrau in New York, deshalb habe ich Verständnis dafür. Ich hab einen Teesalon betrieben.«

»Sechs Monate lang«, sagte Jay. »Sie hat Glück gehabt, daß ich gekommen bin und sie da rausgeholt hab.«

»Stimmt, ich weiß, was Geschäftsleute in New York tun«, sagte Flo schelmisch.

»Das ist ja zum Wahnsinnigwerden, du glaubst wohl, sobald wir diese Stadt verlassen, haben wir nichts anderes zu tun, als auf die Balz zu gehen«, sagte Jay entrüstet.

»Laß doch, ich kann verstehen, daß man bei manchen dieser Kerle einen solchen Eindruck bekommt«, sagte Lou verständnisvoll. »Sieh dir doch manche von den Typen an, sie kommen nach New York und führen sich auf wie die Idioten.«

»Das kommt von den Hochhäusern«, sagte Jay. »Sobald man den Bahnhof verläßt, riskiert man Kopf und Kragen.«

»Es ist nur so, daß es ein schlechtes Licht auf uns andere wirft«, sagte Lou ernst. »Wir haben einen Job zu erledigen, wir haben keine Zeit, uns mit so was abzugeben.«

»Oh, oh«, sagte Flo. »Darüber könnte ich Mrs. Donovan so einiges erzählen.«

Jay versetzte ihr unterm Tisch einen Tritt gegen das Schienbein.

»Bitte schön«, sagte Lou. »Klär sie ruhig auf.«

Die lauten Stimmen, das Gezänk und die neuen Verdachtsmomente gegen Lou ließen Mary jede Sekunde unerträglich erscheinen. Sie wollte Lou gefallen, aber sie wußte nicht wie, und in Gesellschaft dieser Freunde war Lou nicht der Lou, den sie kannte. Die Anspielungen auf ihre gemeinsamen Interessen gaben ihr das Gefühl, einsam und ausgeschlossen zu sein, und erfüllten sie erneut mit den merkwürdigen Ängsten, die Tante Felicia in ihr geweckt hatte. Als sie zum Kaffeetrinken in das riesige Wohnzimmer gingen, unternahm sie einen verzweifelten Versuch, den Abend zu retten.

»Heute ist Tante Felicias Kammermusikabend, Lou«, sagte sie. »Vielleicht hätten die Olivers Lust, dorthin zu gehen und Haydn zu hören.«

»Klingt das nicht niedlich?« sagte Jay.

»Halt die Klappe, du Dummkopf«, tadelte ihn Flo. »Ein wenig Musik würde dir nicht schaden. Du könntest was dazulernen.«

»Von mir aus«, sagte Jay. »Mir ist es egal.«

Jetzt war Flo an der Reihe, ihm einen Rippenstoß zu versetzen.

»Wenn ihr es nicht zu schätzen wißt, in eines der vornehmsten Häuser von Chicago eingeladen zu werden, dann schert euch zum Teufel«, brauste Lou auf. »Meine Frau erklärt sich bereit, euch zur privaten musikalischen Abendunterhaltung ihrer Tante mitzunehmen, Menschenskind, ihr solltet stolz darauf sein.«

»Ich hab gedacht, wir sind hier eingeladen«, sagte Jay. »Was steckt dahinter? Wollt ihr uns loswerden?«

»Aber Jay«, beschwerte sich Flo, »ich verstehe nicht, warum wir nicht wirklich kurz bei den Harrods vorbeischauen sollten. Ich war noch nie dort. Ich würde das Haus gerne sehen, trotz der Musik.«

Das dicke farbige Hausmädchen brachte Brandy und Kräuterlikör, und Lou schenkte ein.

»Entschuldigt bitte eine Sekunde«, sagte er plötzlich. »Hast du etwas dagegen, wenn ich meinen Freunden die Filme über Castles-in-the-Woods zeige? Das hatte ich ursprünglich vor. Offenbar langweilt dich die Vorstellung, meine Liebe.«

Mary errötete.

»Nein, nein, ich – ich meine, natürlich, ich würde gerne, aber…«

»Ist schon in Ordnung«, sagte er mit gespielter Gleichgültigkeit. »Wir gehen zu deinem Onkel. Ein wenig Musik bei deinem Onkel ist ja viel angenehmer als Filme über die Geschäfte deines Mannes. Aber sicher.«

»Von mir aus, ja«, sagte Jay. »Ich halte alles aus.«

Mary stand zögernd auf. »Ich rufe an und sage, daß wir kommen. Bestimmt wird es Mrs. Oliver gefallen.«

»Darauf können Sie Gift nehmen«, pflichtete Flo ihr bei. »Ich persönlich würde im Augenblick nichts lieber tun, als gute Musik hören.«

»Ich persönlich würde lieber herumsitzen und mich besaufen«, erklärte ihr Mann. »So bin ich nun mal.«

Lou ärgerte sich immer noch über Marys stolzen Abgang, als ihn das Hausmädchen zum Telefon im Flur rief.

»Sie chaben mich nicht zurückgerufen«, sagte eine charmante Stimme. »Ich bin sehr verärgert. Sie sind ein böser Junge.«

Es war Mrs. Kameray. Lou war entzückt.

»Sie mögen mich nicht«, schmollte sie. »Hier bin ich, aine Fremde, und Sie sind zu beschäftigt, um sich zu treffen mit mir.«

Lou schloß die Tür und unterhielt sich leise mit ihr. Als er zurückkam, strahlte er.

»Los geht's, Kinder«, rief er. »Wir fahren in die Stadt und machen das Spinning Top unsicher.«

»Gott sei Dank«, sagte Jay.

Mary kam wieder herein.

»Tante Felicia erwartet uns in einer halben Stunde«, sagte sie. »Sie sagt, es ist ihr eine Freude, wenn Gäste kommen, denen wirklich etwas an Musik liegt.«

»Das ist abgeblasen«, sagte Lou, noch immer böse auf sie. »Die Donovans müssen sich mit Freunden in einem Lokal in der Stadt treffen. Wir können dich bei deinen Verwandten absetzen, da das ja dein Vorschlag war. Die Filme zeige ich Jay und Flo ein andermal im Büro, wo es dich nicht stört.«

»Ist er nicht gemein?« rief Flo, stets zufrieden, wenn es irgendwo kleine Differenzen gab.

»Entschuldigt mich, ich muß mich umziehen«, murmelte Mary mit rotem Gesicht, den Kopf gesenkt.

»Aha, für die Harrods zieht sie sich also um«, sagte Flo triumphierend. »Ich habe gewußt, daß es so ist.«

Während Mary weg war, sagte niemand etwas. Flo klimperte »Begin the Beguine« mit einer Hand auf dem Klavier. Jay kippte schweigend ein paar Brandys. Er tat ihnen leid, dachte Lou ungehalten. Sie hatten aufgehört, ihn aufzuziehen, weil sie jetzt sahen, wie das war mit seiner Frau, die ihm ständig ihre feine Familie vorhielt, all seinen Geschäftsfreunden die kalte Schulter zeigte, kein Interesse für seine Geschäfte aufbrachte und einen schäbigen Landstreicher aus ihm machte, indem sie mit ihrem überlegenen Geschmack angab. Während des ganzen Abends keine zehn Worte redete. Ihn vor Jay und Flo zum Gespött machte.

»Liegt Mrs. Donovan nichts an Nachtclubs?« fragte Jay.

»Sie bereiten ihr Kopfschmerzen«, sagte Lou, und weil sie gerade hereinkam, dachte er, er könnte noch ein Schäuflein nachlegen: »Genau wie meine Geschäfte. Und genau wie die Familie Harrod mir.«

Alle lachten.

»Jay, du nimmst Mary in deinem Wagen mit und setzt sie ab, und ich nehme Flo mit in die Stadt«, sagte Lou auf dem Weg zur Garage.

»Aber ich fahre mit euch ins Spinning Top«, sagte Mary leise. Lou warf ihr einen raschen Blick zu, doch sie starrte geradeaus. Plötzlich kam ihm der Gedanke, sie könnte vom Anschluß im Musikzimmer telefoniert und womöglich nicht aufgelegt haben, als Mrs. Kameray anrief.

»Großartig«, sagte er. Sich nicht unterkriegen lassen. Die Sache durchstehen.

15

»Vielleicht sollten wir lieber ins Colony gehen«, schlug Flo Lou vor. »Vielleicht ist das Spinning Top zu wild für Mary. Oder ins Chez Paris.«

»Das Top paßt schon«, sagte Lou ganz ungezwungen. Flo machte auf Kumpel, versuchte ihm zu zeigen, wie gut sie die Probleme eines Mannes verstand. Das Problem mit einem »feinen Kerl« war, daß man mit so jemandem ständig reden mußte, man konnte nicht einfach dahinfahren und seinen Gedanken nachhängen, so wie bei einem Mädchen wie Mary, die kein Kumpel war und nie einer sein würde. Flo rutschte auf ihrem Sitz herum, weil sie sehen wollte, ob Jays Wagen hinter ihnen fuhr.

»Ich würde gern wissen, worüber Jay gerade mit ihr redet«, dachte sie laut, und dann kicherte sie, als gehörten sie und Lou und Jay zu einer Sorte von Menschen und Mary zu einer anderen, als gehörten Lou und Mary nicht zusammen. Selbst wenn das wirklich so wäre – Lou zog es vor, dieses Wissen für sich zu behalten.

»Sie tut mir wirklich leid«, sagte Flo teilnahmsvoll.

»Aber warum denn?« fragte Lou, obwohl er genau wußte, wovon sie redete.

»Ach, ich weiß nicht«, sagte Flo. »Sie versteht dich einfach nicht. Sie hat überhaupt keinen Draht zu dir.«

»Vielleicht will ich es gar nicht, daß man einen Draht zu mir hat«, sagte Lou verärgert, versuchte aber, sich nichts anmerken zu lassen. Er wünschte sich, er könnte mit seiner eigenen Frau fahren, aber das war natürlich ausgeschlossen. Obwohl er wußte, daß sie sich, obgleich sie böse aufeinander waren und trotz des Ausrutschers mit der Kameray, nicht ausgesprochen hätten. Die Leute waren sauer aufeinander, gerade weil sie sich aussprachen. Sie waren wütender wegen der Dinge, die sie aussprachen, als wegen der Meinungsverschiedenheiten, um die es ursprünglich gegangen war. Er und

Mary konnten Gott sei Dank Meinungsverschiedenheiten haben, ohne je darüber reden zu müssen. Eben jetzt dachte er mit Schrecken daran, daß Mary ins Spinning Top ging, aber er würde ganz bestimmt nicht mit Flo darüber reden. Flo war der Typ, der vor fünfzehn Jahren unter diesen Bedingungen – nach ein paar Drinks und allein im Wagen mit einem Mann – einen Annäherungsversuch durchaus begrüßt hätte. Jetzt, wo sie vierzig und an den falschen Stellen gepolstert war, entschädigte sie sich mit einem aufrichtigen, vertraulichen Gespräch unter Freunden. Lou gab Gas, um diese intime kleine Plauderei zu verkürzen.

»Nein, im Ernst, Lou, du hast nie eine Frau gehabt, die dich wirklich verstanden hat«, kam Flo gleich zur Sache. »Du bist ehrgeizig, du bist weitaus gewiefter als Jay, und wenn du eine Idee hast, versuchst du sie in die Tat umzusetzen und hast damit Erfolg. Jay hat nie irgendwelche Ideen. Er macht einfach seinen Job und verkauft Whittleby-Baumwollstoffe.«

Lou war derselben Meinung, aber es machte ihn wütend, das von Flo zu hören, vor allem wegen des kleinen Seitenhiebes auf Mary.

»Ich verdenke es einem Mann wie dir nicht – das heißt, ich würde es dir nicht verdenken, wenn du in New York eine kleine Affäre laufen hättest«, fuhr Flo wissend fort. »Du bist ein zu bedeutender Mann, um an eine Frau gebunden zu sein.«

»Ich bin zufrieden, mach dir deshalb keine Sorgen«, fuhr Lou dazwischen.

»Ich meine, deine Frau versteht dich nicht so gut, wie ich Jay verstehe«, erklärte Flo. »Wenn eine Frau ihren Mann so gut versteht wie ich Jay, dann gibt es für einen Mann keine Entschuldigung, wenn er fremdgeht, aber in deinem Fall...«

»Warum sollte mir daran liegen, daß eine Frau mich versteht? Nur damit sie mir dann ständig die Hölle heiß macht?« fragte Lou. Er stieß ein kurzes Lachen hervor. »Deshalb läuft ein Mann weg – damit er nicht verstanden wird.«

»Na, wenn du das so siehst«, sagte Flo. »So sehe ich das«, sagte Lou, und dann sagte sie nichts mehr, bis sie beim Spinning Top ankamen.

Falls Jay und Flo es irgendwie komisch fanden, daß Mary beschlossen hatte mitzukommen – was es ja auch war –, so war er fest entschlossen, es sich nicht anmerken zu lassen. Er wollte dieser Kuh von Flo zeigen, daß Mary ein feiner Kerl sein konnte, ohne sich dabei lächerlich zu machen. Eine Frau mußte nicht so besoffen sein, daß man sie nach Hause tragen mußte, um ein feiner Kerl zu sein. Sie konnte ein feiner Kerl sein, einfach indem sie die Klappe hielt und zuließ, daß andere sich amüsierten. Sie konnte ein feiner Kerl sein, indem sie die Freundinnen des Ehemannes traf und keine Teller nach ihnen warf.

Das Spinning Top war nicht gerade eins von Chicagos feinsten Lokalen; der Hauptanreiz für seine Gäste war, daß es nicht sehr bekannt war und auch nicht der Ort, an den man seine Frau mitnahm. Es war eine lustige Kombination aus abgetakeltem Hollywoodglanz und altmodischer Spelunke. Es lag nahe genug am Bahnhof, deshalb konnte ein Geschäftsmann zwischen zwei Zügen mal auf einen Drink reinschauen und sich die Show ansehen, vielleicht die Mädchen begrüßen, und dann, nachdem er seinen Zug verpaßt hatte, konnte er sich sogar im Hotel nebenan ein Zimmer nehmen. Die Mädchen waren nett, recht hübsche Absolventinnen diverser exklusiver Tingeltangelschmieden, sie saßen in kleinen Feigenblattkostümen an der Bar herum und klimperten aufgeregt mit ihren blau bemalten Augenlidern, wenn sie einen Fremden sahen, und an öden Abenden erweckten sie durch ihr ständiges Gequietsche und Geplapper wenigstens den Anschein von Fröhlichkeit. Aus zuverlässiger Quelle war bekannt, daß ein gern gesehener Kunde Marie, dem Garderobenmädchen, seinen Mantel zuwerfen konnte, damit sie ihn ausbesserte, während er trank, und wenn nötig, konnte er sie sogar losschicken, um die Einkäufe für seine Frau zu erledigen, während er sich an der Bar den einen oder anderen genehmigte. Gemütlich, so beschrieb ein Reisender das

Spinning Top, und es war angenehm, in einem Lokal einzukehren, in dem einem nicht die kalte Schulter gezeigt wurde, einem Lokal, in dem einen alle Kellner mit dem Vornamen anredeten und in dem die Mädchen einen verulkten und auszankten und sich um einen kümmerten und einem den letzten Cent abnahmen. Na schön, es war ein Nepplokal, aber wenn man so hinüber war, daß man nichts mehr mitbekam, nahm einem der Geschäftsführer persönlich sämtliche Wertsachen ab und verwahrte sie, bis man wieder zu sich gekommen war, damit sie zumindest niemand sonst klaute. Man war selbst schuld, wenn man am nächsten Tag vergessen hatte, wo man gewesen war.

Es war ein öder Abend, und die Mädchen hatten die Dinner-Show lustlos heruntergeklopft, vor einem Publikum, das fast nur aus der Band und den Kellnern bestand. Da ihre Begabung kaum zu mehr reichte als zu diversen Spielarten des Marschierens, waren sie nicht viel schlechter als gewöhnlich gewesen. Als jedoch die Olivers und die Donovans eintraten, kam der Laden auf Touren. Zwei Mädchen, die an der Bar herumgelungert waren und mit dem Barkeeper debattiert hatten, beluden sich eilig mit einem Zigarettentablett beziehungsweise Blumentablett, je nach Person. Tessie, die Akkordeonspielerin, stimmte »Give My Regards to Broadway« an, ein schelmischer Hinweis darauf, daß Mr. Oliver bei seinem letzten Besuch im Top zu dieser Melodie ein paar einfache Tanzschritte zum besten gegeben hatte. Der Oberkellner, ein Ex-Boxer mit Gehirnschaden, der mit Hilfe von ein paar Brandies gerade seine Stimmung ein wenig heben wollte, schlug mit einer fast ehrfürchtigen Verbeugung die Hacken zusammen.

»Guten Abend, Mr. Donovan«, sagte er. »Und Mr. Oliver. Schön, schön!«

Er hatte sich glücklicherweise angewöhnt, darauf zu verzichten, die Damen mit Namen anzusprechen, aber männliche Gäste fragten sich manchmal, ob die Verbeugung, die ihrem Ego schmeichelte, sowie die Tatsache, daß man sich an ihre Namen erinnerte, sinnvoll war, da die Damen in der Regel weniger von der Hochachtung, die ihrem Ehemann oder Freund entgegengebracht wurde, beeindruckt waren als von der Folgerung, daß er hier offensichtlich eine Menge Geld ausgab.

Lou sah, daß Mrs. Kameray noch nicht da war, und er hatte einen Augenblick Zeit, sich etwas zurechtzulegen. Es war dumm, dachte er, Angst vor einer Begegnung zwischen Mrs. Kameray und Mary zu haben, weil nichts zwischen ihm und Mrs. Kameray war. Das heißt, noch nicht. Nichts außer einem vielsagenden Blick bei ihrer ersten Begegnung, bei dem sie die Augen niedergeschlagen hatte, ein aufreizender Hinweis darauf, daß die Zeit irgendwann reif sein würde. Es waren diese kleinen Versprechungen ohne Worte, nicht die Eroberungen, die dem Leben eines Mannes Würze verliehen.

»Meine Güte, diese Mädchen haben nicht gerade viel an«, flüsterte Flo.

»Manche Frauen sehen ohne Kleider besser aus«, sagte ihr Mann.

An der stolzen Haltung von Marys Kopf und an ihrem kühlen Blick merkte Lou, daß sie sich abkapselte – sie verabscheute das Lokal, den Lärm, den geschmacklosen Pomp, die Gesellschaft, in der sie sich befand. Aber er hatte kein Verständnis dafür. Sie hatte es so gewollt. Wenn sie diesen frostigen Harrod-Blick aufsetzte, fühlte er sich entweder hoffnungslos minderwertig, oder er wurde fuchsteufelswild. An diesem Abend war er fuchsteufelwild. Auf seine Art und Weise konnte auch er ihr die kalte Schulter zeigen. Sie zankten sich nicht wie die Olivers, aber sie konnten einander auch ohne ein unfreundliches Wort ganz schön einheizen. Sie behandelte die Olivers weiterhin mit herablassender Höflichkeit, was deren Stimmung immer weiter sinken ließ. Wenn Jay ein unanständiges Wort verwendete oder Flo einen schlüpfrigen Witz vom Stapel ließ, dann war Marys höfliches Lachen schlimmer als ein Tadel. Sie hatte sich vorgenommen, Lou zu zeigen, daß diese Leute wirklich nicht von ihrem Schlag waren, und deshalb legte sie ein korrektes, untadeliges Benehmen an den Tag, das widerwärtiger war als alles andere, was im Top passieren konnte. Um ihr das heimzuzahlen, schlug Lou Jay vor, mit ihm an die Bar zu gehen. Weitere Gäste kamen, und vor Erwartung wurden die Stimmen der Mädchen ein wenig höher. Tessie begann im Lokal herumzugehen und mit den Neuankömmlingen zu scherzen, und die Band übernahm das Kommando mit einer ohrenbetäubenden, schlagzeuglastigen Wiedergabe von »Oh, Mama, please get that man for me«, das der Bandleader über einen Verstärker und durch seine Nase sang.

»Die Kameray kommt später noch«, teilte Lou Jay mit.

Jay pfiff vielsagend durch die Zähne.

»Junge, Junge, du steckst vielleicht in der Klemme!« rief er hocherfreut.

Lou kaufte bei einem Mädchen ein Päckchen Lucky Strikes, winkte das Wechselgeld auf einen Dollar ab und bot Jay eine an.

»Was meinst du damit – in der Klemme?« sagte er. »Es gibt überhaupt keinen Grund zur Beunruhigung. Sie ist einfach eine ungewöhnliche Frau, nichts weiter.«

Jay schüttelte den Kopf.

»Ich würde diesem kleinen Biest nicht trauen«, sagte er. »Die sucht nach Ärger, und zwar nicht für sich.«

»Sie arbeitet für mich, das ist alles.«

»Das hoffe ich«, sagte Jay.

»Ich hab mir nur eben gedacht, daß wir auf sie aufpassen sollten, Rosenbaum zuliebe«, sagte Lou. »Wir dürfen es nicht zulassen, daß die Frauen ihr allzu übel mitspielen. Du weißt ja, wie sie auf ein Frauenzimmer losgehen, das sie nicht kennen.«

»O ja«, sagte Jay. »Sei bloß auf der Hut, Alter.«

»Das versteht sich von selbst«, sagte Lou, und dann sah er, daß Francie und der Affe hereinkamen. Er hätte wissen sollen, daß ein viertklassiger Laden wie das Top genau das Richtige für den Affen war. Er hätte auch wissen sollen, daß sie so lange in der Stadt bleiben würden, bis es Schwierigkeiten gab. Francie war aufgedonnert bis zum Gehtnichtmehr, in einem olivgrünen Herbstkostüm mit zwei gigantischen Silberfüchsen, die bis zu den Knien hinunterbaumelten, und einer grünen Robin-Hood-Mütze, die keck auf dem Puppenhaar saß. Für jemanden, der nicht wußte, wie alt sie war, sah sie nicht schlecht aus.

»Das kleine Flittchen ist wieder da«, flüsterte Jay Lou zu. »Halte sie mir um Himmels willen vom Leib, sonst fängt Flo an, mit Tellern zu werfen.«

»Sonst nichts?« fragte Lou. »Ich hätte gedacht, sie wäre mittlerweile reif für einen ordentlichen Hammermord.«

»Ah, Mr. Thompson«, sagte der Barkeeper und zog ein paar Geldscheine aus der Hosentasche. »Sie haben wieder Glück gehabt. Heute ist sie als Dritte eingelaufen.«

»Besser als gar nichts«, sagte der Affe und nahm das Geld. Dreißig Dollar.

Er setzte also von hier aus bei den Rennen in Pimlico. Während er nachzählte, blickte er kurz auf und bemerkte Lous höhnischen Blick. Francie sah, wie Thompson plötzlich rot wurde, folgte seinem Blick, entdeckte Lou und rang nach Luft. Das war der passende Augenblick, um dieses Problem für immer aus der Welt zu schaffen, dachte Lou. Es würde nie mehr eine günstigere Gelegenheit geben als diese, denn obwohl Mary und Flo ihn beobachteten, würden sie wegen des Lärms, den die Band machte, von der Unterhaltung nichts mitbekommen. Jay hatte sich aufs Klo verdrückt.

»Hallo Francie«, sagte Lou leise. »Freut mich, daß du wieder Kohle hast.« Nachdenklich musterte er die Fuchspelze. »Bist du oft im Top?«

Francie war nervös, ihr Blick wechselte zwischen Lous teilnahmslosem, rosigem Gesicht und dem blassen, finsteren Gesicht Thompsons hin und her.

»Frank hat an unserem ersten Abend hier Gutscheine im Wert von vierzig Dollar gewonnen«, erklärte sie atemlos. »Wir sind also in der Stadt geblieben, um sie einzulösen. Woanders sind sie nämlich nichts wert. Und dann haben wir zusätzlich noch ein kleines …«

»Das sehe ich«, sagte Lou. »Also, hat mich gefreut, euch behilflich sein zu können.«

Er nickte Thompson zu und wollte gehen, aber Francie hielt ihn am Arm fest.

»Gib mir die dreißig Dollar, Frank«, befahl sie dem Affen, und nachdem er das Geld widerstrebend aus der Tasche gezogen hatte, drückte sie es Lou in die Hand. »Hier sind die dreißig Dollar, die du mir gegeben hast. Danke.«

»Jetzt laß doch...«

»Nein, nein, nimm sie. Nimm sie. Lou, du mußt. Wenn du so darüber denkst – nein, nein...«

Er zwang sich zu einem Lachen, weil sie beobachtet wurden, und nahm das Geld, damit sie nicht noch lauter kreischte. Thompson starrte in seinen Drink und redete überhaupt nicht mit ihm. Lou war nicht eifersüchtig auf ihn, warum auch, wo er doch für Francie nicht mehr das geringste empfand, außer daß sie ihm auf die Nerven ging, aber jedesmal, wenn er die hagere, schwächliche, kleine blonde Visage seines Nachfolgers sah, hatte er das Bedürfnis hineinzuhauen. Er tat das Bestmögliche.

»Und Sie wollen sich einen Spieler nennen, Thompson?« rief er zu ihm hinüber und versuchte dabei zu grinsen. »Bei den ausgezeichneten Informationen, die Sie haben, könnte man annehmen, daß Sie höhere Einsätze riskieren als zwei Dollar. Es bringt nichts, wenn man knausert. Warum versuchen Sie es nicht einmal mit größeren Summen?«

»Ja, warum bloß«, sagte der Affe verbittert.

»Lou, bitte...«, flehte Francie.

Lou schob sie zur Seite und ging zu Thompson.

»Ich sage Ihnen, was ich jetzt tun werde«, sagte er. »Hier sind hundert Dollar. Wenn Sie es schaffen, daß sie das Fünfzigfache abwerfen, gehört alles Ihnen. Schaffen Sie es nicht, schulden Sie mir hundert Dollar. Ich kann das Geld natürlich nicht eintreiben, wenn Sie nicht mehr in der Stadt sind. Aber...«

»Nimm es nicht, Frank«, bettelte Francie. »Nimm es nicht, er will dich doch bloß demütigen.«

»Unsinn«, sagte Lou, »natürlich nimmt er es.«

Das tat er auch, langsam, aber er nahm es ohne ein Wort, steckte den Schein einfach ein, mit einem seltsamen Blick.

Lou machte sich auf den Weg zurück zu seinem Tisch, aber Francie zerrte ihn noch immer am Ärmel, und damit es nicht so peinlich aussah, zog er sie auf die Tanzfläche und tat, als hätte sie ihn um einen Tanz gebeten.

»Na schön, er hat es genommen«, flüsterte Francie. »Ich weiß, daß du erreicht hast, was du wolltest, aber ehrlich, Lou, der Grund dafür, daß er sich dir gegenüber so unmöglich benimmt, ist, daß er so eifersüchtig ist...«

»Warum denn?«

»Ach Lou, das weißt du doch. Er liebt mich, verstehst du denn nicht, und es tut ihm weh zu wissen, daß ich noch immer in dich verknallt bin, er ist kein Dummkopf, er weiß es, und ich kann es nicht verbergen, es macht mich überglücklich, jetzt in deinen Armen zu liegen...«

Lou blieb stehen.

»Danke für den Tanz«, sagte er. »Und was den Hunderter betrifft, so würde mich nichts mehr freuen, als zu hören, daß ich ihn verloren habe. Gute Nacht.«

Wieder zwang er sich zu einem lauten Lachen, so als scherzten sie gerade miteinander, aber der sehnsüchtige Blick, den Francie ihm hinterherwarf, verstärkte diesen Eindruck nicht gerade.

»Was für ein hübsches Mädchen«, sagte Mary, als er sich hinsetzte.

»Er hat den Blick dafür«, stimmte Flo zu. »Und wenn nicht er, dann Jay. Sieht aber ziemlich hart aus, würde ich sagen, und die Jüngste ist sie sicherlich nicht mehr.«

»Ist mir gar nicht aufgefallen«, sagte Lou. »Heutzutage sieht man den Frauen ihr Alter kaum noch an.«

Immer mehr Leute kamen, und die Band spielte lauter, der Sänger steigerte sich in »Tonight We Love« hinein, und Flo blies in eines der kleinen Pfeifchen, mit denen der Kellner die Damen beehrt hatte. Francie und ihr Freund legten einige kunstvolle Schrittkombinationen und Pirouetten aufs Parkett, die einen gesunden Mann fertiggemacht hätten, geschweige denn einen Typen, der angeblich nur noch eine Lunge hatte. Jay kam zurück und warf Francie einen beunruhigten Blick zu, aber sie schien vorzuhaben, ihre Sorgen beim Tanzen zu vergessen, und er gelangte sicher wieder an seinen Tisch.

»Zu schade, daß du nicht so eine Freundin findest wie Lou«, rief Flo schrill. »Dann könnten Mary und ich nach Hause gehen, und ihr hättet euren Spaß.«

»Wie gefällt es Ihnen hier, Mrs. Donovan?« fragte Jay höflich.

»Oh, es ist schrecklich amüsant«, sagte sie. »Ich hatte keine Ahnung, daß es solche Lokale gibt.«

»Ich schon«, sagte Flo. »Das Problem ist nur, Ihren Mann soweit zu bringen, daß er Sie in eines ausführt.«

Ha, ha, ha, lachten alle, und dann kamen die Getränke, und Lou sah, daß Mary nur Sodawasser bestellt hatte, und um noch deutlicher zu demonstrieren, daß sie kein Spielverderber war, tat sie ein paar Aspirin rein, um die Schmerzen besser zu ertragen, die es ihr bereitete, sich zu amüsieren. Sie blickte ihn entschuldigend an, aber aus seinem harten Lächeln sprach kein Verständnis. Es war das Schlimmste, das ihnen beiden hatte passieren können, diese kleine Einführung in sein Leben als Geschäftsmann, denn jetzt war er kein bißchen stolz mehr auf sie, so wie früher. Wäre sie doch nur zu den Harrods gegangen, wie er gedacht hatte, dann hätte er ihr verzeihen können, daß sie sich nicht für seine Dinnergäste hatte erwärmen können, wenn er daran dachte, daß sie sich unter den weit wichtigeren Leuten wohlgefühlt hätte. Er liebte es, an sie zu denken, aber wie konnte man an jemanden denken, wenn man ihn gerade auf dem Hals hatte und er alles kompliziert machte? Er hätte gerne mit den Olivers hier gesessen – ja, und vielleicht sogar mit Mrs. Kameray – und damit angegeben, daß seine Frau nie in Nachtclubs ging, nie trank, Musik, Kultur und Reiten liebte, etwa in der Richtung, eine wirkliche Dame, und das Reden über sie hätte ihn wieder vollends für sie eingenommen. Aber die feine Dame in Fleisch und Blut war hier, und ohne passenden Hintergrund war sie bloß eine Langweilerin, eine Last, eine Spielverderberin. In diesem Augenblick empfand er nicht die geringste Bewunderung für ihre großen grauen Augen und das graue Abendkleid, er dachte nur daran, daß jedes Aspirin, das sie schluckte, der wortlose, aber für alle sichtbare Vorwurf einer Märtyrerin gegenüber ihrem gefühllosen Ehemann war, weil er sie mit solchen Leuten in ein solches Lokal geführt hatte, und er empfand eine eisige Gleichgültigkeit gegenüber jedweder Qual, die ihr der Verdacht bereiten mußte, den sie ihm gegenüber hegte.

»Wie heißt die Frau?« bohrte Flo weiter. »Die Blonde, meine ich. Weißt du es, Jay?«

»Ich? Woher sollte ich?« fragte Jay.

»Ich hatte den Eindruck, daß sie dich angesehen hat«, sagte Flo, und Jay rutschte tiefer in seinen Sessel.

»Ich glaube, sie heißt Kameray, nicht wahr, Liebling?« sagte Mary, aber Lou zuckte mit keiner Wimper.

»Nein, Liebling, die da gerade hereinkommt, das ist Mrs. Kameray«, sagte er. »Die andere Dame ist Mrs. Thompson. Ich kenne sie aus Dayton.«

Er fand, daß Mrs. Kameray, die in diesem Augenblick eintrat, wundervoll aussah. Ihr hübsches kleines schwarzes Kostüm, der schlichte Pelzkragen, das bezaubernde, gelassene Gesicht, nicht kindlich lieb wie das von Mary, nein, ihres war jung, aber würdevoll. Lou und Jay standen auf und führten sie an ihren Tisch. Das verriet gottlob noch gar nichts, dachte Lou, denn der leichte Händedruck, mit dem sie die beiden Männer begrüßte, war lediglich von einem äußerst liebenswürdigen Lächeln begleitet, jede Ehefrau konnte das mitansehen, ohne darüber in Aufregung zu geraten. Ohne hinzuschauen, merkte Lou, wie Mary sich rüstete.

»Mein Mann hat oft von Ihnen gesprochen, Mrs. Kameray«, sagte sie.

Mrs. Kameray blickte sie baß erstaunt an.

»Aber Mrs. Donovan, wie könnte er?« sagte sie. »Es stimmt, ich arbaite für ihn, ja, für ihn und Mr. Rosenbaum, aber obwohl ich anrufe und anrufe, chat Mr. Donovan nicht erlaubt, daß ich ihn persönlich kennenlerne, bis cheute abend. Ist er nicht ungezogen?«

Im Geiste zog Lou den Hut vor der Eleganz, mit der sie die Situation gemeistert hatte. Es war, als spüre sie, daß Mary das Telefongespräch heimlich mitgehört hatte, sie schien alles zu bedenken. Mrs. Kameray blickte erwartungsvoll zwischen Flo und Mary hin und her.

»Aber es ist doch ungezogen, oder. Ich muß mich mit dem Mann treffen, ich rufe an, ich dränge ihn, ich flirte, und als Mr. Rosenbaum ein Ferngespräch mit mir führt, um sich zu erkundigen, muß ich sagen, ich kann nichts sagen, bevor ich Mr. Donovan getroffen chabe, aber dieser ungezogene Mr. Donovan will und will mich nicht kennenlernen. Cheute abend chab ich ihn aber erwischt, ja?«

Mary atmete tief auf, weil ihre Zweifel ganz unerwartet zerstreut worden waren, und sah Lou an, wollte, daß er ihr ihre Verdächtigungen verzieh, hoffte auf den gewohnt bewundernden Blick und wünschte, sie hätte nie an ihm gezweifelt, doch Lou, der zumindest für einen Augenblick aus dem Schneider war, blieb kühl. Er müsse Mrs. Kameray zum Zwecke eines kurzen Gesprächs über Castles-in-the-Woods an einen anderen Tisch entführen, ein Thema, das die anderen während des Dinners so gelangweilt habe, daß er überzeugt sei, sie wären froh, nicht noch einmal davon zu hören. Mrs. Kameray zog artig Unterlagen und Bleistift aus ihrer Handtasche und erweckte ganz den Eindruck, nicht mehr als eine pflichtbewußte, hilfsbereite Sekretärin zu sein, und ihre kleine Flasche Weißwein war ein weiterer Beweis dafür, daß sie rein dienstlich hier war. Das heißt, ein Beweis für Mary. Für Flo war es ein Anlaß, Jay hinter Marys Rücken wissend zuzuzwinkern, und für Francie, die die Szene von der Bar aus beobachtet hatte, war es ein Grund, schnell ein halbes Dutzend Drinks zu kippen und darauf zu bestehen, in der Band das Schlagzeug zu spielen, während ihr Hut auf dem Kopf des Saxophonisten saß und Mr. Thompson, ihr Ehemann, halb bewußtlos an einem Ecktisch zusammengesackt war. Der Anblick von Francie hinter dem Schlagzeug war zuviel für Flo, und in einem Anfall von Ärger, weil Jay nicht mit ihr tanzte, gesellte sie sich zu einem einsamen Wolf an der Bar, einem dunkelhäutigen Spanier, und überredete ihn zu einem Tango. Mary sah Lou an und darauf diese Frauen, die er kannte, und ihr schien, als müsse ihr Kopf bei dem Getöse und der Fremdheit dieser Seite seines Lebens zerspringen, bei dem Bemühen, ihn zu verstehen. Sie wußte, daß es ein weiterer unverzeihlicher Fehler war, wenn sie jetzt ging, aber der Abend hatte ohnehin nur aus Fehlern bestanden.

»Mr. Oliver«, sagte sie, »äh, Jay, würde es Ihnen etwas ausmachen, mich zu einem Taxi zu begleiten? Ich fühle mich – ich brauche etwas frische Luft. Ich möchte nach Hause fahren, dringend.«

»Taxi, nichts da, ich fahre sie nach Hause«, sagte Jay. Ihn hielt hier nichts mehr. Er konnte von Glück reden, daß ihn das Flittchen nicht erkannt hatte, aber so wie sie sich gerade in der Band produzierte, konnte es nicht mehr lange dauern, bis sie auch mit ihm ihren Unsinn trieb, und dann würde Flo die Sache in die Hand nehmen. Flo tanzte mit dem Spanier vorbei und kam sich dabei unwiderstehlich vor. Sie konnte ganz gut auf sich selbst aufpassen. Oder Lou konnte es tun. Er holte Marys Mantel und komplimentierte sie an Lou vorüber.

»Wir fahren ein Stückchen raus, um Luft zu schnappen«, sagte er, und Lou nickte. Mary lächelte Mrs. Kameray ein wenig zu bemüht an, und Mrs. Kameray erwiderte das Lächeln ein wenig zu liebenswürdig. Jay war froh, da rauszukommen, bevor es zu irgendwelchen Szenen kam. Wenigstens war Flo mit dem Fremden beschäftigt und würde nicht eifersüchtig auf Mary sein.

Aber genau das war der Fall. Flo ging nämlich nie ein Risiko ein. Es machte keinen Spaß, ihre Wirkung auf andere Männer zu demonstrieren, wenn Jay es nicht sah, also griff sie nach ihrem Hermelincape und lief ihnen nach.

Lou und Mrs. Kameray waren so intensiv damit beschäftigt, ihre Unterlagen durchzugehen, Adressen und plötzliche Einfälle in ihre kleinen Notizbücher zu kritzeln, daß sie Flos Abgang überhaupt nicht bemerkten. Es war demnach um so verwunderlicher, daß sie genau in dem Augenblick, als die Tür hinter Flo zuging, miteinander zu reden aufhörten und sich ansahen. Es war der gleiche Blick, an den sich Lou voller Erregung erinnert hatte, das äußerst zögernd gegebene Versprechen völliger Hingabe. Mit einer Handbewegung verlangte er nach der Rechnung, und als sie aufstanden, machten sie sich nicht einmal die Mühe, die wertvollen Unterlagen mitzunehmen, die sie so eifrig ausgetauscht hatten. Schweigend stiegen sie in Lous Wagen, und sie vernahmen nicht einmal den Schlagzeugwirbel, den die Spinning-Top-Band bei ihrem Verlassen vom Stapel ließ.

16

»Sind Sie sicher, daß Mr. Donovan heute zurückkommt?« fragte Jay.

Er saß an Lous Schreibtisch, trommelte darauf herum und brachte Miss Frye damit an den Rand des Wahnsinns. Sie blickte von ihrer Schreibmaschine auf.

»Schauen Sie«, sagte sie. »Würde ich Sie anlügen?«

»Ich weiß es nicht, Süße«, sagte Jay. »Ich weiß nur, daß Sie gesagt haben, er würde vergangene Woche zurücksein, dann haben Sie gesagt am Montag, dann Dienstag, und jetzt heute. Wohin ist er überhaupt gefahren?«

Miss Frye hatte ihm das erst fünfmal gesagt.

»Er ist auf einer Rundreise durch den Westen«, sagte sie. »Das hab ich Ihnen doch schon gesagt. Wollen Sie seine genaue Reiseroute?«

Jay merkte, daß seine Hartnäckigkeit der beschäftigten Frau auf die Nerven ging.

»Das erinnert mich an meinen alten Herrn«, sagte er. »Er war ein richtiger altmodischer Handelsreisender, hat die Schule in der achten Klasse abgebrochen und begonnen, hier rund um Taylorville seinen Kundenstock aufzubauen. Hat es bis zum Chef seiner eigenen Firma gebracht und mich auf Tour geschickt, sobald ich die Schule abgeschlossen hatte. Als ich eines Tages zurückkam, rief er mich zu sich und sagte: ›Was ist das denn?‹, und ich sagte: ›Nun, Dad, das ist meine Reiseroute.‹ ›Zum Teufel mit der Reiseroute‹, meinte er. ›Von nun an sagst du mir einfach, wo du gewesen bist.‹ So war mein alter Herr.«

»Das ist wahnsinnig interessant«, sagte Miss Frye.

»Soll ich Ihnen noch eine Geschichte erzählen?« fragte Jay. »Ich hab Unmengen davon auf Lager.«

»Schreiben Sie ein Buch«, sagte Miss Frye.

»Ach was, Geld bedeutet mir nichts«, sagte Jay. »Es freut mich, Ihnen gratis ein wenig Familiengeschichte präsentieren zu können. Sie können daran denken, wenn Sie mit Ihrem Freund herummachen.«

»Ich mache nicht ›herum‹«, sagte Miss Frye.

»Fein!« sagte Jay. »Der Typ gefällt mir.«

Miss Frye stand auf, taxierte ihren Besucher und legte ein Blatt Papier vor ihn hin.

»Das«, sagte sie, »ist Mr. Donovans Reiseroute.«

»Was macht er im Knickerbocker in Los Angeles?« las Jay. »Ich dachte, er steigt immer im Ambassador ab. Und was soll das mit dem Park Plaza in St. Louis? Sonst wohnt er doch immer im Statler, oder?«

»Hören Sie, Mr. Oliver«, sagte Miss Frye geduldig. »Wollen Sie nicht in der Bar warten? Ich bin sicher, Mr. Donovan möchte, daß Sie sich wie zu Hause fühlen.«

»Ich bin überall zu Hause«, sagte Jay. »Jeder Ort, wo ich mich anlehnen kann, ist mein Zuhause, mein geliebtes Zuhause.«

»Ich weiß«, sagte Miss Frye. »Das kenn ich schon.«

»Ich hab nie behauptet, daß mein Drehbuch neu ist«, sagte Jay. »Ich hab nur gesagt, daß ich es immer wieder einreichen würde.«

Gelangweilt sah er einen Stapel Telegramme durch.

»Die betreffen alle Castles-in-the-Woods?« fragte er, aber Miss Frye tat, als habe sie wegen des Schreibmaschinenlärms nichts gehört. »Hat er es auch bei den Leuten von der Messe in San Francisco geschafft? Tatsächlich! Sehr gut, sehr gut. Und hier steht, daß die Wagen mit Ahorn verkleidet werden, im Dubonnet-Design, daß sämtliche Zufahrtsstraßen gespickt sind mit Willkommensschildern, daß das männliche Dienstpersonal aus Filipinos besteht – was will er dort unten, Rassenunruhen? –, mit weißen Seidenblusen und roten Schärpen, pardon, Dubonnet-Schärpen.«

»Ich weiß«, sagte Miss Frye geduldig.

Jay nahm ein anderes Blatt Papier.

»Was macht er im St. Francis in San Francisco?« wollte er wissen. »Er ist doch normalerweise im Mark Hopkins.«

»Mr. Oliver, ich glaube nicht, daß es Mr. Donovan recht

ist, wenn Sie seine Post durchsehen«, sagte Miss Frye. »In der Bar stehen jede Menge Flaschen. Sie sehen aus, als könnten Sie etwas gebrauchen.«

Jay stand seufzend auf und schlenderte zu den Bücherregalen, die sich öffneten und den Blick auf die Bar freigaben.

»Für den Fall, daß Mr. Donovan meine Reiseroute haben möchte«, sagte er, »notieren Sie, daß ich von Canadian Club zu Ballantines übergehe und ein Weilchen bei Martel bleiben werde. Warum bleibt der Chef so lange aus?«

»Das Land ist groß«, sagte Miss Frye. »Diese Reise durch den Westen dauert drei Wochen. Ich gebe allerdings zu, daß er spät dran ist.«

»Vielleicht hat er Probleme mit den Indianern«, sagte Jay.

Da trat Lou ein und warf seinen Hut auf den Safe.

»Nun, mein Sohn«, sagte er zu Jay und gab ihm die Hand. »Sehen wir uns mal dein Zeugnis an.«

»Gott sei Dank sind Sie zurück«, rief Miss Frye. »Dauernd läutet das Telefon. Mrs. Donovan hat ein halbes dutzendmal aus Arizona angerufen, dieser Mr. Truesdale hat telegrafiert und will alle möglichen Informationen, Mr. Oliver hier...«

Lou begann den Poststapel durchzusehen.

»Lou, ich muß mit dir reden«, sagte Jay. »Ich muß. Nur einen Augenblick. Es ist wegen...«

Überrascht von dem sonderbaren Unterton in Jays Stimme blickte Lou auf. Jay sah furchtbar aus. Hohläugig, elend. Mit starrem Blick ging Lou hinter Jay in die Bar, machte die Tür zu und ließ Miss Frye zurück, die verzweifelt die Hände rang.

»Es ist wegen Ebie«, sagte Jay. »Ich kann sie nicht finden. Ich hab ein paarmal in ihrer Wohnung angerufen, aber da war sie nicht. Ich hab Rosenbaum unter irgendeinem Vorwand angerufen und mich dabei unauffällig nach Miss Vane erkundigt. Keine Miss Vane weit und breit. Hat alle Verträge gekündigt. Nicht auffindbar.«

»Das ist doch lächerlich«, sagte Lou.

»Warte. Vor zwei Tagen bin ich nach New York geflogen. Keine Ebie. Und nirgends weiß man, wo sie ist. Mein Gott, Lou, was soll ich machen?«

Lou zündete sich eine Zigarette an.

»Du mußt ganz einfach einen Ersatz für sie finden, das ist alles«, sagte er.

»Lou, das ist nicht witzig, womöglich ist ihr etwas zugestoßen, vielleicht ist sie eine zweite Dorothy Arnold...«

»Sicher, und vielleicht bin ich ein zweiter Charles Ross. Wetten, daß ich sie in zehn Minuten aufgestöbert hab?«

Jay schenkte sich einen kleinen Brandy ein. Er war hin- und hergerissen zwischen echter Sorge und dem verständlichen Bedürfnis, an Lous Fähigkeit, alles wieder hinzukriegen, zu glauben.

»Lou, ich bin verrückt nach Ebie. Schon seit Jahren. Du weißt, ich steige anderen Frauen nach, ich bin weiter mit Flo zusammen, aber Ebie ist immer am wichtigsten für mich gewesen. Und stell dir vor, keine Nachricht, kein Brief, kein Anruf. Das sieht ihr nicht ähnlich.« Jay merkte, daß er begann, Eindruck auf Lou zu machen. »Ebie erzählt mir alles, was sie tut. Und wenn sie wütend auf mich gewesen wäre, dann hätte sie sich vorher mit mir gestritten. Sie ist nicht jemand, der zusammenpackt und abhaut, ohne einen Streit. Ich hab an alles mögliche gedacht – na ja, vorigen Monat war sie irgendwie beunruhigt, vielleicht ist sie zu einem schlechten Arzt gegangen, vielleicht ist sie ohnmächtig geworden, und er hat sie in den Ofen gesteckt – du weißt ja, daß diese Kerle mit zwanzig Jahren rechnen müssen, wenn sie...«

»Himmel, Jay, reiß dich zusammen!« rief Lou. »Setz dich mal hin. Gehen wir das Ganze nochmal durch. Das letzte Mal, daß ich Ebie gesehen hab – ja, das war, als Flo diese schlaue Idee hatte und schneller als du in New York war. Da war Ebie wirklich stinksauer.«

»Ich weiß«, stöhnte Jay. »Und wenn ich nicht so ein Feigling wäre, dann hätte ich Flo in dem Augenblick rausgeschmissen, als ich Ebie kennenlernte. Damals hätte ich es tun sollen. Gleich als sie sie zum ersten Mal sah, hätte ich mich von Flo trennen sollen. Ebie ist zehnmal mehr wert als Flo.«

»Genau«, sagte Lou. »Gut, du sagst also, Ebie ist nicht der Typ, der einfach abhaut. Es gibt den Typ, der abhaut und abhaut und wieder abhaut, wenn du verstehst, was ich meine, um die Ecke und wieder zurück, ganz gewohnheitsmäßig. Dann gibt es den Typ, der abhaut und basta. So schätze ich Ebie ein. Sie haut nur einmal ab.«

»Aber warum diesmal?« sagte Jay. »Sie hat mich schon oft dabei erwischt, wie ich anderen Frauen schöne Augen gemacht hab, und ich laß sie immer hängen, wenn Flo auf der Bildfläche erscheint – nicht weil ich Flo lieber habe, sondern weil Flo so ein Theater aufführt.«

»Das war eben einmal zu oft«, sagte Lou. »Du weißt ja, wie das ist. Du verzeihst einem Kerl hundertmal, wenn er dich hinters Licht führt, aber plötzlich ist es einmal zu oft. Dann reicht es dir. Vielleicht reicht es Ebie auch.«

»Ich muß sie zurückhaben«, sagte Jay. »Ich komme ohne Ebie einfach nicht zurecht.«

»Red keinen Unsinn«, fuhr Lou ihn an. »In jedem Häuserblock gibt es ein Dutzend Ebies. Niemand muß unbedingt ein bestimmtes Frauenzimmer haben, das weißt du. Aber wir werden sie finden.«

Er ging zur Tür.

»Verbinden Sie mich mit Truesdale im Hotel Ellery in New York«, sagte er zu Miss Frye und machte die Tür wieder zu. »Ich setze meinen Mitarbeiter auf sie an.«

Jay atmete erleichtert auf.

»Wirklich, alter Junge, mir fällt ein Stein vom Herzen. Das hat mir ganz schön zu schaffen gemacht. Konnte natürlich mit niemandem darüber reden.«

»Wir werden schon rausfinden, was los ist«, sagte Lou. »Und jetzt entschuldige mich bitte, ich hab einiges zu erledigen, was sich im Laufe des Monats angesammelt hat.«

»Warum hast du eigentlich die Hotels gewechselt?« fragte Jay.

»Wechselst du nie die Hotels?« brummte Lou.

Jay stieß einen Pfiff aus.

»Verstehe.«

Lou warf ihm einen finsteren Blick zu.

»Da gibt's nichts zu verstehen. Ich hab einfach mal den Service in anderen Hotels ausprobiert. In meinem Beruf kann man nicht immer in denselben Häusern absteigen.«

»Du hast auch ein bißchen zugenommen«, sagte Jay, während er ihn von oben bis unten ansah. »Mindestens fünf Kilo. Muß eine angenehme Reise gewesen sein.«

»Stimmt«, sagte Lou.

»Du alter Halunke«, sagte Jay. »Das ist was, was ich nie ungestraft gemacht hab – eine Frau auf eine Geschäftsreise mitnehmen.«

»Ich hab's nie ausprobiert«, sagte Lou beiläufig. »Wenn du es wissen willst, ich war auf dieser Reise so voll damit beschäftigt, Werbung für Castles-in-the-Woods zu machen, daß ich gar keine Zeit für irgendwelche Frauen gehabt hätte.«

»Ich hab Rosenbaum in New York getroffen«, sagte Jay. »Er hat gesagt, die Kameray bewährt sich sehr gut in dem Job. Ich hab lachen müssen. Während ich bei ihm war, hat sie ihn angerufen.«

»Ach wirklich?« rief Lou.

»Die Sekretärin hat es verraten, deshalb konnte er es nicht ganz vertuschen, er sagte nur, daß sie ihm täglich von überall telefonisch Bericht erstattet. Ich hab gehört, wie sie mit ihrem gekünstelten Akzent gequietscht hat, oh Rosebush, Liebling –«

»Von wo hat sie angerufen?« fragte Lou.

»Aus St. Louis«, sagte Jay. »Der gute Rosebush ging in sein anderes Büro, um zurückzuturteln. Wie war es denn mit ihr in St. Louis, alter Junge?«

»Mrs. Kameray ist ein wunderbarer Mensch«, sagte Lou unfreundlich. »Und wenn du weiter gegen sie stichelst, haue ich dir eins in die Fresse.«

»Sie ist eine Betrügerin, Kumpel«, sagte Jay. »Ich warne dich. Der gute Rosebush hat zehnmal mehr Kohle als du.«

Lou ärgerte sich, weil er sich verraten hatte.

»Mr. Truesdale ist nicht erreichbar«, sagte Miss Frye, die

gerade hereingekommen war. »Ich hab ihm im Ellery eine Nachricht hinterlassen.«

»Mach du dir lieber Sorgen um Ebie«, empfahl Lou Jay mit einem Kopfnicken. »Und ob ich betrogen werde oder nicht, das laß meine Sorge sein.«

17

Sie haben sich auseinandergelebt, sagte der Psychoanalytiker zu Mary Donovan, es liegt an Ihnen, wieder zusammenzufinden. Sie müssen sich bemühen, sagte er, Ihren Mann in Ihr Leben einzubeziehen, geben Sie ihm vor allem nicht das Gefühl, daß Sie ganz gut ohne ihn auskommen; lassen Sie ihn spüren, daß Ihr gesellschaftliches Leben und Ihre Musikabende leer sind ohne ihn. Und was das Verhältnis zwischen Ihrem Mann und Ihrer Familie betrifft, erwecken Sie nicht den Anschein, daß Sie und Ihre Familie auf einer Seite stehen und ein außenstehender Ehemann auf der anderen, sondern daß Sie zu Ihrem Ehemann halten, selbst gegen Ihre eigene Familie. Ein Egoist wie Ihr Mann braucht diese Gewißheit.

Also waren sie hier, auf der intimen kleinen Dinnerparty der Harrods, und Lou sah schon seit zwei Stunden heimlich auf die Uhr und fragte sich, wie lange diese Leute gebraucht hatten, um so zu werden. Die Damen flatterten aufgeregt im großen Wohnzimmer um den offenen Kamin herum, während die Herren ihre Zeit bei Kaffee und Brandy im Eßzimmer vertrödelten und auf ihren Zigarren und ihren Erinnerungen herumkauten. Grahame war hier, der große Hotelmanager, Carver, ein ehemaliger Gouverneur, Sweeney, der alte Bankier, der Richter und Mr. Donovan, Unternehmensberater. Mrs. Harrod hatte den Butler bereits viermal nach unten geschickt, um die Herren hinaufzubitten, aber dem alten Mr. Grahame fiel immer wieder eine neue Geschichte ein, und wenn er fertig war, mußte Gouverneur Carter ein Staatsgeheimnis verraten, das mittlerweile keines mehr war, und Mr. Sweeney, ein strenger Herr mit einem gepflegten Spitzbart, gab einige vertrauliche Statistiken aus der Weltpolitik preis, inklusive der Prophezeiungen darüber, wie sich diese Zahlen auf den Krieg in Spanien und den Fortschritt in Rußland auswirken würden.

»Ist Ihnen klar«, sagte Mr. Sweeney zu Lou gewandt, der

zu seiner Rechten saß, »daß in San Francisco mehr als zweihunderttausend Chinesen leben, eine Stadt für sich, mit einer eigenen Telefonzentrale? Was glauben Sie, was los wäre, wenn sich die Japaner mit Hitlers Streitkräften verbünden würden?«

»Ich mache mir keine großen Sorgen wegen Chinatown«, sagte Lou. »Ich steige gewöhnlich im Mark Hopkins ab.«

»Es gibt kein hübscheres Fleckchen auf der Welt als das Dachrestaurant des Mark Hopkins«, sagte Mr. Grahame und zog an seiner Zigarre. »Mit Blick auf das Gefängnis auf der gegenüberliegenden Seite der Bucht. Beste Aussicht.«

»Ich weiß«, sagte Lou und dachte an Trina Kameray und fragte sich, wann er hier wohl wegkommen würde. Er hatte ihr versichert, er würde sich spätestens um halb elf loseisen, da er als vielbeschäftigter Mann gelte und ein halbes Dutzend glaubhafter Ausreden auf Lager habe. Außerdem würde man sich dort gemeinsam Musik anhören, und Mary wisse, was er davon halte, sie würde ihm verzeihen und später mit dem Wagen ihres Onkels nach Hause fahren. Er ließ sich noch einmal Brandy nachschenken und blickte mißmutig ans andere Ende des langen Tisches, an dem der Richter genüßlich an einer Zigarre paffte, ein Glas Wasser vor sich und daneben ein kleines Fläschchen mit der Medizin, die er nach dem Essen einnehmen mußte. Wie so oft, wenn der Richter zum Essen lud, zeichnete sich das Dinner nicht nur durch die illustren Namen der Gäste aus, sondern auch durch die zur Schau gestellten Medikamente. Der Richter und Mrs. Harrod hatten beide ein Medikamentenfläschchen neben ihren Tellern stehen, und Mr. Grahame warf rasch zwei große Alka-Seltzer-Tabletten in sein Glas, bevor er gierig sein Roastbeef verschlang. Mrs. Sweeney, eine unwillige grauhaarige Sechzigjährige, hatte sämtlichen Gängen bis auf den Salat entsagt, den sie mit der grimmigen Entschlossenheit eines Menschen attackierte, der vorhat, einem hartnäckigen Erzfeind ein für allemal den Garaus zu machen.

Es überraschte Lou, daß er heute all diese unangenehmen Einzelheiten bemerkte. Normalerweise war er von der Kombination aus Kapital und Macht, die sich im Haus des Richters einfand, so beeindruckt, daß ihm sonst kaum etwas auffiel, und außerdem nahmen seine unermüdlichen Anstrengungen, ihnen im Gespräch zu zeigen, daß er genausoviel wert war wie sie, soviel von seiner Zeit und Energie in Anspruch, daß er kaum Gelegenheit hatte, auf irgend etwas anderes zu achten. Am Abend hatte Mary ihm gesagt, wenn er nicht gehe, würde sie auch nicht gehen; sie hatte hinzugefügt, daß ihr Onkel gern mehr über sein neues Projekt in der Chesapeake Bay erfahren wolle und daß Tante Felicia ihn ausdrücklich eingeladen habe.

»Tatsächlich«, hatte er gesagt, weil er es nicht recht glaubte, sich aber gleichzeitig doch darüber freute. Im Laufe einer der versteckten Auseinandersetzungen, die er und Mary seit ihrer Rückkehr aus dem Südwesten ständig hatten, hatte er zum ersten Mal angedeutet, sie habe zugelassen, daß ihre Familie ihm die kalte Schulter zeige und daß sie sein Desinteresse an der Musik als Vorwand benutzt hätten, ihn nicht zu ihren Festen einzuladen, über die in den Zeitungen ausführlich berichtet wurde, und es sei liebenswürdig, wirklich sehr liebenswürdig, daß sie in den Gästelisten der Gesellschaftsspalten als Mary Harrod Donovan bezeichnet werde statt als Mrs. Louis Donovan. Es sei auch ausgesprochen liebenswürdig, daß Mary die Harrods nur zum Dinner einlud, wenn er nicht in der Stadt war, gerade so, als sei er nicht gut genug für sie. Es war sonderbar, daß er, als diese Dinge ihn wirklich störten, nicht einmal gewagt hatte, daran zu denken, geschweige denn sie zu erwähnen. Nun hatte er es ganz offen zur Sprache gebracht, und, um die Wahrheit zu sagen, es störte ihn kaum noch. Das einzige, worüber er sich in letzter Zeit Gedanken gemacht hatte, war, was Trina Kameray wohl machte, wenn sie nicht zusammen waren, und wie er es anstellen konnte, möglichst bald wieder bei ihr zu sein. Wenn man ständig an eine Frau dachte, hatte das auch seine Vorteile, das mußte er zugeben, zwar konnte man vielleicht nicht schlafen und hatte nicht mehr alles im Griff, aber zumindest verlor dadurch eine ganze Menge ernsterer Sorgen ihre Bedeutung.

Nachdem er sich beschwert hatte, gab es keine Möglichkeit, sich zu drücken, als Mary ihm die Einladung zum Dinner überbrachte, mit persönlichen Grüßen vom Richter und Tante Felicia. Das konnte er nächste Woche in New York erwähnen, wenn er sich mit dem Major traf. Er durfte es nicht vergessen. Während der Martinis (mit Tomatensaft für den Richter, Tante Felicia, Mary und Mrs. Sweeney) hatte Lou begonnen, vom Castles-in-the-Woods-Projekt zu erzählen, da Mary erwähnt hatte, der Richter würde gern mehr darüber wissen.

»Das Grundstück liegt ganz in der Nähe unseres Hauses«, erklärte der Richter den anderen, »deshalb ist das Projekt von besonderem Interesse für, hmm, ja, hmm.«

»Jetzt aber im Ernst, Mr. Donovan«, sagte Mrs. Sweeney mit einem drohenden Lächeln, »Sie wollen doch nicht wirklich überall in diesen schönen Wäldern und an allen Straßen Neonlampen aufstellen lassen!«

»Das ist nur einer der Modernisierungsschritte«, sagte Lou. »Wir werden dafür sorgen, daß dieser Ort in jeder Hinsicht auf dem neuesten Stand ist.«

»Aber ich dachte, die Leute dort hätten die Regierung in einer Petition gebeten, ein zweites Williamsburg aus ihrer Stadt zu machen«, sagte Mrs. Sweeney und blickte hilfesuchend zu Mrs. Harrod. »Ich dachte, es gibt dort ein altes Wirtshaus mit historischen Überresten und eine ganze Menge Häuser aus der Revolutionszeit. Es sollte so etwas wie Williamsburg werden, oder?«

»Davon steht nichts in unserem Vertrag«, sagte Lou.

»Neonlampen!« murmelte Mrs. Sweeney.

»Das Gleiche ist uns passiert«, sagte Mr. Sweeney. »Vergangenes Jahr bin ich in den Süden gefahren, um das Stammhaus der Sweeneys zu besuchen. Mein Neffe lebt jetzt dort. Sie können sich vorstellen, wie es mir ging, als ich statt der sanften Hügel mit den grasenden Kühen und Pferden Bohrtürme sah. Dort gibt es jetzt Öl.«

»Wir haben buchstäblich geweint«, sagte Mrs. Sweeney. »Und die jungen Leute sitzen nur in Schaukelstühlen auf der Veranda herum und verfolgen die Ölbohrungen.«

»Wie schrecklich!« sagte Tante Felicia mitfühlend.

»Sie meinen, Sie hatten kein Interesse mehr an dem Besitz?« wollte Lou wissen. »All das Öl gehört jetzt Ihrem Neffen?«

»Sehr gut«, lachte Mr. Sweeney hölflich. »Wußten Sie übrigens, daß Illinois mit seiner Erdölproduktion heuer an neunter Stelle liegt?«

Na schön, irgendwas an dem Castles-Projekt ging diesen Leuten gegen den Strich, und wie gewöhnlich würgten sie ihn ab. Lou wollte sich wieder ins Gespräch drängen, aber es fand sich kein Hintertürchen. Tante Felicia, tatkräftig unterstützt von Marys Erinnerungen, schwelgte gerade in einer ekstatischen Beschreibung der Gärten von Williamsburg, und sie kamen auf die Abende mit Kammermusik aus der Revolutionszeit zu sprechen, die wirklich zauberhaft seien. Mary kam bei diesem Thema richtig ins Schwärmen, und Lou, dem eine Abfuhr erteilt worden war, beobachtete sie mit feindseliger Neugier. Er bemerkte, wie ähnlich sie Tante Felicia sah und wunderte sich, daß ihm das nicht früher aufgefallen war. Tante Felicia war eine hagere alte Giraffe, ihr lächelnder, selbstgefälliger blonder Holzkopf saß auf einem mageren, faltigen Hals, an dem Arme und Beine befestigt waren. Warum trug sie dieses Diamant-Hundehalsband, wo sie bei einem solchen Hals eher ein Giraffenhalsband bräuchte? Ihre Augen waren noch immer groß und feucht wie die von Mary und hatten nie irgend etwas gesehen, das sie nicht sehen wollten, soviel stand fest. Als Lou die beiden betrachtete und in Marys verkrampftem, bemühtem Gesicht eine jüngere Version ihrer Tante erkannte, konnte er nicht verstehen, warum diese Ähnlichkeit ihn nicht schon früher abgeschreckt hatte, ihn nicht schon in die Flucht geschlagen hatte, als er Mary kennenlernte.

Nachdem Tante Felicia sich ihm während des Shrimpscocktails und der Suppe aufmerksam gewidmet hatte, kam Lou plötzlich der Verdacht, daß dieser Abend von der Familie nur eingefädelt worden sei, um ihn gefügiger zu machen. Vielleicht hatte Mary Tante Felicia bei ihrem Aufenthalt im

Südwesten all die Kleinigkeiten anvertraut, die ihr in letzter Zeit Kopfzerbrechen bereitet hatten, und Tante Felicia tat ihr Bestes, um die Risse für ihre Lieblingsnichte zu kitten. War es möglich, daß diese beiden von Natur aus kalten Frauen einander Vertrauliches mitteilten? Wahrscheinlich verständigten sie sich über ein lautloses Alarmsystem, dessen Signale nur ihnen beiden bekannt waren und das ohne die unschickliche Zurschaustellung von Gefühlen auskam. Was immer es war, die gute Felicia bombardierte ihn förmlich mit ihrer Freundlichkeit, statt mit dem üblichen säuerlichen, nachdenklichen Lächeln, mit dem sie den Konversationsbeiträgen ihres Schwiegerneffen sonst lauschte. Dieser offensichtliche Vorsatz, ihn mit ihrer ungeteilten Aufmerksamkeit milde zu stimmen, bedeutete nicht, daß sie dem, was er sagte, auch wirklich zuhörte, so daß er ein und dieselbe Frage ein halbes dutzendmal beantworten mußte und schließlich merkte, wie ihr unruhiger, gläserner Blick während seiner Antworten um den Tisch schweifte; es fiel ihm auch auf, daß Mary ab und zu gespannt zu ihm hinsah, als wolle sie sich vergewissern, ob diese Aufmerksamkeit ihn zufriedenstellte.

»Ich hatte keine Ahnung, daß Sie studiert haben, Louis«, sagte Tante Felicia. »In Princeton, sagten Sie?«

»In Michigan, sagte ich«, wiederholte Lou zum dritten Mal, »und das nur während der Football-Saison, wenn Sie vier Monate als Studium bezeichnen wollen. Ich glaube, ich habe genausoviel gelernt wie die meisten anderen.«

»Ich hatte einen Neffen, der in Princeton studierte«, sagte Tante Felicia mit der heftigen Intensität, mit der sie jede Konversation bestritt. »Vielleicht haben Sie ihn kennengelernt, als Sie dort waren. Farewell Lease Junior.«

Lou gab auf.

»Nein«, sagte er. »Zu meiner Zeit war er nicht dort.«

Er versank in düsteres Schweigen, während Mrs. Carter, die dritte Frau des Ex-Gouverneurs, eine kleine, vogelartige Frau, deren Kopf mit den hellen kleinen Rotkehlchenaugen ruckartig hin- und herschoß, zwitschernd über das Leben in Washington sprach und darüber, daß es in Amerika nichts

Vergleichbares gäbe. Ach, die Kirschblüten, riefen Tante Felicia und Mary in einem Atemzug, die herrlichen japanischen Kirschblüten! Und Arlington! Einfach zauberhaft schön! Lou sah sich die so plötzlich wieder zum Leben erwachten Mienen Marys und Tante Felicias an und fragte sich erneut, was diesen Begeisterungstaumel auslöste – Kirschblüten, Musik, eine schöne Aussicht. Er kräuselte verächtlich die Lippen. Das sollte also Kultiviertheit sein, vielleicht sollte das »Sensibilität« sein. Ihm war es lieber, wenn jemand unvermittelt den Blick verengte, ihm direkt in die Augen sah, den Atem anhielt, so wie Trina Kameray das tat, wenn seine Hand unter dem Tisch nach ihrem Knie tastete. Sein Blick wanderte um den Tisch herum, und er dachte, wie wenig sie trotz all des Geredes über Sterne am Himmel von Mexiko, Nebel auf dem Potomac und Cembaloklänge von echter Verzauberung verstanden.

Offenbar war Mary seine nervöse Unruhe nicht entgangen, denn sie beugte sich zu ihrem Onkel und flüsterte ihm etwas zu. Lou zuckte die Achseln. Jetzt hatten sich die Verhältnisse also umgekehrt. Statt daß Mary ihm zuflüsterte, doch bitte die eine oder andere Frage an den Onkel zu richten, doch bitte nett zu Tante Felicia zu sein, doch bitte die Unterhaltung nicht an sich zu reißen, bat sie alle anderen, nett zu ihrem Mann zu sein. Nun, er war sich nicht sicher, ob es ihm so lieber war.

»Äh, hmm, Louis, hmm, ich höre, das Büro in New York ist ein großer Schritt nach vorn«, sagte der Richter. »Ich höre, daß Sie Verträge für die Messen in New York und San Francisco in der Tasche haben. Mir ist nicht ganz klar, was Ihr spezieller Beitrag dazu, hmm, wie soll ich sagen, hmm.«

»Castles-in-the-Woods«, sagte Lou. »Ich bin jetzt seit zehn Jahren im Geschäft, und ich schwöre, das ist die interessanteste Sache, die mir je untergekommen ist. Nehmen Sie nur einmal das Grundstück...«

»Was halten Sie davon, daß wir Damen zum Kaffee nach oben ins Wohnzimmer gehen«, schlug Tante Felicia vor, und in der Hast des Aufbruchs übernahm Mr. Sweeney das Kommando über die Konversation, und Lou hing mißmutig seinen eigenen Gedanken nach und warf nur hin und wieder ein »Ja, Sir, so ungefähr« und »So könnte man es nennen« und andere undeutliche, ärgerliche Kommentare dieser Art ein. Mr. Grahame, den riesigen Bauch gegen den Tisch gestemmt, die Uhrkette fast waagrecht auf seinem Wanst liegend, war friedlich über seiner Zigarre eingedöst; der Richter kaute an seiner Zigarre herum, ohne sie zu rauchen, der Gesundheit wegen, Mr. Sweeney entsann sich unzähliger Anekdoten, die mit Statistiken gespickt und mit berühmten Namen aus dem Bankwesen und der internationalen Politik gewürzt waren. Der Ex-Gouverneur des benachbarten Bundesstaates meldete sich mit seinen Kriegsprophezeihungen zu Wort und ging dabei so weit, mögliche Truppenbewegungen der spanischen Kriegsstrategen mit dem Griff seines Kaffeelöffels auf dem Tischtuch zu demonstrieren. Tante Felicia klopfte mittlerweile oben mit irgendeiner Waffe auf den Boden, und der Richter winkte den Butler herbei.

»Sagen Sie Mutter, wir kommen sofort«, sagte er. »Fahren Sie fort, Sweeney.«

Das mußte man Mr. Sweeney nicht zweimal sagen: Mittlerweile war er so in Fahrt, daß ihn höchstens ein Schlaganfall hätte stoppen können. Lou, auf den er eine Breitseite seiner wohlinformierten Ansichten abfeuerte, war es längst egal, ob seine Miene interessiert aussah, denn diese höfliche Geste war völlig unnötig.

»Hunderttausend Chinesen in San Francisco, stellen Sie sich das vor«, wiederholte Mr. Sweeney, »ein Drittel der Bevölkerung von Nanking in China. Eine nicht assimilierte Bevölkerungsgruppe, verstehen Sie.«

»Tatsächlich?« sagte Lou, und als er verstohlen auf die Uhr sah, war es zehn nach zehn. Es war merkwürdig, daß er sich in all den Jahren derart um das Privileg gerissen hatte, von der Familie seiner Frau gelangweilt zu werden. Was war überhaupt los mit ihm, daß er sich brüstete, von diesen alten Wichtigtuern herumgeschubst zu werden? Daß er beispielsweise sagte: »Sie werden es nicht glauben, aber ein persönlicher

Freund von J. P. Morgan hat mir gestern den Abend verdorben!« oder »Ich hatte gestern abend das Vergnügen, von einem Cousin zweiten Grades des Präsidenten zu Tode gelangweilt zu werden.«

Eine weitere Nachricht von den Damen traf ein. Mrs. Harrod warte schon ganz ungeduldig darauf, die Herren mit einer Konzertaufnahme zu erfreuen, die mit Strawinskys »Peter und der Wolf« beginne, einem Werk, das Mr. Grahame noch gehört habe. Mr. Grahame, der bei der Erwähnung seines Namens aus seinem kurzen Nickerchen aufschreckte, schob den Tisch von seinem Bauch weg und wuchtete seinen Körper aus dem Sessel.

»Komm schon, alter Junge«, forderte er Sweeney auf. »Wir dürfen unserer Gastgeberin keine Unannehmlichkeiten bereiten. Du kannst das ein andermal mit Cassidy ausdiskutieren.«

Auf dem Weg nach oben überlegte sich Lou, was er sagen würde. Er mußte hier schnellstens weg, denn man konnte nie wissen, was Trina Kameray anstellen würde. In der Öffentlichkeit konnte sie wunderbar diskret sein, andererseits konnte sie aber manchmal von bestürzender Anmaßung sein, wenn man auf ihre kleinen Launen nicht gebührend einging. Sie rief bei ihm zu Hause an, wann immer ihr der Sinn danach stand, schrieb, was immer ihr gerade einfiel, manchmal ziemlich unanständige Sachen, und wenn Lou ihr vorsichtig nahezulegen versuchte, mit diesem Unsinn aufzuhören, zuckte sie nur die Achseln.

»Entweder bist du ain Mann, oder du bist kain Mann«, sagte sie. »Entweder chast du Angst wegen unsere Freundschaft, oder du chast kaine Angst. Falls es dir unangenehm ist, ich chabe viele andere Freunde.«

Sie sprach es nie aus, aber er wußte, was sie meinte. Es bedeutete, daß sie jederzeit auf Mr. Rosebush zurückgreifen konnte. So ein lieber, so ein geschätzter Freund, und sie sei so herzlos gewesen, ihn wegen Lou aufzugeben, der wolle, daß sie ihn nicht anrief und nicht mit ihm in der Öffentlichkeit redete und ihre Freundschaft zu ihm nicht zeigte. Der Gedanke mache einen traurig, daß man einen treuen Freund wie Mr. Rosebush aufgegeben habe zugunsten eines Mannes, dem ihre Zuneigung eigentlich nur peinlich sei. Sie hätte sich jetzt besser mit Mr. Rosebush in Baltimore treffen sollen, anstatt sich im Westen mit einem Mann herumzutreiben, der das nicht zu schätzen wisse. Diese wiederholte kleine Drohung zwang Lou üblicherweise zu verzweifelten Beteuerungen, und er redete nicht weiter über die Gefahr für sein Familienleben. Eines Tages würden sie eine Familie sein, sagte Trina, was mache es also schon aus, wenn seine derzeitigen Verhältnisse in die Brüche gingen? Diese Frage beantwortete er nie, denn das dringende Verlangen, mit ihr zusammen zu sein, machte ihn blind für künftige Komplikationen.

»Es tut mir leid, aber ich muß mich um halb elf mit einem Kunden aus Rochester treffen«, sagte er oben zu Tante Felicia, wobei Mary ihn zweifelnd betrachtete.

»Ach ja«, sagte Tante Felicia liebenswürdig, »vor ein paar Minuten hat jemand angerufen und wollte wissen, ob Sie schon weg seien.«

War denn das die Möglichkeit? Diese kleine Kameray besaß die Unverfrorenheit, ihn im früheren Zuhause seiner Frau anzurufen. Das war die Art Frechheit, die einen Mann sprachlos machte.

Lou holte Mantel und Hut aus der Garderobe und versuchte so zu tun, als ärgere er sich über diese geschäftliche Störung seines Privatlebens. Im Wohnzimmer ließ sich Mr. Grahame unter dem lauten Knirschen empörter Federn in den größten Sessel fallen, der Richter brachte das riesige Grammophon in Gang, Mrs. Sweeney und Mrs. Carver arrangierten ihre Samtröcke in andächtiger Stille auf einem Zweiersofa, der Ex-Gouverneur stand da und starrte düster ins Kaminfeuer, und Mr. Sweeney zog sich an einen sicheren Ort in einer Ecke zurück, wo er seine Lesebrille aufsetzte, um einen erquickenden Blick in den Weltalmanach zu werfen, der dort griffbereit in einem Zeitschriftenständer lag.

»Kommst du wieder her, um mich abzuholen, Liebling?« fragte Mary leise. Sie wußte, daß er das nicht tun würde. Sie wußte, daß er sich mit einer Frau in der Bar des Evanshire-Hotels in Evanston traf, weil die Telefonistin vorhin aus dem Evanshire angerufen hatte. Sie wünschte, sie hätte den Mut, ihm das zu sagen. Wie sie befürchtet hatte, hatte der Psychoanalytiker ihr nicht dabei geholfen, den Mut für eine ganz gewöhnliche Szene aufzubringen. Auch sein Vorschlag, Lou in das Leben ihrer Familie einzubeziehen, war keine Hilfe für sie gewesen. Und als sie ihm mit pochenden Schläfen und zitternden Händen erzählt hatte, daß es eindeutige Beweise dafür gab, daß während ihrer Reise in den Südwesten eine andere Frau in ihrem Bett gewesen war, hatte dieser dumme Mensch ihr bloß Beruhigungsmittel gegeben und gesagt, daß wegen einer so winzigen Katastrophe nicht gleich die Welt zusammenbreche.

»Die Carvers können dich bestimmt absetzen«, sagte Lou zu ihr. »Außerdem kann es sein, daß ich heute abend nicht mehr nach Hause fahre. Ich muß morgen schon früh am Bahnhof sein, deshalb bleibe ich vielleicht gleich in der Stadt. Gute Nacht, Liebling.«

Er eilte hinaus. Tante Felicia und der Richter wechselten einen Blick. Alle wußten, daß er sich mit einer Frau traf. Mary wurde klar, daß es besser gewesen wäre, er wäre überhaupt nicht gekommen. Sie wünschte, sie hätte den Mut hinauszustürzen und ihm zu folgen, um die Frau zu sehen, ihr Vorwürfe zu machen, ihr die Haarnadeln und das Taschentuch (das sie unverschämterweise unter dem Kissen liegengelassen hatte) und den großen Ohrring unter die Nase zu halten. Sie wünschte, sie wäre so kühn wie diese Frau, wer immer sie war, die frech in ihr Haus kam. Einen Augenblick lang stand sie in der Tür und winkte Lou nach, dann ging sie zurück, um ihren Platz auf dem Sofa neben dem Kaminfeuer einzunehmen. Die Musik begann. Tante Felicia und der Richter sahen sie an, deshalb hielt sie den Blick auf das lodernde Feuer gerichtet, die langen dünnen Finger auf dem Schoß ineinander verschlungen, und während der Pause, in der die Platten gewechselt wurden, murmelte sie: »Ist es nicht zauberhaft?«, so wie alle anderen auch.

Es konnte nicht ihre Schuld sein, dachte Mary immer wieder, das konnte es einfach nicht sein. All die Eigenschaften, die er an ihr bewundert hatte, als er sie kennenlernte – und er hatte so deutlich gezeigt, wie sehr er sie bewunderte –, hatte sie noch immer, sie hatte sich nicht verändert, nicht einmal ihre Gefühle für Lou hatten sich verändert, ihr Aussehen hatte sich nicht verändert, nichts war anders seit dem Augenblick, als er sie auf dem Schiff kennenlernte, das aus Honolulu kam, bei der Tanzveranstaltung, die der Kapitän zu Ehren ihres Geburtstages gegeben hatte. Und Lou hatte ihren Onkel und ihre Tante sehr verärgert, weil er sie weg von der Tanzveranstaltung und hinaus auf das Deck geführt hatte, wo sie im Regen saßen und nicht viel redeten, nicht einmal Händchen hielten, aber als sie aufstand, um wieder zu den anderen zu gehen, sagte er: »Ob Sie es glauben oder nicht, ich werde Sie oder Ihre Schwester heiraten.« »Ich habe keine Schwester«, hatte sie lachend gesagt. »Dann eben Sie«, hatte er gesagt. Das war also ihre Liebesaffäre gewesen, ihre einzige, die einzige, die sie je gewollt hatte – sechs Jahre mit jemandem, der mehr verlangte, als sie geben konnte, der sie, wenn sie miteinander ausgingen, so lange unentwegt anschaute, bis sie den Blick verwirrt erwiderte; sechs Jahre, in denen ihr eigenes Glück darin bestanden hatte, sein Verlangen zu zügeln, zu entdekken, daß ihr Widerspruch sein Ungestüm im Zaum halten konnte. So war sie eben, es war ihre Art von Leidenschaft, mehr zu verweigern als zu geben, denn das Anziehende an ihrer Liebe lag darin, was sie zurückhielt, genau wie es die seiner Liebe zugrundeliegende Stärke war, das zu fordern, was verweigert wurde, stets mehr zu wollen als alles, was er bekam. All das war Teil ihrer außergewöhnlichen Liebe – daß sie seine Annäherungen wünschte, nur um sagen zu können: »O nein, nein, Lou, das darfst du nicht, das darfst du nicht« und damit den Vorgang innerhalb strenger Grenzen beschränkt hielt, ohne intimes Herumtasten an ihrem Körper, der schließlich ihr gehörte; es gab keinen Grund, weshalb die Ehe trotz aller dazugehörigen Verpflichtungen dem Geliebten das vollständige und direkte Besitzrecht daran geben sollte. Das war die Art von altmodischer Geziertheit, die Lou von allem Anfang an faszinierend gefunden hatte, und seither war nichts geschehen, was sie beim Sex mutiger oder unternehmungslustiger gemacht hätte. Was sie vor Empörung fast schwindlig machte, war der leise Verdacht, daß andere Frauen diese schlimmste Seite an ihm zuließen, ja sogar unterstützten; vielleicht gab es wirklich so schreckliche Geschöpfe wie die nackten Mädchen im Spinning Top, wie die Frau, die er in New York haben mußte, wie die, mit der er sich heute abend in Evanston traf, schreckliche Frauen, die so taten, als gefalle es ihnen, um ihn in die Falle zu locken und sie damit zu verraten, so daß der Eindruck entstand, sie habe unrecht mit ihren Zurückweisungen, er dagegen recht mit seinen Verführungskünsten. Die ganze Nacht weinte Mary und zermarterte sich mit diesen Gedanken den Kopf, und sie wußte nicht, was ihr mehr wehtat – seine vermutliche Untreue oder die Möglichkeit, daß diese anderen Frauen das Richtige taten, indem sie sich ganz hingaben, und sie das Falsche tat. Dennoch war sie sich klar über ihren Wunsch, daß er sein Leben lang um ihre Liebe kämpfen und nie mit ihrer vollen Hingabe belohnt werden sollte.

Es war erschreckend, morgens aufzuwachen und zu wissen, daß die Liebe keinen Bestand hatte, ganz egal, wie man mit ihr umging. Selbst eine Xanthippe, die an ihrem Ehemann herumnörgelte, sich mit ihm stritt, ihn tyrannisierte und abwies, aus schierer Unzufriedenheit darüber, daß er anders war, als sie ihn sich erträumt hatte, mußte glauben, daß die Liebe ewig währt, und ganz bestürzt sein, wenn er sie auf einen freundlichen Blick einer sanfteren Frau hin verließ. Die Menschen glauben, daß Beziehungen aus Gummi sind und sich bei jeder Krise dehnen und nachgeben, und die Entdekkung, daß sie zerbrechen können wie ein Glasthermometer, ist für sie ein Schock. Warum sollte jemand das Gefühl haben, daß ihm eine großartige Wahrheit vorenthalten bleibt, wo doch quer über den ganzen Himmel geschrieben steht, daß nichts von Dauer ist? Mary dachte alles logisch und vernünftig durch, so wie der Arzt ihr geraten hatte, aber was nützt alle

Vernunft, wenn das Herz defekt ist? Schäfchen zählen, bis das Hirn betäubt war, mehr konnte man nicht tun, und dann tat einem das Herz weiter weh, bis es zersprang, trotz aller Vernunft.

Am schlimmsten war der Halbschlaf vor dem Aufwachen, der Halbschlaf, in dem alles so war wie früher. Sie konnte sich und Lou sehen, wie sie tanzten, spazierengingen, in kleinen romantischen Lokalen aßen, so wie es damals war, als er ihr jeden Tag sagte, er würde sie heiraten, ob es ihr passe oder nicht und ob es Tante Felicia passe oder nicht. Sie dachte daran, wie er sie so lange angesehen hatte, bis sie aufblicken mußte und das überwältigende Verlangen in seinem Blick sah, und wie er sich nach einer Weile um einen Vorwand bemüht hatte, um sie zu berühren, ihr in den Mantel oder in den Wagen zu helfen. Und wenn sie dann zu Hause war und sich auszog, um zu Bett zu gehen, und an diesen hartnäckigen Verehrer dachte, läutete das Telefon, und er sagte: »Mary? Alles in Ordnung? Ich wollte mich nur vergewissern. Träum was Schönes.« Und jetzt rief Lou eine andere an, wartete darauf, daß eine andere aufblickte und ihm in die Augen schaute, rief eine andere an, um sich zu vergewissern, daß alles in Ordnung war. Und er hatte keinen Grund dafür, kein Recht dazu, aber man konnte nichts dagegen machen.

Nein, da war nichts zu machen, es gab nichts zu fragen und zu antworten. Sie versuchte zu tun, was der Doktor ihr empfohlen hatte, das Ganze vom Standpunkt des Mannes aus zu betrachten, zu begreifen, daß es genauso traurig ist, wenn man aufhört zu lieben, wie wenn man nicht mehr geliebt wird. Traurig, wenn man die Krümmung eines Nackens, einer Wange ansah, die früher lebhaftes Vergnügen bereitet hatte, und dieselbe Krümmung, dieselbe Geste existierte immer noch – alles war gleich, nur daß es kein Gefühl der Wonne, der Liebe auslöste, Auge und Gegenstand waren zwei Telefone ohne Verbindung. Arme Krümmung, traurige Geste, all ihren Zaubers beraubt, bar jeder Kraft, der erloschenen Liebe neues Leben einzuhauchen. Die Art, wie sie sich durch die Haare fuhr, die ihm früher so teuer gewesen war, war einfach die Art, wie sie sich durch die Haare fuhr, nichts weiter. Ihr schlanker Fuß, der Kreise auf den Boden zeichnete, wenn ihr etwas peinlich war, war nur eine ärgerliche Angewohnheit, kein liebenswerter, kindlicher Trick. Wenn er auf der Speisekarte nachsah, ob es Ente gab, auf die Art zubereitet, wie sie sie am liebsten hatte, dann tat er das nicht, um ihr eine Freude zu machen, sondern um zu sehen, ob es außer einer Umarmung nicht etwas anderes gab, um sie zu beschwichtigen. Oh, natürlich war es eine traurige Rolle, der Geliebte, der nicht mehr liebt. Aber nachdem man flüchtige Anteilnahme dafür gezeigt hatte, empfand man nur noch Mitleid mit sich selbst, dem wirklichen Opfer, der Ungeliebten.

Wenn sie versagt hatte, was immerhin möglich war, dann hatte sie von der ersten Stunde an versagt. Wenn es all die Dinge, die er am Anfang geliebt hatte, immer noch gab und er keine Liebe mehr empfand, dann mußten das jetzt die Dinge sein, die er haßte. Sie würde sich anders verhalten müssen, so wie Flo Oliver, wie die Frauen in diesem Nachtclub – sie würde sich zur Band gesellen und Schlagzeug spielen, sie würde sich mit fremden Männern unterhalten, sie würde allein in Bars gehen, so wie diese Mrs. Kameray, und die Begleiter anderer Frauen an ihren Tisch bitten. Das alles war nicht *sie*, und deshalb mußte es das sein, was er von Frauen wollte, da diese anderen Frauen ihn anscheinend besser kannten als sie selbst.

Sie wußte natürlich, daß er an diesem Abend nicht nach Hause kommen würde. Sie wußte, daß Tante Felicia das gleiche dachte. Das war der Nachteil, wenn man sich jemandem anvertraute. Nach der tröstenden Beichte kennt der Beichtvater den Sachverhalt und kann keinen unparteiischen Trost mehr spenden. In dem Wissen, daß er nicht nach Hause kommen und sie nicht schlafen würde, zog Mary sich langsam aus. Sie wußte, daß sie keine Fragen stellen würde, wenn er morgen zurückkam – falls er überhaupt zurückkam. Plötzlich läutete das Telefon, völlig unerwartet. Mit zitternden Fingern hob Mary den Hörer ab.

»Hallo, Mary? Alles in Ordnung?«

Es war Tante Felicia.

»Natürlich«, sagte sie. Tante Felicia fragte nicht, ob Lou zu Hause sei, aber das war es, was sie meinte.

»Träum was Schönes, Kind«, sagte Tante Felicia.

»Ich danke dir«, sagte Mary, aber nachdem sie zu Bett gegangen war, lag sie da und haßte Tante Felicia, weil sie angenommen hatte, nein, weil sie wußte, daß Lou nicht zu Hause war.

18

Mrs. Kameray lag auf dem Bauch im heißen weißen Sand, hielt sich die Hand gegen die Sonne vor die Augen und blinzelte zu Lou empor.

»Du chast aine sehr gute Figur«, sagte sie. »Ich weiß nicht, warum du immer nicht so zufrieden damit bist.«

Lou wollte keine Komplimente.

»Was soll das heißen, eine gute Figur?« sagte er. »Ich bekomme einen Bauch, wie der alte Knabe dort im Wasser.«

»Ich mag das«, sagte sie. »Ich finde, ain Bauch steht ainem Mann sehr gut. Ain Mann mit vierzig sollte ainen Bauch chaben. Wie alt bist du?«

»Einundvierzig«, sagte Lou.

»Siebzehn Jahre älter als ich?« seufzte Mrs. Kameray. »Du ainundvierzig und ich vierundzwanzig.«

Lou antwortete nicht. Er wußte, daß sie achtundzwanzig war. Vor einer Woche hatte sie damit angefangen, vierundzwanzig zu sein, und er hatte den Verdacht, daß es etwas mit dem jungen kubanischen Bandleader zu tun hatte, den sie in Havanna aufgegabelt hatte. Er war immer noch wütend deswegen, vor allem weil sie nach Havanna geflogen war, ohne es ihm zu sagen, so daß er nach seiner Ankunft in Miami zwei Tage hatte auf sie warten müssen, und das, obwohl es sehr schwierig für ihn gewesen war, sich freizumachen. Wenn man geschäftlich so unter Druck stand wie Lou, bedeuteten zwei Tage, daß er den verschiedenen Kunden, die er in New York und Washington hätte treffen sollen, eine Menge Erklärungen schuldig war. Aber er wagte es nicht, Trina deswegen zur Rede zu stellen, denn sonst hätte sie, ohne mit der Wimper zu zucken, zusammengepackt und wäre abgereist. Er hatte für sie beide in einem der Hotels in der Stadt Zimmer reserviert, aber Trina hatte gleich nach ihrer Ankunft verkündet, sie müßten unbedingt in einem der Strandhotels wohnen. Jetzt waren sie also im Roney Plaza, und zwar, was Lou ziemlich peinlich war, als Mr. und Mrs. Donovan, weil Trina erklärt hatte, sie wolle nicht für eine Geliebte, sondern für eine Ehefrau gehalten werden. Es sei nicht angenehm, sagte sie, nachts auf Zehenspitzen durch die Korridore zu schleichen. Sie sollten sich eine hübsche kleine Suite nehmen, wie ein Pärchen auf Hochzeitsreise, und falls sie einen Kellner oder ein Zimmermädchen anschnauzen wolle, so könne sie das unbesorgt tun, ohne mit diesem beleidigenden Blick bedacht zu werden, der für die Freundinnen verheirateter Männer reserviert war.

»Außerdem bin ich daine wirkliche Frau«, erklärte sie. »Ich bin die, die aigentlich Mrs. Donovan sein sollte. Was machst du deswegen, Louie? Du chast mir versprochen, das zu regeln.«

Lou wich ihrem ernsten, fragenden Blick aus. Weiß Gott, was er in den quälenden Situationen, in denen Trina einem Versprechungen abrang, gesagt hatte. Es war jedoch unklug von ihm, das Thema Ehe so außer acht zu lassen, denn es tauchte immer wieder auf, und sie wurde in dieser Sache immer hartnäckiger.

»Du darfst nicht zulassen, daß sie über dain ganzes Geld verfügt, Louie«, warnte Trina. »Du mußt dir von mir bei der finanziellen Regelung helfen lassen, sonst wird sie alles chaben wollen.«

»Man kann diese Dinge nicht überstürzen«, murmelte Lou.

»Nain? Nicht ainmal für mich? Nicht ainmal um zu verchindern, daß ich wieder zurück nach Europa gehe?« Trina erhob die Stimme, und Lou blickte sich beunruhigt um, um zu sehen, ob jemand in ihrer Nähe vielleicht zuhörte. »Du willst also, daß ich in ain brennendes Chaus zurückkehre? So sehr liebst du mich?«

Zum ersten Mal war Lou froh, als er sah, daß der schöne junge Kubaner auf sie zukam, denn Trina strahlte plötzlich über das ganze Gesicht und ließ ihren zurückhaltenden Charme spielen. Er war ein schmächtiger, gebräunter lateinamerikanischer Apollo mit einem kleinen schwarzen Schnurrbart und glänzendem schwarzem Haar. Mrs. Kameray hatte geschworen, sie habe vom Major persönlich den

Auftrag bekommen, einen geeigneten Bandleader für das Castles-in-the-Woods-Tanzorchester aufzutreiben, und Tommy Padilla sei einer der ersten Namen gewesen, die man ihr empfohlen hatte. Es sei ein Glück, daß er, obwohl er in Kuba und in Palm Beach so populär sei, trotzdem genug Zeit habe, Mr. Donovan in Miami kennenzulernen und alles durchzusprechen, damit sie noch in diesem Sommer anfangen konnten. Nachdem sich der junge Mann zu ihnen gesellt hatte, fiel Lou auf, wie gewagt Trinas weißer Badeanzug war, das Oberteil ein bloßer Stoffstreifen über dem schönen Busen, das Unterteil ein spärlicher Rüschenkranz, über dem der hübsche kleine Nabel deutlich sichtbar war. Da sie niemals, unter keinen Umständen, ins Wasser ging, war ihr Strandaufzug ziemlich aufwendig, mit einem Kranz aus roten Blumen, den sie sich in ihr wallendes langes Haar geflochten hatte, und einem kleinen roten Sonnenschirm.

»Ich liebe dieses kleine Muttermal!« sagte Tommy und betrachtete den braunen Fleck auf Trinas nacktem Bauch.

»Pfui!« sagte Trina geziert. »Lauf, Tommy, zaig uns, wie schön du schwimmen kannst.«

Tommy sprintete ans Ufer und stürzte sich in die Fluten. Lou sah mit unbeweglichem Blick zu. Das war also das süße Leben – man lag mit seinem Schatz am Strand irgendeines tropischen Paradieses, vertrödelte faul die letzten Wintertage, hatte nichts zu tun, als auf seine Huri aufzupassen und anderen, jüngeren Männern dabei zuzusehen, wie sie ihre überlegene Kraft und Schönheit vor ihren viel zu empfänglichen Augen zur Schau stellten.

»Ich verstehe immer noch nicht, warum du in Havanna eine Woche gebraucht hast, um einen Bandleader zu finden«, sagte Lou.

Trina streckte ihre kleine Hand aus und ergriff die seine. Das war auch so eine Geste, die ihm in der Öffentlichkeit peinlich war, aber wenn er nicht darauf einging, rächte sie sich, indem sie, wenn sie allein waren, auf seine Annäherungsversuche nicht einging. Also erwiderte er den Druck ihrer kleinen Finger.

»Ich mag Chavanna«, sagte Trina verträumt. »Es ist wie ain klaines lebendiges Cherz, das mitten im Meer schlägt. Wie es sich zu den Maracas und den tanzenden Füßen chin- und cherwiegt. Wie ain klaines lebendiges Cherz.«

»Keine Stadt für eine Frau allein«, sagte Lou streng.

»Ich chabe Freunde«, sagte Trina. »Ich chabe überall viele, viele Freunde. Es gibt viele Russen in Chavanna. Gäbe es kaine Russen, dann wären dort immer noch die Freunde aus Berlin und Wien. Du chast Freunde, die ich nicht kenne. Ich chabe Freunde, die du nicht kennst. Warum nicht?«

Die schmollende Trina war für ihn genauso unwiderstehlich wie die lächelnde, und immer wenn sie Schuldgefühle in ihm weckte, verspürte er eine Woge rasender Leidenschaft für sie. Sie erinnerte ihn gerade daran, wie oft sie im Westen und auch während dieser paar Tage in Florida Geschäftsfreunde von ihm getroffen hatten und er so tun mußte, als gehöre sie nicht zu ihm. Er wußte, daß das schäbig von ihm war, vor allem gegenüber einer Klassefrau wie Trina, aber im Blick jedes Freundes sah er Marys Bild, und er konnte dieses Bild einfach nicht ignorieren. Es war auch wirklich dämlich von ihm, denn bei anderen Gelegenheiten, wenn er in Damenbegleitung gewesen war, hatte ihn das alles völlig kalt gelassen. Diesmal war es anders, und deshalb verlor er den Kopf. Er wußte, daß Trina vor Fremden immer die größte Diskretion an den Tag legen würde – das heißt, fast immer –, aber anschließend machte sie ihm unweigerlich Vorwürfe. Er schäme sich ihrer? Es tue ihm leid, daß sie sich in ihn verliebt habe? Auch gut, sie werde zurückgehen, wenn die Regierung sie dazu zwinge. Sie sei ohnehin keine amerikanische Staatsbürgerin. Sie würde gehen müssen, außer irgendein Amerikaner heiratete sie. Und das würde niemand tun. Also würde sie zurückgehen und mit großer Wahrscheinlichkeit umgebracht werden. Zweifellos würde sie umgebracht werden. In Rußland sei sie keine Kommunistin. In Deutschland sei sie keine Nichtjüdin. Auch gut, dann würde sie eben umgebracht werden. War ja egal. Ihr armseliges kleines Leben bedeute niemandem etwas, niemandem – außer Mr. Rosebush. Dem lieben Mr. Rosebush. Wie gemein sie zu ihm gewesen sei! Er sei so gut zu ihr gewesen, habe ihr zwei- oder dreimal die Schiffsreise nach Amerika und zurück bezahlt. So ein guter Freund. Bis Louie dafür gesorgt habe, daß sie sich in ihn verliebte und ihre ganze Loyalität vergaß. Wegen Louie müsse sie alle ihre treuen Freunde aufgeben und wegen Louie müsse sie sich wie irgendeine dahergelaufene, ordinäre Frau behandeln lassen, die man seinen Freunden nicht vorstellt. Sicher, sie könne auch zurück nach Paris gehen, aber dann würde ihr Ex-Ehemann Kameray versuchen, sie zurückzugewinnen, und dann würde sie verhungern müssen, weil er kein Geld habe.

»Du hast doch erzählt, er hat Geld auf einer New Yorker Bank«, sagte Lou. Er haßte es, wenn sie von anderen Männern redete, anderen Ehemännern, anderen Freunden.

»Nur ain paar tausend Dollar«, sagte Trina mit einem Achselzucken. »Aigentlich chat es ohnechin mir gehört, denn es gab kainen offiziellen Scheidungsvertrag. Und wenn ich es ihm nach Europa geschickt chätte, chätte Chitler es ihm weggenommen. Es chätte ihm nicht gecholfen.«

»Er wird schon nicht verhungern«, sagte Lou unbehaglich. Trinas kleine Anspielungen auf all das Schlimme, das ihre Freunde und Verwandten durchmachen mußten, die noch in Europa waren, trübten seine Laune. Freunde in Konzentrationslagern, Großväter, die angeblich von Bluthunden quer durch Sibirien gehetzt wurden, ein Ex-Ehemann, der wie eine Ratte in einem Pariser Kellerloch hauste, nichts von alledem schien Trina so nahezugehen wie die Tatsache, daß es wegen der Schwierigkeiten in Europa so lange dauerte, bis das Geld ankam, das ihr Großvater aus Genf regelmäßig schickte. Um seine Gewissensbisse bezüglich der kleinen Bilder zu beruhigen, die Trinas gelegentliche Bemerkungen hervorriefen, wollte er ihr einen Scheck ausstellen. Er wußte nicht, warum ihn das belastete, da sie es mit Fassung zu tragen schien. Doch es ärgerte ihn, daß es ihr offenbar nichts ausmachte. Oder vielleicht doch. Sie war so erwachsen, anders als die amerikanischen Frauen, die er kannte, sie verbarg ihre Gefühle, da nichts gewonnen war, wenn sie sie zeigte. In Wirklichkeit war sie tapferer, als sie wirkte. Als Lou daran dachte, fühlte er sich besser.

»Du hast schon viel Schlimmes durchgemacht, nicht wahr, Trina?« sagte er bewegt.

Trina griff nach seiner Hand.

»Manchen Menschen sind Schwierigkaiten in die Wiege gelegt worden«, seufzte sie. »Alle Verwandten mainer Mutter chatten Schwierigkaiten in Rußland, warum also nicht auch ich? Und ain klainer Tropfen falsches Blut in den Adern maines Mannes beschert uns baiden noch mehr Schwierigkaiten. Ich bin nicht dafür geboren, glücklich zu sain, Louie. Kannst du es mir verübeln, daß ich alles chaben will, alles, rasch, bevor es zu spät ist?«

Ihre dunkelbraunen Augen, in denen plötzlich Tränen standen, hatten die übliche Wirkung auf Lou. Er hätte in diesem Augenblick mit Mary Schluß gemacht, auf kultivierte und anständige Art und Weise, ihr in blumigen Worten gesagt, daß sie gut, ja sogar besser ohne ihn auskommen könnte, daß es Frauen gab, die das nicht konnten, Frauen, oder besser, eine Frau, die in ihrem Leben schon soviel durchgemacht hatte, daß sie es zu schätzen wußte, unter dem Schutz eines Mannes wie Lou Donovan zu stehen. Er hatte eine seiner heimlichen, verlockenden Visionen von der Seligkeit, dieses zauberhafte kleine Wesen ein für allemal zu besitzen, dieses heimliche Vergnügen immer genießen zu können und nicht nur sporadisch und ohne jede Sicherheit. Das Bild Marys und der Stolz auf die Verbindungen zur Familie Harrod verschwanden mit dem plötzlichen Verlangen, Trina in die Arme zu nehmen und nie mehr loszulassen. Diese überstürzt gefaßten Vorsätze lösten sich für gewöhnlich im Laufe seiner anschließenden Überlegungen in Luft auf: Wenn Trina seine Frau wäre, wen gab es dann für die kleinen Seitensprünge, die seinem Leben erst die richtige Würze verliehen? Eine Ehefrau auf einer Geschäftsreise zum Beispiel war einfach eine Ehefrau, schlecht fürs Geschäft, eine gefährliche Zurschaustellung schicksalhafter Gebundenheit, ganz anders als der günstige Eindruck, unabhängig zu sein.

»Tommy ist nicht verchairatet«, sagte Trina, während sie sich aufsetzte und ihre Knie umfaßte. Der junge Mann ließ immer noch seine sehnigen Muskeln im glitzernden Wasser spielen und hielt nur ab und zu inne, um Trina zuzuwinken.

»Mit einundzwanzig wird er sich wohl kaum den Kopf darüber zerbrechen«, sagte Lou. »Mich würde nur interessieren, wie er die dreißig Dollar pro Tag für sein Zimmer bezahlen kann, obwohl er schon seit einem Jahr keinen festen Job mehr hat. Ich verstehe nicht, wie er es sich leisten kann, in diesem Hotel zu wohnen.«

»Er ist wie ich«, sagte Trina. »Er mag die Pfaue und die Flamingos. Und die chübschen Fische im Spaisesaal. Nicht jeder ist so wie du, Louie, und sieht nur die Beefsteaks und die Schildkrötensuppe.«

Es war ein Tag der Blondinen am Hotelstrand, und dieser Überfluß an blonden Frauen in eisblauen Badeanzügen oder weißen Shorts lenkte wahrscheinlich die Augen auf Trinas wallendes braunes Haar und auf die stolze Haltung ihrer kleinen Gestalt, als sie zu Tommy ans Wasser ging. Lous Wertschätzung ihrer Kurven wurde durch das Wissen getrübt, daß viele diese Wertschätzung mit ihm teilten. Trina verwendete sehr wenig Make-up, und ihr Benehmen in der Öffentlichkeit war höchst diskret; nie ließ sie ihren Blick schweifen, und wenn irgendein unverschämter Unbekannter versuchte, sie in Verlegenheit zu bringen, indem er sie ständig anstarrte, dann senkte sie ihn vorwurfsvoll. Ihre Sittsamkeit und offensichtliche Angst vor männlichen Angriffen verliehen ihrem nur durchschnittlichen Aussehen einen besonderen Reiz, und Lou störte es immer wieder, wenn er merkte, daß sie auf so viele anziehend wirkte. Für einen Mann wie Lou, der sich ungern auf feste Affären einließ, war der Gedanke quälend, daß er seine kleine Freundin nicht ungestraft vernachlässigen durfte. Wenn er jetzt weg müßte, würde Tommy wahrscheinlich sofort die Initiative ergreifen oder es zumindest versuchen. Eben als er diesen irritierenden Gedanken auskostete, kam ein Angestellter des Hotels herunter zum Strand und überbrachte ihm ein Telegramm.

»BITTE UM TREFFEN HOTEL MAYFLOWER WASHINGTON DIENSTAG BESPRECHUNG WEGEN CASTLES-KOMPLIKATIONEN NEW YORK DONNERSTAG STOP ROSENBAUM.«

Das Telegramm war vom Lord-Baltimore-Hotel in Baltimore weitergeleitet worden, wo er sich im Augenblick befinden sollte. Trina, die mit Tommy zurückkam, sah ihn fragend an.

»Ich muß auf der Stelle wieder in den Norden fliegen«, sagte Lou kurz angebunden.

Trina machte ein langes Gesicht.

»Können wir nicht bis morgen warten?« flehte sie. »Es ist unser ainziger wirklich echter Urlaub, Louie, du und ich. Wie aine Hochzeitsraise. Bist du nicht gern auf einer Hochzeitsraise mit mir, Louie?«

»Doch«, sagte Lou.

Trina nahm seinen Arm.

»Unsere richtige wird noch viel besser, warte nur«, sagte sie. »Wir müssen jetzt gehen und das besprechen, Tommy. Komm doch und trink Champagner mit uns, wenn du dich umgezogen chast.«

Als sie wieder auf ihrem Zimmer waren, versuchte Lou, energisch zu sein. Rosenbaum hatte gesagt, er solle zu einer bestimmten Zeit in Washington sein, und es war seine Pflicht, dort zu erscheinen. Er saß auf der Bettkante und nahm den Telefonhörer, um den Termin zu bestätigen, aber Trina warf sich aufs Bett, schlängelte sich auf seinen Schoß und nahm ihm den Hörer weg.

»Wenn du dich sowieso am Donnerstag in New York mit ihm treffen mußt, warum mußt du dann zuerst noch nach Washington?« schmollte sie.

Da war was dran, aber im Geschäft konnte man nicht auf einen Fehler des Kunden hinweisen, nur weil es einem gerade in den Kram paßte. Andererseits – was der Kunde nicht weiß, macht ihn nicht heiß, und Mrs. Kameray überredete ihn zu einem äußerst angenehmen Stündchen, und beide lachten bei der Vorstellung, daß der kubanische Apollo unten geduldig auf sie wartete.

»Armer Tommy«, seufzte Mrs. Kameray mit glänzenden Augen. »Er wird sich große Sorgen um uns machen.«

Das Telefon läutete.

»Wenn das Rosenbaum ist, dann sage ich ihm, daß ich nicht vor morgen hier wegkomme«, sagte Lou, aber der Anruf kam gar nicht von Rosenbaum. Er kam von Mrs. Donovan aus Chicago. Sie wolle mit Mr. Donovan persönlich sprechen, sagte die Telefonistin, und *nicht* mit Mrs. Donovan. Trina, die mitgehört hatte, amüsierte diese Mitteilung fast so sehr wie die Vorstellung, daß Tommy wartete. Lou jedoch war so beunruhigt, daß er beschloß, sofort abzureisen. Womöglich würde Mary sich wie Flo verhalten und nach Miami kommen, um die falsche Mrs. Donovan kennenzulernen. Er wußte, daß Trina für seine Angst wegen Mary nicht das geringste Verständnis hatte.

»Sag ihr schnellstens, daß du dich schaiden lassen willst, um mich zu chairaten«, sagte sie. »Willst du, daß ich mir ainen anderen Ehemann zulege? Wenn ich kainen Ehemann chabe, muß ich wieder zurück nach Europa. Willst du, daß ich umgebracht werde, Louie, oder willst du, daß ich mich in ainen anderen Ehemann verliebe?«

»Sagen Sie Chicago, Mr. Donovan sei abgereist«, wies Lou die Telefonistin an.

Sie gingen schweigend hinunter, Lou mit unbewegtem Gesicht, Trina mit zartem Pfirsichteint, frisch und elegant in ihrem hübschen kleinen weißen Flanellkostüm, die braunen Augen voll Trauer, die vollen Lippen zitternd. Der junge Kubaner merkte, daß nicht einmal der Champagner die Laune seiner Freunde hob. Er wollte wissen, weshalb.

»Weil Louies Frau uns so viele Schwierigkaiten macht, deschalb«, erklärte Trina ernst. »Sie will nicht, daß er auch nur aine Minute lang glücklich ist. Bestimmt wäre sie netter, wenn du ihr gelegentlich ain Geschenk mitbringen würdest, Louie, hmm?«

»Oh, sicher«, sagte Lou mißmutig. Es gefiel ihm nicht,

wenn Trina dauernd von Mary redete. Er hatte nicht die Absicht, Mary alles zu gestehen, andererseits hatte er es seit Wochen nicht mehr gewagt, ihr alleine gegenüberzutreten. In einer so heiklen Situation bestand die einzige Möglichkeit darin, Zeit zu gewinnen. Der Wink mit den Geschenken brachte ihn auf eine Idee.

»Weißt du was, du fährst mit dem Schiff nach New York, und ich mache am besten einen kurzen Zwischenstop in Washington«, schlug er vor. »Du kannst in New York einen Einkaufsbummel machen.«

»Was schenkst du dainen Freundinnen, Tommy?« fragte Trina keck den jungen Musiker, der sie nach wie vor bewundernd ansah. Die Frage schien ihn zu erstaunen.

»Aber wozu sollte der Mann etwas schenken?« rief er. »Die Dame sollte die Geschenke machen. Die Dame macht immer die Geschenke. So ist es viel besser.«

Der Kellner brachte den Fahrplan, und Lou überflog ihn. Trina war nun zufrieden darüber, daß er für sie beide plante, wie es ihm paßte. Sie könnte nach New York fahren und in seinem Büro persönlich einen Bericht über die Ergebnisse ihrer Reise abliefern. Sie könnte auch gleich den Major selbst kontaktieren, dachte Lou. In der Zwischenzeit würde er, Lou, sich mit Rosenbaum in Washington treffen und in Erfahrung bringen, was überhaupt los war; er würde sogar zur Sprache bringen, so sagte er liebenswürdig zu Tommy, wie wichtig es sei, Tommy Padillas Band zu engagieren. Tommy war entzückt.

»Sagen Sie Mr. Rosenbaum, daß das meine Band gewesen sei, die ihm vergangenen Montag im El Dorado so gut gefallen hat«, sagte er. »Sagen Sie Mr. Rosenbaum das.«

Lou zuckte mit keiner Wimper.

»Mach ich«, sagte er.

Er sah Mrs. Kameray nicht an, und sie nippte weiter gelassen an ihrem Champagner.

»Der alte Rosebush war letzte Woche also in Havanna«, murmelte er.

»Chab ich das nicht erwähnt?« Trina sah ihn aus hübschen

braunen Augen treuherzig an. »Aber ich chab dir doch erzählt, wie viele Freunde ich in Chavanna chabe. In Puerto Rico chabe ich auch Freunde. Aber Kuba mag ich am liebsten. Ich mag es, wie die Flugzeuge steil zur Landung ansetzen, wenn sie über die Stadt fliegen, wie in ainem Zirkus, wenn der Raiter sich hinunterbeugt, um das Taschentuch mit den Zähnen aufzucheben, ach, ist das chinraißend.«

»Chinraißend?« äffte Lou sie nach.

»Und die Autos, die so schnell fahren, zisch, zisch, so schnell den Hügel chinabrollen, und Revolver und Umzüge mit Schlägereien, ich finde es wundervoll.«

»Bei den Kubanern ist ein Leben nicht viel wert«, bekannte Tommy strahlend.

»Ich könnte für immer in Kuba leben«, seufzte Trina. »Für mich ist es wie ain klaines Cherz, weißt du, es pocht und tanzt wie ain kleines Cherz.«

»Genau!« rief Tommy. »Das ist Havanna für mich auch.«

Für Lou war Havanna ein Ort, an dem Trina ganz ungeniert eine Woche mit Rosenbaum verbracht hatte, während er in Miami auf sie wartete. Die einzige Möglichkeit, sie je von Rosenbaum loszueisen, bestand darin, sie zu heiraten, und ihm war klar, daß es sie nicht im geringsten störte, daß er es herausgefunden hatte, weil sie ganz genau wußte, daß dies ihren Absichten nur zuträglich war. Er hätte ihr gerne Vorwürfe gemacht, aber womit sollte er ihr drohen? Sie war es, die die Peitsche schwang, indem sie sich mit Tommy so angeregt über die schlichte Freude unterhielt, die es einem bereitete, in La Playa schwimmen zu gehen und im Sans Souci in der stillen tropischen Nacht zu tanzen. Tanzen mit Rosebush? Schwimmen mit Rosebush? Lou wagte nicht einmal, danach zu fragen.

19

In Rosenbaums Suite im Mayflower speiste Lou mit Mrs. Rosenbaum, Rosenbaum, ihrer kleinen Nichte Hilda und einer dunklen, hageren, eindringlich blickenden, unverheirateten Schwester von Mr. Rosenbaum namens Liza. Während des Dinners stattete ihnen ein dünner Medizinstudent mit Brille, Rosenbaums Erbe, einen Kurzbesuch ab und aß auf dringendes Geheiß seiner Mutter ein Stück von ihrer Bananentorte, worauf er sich wieder verabschiedete. Das war Everett. Die gesamte Familie Rosenbaum schien sich von der Park Avenue nach Washington bemüht zu haben, um irgendeiner Universitätsfeier beizuwohnen, bei der Everett eine wichtige Rolle spielte. Mrs. Rosenbaum war eine etwas welke Walküre, groß, blond und gebieterisch, die sehr wenig redete und mit herrischer Geste ihre Befehle gab oder einfach einen Namen rief, als seien den Familienmitgliedern ihre Pflichten schon so eingeprägt, daß der Klang des jeweiligen Namens einen festgesetzten Handlungsablauf auslöste.

»Hilda!« rief sie, und die unscheinbare kleine Zehnjährige mit den rotblonden Zöpfen aß auf der Stelle ihr Gemüse auf.

»Liza!« rief sie. »Liza!«

Und die arme Liza, deren Name am häufigsten fiel, stürzte los, um die Rolläden herunterzulassen, die Tür zu öffnen, Hildas Serviette aufzuheben, Mr. Donovans Fragen zu beantworten, die Butter weiterzureichen oder Everett die Glückwunschtelegramme der anderen Verwandten zu zeigen. Die meisten dieser kurzen Befehle schienen nicht ihrer eigenen Befriedigung zu dienen, sondern dem Zweck, ihrem Mann Ärger zu ersparen, der während der ganzen fünf Gänge sinnierend dagesessen war, sich kaum bemüht hatte, seinen Gast zu unterhalten, und aus seinen Brötchen kleine Kügelchen geformt hatte, die auf dem Tischtuch lagen, ein Zeichen schlechter Laune, wie Mrs. Rosenbaums aufmerksame blaue Augen feststellten.

»Mein Mann ist sehr müde«, sagte sie zu Lou. »Er hat keinen Appetit. Er ruiniert noch seine Gesundheit für den Major. Er ist ein Familienvater, und es ist schwer für ihn, wenn er soviel Zeit getrennt von uns verbringen muß.«

»Everett sieht er öfter als uns«, sagte Liza. Ihr schmales vertrocknetes Gesicht leuchtete vor Ehrfurcht, wenn sie Rosenbaum ansah, so wie es schon seit fünfundzwanzig Jahren leuchtete, denn so lange genoß sie bereits das Privileg, der Frau ihres Bruders behilflich zu sein, ihm jeden Wunsch von den Augen abzulesen.

»Na ja, er ist eben mein einziger Sohn«, sagte Rosenbaum.

»Unsere zwei Töchter sind über die Semesterferien auf einer Kreuzfahrt«, erklärte Mrs. Rosenbaum. »Sie sind sechzehn und achtzehn. Nach Mittelamerika. Sie wollten sie bis zum Sommer verschieben und dann nach Europa fahren, aber Vater sagt, die Lage dort ist zu unsicher.«

Castles-in-the-Woods wurde nie erwähnt, und Lou wurde unruhig. Die Kellner räumten den Tisch ab, Rosenbaum bot ihm eine Zigarre an, Hilda und Liza drehten das Radio in der Ecke des Wohnzimmers an und hörten sich mit melancholischer Aufmerksamkeit und ohne ein Lächeln »Major Bowes' Stunde« an. Mrs. Rosenbaum holte ihr Strickzeug hervor und setzte sich neben Lou auf das Sofa.

»Everett muß heute abend einen Artikel vorbereiten, deshalb konnte er nicht bei uns bleiben«, sagte sie. »Für morgen hat er uns in das Haus seiner Studentenverbindung zum Tee eingeladen, und dann sehen wir ihn nicht mehr bis Juni, wenn die Ferien beginnen.«

»Wir haben es sehr schön hier«, machte ihr Mann sie aufmerksam. »Es ist eine nette Abwechslung für euch. Schade, daß ich nicht bis übermorgen bleiben kann.« Lou unternahm einen Fluchtversuch: »Wenn das Ihr letzter Abend ist, dann schlage ich vor, wir gehen hinunter, trinken einen Brandy und hören uns die Kapelle an. Oder wir fahren ins National und sehen uns dort den letzten Teil der Show an.«

Mrs. Rosenbaum schüttelte den Kopf und lächelte, während ihre Stricknadeln flogen.

»Wir mögen keine öffentlichen Restaurants«, sagte sie. »Es ist uns am liebsten, wenn es so ist wie zu Hause. Schließlich sind wir hierhergekommen, um unseren Sohn zu besuchen, nicht die Stadt. Aber du kannst ruhig mit ihm ausgehen, Vater.«

Lou war erleichtert, als er sah, daß dem Gebieter dieser Vorschlag zusagte. Er ging in sein Schlafzimmer, um sich einen Hut zu holen.

»Liza! Hilda!« befahl Mrs. Rosenbaum, und die beiden eilten herbei, um sich von dem Gast zu verabschieden. Das kleine Mädchen machte einen Knicks.

»Wenn sie will, kann sie Englisch reden«, sagte Liza liebevoll, »aber sie ist schüchtern. Sie ist so froh, daß sie hier ist.«

Lou wußte nicht, was er sagen sollte.

»Man sollte diesen Typ von Hitler erschießen«, sagte er. »Er ist ein böser Mann, hm, Kleines?«

Hilda brach in Tränen aus und verbarg ihr Gesicht hinter ihrer Tante Liza.

»Sie erträgt es nicht, wenn jemand etwas Schlechtes über jemand anderen sagt«, erklärte Liza entschuldigend. »Sie sagt, sie wolle nicht, daß jemand böse zu jemand anderem ist. Dann muß sie weinen.«

»Tut mir leid«, sagte Lou verlegen.

Etwas in den braunen Augen des kleinen Mädchens erinnerte ihn in Trina, beide schienen traurige Menschen zu sein, traurige, liebenswerte Menschen, denn auch Trina mochte keine Lieblosigkeiten, wie ihm schien. Das war es, was Trina von einer flüchtigen Affäre unterschied: Trina war traurig und liebenswert und einsam, genau wie die kleine Hilda. Vielleicht hatte Rosenbaum das auch gemerkt. Das erinnerte Lou daran, daß Trina andere Charakterzüge hatte, die auf Hilda nicht so ganz zutrafen und zweifellos auch nie zutreffen würden, aber jetzt vermischten sich die beiden in seinem Kopf, und er beschloß, Trina ein Armband zu schenken, um damit wiedergutzumachen, daß Hilda seinetwegen geweint hatte.

Das Abkommen zwischen der Weltausstellung und Castles sei geplatzt, teilte Rosenbaum Lou im Occidental mit, in das sie auf einen Highball gegangen waren. Und da der Vertrag mit San Francisco an den mit New York gebunden war, sei der auch geplatzt.

»Aber es war doch schon alles unter Dach und Fach«, sagte Lou. »Was ist schiefgegangen?«

Rosenbaum zuckte die Achseln. »Die Welt hat nicht mitgespielt«, sagte er. »Man kann Geschäftspartner nicht dazu zwingen, Verträge einzuhalten, wenn die Politik dazwischenkommt. Abgesehen davon hätten beide Projekte uns eher Prestige als Profit eingebracht. Wir verlieren nichts.«

»Wir?« lachte Lou freudlos. »Sie meinen wohl, Sie und der Major verlieren nichts. Ich schon. Die Firmen, mit denen ich Verträge habe, verlieren. Whittleby Cotton zum Beispiel.«

Rosenbaum rauchte schweigend. Der Typ ging Lou auf die Nerven. Zitierte ihn nach Washington, nur um ihm die schlechte Nachricht mitzuteilen. Einfach so. Der Vertrag mit der Weltausstellung ist geplatzt, sagt er, raucht seine Zigarre und schaut mit unbewegtem Gesicht auf den Tisch, man wußte nicht, was er dachte, aber es war klar, daß er ohne Verluste aussteigen konnte, für die langjährige rechte Hand des Majors gab es da keine Schwierigkeiten.

»Wie hat es der Major aufgenommen?« fragte Lou.

Er würde dem Kerl nicht die Freude machen, sich anmerken zu lassen, wie sehr ihn dieser Verlust persönlich traf, die kleinen Anteile, die er hier und dort für sich abgezweigt hatte und die jetzt schrumpften oder überhaupt verloren waren.

»Der Major weiß es noch nicht«, sagte Rosenbaum ernst. »Der Major ist nämlich ein sehr kranker Mann. Wir haben es der Presse nicht mitgeteilt, es wäre keine gute Idee, es bekanntzumachen – wegen all seiner vertraglichen Verpflichtungen, Sie wissen schon –, aber der Major hat vor zwei Tagen einen Schlaganfall erlitten.«

»Aber das ist doch nicht – das kann er doch nicht machen!« rief Lou in aufrichtiger Empörung. »Was sollen wir denn ohne den Major anfangen?«

Rosenbaums verdammte Zigarre. Er zog daran, als verrate sie ihm die richtigen Antworten.

»In erster Linie waren es die Schwierigkeiten mit seiner Frau«, sagte Rosenbaum nach eingehender Beratung mit seiner Zigarre. »Der Major ist zu Hause nicht der Beherrschteste, und darüber hinaus ist er ein sehr eifersüchtiger Mann. Nach einem Krach verläßt seine Frau ihn gewöhnlich, sie lassen sich scheiden oder trennen sich, dann heiraten sie wieder, dann hat er wieder einen Eifersuchtsanfall, und das Ganze fängt von vorne an. Das letzte Mal hat das Herz nicht mehr mitgemacht.«

»Das ist wirklich schlimm«, sagte Lou verbittert. »Das ist wirklich verdammt schlimm.«

Und wenn schon, die Sache mit der Weltausstellung war geplatzt, aber das war nicht der wichtigste Punkt in ihrem Programm. Sie hatte das Ihre getan, um die Idee mit Castles publik zu machen, und es war gut fürs Prestige gewesen, aber die Weltausstellung war nicht alles, Teufel noch mal. Doch was ihn ärgerte, war, daß ein Millionär, nur weil er das Sagen hatte, sich einfach verkrümeln und sagen konnte: »Die Sache wird ein bißchen schwierig, Jungs, ich glaube, ich werde mir einen kleinen Schlaganfall gönnen.«

»Sie sind viel gebräunter als das letzte Mal«, sagte Rosenbaum und sah Lou plötzlich direkt in die Augen.

Lou erwiderte den Blick.

»Sie auch«, sagte er.

»Ich habe nicht gewußt, daß Sie soviel Zeit im Süden verbringen«, sagte Rosenbaum. »Sie haben Glück, daß Sie sich ein wenig amüsieren können.«

»Ich hab immer Glück«, sagte Lou und klopfte auf Holz.

»Vielleicht hat Ihnen die Eröffnung Ihres New Yorker Büros Glück gebracht«, sagte Rosenbaum. »Wie ich höre, war dieses Jahr Ihr bisher erfolgreichstes.«

»Ich verdiene genug, um die Einkommenssteuer vom letzten Jahr zu bezahlen«, sagte Lou vorsichtig, weil er nicht wußte, was als nächstes kommen würde. »Was will man mehr?«

»Das letzte Jahr war also auch gut.« Rosenbaum nickte nachdenklich.

»Sie haben verdammt recht, das letzte Jahr war auch gut«, sagte Lou. »Schließlich verstehe ich was von meinem Geschäft, mein Lieber.«

»Sie sind ein talentierter Mann, Donovan«, stimmte Rosenbaum zu. »Sie haben einiges auf dem Kasten.«

Aber – ? Lou wartete.

»Also los, was wollen Sie mir noch sagen?« fragte er lächelnd.

Rosenbaum musterte gedankenversunken die Fotos, die an den Wänden hingen. Vielleicht lieferten sie ihm zusammen mit der Zigarre die Antworten. Lou hatte keine Ahnung, worauf er hinauswollte, halb freundlich, halb unheimlich und so bedrückend melancholisch wie irgendein großer Spekulant, der darauf wartet, daß der Staatsanwalt ihn erwischt.

»Sagen Sie es mir doch selbst«, sagte Rosenbaum. »Ich meine, was haben Sie vor? Was kommt als nächstes? Schwebt Ihnen eine Reihe von Zweigstellen im ganzen Land vor, mit Tausenden von Leuten, die für Sie arbeiten, Hotelunternehmensberatung im großen Stil, haben Sie vor zu investieren, vielleicht sogar zu kaufen und zu verkaufen, anstatt nur zu empfehlen?«

»Das ist nichts für mich«, sagte Lou. »Mit weniger Ballast bin ich schneller. Ich muß flexibel sein, meinen Standort jederzeit wechseln können. Es genügt, wenn ich mich um ein halbes Dutzend großer Aufträge kümmere. Die Arbeit, die ich mache, kann man nicht delegieren. Klein, aber persönlich und anspruchsvoll, das ist meine Maxime.«

»Richtig so«, pflichtete Rosenbaum ihm bei. »Das entspricht Ihrer Persönlichkeit. Sie sind ein Glückspilz, Donovan.«

»Ich verlasse mich nie aufs Glück«, sagte Lou. »Ich arbeite hart und mit Köpfchen. Mit diesem Rezept kann man nichts falsch machen. Es sind die Typen, die sich aufs Glück verlassen, die verlieren. Ich für mein Teil lerne ständig dazu. Neue Methoden. Neue Entwicklungen. Man muß dranbleiben.«

»Ich würde den Faktor Glück nicht unterschätzen«, sagte Rosenbaum. »Man kann hart und mit Köpfchen arbeiten und trotzdem verlieren.«

»Nicht, wenn man so arbeitet wie ich«, grinste Lou. »Ich gehe kein Risiko ein.«

»Nehmen Sie den Krieg in Spanien, die Unruhen, die politischen Säuberungen«, fuhr Rosenbaum nachdenklich fort. Weiß Gott, worauf er hinauswollte, aber Lou war auf der Hut. »Es hat dort sicher eine Menge intelligenter Geschäftsleute gegeben, denen ihr helles Köpfchen nichts genützt hat. Den Major hat sein Köpfchen nicht davor bewahrt, an einem lächerlichen Eheproblem zu scheitern. Nein, man braucht Glück. Vielleicht ist das alles, was man braucht.«

Ein eindeutiger Seitenhieb, aber Lou ging nicht darauf ein. Sollte Rosenbaum andeuten wollen, daß seine geschäftlichen Erfolge lediglich auf Glück beruhten, nicht auf Verstand, na schön, das konnte er ihm ein andermal heimzahlen. Man mußte abwarten können, um jemandem etwas richtig heimzahlen zu können. Man mußte ihn im Ungewissen lassen.

»Ich weiß nicht, ich weiß nicht.« Rosenbaum schüttelte müde den Kopf. Die Leber, dachte Lou, es muß eine kranke Leber sein, die einen so verdrossen macht wie Rosenbaum. »Nehmen wir zum Beispiel an, der Major stirbt. Es stellt sich heraus, daß der gesamte Besitz in Maryland an die Regierung geht, für Armeeangehörige im Ruhestand und deren Familien. Der Major hatte was übrig für die Armee.«

»Was ist, wenn der Major stirbt?«

Lou starrte ihn völlig konsterniert an.

Rosenbaum nickte.

»Das ist sein letzter Wille. Ich weiß es selbst erst, seit ich gestern mit seinen Anwälten gesprochen habe.«

Lou trommelte auf dem Tisch herum und überlegte.

»In dem Augenblick, in dem er abtritt, war also die ganze Arbeit an Castles für die Katz?«

»Falls er abtritt«, bestätigte Rosenbaum. »Das wird er wahrscheinlich nicht. Aber wir wissen wenigstens, wo wir stehen. Jetzt ist alles Glückssache.«

»Sie machen mir vielleicht Spaß«, sagte Lou. »Nach all der Arbeit, die wir in diese Sache investiert haben. Sie haben meine Gutachten gesehen. Sie haben die Pläne gesehen.«

»Ich weiß. Sie werden Ihr Honorar auf jeden Fall kriegen«, sagte Rosenbaum. »Man wird die geplatzten Verträge so gut wie möglich aus dem Nachlaß begleichen.«

Lou lächelte gequält. Rosenbaum wußte sicher ganz genau, daß das Honorar den geringsten Teil der Donovanschen Profite ausmachte. Das große Geld machte er unter der Hand.

»Das wird mir bei neuen Geschäften eine große Hilfe sein, die vielen Prozesse wegen geplatzter Verträge«, sagte er. »Wirklich großartig.«

»Das läßt sich regeln«, sagte Rosenbaum. »Sie werden nichts verlieren.«

Darauf konnte er Gift nehmen. Er würde einen Preis für die nicht in Anspruch genommenen Leistungen verlangen, der sich gewaschen hatte.

»Waren Sie mit Mrs. Kamerays Arbeit zufrieden?« fragte Rosenbaum. Er sah Lou nicht an, sondern starrte weiter auf das Tischtuch.

»Voll und ganz. Mrs. Kameray ist eine äußerst intelligente Frau und hat einen sehr guten Eindruck hinterlassen. Was ihre Arbeit betrifft, so läßt sie nichts zu wünschen übrig. Sie hat einige ausgezeichnete Kontakte zustande gebracht und auch vor Ort sehr gut gearbeitet.«

Na, wie gefällt dir das? Wenn du was herausfinden willst, dachte Lou, probier's nur, bloß so um den heißen Brei herumzureden wird dir nicht viel bringen. Derselbe Gedanke mußte Rosenbaum gekommen sein, denn plötzlich faltete er die Hände und blickte Lou einen Augenblick lang schweigend ins Gesicht.

»Ich weiß alles über Sie und Mrs. Kameray«, sagte er. »Ich habe gewußt, daß sie sich in Miami wahrscheinlich mit Ihnen treffen würde, genau wie sie sich in St. Louis und an der Pazifikküste mit Ihnen getroffen hatte. Ich kenne Sie nicht, aber ich kenne Trina. Trina will geheiratet werden. Trina will Geborgenheit und Sicherheit, und sie wird sich einen Amerikaner zum Ehemann nehmen. Man kann ihr das nicht vorwerfen. Ein Mensch, der herumgestoßen worden ist, von einem Land ins andere, von der Revolution, von der Politik, vom Krieg – ein solcher Mensch beschließt, die eigene Haut um jeden Preis zu retten. Sicherheit, das ist alles. Man kann Trina nichts vorwerfen.«

Jetzt war es Lou, der auf der Suche nach einer Antwort den Tisch und die Fotos an den Wänden anstarrte.

»Niemand kann ihr etwas vorwerfen«, war alles, was er herausbrachte.

Rosenbaum interessierten seine Antworten ohnehin nicht. Er schien sie zu kennen.

»Ich treffe mich jetzt schon seit fünf Jahren regelmäßig mit Trina. In London, Paris. Bei ihren Besuchen hier. Ich habe mehr für sie getan als jeder andere. Ich werde immer mehr für sie tun können als jeder andere. Was ich aber nicht kann, ist sie heiraten.«

Lou beschäftigte sich mit seinem Drink. Das war die Art von Unterhaltung, die er am wenigsten mochte. Wenn Rosenbaum seine Karten auf den Tisch legen wollte, schön, aber er sollte verdammt sein, wenn er, Donovan, das auch tat. Er war ohnehin nicht sicher, was für ein Blatt er hatte. Er würde abwarten, das war das Beste.

»Sie haben meine Situation heute abend mit eigenen Augen gesehen. Ich bin ein Familienvater. Ich habe Gefühle. Ich liebe meine Frau und meine Mädchen, meinen Sohn. Selbst wenn das nicht der Fall wäre – ... Sie haben diese Gefühle nicht. Sie können Ihre Frau verlassen und Trina ohne Gewissensbisse heiraten. Ich kann Sie nicht davon abhalten.«

»Mit meiner Ehe ist auch alles in Ordnung«, sagte Lou langsam. »So einfach ist das nicht.«

Rosenbaum machte eine abfällige Geste mit der Hand.

»Was heißt schon glückliche Ehe! Dem Mann, der Probleme mit seiner Frau hat, geht es noch am besten. Er kann sie verlassen, mit Recht. Aber was ist mit uns anderen und unseren Frauen, die uns von Anfang an zur Seite gestanden sind – und dann verändern wir uns, wir entwickeln uns weiter und sie nicht, sie machen weiter wie immer und schauen uns verwirrt dabei zu, wie wir uns verändern, reich werden und aufleben, und sie sind gekränkt und ratlos und sogar wütend, weil sie nicht einmal mehr wissen, wie unsere Lieblingsspeise heißt, wir essen die Krapfen nicht, die sie backen, aber sie verstehen nicht, warum sich unser Geschmack geändert hat. Und sie tun uns leid, weil wir sie früher geliebt haben, deshalb müssen wir weitermachen. Wir trennen uns nicht gern von unseren Erinnerungen und unseren Gewohnheiten, den Gewohnheiten, die uns erst bewußt werden, wenn wir aus ihnen herausgerissen werden.«

Es war nicht gerade angenehm zu erfahren, daß Mrs. Kameray auch Rosenbaum schon seit Jahren in den Ohren lag, sie zu heiraten. Lou hatte ihre diesbezüglichen Aussagen so verstanden, daß er selbst ihr das vorgeschlagen hatte, daß sie aber wegen Lou Donovan auf dieses Angebot verzichtet hatte. Sie habe seinetwegen wirklich alle aufgegeben, sagte sie, weil ihre kleinen Liebesaffären bis zu dem Augenblick, als sie ihn kennenlernte, so unbefriedigend gewesen seien. Kein Zweifel, daß sie ihn ein wenig mit Rosenbaum betrog, aber eigentlich betrog sie ihn nicht wirklich, es war eher eine kleine Machtdemonstration, damit er machte, was sie wollte. Und es funktionierte.

»Aber wie ich höre, werden Sie sich scheiden lassen«, sagte Rosenbaum. »Ich kann das nicht. Sie haben gesehen, daß das unmöglich ist. Ich wollte, daß Sie meine Situation mit eigenen Augen sehen, damit Sie verstehen, daß es nicht daran liegt, daß mir Trina nichts bedeutet. Es ist – na ja, sie haben es ja gesehen.«

Das war es also gewesen, was ihn die ganze Zeit belastet hatte, er hatte überlegt, ob er sich dazu entschließen sollte zu tun, was Trina wollte. Und sie hatte ihm mit dem Wörtchen »sonst« gedroht. Dieses »sonst« war Lou. Dem alten Knaben hatte es zweifellos die größte Genugtuung bereitet, ihm dafür, daß er ihm seine frühere Geliebte überlassen mußte, die Geschäftsgrundlage zu entziehen. Das war ihm sicher ein Trost gewesen. Kein Wunder, daß er sich keine Sorgen machte, obwohl der Major im Sterben lag und das Castles-Projekt in der Luft hing.

»Sie werden sie heiraten, da kann ich nicht mithalten«, sinnierte Rosenbaum. »Vielleicht wollen auch Sie Ihre Familie nicht zerstören, aber Sie werden es tun, um Trina zu bekommen.«

»Vielleicht«, sagte Lou. »Ich bin mir nicht sicher.«

Rosenbaum bedeutete dem Kellner mit einem Wink, daß er zahlen wollte.

»Wenn Sie die Maschine erwischen wollen, sollten wir besser gehen«, schlug er vor. Sie holten ihre Hüte, beide mit düsterer Miene, nicht sicher, was sie voneinander halten sollten. Lou nahm ein Taxi, aber Rosenbaum beschloß, noch eine Weile spazierenzugehen, bevor er in sein Hotel zurückkehrte.

»Ich kann Ihnen jetzt schon sagen, daß eine Ehe mit Trina Ihre Zukunft nicht ein für allemal klären wird. Trina gibt nie etwas auf. Selbst wenn sie mit Ihnen verheiratet wäre, könnte sie nicht ohne mich auskommen. Gute Nacht.«

20

Was für eine ekelhafte Stadt, was für eine falsche, undankbare, häßliche, verdorbene, widerliche Stadt New York doch war, dachte Lou auf dem Weg zu Jay Oliver ins Biltmore. Man verbrachte die besten Jahre seines Lebens damit, mit seiner Arbeit dazu beizutragen, daß New York reicher wurde, ja, darauf lief es hinaus, und in dem Augenblick, in dem man beschloß, sich niederzulassen und dort zu bleiben, wendete die Stadt sich gegen einen. Fast ließe sich sagen, daß ihm die Stadt, seit er unter dieser guten Adresse im Telefonbuch stand und das Büro in der Fifth Avenue hatte, nur noch Unglück brachte. Die Kontakte, die er vom Büro in Chicago aus so problemlos geknüpft hatte, schmolzen dahin, sobald er, oder zumindest sein Büro, sich nur zwei Häuser weiter befand. Es war zwecklos. Die große Hotelkette, für die er zehn Jahre lang als Vermittler tätig gewesen war, wurde stutzig und meinte, es würden zu viele Provisionen bezahlt, ihr neuer Generaldirektor habe alles im Griff, vielen Dank. Die New Yorker Sekretärin war keine Miss Frye, sie teilte sich ihre Arbeitszeit selbst ein, und wenn das Büro nur wegen des mit einer New Yorker Adresse verbundenen Prestiges eingerichtet worden war, dann hatte das Ganze erst recht keinen Sinn, wenn gelegentliche Anrufer niemanden erreichten, was den Schluß zuließ, der Louis-Donovan-Service sei nicht mehr im Geschäft. Was Lou ärgerte, war, daß er so hart wie eh und je arbeitete, er verstand sein Geschäft besser denn je, er rüstete sich für die veränderten Verhältnisse in Europa, indem er Eisenbahnunternehmen und europäischen Fluglinien Vorschläge zur Errichtung amerikanischer Urlaubszentren unterbreitete, die die augenblicklich unsicheren ausländischen Ferienziele ersetzen sollten, Orte wie Sun Valley, damit der Urlauber sein Geld im Lande ausgab und nicht in Mexiko und Südamerika, in Ländern, die zur Zeit im Trend lagen. Jetzt, wo der Major freiwillig abgetreten und gestorben war, kochte er vor Wut, wenn er an den ganzen Winter dachte, den er mit Castles-in-the-Woods verschwendet hatte. Er hatte sein Honorar bekommen, das schon, aber das war nur ein Tropfen auf den heißen Stein im Vergleich zu dem, was er sich erwartet hatte. Und diese New Yorker Geschäftsleute. Feine Kerle, bis man sich zur Zusammenarbeit mit ihnen gezwungen sah, dann ging es gegen die Jungs von auswärts, zu denen er gehörte. Rosenbaum zum Beispiel. Nichts Böswilliges, nichts, was man ihm vorwerfen konnte, alles ganz sauber, nur eine ruhige, klare Abfuhr. Es bestand nicht einmal die Chance auf eine Kraftprobe. »Sie haben Ihr Honorar«, sagte er. »Ihre Verträge werden von der Nachlaßverwaltung mit den beteiligten Firmen geregelt. Legen Sie Ihren Tätigkeitsbericht vor. Schade. Tut mir leid.«

Jay Oliver war ihm schon länger nicht mehr über den Weg gelaufen, und er wußte nicht, was geschehen war, seit Truesdale Ebie für ihn ausfindig gemacht hatte. Es hieß, Whittleby Cotton sollte mit einer Firma aus Delaware fusionieren, was Jay in größte Schwierigkeiten bringen konnte. Na schön, würden sie eben eine Krisensitzung abhalten. Das war das Angenehme an einem Kumpel wie Jay, man mußte nicht so tun, als sei alles in Ordnung.

Jay war in der Bar und arbeitete an einem Scotch mit Soda.

»Wann hast du angefangen?« fragte Lou und setzte sich auf den Hocker neben ihm.

»Hab ich je aufgehört?« konterte Jay. »Hallo Lou.«

»Gott, wie ich diese Stadt hasse«, sagte Lou und bedeutete dem Barkeeper, daß er gern das Gleiche hätte.

»Hast du Lust, mit dem Zug um zehn nach zwei mit raus zu Ebie zu fahren?« schlug Jay vor. »Würde dir guttun, mal aufs Land zu kommen.«

»Ich würde Ebie gerne sehen«, sagte Lou, »sogar auf dem Land, aber ich hab um drei eine Verabredung mit Bill Massey bei Florabella. Es ist so ziemlich alles schiefgelaufen, seit ich in dieser gräßlichen Stadt angekommen bin.«

»Du mußt mal ausspannen«, riet ihm Jay. »Darüber wollte ich mit dir reden. Du tust so, als würde alles stillstehen, wenn du mal eine Pause machst, dabei stimmt das nicht. Es heißt, du bist das letzte Jahr wie eine Rakete durchs ganze Land gedüst, und wozu hat das alles geführt?«

»Stimmt«, sagte Lou. »Wozu?«

»Du siehst trotz allem gut aus, Lou.« Jay musterte ihn anerkennend. »Für den Anzug hast du sicher einiges hingelegt.«

Es war ein brauner, in sich gestreifter Kammgarnanzug. Mrs. Kameray mochte es, wenn er Streifen trug. Dazu trug er eine mahagonifarbene Krawatte, ein Prachtstück, um das Jay ihn beneidete.

»Ich hab einen neuen Schneider«, sagte Lou. »Ich schick dich zu ihm.«

»Zum Teufel damit«, sagte Jay. »Was bringt ein Anzug, wenn man sein letztes Hemd verloren hat? Was man dann braucht, ist ein Drink.«

Das war keine schlechte Idee, denn sie hatten eine Menge zu besprechen. Die Stornierung der Bestellung für Castles sei wirklich schade, fand Jay, aber auch nicht mehr. Die Fusion seiner Firma mit der aus Delaware verheiße nichts Gutes, sicher, aber es gebe auch noch andere Firmen. Er überlege sich, ins Hutgeschäft einzusteigen. Er habe einige Angebote. Er würde lieber weniger verdienen und dafür im Osten leben. Im Augenblick interessiere ihn einzig und allein, wie er den Zug nach Danbury um zehn nach zwei erwischen sollte.

»Ich muß einen Hund raus zu Ebie bringen«, sagte er. »Ich hab ihr einen jungen Hund gekauft.«

»Wo ist er?« fragte Lou und schaute sich um.

»Ein Bursche von Western Union geht mit ihm spazieren«, sagte Jay, »ich hab ihn um elf Uhr gekauft, und mit ihm komme ich nirgends rein, deshalb hab ich diesen Typen angeheuert, damit er mit ihm spazierengeht. Er kommt gleich wieder.«

»Hast du Rosenbaum mal gesehen?«

»Sicher hab ich ihn gesehen«, sagte Jay ganz offen. »Er hat gestern abend mit der kleinen Kameray im Versailles geturtelt. Daß der Major sich empfohlen hat, hat seine Pläne offenbar keineswegs vereitelt.«

Lou dachte daran, wie Mrs. Kameray tags zuvor mit bebender Stimme am Telefon gesagt hatte, der Tod eines so netten Mannes, wie der Major einer gewesen sei, mache sie unendlich traurig, Louie, sie müsse ständig weinen, ihre Nase sei rot, sie könne ihm so nicht unter die Augen treten. Für den alten Rosebush mußte es wohl genau die richtige Farbe gewesen sein. Lou hatte einen Verdacht gehabt, jedoch nicht gewagt, sie zu beschuldigen, statt dessen war er mit einem von Florabellas Mädchen ausgegangen, aber er war niedergeschlagen, es hatte ihm keinen Spaß gemacht. Er wußte, daß Rosenbaum höchst ungern in Nachtlokale ging, und als Gegenleistung dafür, daß er sie nicht heiratete, verlangte Mrs. Kameray von ihm, daß er sie wenigstens in nette Lokale ausführte und sich ihrer nicht schämte, damit er ihr nicht die Stimmung verdarb. Und sie sei eine Fremde, sie wolle ihr neues Land kennenlernen, es sei das Land, das sie liebe, ja, das sei es, selbst wenn sie bald wieder zurückfahren müsse, weil kein Amerikaner sie heiraten und die böse Regierung sie ins brennende Europa zurückschicken wolle. Lou hörte förmlich, wie sie Rosenbaum bezirzte, aber er fühlte sich deshalb kein bißchen besser. Der Gedanke, daß es bei den Leuten keinen guten Eindruck hinterließ, wenn Rosenbaum an dem Abend, an dem sein Chef starb, ausging und feierte, war ihm kein Trost. Rosenbaum hatte das schon im Griff. Um Rosenbaum brauchte sich niemand Sorgen zu machen.

Er bestellte einen doppelten Scotch, wohl wissend, daß er auf dem besten Weg war, sich einen anzusaufen, aber Jay hatte recht, es gab Schwierigkeiten, die sich nur durch einen Drink beseitigen ließen.

»Weißt du was, Lou«, sagte Jay, »ich möchte, daß du dir Ebies jungen Hund ansiehst. Ich weiß nicht so recht. Vielleicht ist er doch nicht das Richtige.«

Sie kippten ein paar zum Abschluß und gingen dann hinaus, um nach dem jungen Hund zu sehen. Der Junge von Western Union kam gerade mit ihm aus dem Central Park zurück, und Jay winkte ihm zu. Es war ein Bobtail, enorm groß und unbeholfen.

»Das nennst du einen Hund?« fragte Lou. Er sah aus, als wären zwei Männer unter einem Fell versteckt, wie ein Vers aus dem Vaudeville. Das war also der junge Hund, den Jay Ebie mitbringen wollte. Lou fand das witzig, und die beiden gingen lachend zur Grand Central Station, gezogen vom Hund. Es war nicht einfach, den Hund mit in den Zug zu nehmen, aber sie nahmen sich ein Privatabteil und schmuggelten ihn ein. Der Hund saß da, mit seinem riesigen, traurigen grauen Gesicht, und schaute von einem zum anderen. Seit sie durch Castles an das große Geld gekommen waren, hatten sie sich nicht mehr so gut amüsiert, und sie schlugen einander auf den Rücken und brüllten vor Lachen.

Lou zog seinen Mantel aus und hängte ihn ordentlich in den Wandschrank, und Jay streifte die Schuhe ab, und sie bestellten drei Runden Whisky, um dazwischen nicht warten zu müssen. Es war wie in alten Zeiten. Als der Zug abfuhr, läutete Jay nach dem Steward.

»Wie heißt der Lokführer dieses Zuges?« wollte er wissen.

Der Steward schüttelte den Kopf.

»Sagen Sie ihm, daß ich ab Stamford gerne fahren würde«, sagte Jay. »Hier ist meine Karte.«

Der Steward nahm sie zögernd.

»Sagen Sie ihm das«, drängte Jay. »Sagen Sie ihm, daß ich mich sonst beim Kundendienst beschwere. Oliver ist mein Name.«

Der Steward war noch immer unschlüssig.

»Würden Sie noch ein paar mittelgroße Blondinen aus Waggon 856 herschicken, bevor Sie Mr. Oliver zur Lokomotive begleiten?« fragte Lou mit ernster Miene. »Hier ist meine Karte.« Für einen weiteren Dollar war der Steward bereit, erstaunt zu tun, und nachdem er weg war, lachten Lou und Jay wieder. Der Hund blickte besorgt von einem zum anderen. Es machte Spaß, sich das Gesicht vorzustellen, das Ebie machen würde, wenn sie den Hund von der Größe eines Ponys sah, den Jay ihr mitbrachte.

»Spaß beiseite, wie hat Truesdale Ebie gefunden?« fragte Lou.

»Er hat ihr eine Farm verkauft«, sagte Jay. »Es war ganz einfach. Dann ist sie krank geworden und saß dort fest. Ebie ist okay. Ebie ist es scheißegal, wo sie ist, solange ich ab und zu dort auftauche.«

»Wo ist Flo?« fragte Lou, und dann kicherte er. »Oder weißt du das gar nicht?«

»Sicher weiß ich das«, sagte Jay. »Als Whittleby ins Schleudern kam, ging es Flo genauso. Sie hat offenbar angenommen, daß ich daran schuld bin. Mann, ich konnte gar nichts machen. Sie hat mich also ununterbrochen daran erinnert, daß alles auf ihren Namen läuft, in dieser Hinsicht hat sie mich weiß Gott reingelegt, und ich solle mich besser nicht auf sie verlassen, damit es keine Überraschungen gäbe, wenn Whittleby untergeht. Sie hat sich fürchterlich aufgeregt, und ich bin gegangen.«

»Du lieber Himmel, Jay, sie hat wirklich an alles gedacht!«

»Das ist ja das Gute daran«, lachte Jay vergnügt. »Sie kann sich nicht beschweren. Sie hatte panische Angst davor, zu kurz zu kommen. Sie hat mir erzählt, sie habe jahrelang alles unter ihrem Namen auf die Seite geschafft. Ihre Mutter hat ihr das geraten. Ihre Mutter hat an ihrem Hochzeitstag gesagt: ›Sieh mal, Flo, du bist sehr glücklich verheiratet, aber du mußt lernen, sämtliche Ersparnisse unter deinem Namen auf die Seite zu legen, für den Tag, an dem er dich sitzenläßt, der Schweinehund.‹ So was in der Richtung. Und das hat sie auch gemacht. Also hab ich gesagt: ›Okay, dann ist ja alles klar‹, und dann hab ich gesagt: ›Könntest du mir fünfzigtausend pumpen, damit ich wieder auf die Beine komme?‹ und sie hat gesagt: ›Du kriegst gar nichts von meinen Ersparnissen, das würde dir so passen, die gehören mir‹, und da hab ich gesagt: ›Na schön, ich bin jetzt also ein Schnorrer, ich würde nur dein Geld verbrauchen‹, und dann bin ich gegangen. Es ist wunderbar, eine so gerissene Frau zu haben.«

»Heißt das, daß du jetzt mit Ebie zusammenlebst?«

»Sicher, ich lebe jetzt mit Ebie zusammen«, sagte Jay. »Ebie ist es egal, ob wir was zu essen haben oder nicht, solange ich da bin. Die beiden spielen einander in die Hände.«

Lou dachte an Mary und an Mrs. Kameray und daß sie einander niemals in die Hände spielen würden. Es ärgerte ihn, daß Jay glaubte, das Problem sei damit gelöst, der schuldlosen Partei einen Haufen Geld vor die Füße zu werfen und sie zu verlassen. Das ging vielleicht bei Flo, aber was machte man bei einer Frau wie Mary? Und was machte man, wenn man sie gar nicht verlassen wollte, wenn man wußte, daß sie die Ehefrau war, die man haben wollte, die man haben sollte, und nicht wußte, was zu tun war?

»Wetten, dein Hals steckt wieder in derselben Schlinge wie früher?« sagte er.

Das ärgerte Jay keineswegs.

»Hör zu«, sagte er. »Alle sind auf der Suche nach einer Schlinge. Sobald sie sich aus der einen befreit haben, sehen sie sich nach einer neuen um. ›Wo ist meine neue Schlinge‹, sagen sie und sind erst zufrieden, wenn sie eine neue haben, die Liebe, das Geschäft, ist doch alles dasselbe; alle müssen ihren Kopf in diese Schlinge stecken, sie ist besser als gar nichts. Man nennt es einen Platz, an den man seinen Kopf lehnen kann. Jeder braucht einen Platz, an den er seinen Kopf lehnen kann, jedenfalls solange er ihn riskiert.«

Der Hund stieß zwei der Whiskygläser um, die auf dem Fenstersims standen, und so läuteten sie wieder nach dem Steward.

»Wie groß ist Danbury, wenn wir dort ankommen?« fragte Lou.

»Es ist eine Hutstadt«, sagte Jay. »Sie machen Hüte.«

»Mir ist es scheißegal, was sie machen«, sagte Lou. »Ich will nur eine Information. Wie groß ist es?«

»Okay«, sagte Jay. »Ungefähr siebendreiviertel.«

»Es tut mir leid, Sir«, sagte der Steward, »aber der Schaffner sagt, Sie müssen in New York telegraphisch um eine Genehmigung ansuchen, um die Lokomotive fahren zu dürfen.«

»Haben Sie ihm gesagt, daß mein Name Oliver ist?« fragte Jay.

»Haben Sie ihm gesagt, daß er in Begleitung von Mr. Donovan ist?« fragte Lou.

»Sind Sie der Lou Donovan, der früher das Olympia-Kino in Rahway geleitet hat?« fragte der Steward.

Er war es. Er war es tatsächlich. Und der Steward war genau derselbe Steward.

»Wie geht's Mrs. Donovan?« fragte der Steward. »Sie hat wirklich schön Orgel gespielt. Ich hab's immer genossen, wenn Mrs. Donovan dort auf der Orgel gespielt hat. Die einzige wirkliche Attraktion, die wir hatten.«

»Stimmt«, sagte Lou, und plötzlich fiel ihm alles wieder ein, die alten Zeiten, als sie sich am Nachmittag noch schnell den Abendfilm ansahen und Francie an der Orgel ausprobierte, welche Stücke am besten dazupaßten, als der farbige Hausdiener beim Saubermachen innehielt, um ihr zu sagen, wie gut sie spiele, und als Francie sich anschließend in dem Bierlokal daran erinnerte, daß der Hausdiener gesagt hatte, ›I Love You Truly‹ habe ihm besonders gefallen. Und als er plötzlich mit Wohlwollen an Francie dachte, hatte er das Gefühl, sehr alt zu sein, er fühlte sich alt, weil er sie gerne an diese Zeiten erinnert hätte, Zeiten, an die sie ihn ständig erinnerte, es war eigenartig, einmal die Position des anderen einzunehmen. Vielleicht ist das alles, was Francie will, dachte er, nicht mit mir schlafen, sondern einfach über diese Dinge plaudern, doch bis zu diesem Augenblick war er nicht bereit gewesen, über die gemeinsamen Erinnerungen zu reden.

»Sie haben aus dem Kino wirklich was Besonderes gemacht«, sagte der Steward herzlich. »Erinnern Sie sich noch daran, wie Sie immer nach William gerufen haben, Mr. Lou?«

»Natürlich«, sagte Lou und drückte ihm mit einem merkwürdigen Gefühl einen Geldschein in die Hand. Zum allererstenmal in seinem Leben hatte er an einen Abschnitt seiner Vergangenheit vor Chicago als an etwas Normales und Angenehmes gedacht, und der überraschende Gedanke kam ihm, daß es keineswegs eine schlechte Vergangenheit gewesen war. Sie beide hatten damals Spaß gehabt in Kleinstädten, sie hatten nicht viel verdient, aber wenn, dann genossen sie es. Er konnte sich heute nicht mehr an den genauen Zeitpunkt erinnern, an dem er seine Vergangenheit hinter sich gelassen hatte und ein anderer Mensch geworden war, der seine Vergangenheit und alles, was damit zusammenhing, verachtete, aber dieser Augenblick würde ihm in Erinnerung bleiben als der Augenblick, in dem er ohne Groll auf seine Vergangenheit zurückgeblickt und gesehen hatte, daß sie nicht schlechter war als die aller anderen. Bestimmt nicht. Vielleicht lag es daran, daß er in seiner derzeitigen unsicheren Lage versuchte, sich an irgend etwas zu klammern, das ihm Halt bot, und wenn einem die eigene Vergangenheit keinen Halt bot, was dann? Vielleicht war es einfach das, aber plötzlich spürte er, daß es nichts war, dessen er sich zu schämen brauchte, all die Jahre, in denen sie sich heimlich aus Pensionen davongemacht hatten, Rechnungen, die sie zur Hälfte bezahlt hatten, und Jobs, für die sie gar nicht bezahlt worden waren, nein, das gehörte zu seinem Leben. Und die gute Francie, die mit ihm durch dick und dünn gegangen war. Wenn er jetzt darüber nachdachte, hatte eigentlich nie jemand so zu ihm gehalten. Es war der Erfolg, der ihn aus der Bahn geworfen und ihm das Gefühl gegeben hatte, er bräuchte jemanden, der zu ihm hielt. Nun ja...

»Sagen Sie dem Schaffner, wir können mit demselben Lokführer weiterfahren«, sagte er zum Steward. »Tun Sie so, als sei nichts gewesen.«

Jay sah ihn an.

»Das kleine Flittchen war also deine Frau«, sagte er.

»Was dagegen?« sagte Lou.

Jay pfiff durch die Zähne.

»Langsam beginne ich dich zu durchschauen, Kumpel«, sagte er. »Du bist klüger als ich dachte. Weißt du, als ich sah, wie du dich wegen diesem falschen Luder von Kameray fertiggemacht hast, hab ich mir gedacht, daß du vielleicht doch nicht so helle bist. Jetzt kapier ich, daß du nur so getan hast, um Rosenbaum eins auszuwischen.«

Lou zündete sich eine Zigarette an. Der große Hund kam her und legte seine Pfoten in Lous Schoß. Er mußte lachen.

»Ich wollte dir einen Rat geben«, sagte Jay. »Ich wollte dir sagen, bleib bei den Mädchen aus dem Spinning Top oder bei den Hostessen aus der Vierundfünfzigsten Straße. So wie du mir das geraten hast. Die Kameray ist ein falsches Luder. Sie kriegt sogar Prozente auf den Anzug, den du gerade gekauft hast. Jedesmal, wenn du in dem Geschäft was kaufst, ruft sie an und kriegt ihre Prozente. Ebie hat's mir erzählt.«

Lou trank den vorletzten Drink. Der Hund beobachtete ihn sorgenvoll.

»Ebie ist ein großartiges Mädchen«, sagte Lou betrübt.

»Ebie ist auch ganz verrückt nach dir«, sagte Jay erfreut. »Ich hab mich gefragt, ob du mich mit ihr betrogen hast, während ich weg war, aber ich glaube, der Verdacht war unbegründet.«

»Das hoffe ich schwer«, sagte Lou.

So mußte man das sehen. Jeder war falsch, dann ging es leichter. Die unerträglichen Schmerzen, die ihm die Dinge bereiteten, die er ständig über Trina hörte – sie waren nichts weiter als Wachstumsschmerzen. Man mußte ein falscher Hund sein, um es in dieser Welt zu etwas zu bringen. Bei Trina mußte das rascher gehen als bei anderen, weil sie es schwerer gehabt hatte, das war alles. So jemand mußte einem leid tun, jemand, der ständig falsch spielen mußte, nur um weiterzukommen.

Jay machte die Tür auf und brüllte hinaus: »William, seien Sie so gut und bringen Sie mir die Witzseiten, Mr. Donovan möchte wissen, wo Lil Abner heute ist.«

Ebies junger Hund schaute beunruhigt von einem Mann zum anderen. Er hatte ein von Natur aus betrübtes Gesicht, und die herabhängenden Schnurrbarthaare verstärkten diesen traurigen Eindruck noch. Jay machte es sich auf seinem Sitz bequem und kicherte.

»Sieh dir bloß Bello an. Im Ernst, Lou, hast du je einen Hund mit soviel Köpfchen wie Bello gesehen? Hör zu, Bello, weil du gerade stehst, sei so gut und reich mir den letzten Drink rüber, ja? Wenn ich schon mal Zeit habe, kann ich dir auch gleich was beibringen.«

Der Steward kam mit den Zeitungen herein und Jay beschloß, laut zu lesen. Jedesmal wenn der Steward hereinkam, fiel Lou irgendein längst vergessenes Detail aus seiner Vergangenheit ein. Wenn er es sich recht überlegte, hatten er und Francie eigentlich eine verdammt schöne Zeit miteinander verlebt, als sie früher durchs Land gezogen waren. Falls es anderen noch besser erging, war ihnen das jedenfalls nicht bekannt. Wie sie sich um zwei Uhr morgens mit ihren gesamten Habseligkeiten auf dem Leib auf Zehenspitzen aus dieser Pension in Albany schlichen, weil Krediteintreiber ohnehin schon den Schrankkoffer abgeholt hatten; wie sie den Zug Richtung Norden nehmen mußten und nicht, wie beabsichtigt, den in Richtung Süden, weil sie Angst hatten, länger zu warten. Wie sie in der nächsten Stadt frühstückten, erschöpft und wie betäubt von der schlaflosen Nacht im Zug, und die Annonce in der Zeitung lasen, die ihnen seinen besten Job bescherte, die Leitung eines Hotels in Newark. Wie dann das Feuer das Hotel und den Job in Schutt und Asche legte und sie dann gratis bei jemandem irgendwo draußen in der Wildnis von New Jersey wohnten und Francie einen Job in einer Raststätte an der Landstraße bekam und irgendein Typ, wahrscheinlich war es der Chef, ständig hinter ihr her war, und wie Lou eines Abends in dem Loch, in dem sie hausten – am Ende der Welt –, auf sie wartete, und als sie nicht kam, wurde er eifersüchtig, man stelle sich das vor, eifersüchtig wegen der guten Francie, ja, eifersüchtig wie alle Verlierer, und er nahm doch tatsächlich die zehn Meilen bis zur Raststätte in Angriff und marschierte los, nur um nachzusehen, ob der Typ sie dort festhielt, und plötzlich fiel ihm der Junge mit dem Fahrrad ein, der ein Stückchen weiter weg wohnte, und er klaute das Fahrrad und fuhr zu der Raststätte, eineinhalb Stunden lang radelte er gegen den Wind, seine Waden taten ihm jetzt noch weh, wenn er daran dachte, und als er dort ankam, sah er, wie Francie für eine große Gästeschar spielte, und er war so dämlich gewesen zu vergessen, daß irgendwelche Feuerwehrleute an diesem Abend ein großes Festessen hatten und das Lokal die ganze Nacht geöffnet war, und er kam sich so dämlich vor, daß er gar nicht zu ihr ging, sondern sich umdrehte und zurück nach Hause radelte. Als er zu

Hause ankam, war sie schon da, alle Bediensteten waren mit dem Bus des Chefs nach Hause gebracht worden, und sie hatte sich wahnsinnige Sorgen gemacht, weil sie ihn nicht angetroffen hatte, und sie hatten einen Streit, weil er ihr nicht sagen wollte, wo er gewesen war, und er hat es ihr bei Gott auch nie erzählt.

»William«, rief Jay nach dem Steward, »gehen Sie doch bitte noch einmal nach vorn zur Lokomotive und sagen Sie, Mr. Oliver werde übernehmen, sobald wir South Newark hinter uns haben, ja?«

»William«, sagte Lou, »würden Sie bitte diese Gläser wieder füllen? Wir sind zu viert hier.«

»Wirklich schön, Sie wiederzusehen, Mr. Lou«, sagte William.

»Vergangenen Herbst bin ich hier durch den Hurrikan aufgehalten worden«, sagte Jay. »Der Zug aus Boston blieb kurz vor Providence stecken und, Mann o Mann, wir saßen stundenlang fest. Eine Fähre ist direkt am Fenster vorbeigesegelt. Ein paar alte Schachteln und ich sind ausgestiegen und haben uns ein verbeultes Taxi genommen, das uns nach South Norwalk brachte. Fünfzig Dollar. Hat den ganzen Tag gedauert, wegen der überschwemmten Straßen und der im Wasser herumtreibenden Bäume.«

»Ich war später mal im Biltmore in Providence«, sagte Lou. »Sie haben mir gezeigt, wie hoch das Wasser im Falstaff-Zimmer stand.«

Der Steward versorgte sie mit frischen Drinks, die er in einer Reihe auf den Fenstersims stellte. Der Hund stieß sofort einen um, woraufhin Jay schallend zu lachen begann.

»Sieh dir dieses Gesicht an, Lou. Ebie wird umfallen, wenn sie ihn sieht, meinst du nicht? Sieht aus wie mein alter Herr, wirklich. Mein Gott, mein alter Herr kam auch immer auf allen vieren von seiner Tour nach Hause, genau wie Bello. Ich hab immer gehört, wenn er auf Händen und Knien die Stiege raufkam, stockbesoffen, und Mutter hinter ihm herkeifte. ›Das machst du also mit deinem Spesenkonto! So verschwindet das Geld also! So ruinierst du also deinen neuen Anzug!‹

und ›Woher hast du die Nelke in deinem Knopfloch, du alter Schweinehund?‹ Ich lag zu Tode erschrocken im Bett, der Alte tat mir leid, weißt du. Ich war noch ein kleiner Junge.«

»Mein Alter war bei einer Versicherung«, sagte Lou. »Wir sind jeden Frühling woanders hingezogen. Akron, Erie, Buffalo, Evansville, Lansing – große Häuser, kleine Häuser, Pensionen, Mietshäuser –, wir wußten nie, wo wir landen würden.«

Lou sah auf die Uhr. Es war vier.

»Mann, was mache ich in diesem Zug?« wollte er wissen. »Ich hatte vor einer Stunde eine Verabredung mit Florabella. Wohin fahren wir?«

»Nimm's nicht so schwer, Lou«, beruhigte ihn Jay, »du mußt jetzt ausspannen, wirklich. Wir fahren nur auf einen Sprung zu Ebie raus. Du magst Ebie. Ebie mag dich. Und dann gibt es auch noch Bello. Ich kann ein Tier von dieser Größe doch nicht gut allein dorthin bringen, oder?«

»Warum ich?« fragte Lou. »Warum hast du nicht Frank Buck mitgenommen?«

Jay gähnte und legte sich eine Zeitung über das Gesicht.

»Tu mir einen Gefallen, Bello«, wies er den Hund mit einem müden Seufzen an, »unterhalte Donovan, während ich ein Nickerchen mache.«

»Wie soll ich denn wieder nach New York zurückkommen?« fragte Lou. »Beim derzeitigen Stand der Dinge kann ich es mir nicht leisten, einfach so abzuhauen.«

»Um Himmels willen, Lou, entspann dich. Abgesehen vom Geld hast du keine Sorgen, und das wird innerhalb kürzester Zeit weg sein. Entspann dich, alter Junge.«

Lou fand sich damit ab und machte es sich bequem. Er legte sich die Witzseite über die Augen, und wie ein alter Film flimmerten die alten Zeiten, die schweren alten Zeiten an ihm vorbei, und aus irgendeinem Grund kamen sie ihm gar nicht schlimm vor, sondern ganz normal, ja sogar lustig, die Ängste und die Triumphe kamen ihm jetzt normaler vor als alles andere, er verstand das nicht, es mußte das Alter sein, das ihm langsam den Blick zu trüben begann. Oder vielleicht lag es daran, daß er nicht über Trina und Rosenbaum und Mary und die Kleine zu Hause in Chicago nachdenken wollte und darüber, daß ein ganzer Winter voll harter Arbeit umsonst gewesen war. Vielleicht war es das. Das Rattern der Räder war jedenfalls beruhigend. Bello, der Hund, schaute besorgt von einem zeitungsbedeckten Gesicht zum anderen, dann wieder auf die übriggebliebenen Whiskys auf dem Fenstersims, und jaulte erbärmlich.

21

Ebie war in ihrem Atelier über der Garage und frühstückte das, was ihr farbiges Faktotum Buck Kinley ihr zu servieren beliebte. Es gab nur aufgebackene Brötchen, Speck und Kaffee, woraus Ebie den Schluß zog, daß weder Buck noch seine Frau Minelda sich nach ihrem Abend in der Stadt besonders wohl fühlten.

»Wo ist die Sahne?« fragte sie, obwohl es ihr nicht so wichtig war.

»Minelda hat sie heute morgen verbraucht«, sagte Buck gähnend. »Sie sagt, heute morgen hat sie einfach das Bedürfnis nach Sahne gehabt.«

Da konnte man nichts machen. Minelda hatte hier das Sagen. Wenn Minelda etwas nicht paßte, konnte es leicht passieren, daß sie Buck mitnahm und zurück nach Asheville ging und Ebie ganz allein auf dieser gottverlassenen Farm zurückließ. Das geschah ihr auch ganz recht. Man konnte das Klischee vom kleinen Häuschen am alten Mühlbach durchaus schön finden, aber man war selbst schuld, wenn man das Anwesen kaufte. Man war auch selbst schuld, wenn man blöd genug war, darin zu leben und sich damit irgend etwas zu beweisen, das niemanden außer einen selbst interessierte, und außerdem wurde man krank dabei. Darüber, daß sie krank wurde, durfte sie sich eigentlich nicht beschweren, denn da tauchte dann plötzlich Jay als der große Beschützer auf. Man bekam den Eindruck, er habe sein ganzes Leben darauf gewartet, sie mit einer Lungenentzündung im Bett vorzufinden. Jetzt war sie wieder gesund, und die Farm machte sie krank, aber nun war sie plötzlich für Jay das Zuhause, das er sich immer erträumt hatte, und sie mußte bleiben, als Teil des Liedes – du und ich im kleinen Häuschen am alten Mühlbach... Das war es doch, was sie immer gewollt hatte, warum paßte es ihr dann jetzt nicht?

»Miss Vane, wo haben Sie den Gin hingetan?« fragte Buck.

»Buck, du wirst doch nicht vor dem Frühstück Gin trinken wollen?« protestierte Ebie.

»Aber sicher«, sagte Buck, »genau das werd ich jetzt tun. Wo ist er?«

Ebie gab nach, deutete auf den Schrank neben dem Ofen, und Buck bediente sich eilig. Er füllte ein Wasserglas und machte sich damit auf den Weg nach unten.

»Ich bring Minelda auch was, ihr geht's nicht so besonders«, erklärte er. »So wie sie heute morgen gelaunt ist, könnte sie jeden Augenblick zusammenpacken und gehen. Sie ist in Aufbruchsstimmung, möchte am liebsten auf und davon.«

»Was hat sie denn jetzt wieder?« fragte Ebie.

»Minelda will sich zur Ruhe setzen«, sagte Buck. »Sie hat gesagt, sie will sich nicht mehr mit Waschen und Bügeln plagen.«

»Lauf schnell rüber mit dem Gin«, empfahl ihm Ebie.

Nachdem er gegangen war, saß sie mit ihrem Kaffee neben dem Ofen, mit dem Rücken zu dem Bild auf der Staffelei, an dem sie gerade arbeitete; besagtes Bild gehörte in die Kategorie »Geisterhaus«, und obwohl sie nun schon seit drei Wochen daran rumfummelte, sah es noch immer aus wie ein Werbeprospekt für eine neue Wohnsiedlung, genauso wie das Bild »Alte Weiße Kirche«, das in der Ecke lehnte, wie eine Werbung für Hochzeitstafelsilber aussah, und zu dem Porträt »Alter Dorfbewohner« hätte der Titel »Was dem Typen noch fehlt, ist ein Borsalino« gut gepaßt. Sie sahen nicht viel schlechter aus als die von anderen; wenn sie nicht so verdammt realistisch wäre, dann könnte sie sogar glauben, daß sie überdurchschnittlich gut waren. Das war es, was man brauchte, um ein echter Künstler zu sein, Eitelkeit, grenzenlose Eitelkeit. Man konnte alles mögliche daherfaseln über die Tugenden des Konsequentbleibens, des Sichtreubleibens, aber nur ein egoistischer Vollidiot konnte ein derart blindes Vertrauen in sich selbst haben, daß er jahrelang konsequent blieb, ohne dabei zu merken, daß er um nichts besser war als andere. Nun, auf ihrem Gebiet war sie gut. Sie würde jederzeit kleinere Jobs bekommen, wenn sie zurück in die Stadt ginge. Rosenbaum hatte sie deshalb schon ein paarmal angerufen. Aber Jay wollte lieber, daß sie hier draußen blieb und wartete, bis er auftauchte. Gestern abend hatte er sie aus irgendeinem Lokal in der Stadt angerufen, von wo, das hatte sie nicht herausbekommen, und sie hatte ihn nicht gebeten oder von ihm verlangt, er solle sofort herauskommen, weil man das nicht machen konnte, wenn man versuchte zu zeigen, daß man soviel mehr Verständnis hatte als die andere Frau. Hier war die Zwickmühle. Kein Wunder, daß ein Mann das ausnützte. Andererseits hatte Jay es nicht nötig, für irgendwas Verständnis zu zeigen oder etwas zu verzeihen. Er hatte seine Frau ihretwegen verlassen, deshalb hatte er jetzt für immer das Recht, zu tun und zu lassen, was er wollte, ohne Konsequenzen befürchten zu müssen.

»Ist doch egal, wo ich bin«, blödelte er am Telefon herum, »die Frage ist, wo bist du?« Er war also auf einer Sauftour. Okay, dann war er eben auf einer Sauftour. »Ich möchte, daß du mir sagst, daß du mir ehrlich sagst, was du gerade treibst.«

»Ich höre gerade Radio, Liebling«, sagte Ebie. »Ich hab mir Fibber und Molly angehört, und jetzt kommt gleich Raymond Gram Swing. Irgendwas dagegen einzuwenden?«

»Ich verstehe, du bist also nicht in der Stimmung, Lou und mich zu empfangen«, sagte Jay. Sie merkte, daß er schon den ganzen Tag zugelangt haben mußte, und sie hörte Tanzmusik im Hintergrund, also amüsierte er sich noch immer. Wenn Lou bei ihm war, dann hatten sie auch Mädchen dabei, die beiden vergeudeten ihre Zeit nie damit, allein rumzuziehen. Jay würde ihr alles erzählen, später würden sie gemeinsam darüber lachen, und er würde ihr sagen, wie wunderbar es sei, daß sie soviel Verständnis für ihn zeige. Das mußte sie wohl. »Sicher, ich ziehe herum«, würde er zu ihr sagen, »so bin ich nun mal, aber du weißt ja, daß du diejenige bist, zu der ich immer zurückkehre, du bist die, die ich haben muß, das verstehst du doch, Ebie.«

»Ich weiß, Liebling«, würde sie sagen.

Das Problem war, daß sie hier draußen auf dem Land zuviel

Zeit zum Nachdenken hatte, während sie darauf wartete, daß er plötzlich auftauchte und wieder verschwand. Es flößte einem ein wenig Angst ein, wenn ein Herzenswunsch in Erfüllung ging, nachdem man sich bereits an den Gedanken gewöhnt hatte, daß man sein Leben lang nur davon träumen konnte. Da war Jay, bereit, sie sofort nach seiner Scheidung zu heiraten, und voll darauf eingestellt, daß sie ihm bis ans Ende seines Lebens alles verzeihen würde. Jeder Dummkopf konnte sehen, daß das keine Verbesserung gegenüber ihrer bisherigen Situation war, zumindest was sie betraf. Sie würde einfach zu Hause sitzen müssen, auf ihn warten, sich seine Beichte anhören und ihm verzeihen. Das war die Falle, in die sie sehenden Auges gegangen war. Das war es, wofür alle kämpften, arbeiteten, worauf alle ein Recht zu haben glaubten – Fallen. Zum Beispiel Lou Donovan, bei dem alles bestens lief, der selbständig und anspruchsvoll war, dem es gut ging – da merkt er, daß er keine Falle hat, und macht sich auf die Suche nach einer Superfalle, der kleinen Trina Kameray. Oder sie, Ebie, ein intelligentes Mädchen, seit zehn Jahren hinter einem Mann her, der pures Gift für ihre Karriere war, für jede Karriere, der ihren beruflichen Erfolg lächerlich aussehen ließ, weil er alles war, was sie wollte, der aus ihrer fixen Idee mit der Farm einen Käfig für sie gemacht hatte, weil es plötzlich für ihn genau das Richtige war. Da redeten alle davon, daß man aus Fehlern lernt – das Einzige, was man lernte, war: »Das, was ich haben will, das, was ich tun will, ist ein Fehler, und ich werde ihn mein Leben lang bereuen, aber das wird mich jetzt nicht abhalten.« Das war der Wert der Erfahrung. Die Erfahrung sagte einem, man dürfe nicht die Geduld verlieren, wenn der Mann, hinter dem man seit zehn Jahren her war, zum dritten Mal weit nach Mitternacht anrief und einen herzlich einlud, doch in den Wagen zu hüpfen und mit Fibber und Molly und Swing rüber in Billys Hinterzimmer irgendwo an der Straße zwischen Danbury und Brewster zu kommen. Die Erfahrung sagte einem, daß die andere Frau in diesem Punkt versagt hatte, weil sie ständig an ihm herumgenörgelt, ihn beschuldigt, ihm die Hölle heiß gemacht hatte, daß es sich deshalb empfahl, verständnisvoll zu sein. Was machte man also? Man bekam einen Wutanfall.

»Aber ich hab dir doch gesagt, daß wir jetzt nicht wegkönnen, Ebie«, erklärte Jay geduldig. »Hör zu, Süße, würdest du dich bitte abregen, ich erklär's dir. Ich bin mitten in einem Spiel, das hab ich dir ja gesagt, und ich hab gerade ein traumhaftes Blatt, ich kann nicht weg. Ich...«

Also legte sie auf. Verständnisvoll, das war sie. Jetzt tat es ihr leid, denn so war es nun mal: Daß Jay sie für den Rest ihres Lebens zum Wahnsinn trieb, war ihr lieber als alles andere. Sie zog den Pullover an, der an dem Haken unter der Dachrinne hing, und ging hinunter, durch die finstere Garage in die helle Aprilsonne hinaus. Da war die alte rote Scheune, in der ihre Mutter immer ihre Auktionsschätze lagerte, da war der gepflegte Hühnerstall, das einzige moderne, gut heizbare, mit einem ordentlichen Dach gedeckte Gebäude der Farm, das jetzt, nach dem Ableben des letzten Huhns, Buck und Minelda zur Verfügung stand. Ebie ging über die Straße und machte das kleine weiße Tor auf, durch das man zum Wohnhaus ging, das recht hübsch war, außer daß das Dach undicht war und es mit Ausnahme der Küche in jedem Raum so kalt war wie in Grönland. Minelda, groß, schwarz und streng, war in der Küche und machte gerade einen Kuchen, und die Medizin, die Buck ihr gebracht hatte, hatte ihr eindeutig gutgetan.

»Kommt Mr. Oliver heute heraus, Miss Vane?« fragte sie. »Ich dachte, er wollte Ihnen diese Woche einen Hund bringen.«

Ebie war gerade im Begriff, ihr zu erklären, daß Mr. Oliver den Hund wohl vergessen hatte, als vor dem Haus ein gelbes Taxi hupte, ein ungewöhnlicher Anblick auf diesen wenig befahrenen Straßen. Ebie ging hinaus, gefolgt von Buck, der hinter ihr herlief, und sah ein großes, graues, trauriges Gesicht, das aus dem Fenster guckte. Es war Bello, ganz unglücklich wegen des rosa Hutes, den er aufhatte. Der Fahrer lehnte sich heraus und fragte sie, ob sie Miss Vane sei.

»Die Herren haben mich die ganze Nacht warten lassen,

und dann fanden sie, daß der Hund nach Hause gehöre«, erklärte er. »Steig jetzt aus, Bello.«

Er war ein derart unglückliches, würdevolles Tier, daß Ebie zu lachen begann, während sie ihn tätschelte. Man sah ganz deutlich, daß es eine demütigende Erfahrung für ihn war, morgens um diese Zeit von einer Bar nach Hause geschickt zu werden. Sie hatte sich eigentlich einen Scotchterrier gewünscht.

»Wären Sie so nett, mir zu sagen, wo die beiden Herren geblieben sind?« erkundigte sich Ebie.

Der Fahrer war bereit, ihr alles zu erzählen, was er wußte. Die beiden Herren hätten ihn gebeten, zwei weitere Taxis anzufordern, eines vermutlich zu dem Zweck, einen der Herrn später hier heraus zu bringen, mit dem anderen habe der zweite Herr nach New York fahren wollen. Er persönlich habe keine Ahnung, wann sie Bills Hinterzimmer verlassen hatten, aber möglicherweise seien sie gleich, nachdem er weg war, aufgebrochen.

»Sag Minelda bitte, daß sie ihm was zu fressen geben soll, Buck«, ordnete Ebie an.

Sie war schrecklich enttäuscht. Genau so würde es sein, sie würde hier draußen sitzen und auf ihn warten, während er irgendwo war und sich amüsierte, darüber vergaß, sich bei ihr zu melden, einfach weil er sicher war, daß es der guten alten Ebie ohnehin bestens ging. Sie würde es ihm wirklich gern zeigen. Sie hatte angenommen, daß ihr das gelungen war, als sie hierherzog, aber das hatte wohl nicht funktioniert. Es wäre ganz typisch für ihn, wenn er mit Lou wieder zurück nach New York gefahren wäre, ohne heraus auf die Farm zu kommen. Nach all den Jahren sollte sie eigentlich auf alles gefaßt sein. Na ja, sie hatte ihre Arbeit. Sie würde ihn einfach aus ihrem Gedächtnis streichen, ihn vergessen, bis er hereinspazierte, wie verrückt malen, schlecht oder gut, einfach um zu zeigen, daß Frauen genauso vergessen konnten wie Männer. Sie ging wieder zurück zum Atelier, während Bello mit Buck in die Küche trottete. Am Fuß der Stiege, die ins Atelier führte, wandte sie sich um und ging wieder zurück. Sie blickte die Straße entlang, dem immer kleiner werdenden Taxi hinterher, und nach einem Augenblick des Zögerns begann sie, zügig in diese Richtung zu gehen. Wenn Jay wirklich aufgebrochen war – und der Taxifahrer hatte gesagt, das sei möglich –, dann würde er aus dieser Richtung kommen. Sie würde ihm entgegengehen – und wenn er wirklich kam, wenn er nicht mit Lou nach New York gefahren war, dann konnte sie mit ihm wieder zurückfahren.

So ein Hornochse war sie.

22

Mr. Lowry blieb auf dem Weg zur Bar stehen, um sich im Spiegel heimlich einen bewundernden Blick zuzuwerfen, und er stellte wieder einmal fest, wie ausgezeichnet sein beiges Hemd zu den üppigen kastanienbraunen Wellen seines Toupets paßte. Als zwei junge Damen, die gerade aus dem Lift kamen, ihn grüßten, hatte er das Gefühl, daß mehr dahintersteckte als die übliche Freundlichkeit, und er dachte, daß nichts dagegen einzuwenden wäre, wenn er als Manager sie bei ihrem nächsten Besuch in der Bar zu einem Drink auf Kosten des Hauses einlud. Bei der Vorstellung ihrer erstaunten, hocherfreuten Mienen, ihrer dankbaren Freudenrufe umspielte ein leises Lächeln seine Lippen, und im Geiste lud er sie gerade auf eine zweite Runde ein und machte eben den Vorschlag, noch auf eine dritte ins Barney's zu gehen (an diesem Punkt beschloß die Dunkelhaarige, nach Hause zu gehen, und er war mit der Rothaarigen allein, die ihm gleich zu erkennen gab, wie unheimlich stark er körperlich auf sie wirkte), als er an der Bar angelangt war und von der doch etwas eintönigen Wirklichkeit in Form von Mrs. Vane eingeholt wurde.

»Nein wirklich, mein liebes Kind«, sagte er in dem väterlichen Ton, in dem er sich mit den alten Damen unterhielt, »Sie sehen heute fünfzehn Jahre jünger aus.«

Mrs. Vane, die gerade an der Bar einige rosa Notizzettel durchsah, und Albert, dem Barkeeper, einen Vortrag über die empörende Gleichgültigkeit Amerikas gegenüber der Dichtkunst von Emily Dickinson hielt, blickte Mr. Lowry durch ihre Lorgnette scharf an.

»Unsinn«, bemerkte sie, »dieses Toupet scheint Ihnen zu Kopf gestiegen zu sein, Mr. Lowry. Hier ist eine Nachricht von Vier A. Sie behauptet, das Schmetterlingssofa, das ich ihr aus Pittsfield gebracht habe, sei voller junger Mäuse gewesen. Das ist absolut lächerlich.«

»Sicher ist irgendwo in der Wohnung eine trächtige Maus herumgelaufen«, pflichtete ihr Albert bei.

»Setzen Sie sich, Mr. Lowry«, befahl Mrs. Vane. »Ich hab Albert gerade erzählt, daß Emily Dickinson die Gewohnheit hatte, tagelang ein kleines Gedichtfragment in ihrer Schürzentasche herumzutragen, tagelang, stellen Sie sich das vor.«

»Sie wird zerstreut gewesen sein«, sagte Albert verständnisvoll und wischte die Bar ab, bevor er den Brandy vor Mrs. Vane hinstellte.

Mrs. Vane blätterte in ihren rosa Zetteln mit den telefonischen Nachrichten, studierte sie durch ihre Lorgnette, strich sie liebevoll glatt und steckte sie mit einem tiefen Seufzer der Verantwortung in ein eigens dafür bestimmtes Fach ihrer großen, karierten Handtasche. Da der Schlund der Handtasche den Blick auf ein heilloses Durcheinander aus Sonnenbrillen, Hustenbonbons, Aspirin, Kontobüchern, Postkarten, Fahrplänen, Straßenkarten, Notizblöcken und Riechfläschchen freigab, schien die Sorgfalt, mit der sie sich der Archivierung der telefonischen Nachrichten widmete, selbst dem ihr freundlich gesinnten Albert eine absolut vernunftwidrige Zeitverschwendung zu sein.

»Wie läuft das Antiquitätengeschäft?« erkundigte sich Mr. Lowry, der sich jetzt im Spiegel hinter der Bar betrachtete. »Unsere kleine Maniküre hat mir erzählt, daß es sich wunderbar entwickelt.«

Mrs. Vane nickte gedankenverloren, dann heftete sie ihren scharfen Blick auf Mr. Lowry.

»Mr. Lowry«, fragte sie, »hätten Sie nicht gern eine Feuerwaffe?«

Mr. Lowry blinzelte und stammelte, das sei im Augenblick nicht sein sehnlichster Wunsch, aber...

»Wir hätten da ein wunderschönes Stück«, unterbrach sie ihn, »eine Muskete aus der Revolutionszeit, die George Washington gehört hat. Sie könnten sie im Foyer an die Wand hängen, zusammen mit einem Bild von Washington.«

»Ah, ja«, sagte Mr. Lowry mit unentschlossenem Gesichtsausdruck. »Der Vorschlag ist nicht schlecht. Trotzdem...«

»Hören Sie sich das an, Albert«, sagte Mrs. Vane und hielt sich ein dünnes Büchlein vors Gesicht, »das ist die Strophe, von der ich Ihnen gestern erzählt habe...«

Albert, der gerade ein Bier für den mürrischen Mann mit dem Derbyhut am anderen Ende der Bar abzapfte, lieferte selbiges hastig ab und stützte sich dann respektvoll auf seine Ellbogen, Mr. Lowry aber flüchtete zum Eingang, wo sich plötzlich ein sichtlich entzücktes Lächeln auf seinem Gesicht breitmachte. Er öffnete die Tür und hielt sie mit einer tiefen, an einen islamischen Gruß grenzenden Verbeugung auf, wodurch ein heftiger Windstoß hereinfuhr, der die Gäste an der Bar wiederbelebte und Mrs. Vanes kampfergepflegte Samtgewänder um ihre Schultern flattern ließ. Der Grund für Mr. Lowrys Freude war alsbald ersichtlich. Ein glänzender neuer Kombi mit einer dünnen Schneeschicht auf dem Dach, die von ausgedehnteren Fahrten zeugte, war vor dem Ellery stehengeblieben, und ihm entstieg eine Gestalt mittleren Alters in braunkarierter Hose und einem großspurigen Kamelhaarmantel mit einer Aktentasche in der Hand. Diese Gestalt wollte noch ein Gepäckstück aus dem Wagen holen, aber Mr. Lowry verhinderte das, indem er mit einem Fingerschnippen den alten Träger herbeizitierte, der Mrs. Vane gerade ein neues rosarotes Zettelchen überbrachte.

»Nimm schon mal das Gepäck, Junge«, befahl Mr. Lowry, und dann rief er zur Tür hinaus: »Der Hoteldiener wird es hereintragen, bemühen Sie sich nicht, Mr. Truesdale.«

Mr. Truesdale nahm dies mit einem kurzen Kopfnicken zur Kenntnis und betrat die Bar, wobei er so damit beschäftigt war, sich seine großen Wollfäustlinge auszuziehen, daß er die ausgestreckte Hand des Direktors glatt übersah.

»Wie geht's, Lowry«, murmelte er und blickte sich in der Bar um.

»Gut, gut, gut, Mr. Truesdale«, sagte Lowry mit volltönender Stimme und strahlte übers ganze Gesicht. »Ich hoffe, Ihre Reise war erfolgreich.«

»Haben Sie die vordere Suite für mich freigehalten, Lowry?« erkundigte sich Truesdale. »Ich bin zu erschöpft, um mich mit diesem lauten Loch zufriedenzugeben, das Sie mir vorigen Monat gegeben haben.«

»Es ist alles veranlaßt, Mr. Truesdale«, sagte Lowry erfreut. »Wir haben die Peppers aus der Ecksuite ausquartiert, sie steht jetzt Ihnen zur Verfügung. Diese hintere Suite war ein Fehler, sehr bedauerlich, ich hatte keine Ahnung, daß die Leute nebenan derart lästig sein würden.«

»Ich hoffe, Sie haben sie rausgeschmissen«, sagte Truesdale. »Solche Leute will ich hier nicht haben.«

»Genau«, stimmte Lowry zu, während er auf Zehenspitzen hinter ihm zur Bar trippelte. »Ich hab zu ihnen gesagt, ›Schauen Sie‹, hab ich gesagt: ›Mr. Truesdale ist einer unserer ältesten und wertvollsten Gäste. Jeder in diesem Hotel, über den er sich beschwert, muß gehen‹ – also sind sie gegangen. Ich habe gesagt: ›Das Prince George oder das Seville sind in derselben Straße ein bißchen weiter oben, das Lafayette etwas weiter unten‹, ich habe gesagt…«

Truesdale machte eine ungeduldige Handbewegung.

»Schon gut, schon gut, Lowry«, sagte er. »Ich muß mit Mrs. Vane reden, ich habe keine Zeit für Kinderspielchen.«

Als Mrs. Vane Truesdale sah, verstaute sie ihre Lesebrille und das Buch in ihrer Tasche.

»Gehen wir doch lieber in die Nische«, meinte sie vielsagend. »Haben Sie sich das Chorgestühl angesehen?«

Truesdale nickte.

»Ein wunderschönes Stück«, teilte er Mr. Lowry mit. »Ein viktorianisches Gestühl, wissen Sie. Ich hab es in einer alten Scheune außerhalb von Pawtucket gefunden. Das ideale Stück für die Bar hier, um die Wahrheit zu sagen, einmalig, wissen Sie, es würde wunderbar zu dem bunt bemalten Fenster passen.«

»Er will die Muskete nicht nehmen«, sagte Mrs. Vane vorwurfsvoll.

»Ich muß es mir noch überlegen«, protestierte Mr. Lowry, »ich bin nur der Manager.«

Mr. Truesdale holte einen Bleistift und ein Kuvert hervor und notierte sich etwas.

»Ich kann mich an eines der besseren Häuser wenden, wenn Sie wollen, Mrs. Vane«, sagte er herablassend. »Selbstverständlich wird sich nur ein wirklich erstklassiges Haus für ein Chorgestühl als Barnische interessieren.«

Mr. Lowry blickte unglücklich auf seine Fingernägel hinunter. Nicht einmal das Erscheinen der beiden hübschen Mädchen, die ihm jetzt eindeutig schöne Augen machten, war ihm ein Trost.

»Es tut mir leid, daß Sie das Ellery für kein erstklassiges Haus halten, Mr. Truesdale«, sagte er. »Wir sind nicht groß, wir sind nicht das modernste Hotel der Welt, aber wir versuchen, unseren bescheidenen Standard zu halten.«

»Schon gut, schon gut«, erwiderte Truesdale ungeduldig. »Kommen Sie, Mrs. Vane, gehen wir in die Nische, wo wir ungestört sind.«

Mr. Lowry eilte ihnen voran zu der Nische in der Ecke, wischte mit seinem Taschentuch flüchtig über den Tisch, hob den Aschenbecher auf und stellte ihn wieder hin und trat nach diesen Vorbereitungen mit einer Verneigung zur Seite, damit das Paar seine Plätze einnehmen konnte. Mr. Truesdale musterte den Manager mit gerunzelter Stirn von oben bis unten. Der Direktor lächelte, in Erwartung eines Kommentars, und gab ihn schließlich selbst ab. »Ich weiß, was Sie meinen«, kicherte er, »es ist das Toupet. Haben Sie es bemerkt? Es macht mich ein wenig jünger, finden Sie nicht?«

»Gut möglich«, bestätigte Truesdale und gab sich, zu Mrs. Vane gewandt, seinen Erinnerungen hin: »Ich entsinne mich, daß der verstorbene Lord Hawkins die gleiche Bemerkung an mich gerichtet hat, natürlich ein guter Freund von mir, wir waren zusammen in Indien gewesen, in Tanganjika übrigens auch, er war natürlich ein großartiger Jäger, aber kahl wie ein Kegel. ›Truesdale‹, sagte er, ›glauben Sie, daß ich mit einem Toupet ein wenig jünger aussehen würde?‹, und ich sagte: ›Hawkins, braucht ein Baby ein Toupet, um jünger auszusehen?‹«

»Ha, ha«, wieherte Mr. Lowry. »Der ist gut, der ist verdammt gut. Ha ha ha!«

Er ging weg, wischte sich die Tränen aus den Augen, die ihm vor Lachen gekommen waren und schüttelte noch immer den Kopf über die unglaubliche Schlagfertigkeit Mr. Truesdales, als er an den beiden jungen Damen vorbeikam, die ihn von der Bar aus anlächelten. Er war nicht zu überwältigt, um ihre entgegenkommenden Blicke nicht zu bemerken, und dachte, daß sie sich gewaltig täuschten, wenn sie annahmen, aufgrund ihrer Jugend und ihres Aussehens Anrecht auf etwaige Gefälligkeiten seitens des Hotelmanagers zu haben. Wenn er ihnen schon so gut gefiel, dann mußte er weiß Gott auch gut genug aussehen, um jüngere und hübschere Mädchen als sie zu bekommen, im eigenen Revier zu balzen war nicht ratsam, man konnte Schwierigkeiten bekommen, womöglich würden die Gäste über einen reden. Hinter dem Empfangsschalter im Hotelfoyer setzte er wieder sein übliches ernstes Gesicht auf, nahm einige Briefe an Mr. Truesdale aus der Postablage, wo sie unter »Zur Aufbewahrung« eingeordnet waren, wog sie gedankenverloren in der Hand und murmelte: »Dieser Schweinehund! Ist doch typisch, daß ein mickriges Würstchen wie der es schafft, nach oben zu kommen, während schwer arbeitende Menschen wie ich immer unten bleiben.«

Der alte Hoteldiener schlurfte zum Empfangsschalter.

»Was ist denn?« fuhr Mr. Lowry ihn an.

»Alle fragen ständig, wann das neue Management kommt«, erklärte er entschuldigend. »Sie schicken mich dauernd herunter, um das herauszufinden. Ich weiß nicht, was ich ihnen sagen soll.«

»Alles läuft so weiter wie bisher«, sagte Mr. Lowry und unterdrückte seine Verärgerung. »Die erhöhten Zimmerpreise treten ab nächster Woche in Kraft. Wir werden die Gäste laufend über weitere Veränderungen in Kenntnis setzen.«

»Einige wollen wissen, ob nach dem Ende der Weltausstellung die Zimmer wieder billiger werden«, hakte der Hoteldiener nach.

»Woher soll ich das wissen?« sagte Mr. Lowry barsch.

»Wir werden alles unternehmen, um unseren gewohnten Standard zu halten, selbst wenn wir die Preise verdoppeln müßten, um das gewährleisten zu können. Alles!«

Der Verkauf des Hotel Ellery war ein Schock für Mr. Lowry gewesen, doch der war nichts gegen den Schock, als er dahinterkam, daß Mr. Vernon Truesdale bei dieser Transaktion federführend gewesen war. Als Mr. Truesdale Lou Donovan auf die günstigen Möglichkeiten für schnellen Profit hinwies, die das Hotel Ellery bot, deutete er auch auf die Nähe des Hotels zu Bus- und U-Bahnlinien in Richtung Weltausstellung hin, darauf, wie billig es war und wie einfach es sein müßte, mit einem Einkaufs-Service bescheidenes Kapital aus den Bedürfnissen der Gäste zu schlagen, bis hin zu persönlicher Begleitung zur Weltausstellung. Für Mr. Donovan war es überhaupt kein Problem gewesen, Mr. Grahame, den Chef der Hotelkette aus dem Mittelwesten, davon zu überzeugen, daß dieses bescheidene kleine New Yorker Hotel sich gut als Zusatz zu seinen vornehmeren Häusern im Westen eignen würde, daß man daraus einen Club machen könnte, den die Hotelgäste aus dem Westen frequentieren könnten, wenn sie in New York waren. Vernon Truesdale war nun der direkte Beauftragte von Mr. Grahame im Hotel Ellery (über den Louis-Donovan-Service), und es war nur mehr eine Frage von Tagen, bis er empfehlen würde, Mr. Lowry wegen seiner hochnäsig neuenglischen Art hochkantig hinauszuwerfen und – wie er es in seinem letzten Bericht an das Büro in Chicago formuliert hatte – »einem Mann aus dem Mittelwesten hier das Kommando über eine ebensolche Belegschaft zu übergeben, um eine Atmosphäre der Gemütlichkeit und des Vertrauens zu schaffen«.

Mr. Truesdale, der in der Ecknische Mrs. Vane gegenübersaß, gestattete sich ein fast unmerkliches schiefes Lächeln, als er an diese Überraschung dachte, die er für Mr. Lowry auf Lager hatte. Mrs. Vane brachte ihre fließenden Gewänder mit ungeheuer wichtiger Miene in Ordnung, hob das abgetragene kleine Fetzchen Leopardenfellimitat vom Boden auf, das sie eher als Schmuck trug denn als Schutz gegen Zugluft, und nachdem sie sich mit scharfem Blick nach möglichen Spionen umgesehen hatte, beugte sie sich zu Mr. Truesdale vor und zischte: »Ich brauche Ihren Rat, deshalb habe ich Sie benachrichtigt. Es geht um meinen Besitz.«

»Ich rate Ihnen zu verkaufen«, sagte Mr. Truesdale im Brustton der Überzeugung. »Heruntergekommene Gegend, dringend reparaturbedürftig, Geld auf der Bank ist im Augenblick die wesentlich bessere Anlageform, meine Liebe.«

Mrs. Vanes Augen funkelten vor Genugtuung über diesen Rat, der glücklicherweise mit den Schritten übereinstimmte, die sie gerade unternommen hatte. Sie öffnete ihre Tasche, wobei ein verklärter Ausdruck über ihr ansonsten grimmiges altes Gesicht huschte, und zog ein zusammengefaltetes Blatt Papier heraus, das sie vor Mr. Truesdale hinlegte. Sie blickte sich noch einmal vorsichtig um und begann dann in dem ehrfürchtig und liebevoll murmelnden Ton zu sprechen, in dem junge Mütter über ihre Neugeborenen und alte Frauen übers Geld redeten.

»Das Geld ist bereits auf der Bank«, vertraute sie ihm an. »Mitsamt der Besitzurkunde und sämtlichen Sicherheiten. Was halten Sie davon, wenn ich als nächstes Eastman Kodak kaufe?«

Es ist erstaunlich, wie diese kleinen vier Wörtchen »Geld auf der Bank« die Augen alter Frauen im taufeuchten Glanz der ersten Liebe erstrahlen lassen. Dünne Kinderstimmen, die »Oma« rufen, lassen das alte Herz nicht so dahinschmelzen wie die wohlklingenden Wörter »Sicherheiten«, »Aktien und Wertpapiere«, »Besitzstück« und jenes allerschönste: »Geld auf der Bank«; und niemand, der gesehen hat, wie sich eine Frau über sechzig feinmacht, um ihrem Bankier oder Makler diese lieblichen Wörter ins Ohr zu flüstern, wird bezweifeln, daß die letzte Liebe einer Frau börsenfähig sein muß. Mrs. Vane, die ihre Affären mit der Suffragettenbewegung, der Dichtkunst, der Sozialarbeit und der Tagespolitik bereits hinter sich hatte, war mittlerweile beim üblichen Dreiecksverhältnis angelangt, der Leidenschaft für das Essen und ihrer wahren Liebe, dem Investmentfonds. Es spielte keine Rolle, wie groß die Summen waren, die durch ihre Hände gingen, Hauptsache, sie gingen durch ihre Hände, vermehrten sich auf die wunderbarste Weise, und was konnte schöner sein, als bei einem Brandy in verzückt-murmelndem Tonfall darüber zu plaudern? Mrs. Vane hatte jahrelang mit »Besitz« und »Profit« geflirtet, ohne je sicher zu sein, ob sie das Richtige tat, es ging ihr nur um das Machtgefühl, aber im letzten Winter hatten ihre zielstrebigen Beutezüge durch die alten Scheunen und Hühnerställe der Ostküste unerwartete kleine Profite abgeworfen. Die Untermieter in ihrem »Besitz« wurden mit sanfter Gewalt gezwungen, diese kleinen Schätze zu kaufen, und wenn solche Geschäfte auch nur sporadische Abenteuer waren, so lag doch eine wohltuende, tiefe Befriedigung darin, daß man für etwas völlig Wertloses wenigstens ein bescheidenes Sümmchen erhielt. Das hatte Mrs. Vane ungemein verjüngt, und während sie ihre literarischen Standpunkte so vehement vertrat wie immer, war sie doch nicht blind gegenüber den noch frischeren Lebensfreuden, die sie Mr. Truesdale zu verdanken hatte, der sie bei ihren »Antiquitätengeschäften« unterstützte. Mr. Truesdale hatte Ebie das Haus in Connecticut verkauft, was für Mrs. Vane der Start gewesen war; er hatte ihr den Tip gegeben, sich möglichst zuerst einen Käufer zu suchen und dann erst ein Objekt, das man ihm verkaufen will. Mr. Truesdale hätte sich längst aus Mrs. Vanes Klauen befreit, wenn er sich nicht fälschlicherweise eine übertriebene Vorstellung von ihren Finanzen gemacht hätte und nicht stolz darauf gewesen wäre, daß sie sich vor der endgültigen Entscheidung in finanziellen Fragen an ihn wendete, obwohl sie bereits ihre Bank und ihren Makler konsultiert hatte. Für Mr. Truesdale war die Entdeckung höchst erstaunlich, daß die fundierten Ratschläge, die er Mrs. Vane gab, häufig äußerst brauchbar waren, und wenn er an die Gewinne dachte, die ihr der eine oder andere seiner Ratschläge eingebracht hatte, dann murmelte er vor sich hin: »Ja, ist denn das die Möglichkeit? Es hat wirklich funktioniert, unglaublich, es hat wirklich funktioniert. Ja, ist denn das die Möglichkeit?«

Ihm fiel ein, was er fragen wollte. »Haben Sie Ihre Tochter zu Rate gezogen?«

Mrs. Vane blickte gequält.

»Vernon, Sie wissen ganz genau, daß ich niemals irgend jemanden außer Ihnen zu Rate ziehe. Ebie ist ein Hohlkopf, und außerdem sehe ich sie nie.«

»Sie ist doch noch auf der Farm, oder?« sagte Mr. Truesdale zögernd.

»Ich habe nicht die leiseste Ahnung«, sagte Mrs. Vane mit offen gezeigter Gleichgültigkeit. »Aber es ist anzunehmen. Ebie ist genau wie ihr Vater, bar jeder Unternehmungslust. Sie wollte, daß ich auf dieser gottverlassenen Farm da draußen bleibe. Lächerlich. Ich muß immer auf dem laufenden sein. Sollen die jungen Leute doch draußen auf dem Land wohnen und verblöden, wenn das alles ist, was sie wollen. Ich persönlich finde, eine Frau mit meiner Intelligenz sollte immer hautnah am Geschehen sein und sich um ihre Angelegenheiten kümmern. Das wissen Sie doch, Vernon.«

»Ihre künstlerische Arbeit«, sagte Mr. Truesdale, »macht sie damit weiter?«

Das Thema langweilte Mrs. Vane offensichtlich, denn sie klopfte nervös mit den Fingern auf den Tisch und wollte möglichst schnell wieder auf ihre Romanze mit den Immobilien zurückkommen.

»Ebie vergeudet ihr Leben«, sagte sie. »Sie verdient keinen Cent – malt nur herum. Dann weint sie. Absolut lächerlich. Ich halte weinende Menschen nicht aus, hab ich ihr gesagt. Nichts zu machen. Ich muß mein eigenes Leben leben.«

»Ich habe gehört, daß sie ziemlich lange krank war«, fragte Mr. Truesdale vorsichtig.

»Ach wirklich?« Mrs. Vane fuchtelte mit dem Blatt Papier vor seiner Nase herum. »Sehen Sie mal, ob da Ihrer Meinung nach rechtlich alles seine Ordnung hat. Ich vertraue niemandem außer Ihnen.«

»Hmm, mal sehen.« Mr. Truesdale strich sich mit der Hand übers Kinn. »Hmmm. Ja. Hmm. Verstehe.«

Er wollte eben aufs Geratewohl, ohne jedes Wissen über

Verträge und Hypotheken, sein Okay zu dem Papier geben, als er vom Hoteldiener ans Telefon gerufen und somit dieser Last entbunden wurde. Es war Mr. Donovan, der ihn bat, Mrs. Kameray für ihn ausfindig zu machen, die an diesem Nachmittag im Büro hätte sein sollen. Mr. Truesdale machte seine Augen und Ohren nicht umsonst schon seit fünfzig Jahren auf, und er hätte ihm mit ziemlicher Wahrscheinlichkeit den Aufenthaltsort von Mrs. Kameray angeben können – wenn nicht den genauen Ort, dann zumindest die Gesellschaft, in der sie den Großteil der Zeit verbrachte, die sie nicht mit Lou Donovan zusammen war –; es schien ihm jedoch professioneller, den Auftrag anzunehmen und nichts zu sagen. Es war eine gute Gelegenheit, Mrs. Vane nicht den ganzen Abend zuhören zu müssen, und so ging er leichteren Herzens an die Bar. Als er zurückkam und sich unter diesem Vorwand verabschiedete, saß sie stirnrunzelnd über ihrem Gedichtband von Emily Dickinson.

»Schade, daß Sie gehen müssen, Vernon«, sagte sie. »Sie sind der einzige intelligente Mensch, den ich kenne, der einzige Mensch, mit dem ich über Lyrik diskutieren kann.«

23

»Wollen Sie, daß ich bei Ihnen zu Hause anrufe?« fragte Miss Frye. Sie stand in der Tür zur Bürobar und sah ihn neugierig an. Sie hatte ihren Hut auf und wollte gerade gehen.

»Ich weiß, ich hab's gehört«, murmelte Lou, der einfach dasaß und aus dem Fenster auf die Sommersonne starrte, die unten im blauen See glitzerte. Seine Tasche stand noch genauso auf dem verchromten Barhocker, wie er sie dort stehengelassen hatte, halb offen, ganz oben lag das neue mattrosa Hemd. Er wußte, daß Miss Frye ihn, schon seit er hereingekommen war, so komisch anschaute, und es ging ihm auf die Nerven. Man konnte nicht ununterbrochen den Schein wahren, und die Frye sollte mittlerweile soweit sein, sich ihre Überraschung nicht anmerken zu lassen, wenn etwas ein wenig ungewöhnlich war.

»Ich hab letzte Woche den Alkoholvorrat kontrolliert«, sagte Miss Frye, weil sie nun doch gemerkt hatte, daß geschäftliche Routinesachen das einzige waren, was der Chef im Augenblick hören wollte. »Wir haben kaum noch Ballantine und Black and White, das hab ich nachbestellt. Der Brandy geht uns auch aus, aber ich hab nicht gewußt, welchen Sie bevorzugen. Was ist das da für ein Zeug, von dem auch nicht mehr viel da ist?«

»Schlehenlikör«, sagte Lou. »Der altbewährte Puffdrink.«

»Sie müssen es ja wissen«, sagte Miss Frye, und er grinste. Das war schon besser, dachte sie, trotzdem ließ sie ihn nur höchst ungern hier zurück, ohne etwas für ihn tun zu können.

»Wie viele werden kommen?« fragte sie.

»Zwei- oder dreihundert von ihnen sind drüben im Blackstone«, sagte er. »Die Hotelmanager aus dem Westen. Sie alle wollen heute abend ordentlich auf die Pauke hauen, und ohne mit meiner Stadt angeben zu wollen, glaube ich bei Gott, daß ihnen das gelingen wird. Deshalb wird wahrscheinlich nur etwa ein Dutzend von ihnen hier auftauchen.«

»Wenn nicht mehr kommen, müßte das bei weitem reichen«, sagte sie. »Nicht einmal in einem Jahr würden sie es schaffen, Alkohol für sechstausend Dollar wegzutrinken. Wollen Sie, daß ich Mrs. Donovan irgend etwas mitteile? Soll ich ihr sagen, daß Sie noch nicht zurück sind oder so was?«

Lou wandte sich abrupt zu ihr um.

»Miss Frye, was um Himmels willen wollen Sie wissen? Ich bin hier. Sie haben Ihr Gehalt bekommen. Es ist sechs Uhr. Warum gehen Sie nicht nach Hause?«

Miss Frye stand mit offenem Mund da.

»Na schön, na schön«, schrie Lou, »wenn Sie es wissen wollen, ich war bereits zu Hause. Ich hab meine Frau gesehen. Ich hab auch das Zimmer meiner Frau gesehen und die Fünfzig-Cent-Krawatte von 'nem Typen auf dem Toilettentisch und das Haaröl aus irgendeinem Billigladen im Badezimmer, eine Flasche scheußliches Haaröl in meinem Badezimmer! Nelken-Haaröl! Mit so einem Typen ist meine Frau ins Bett gegangen! Einem billigen Gigolo!«

»Ich weiß«, murmelte Miss Frye, »das war dieser Spanier, den sie an dem Abend aufgegabelt hat, als sie plötzlich im Spinning Top aufgetaucht ist. Es war schrecklich.«

»Sie wissen so viel, warum hängen Sie dann hier rum und stellen Fragen?« knurrte Lou. »Ich nehme an, Sie wissen alles über diesen Abend, an dem sie dort aufgetaucht ist, stockblau, ganz allein, daß sie Schlagzeug in der Band gespielt hat, diesen gräßlichen Ausländer zum Tanzen aufgefordert hat, ihn mit nach Hause genommen hat...«

»Hören Sie zu, Mr. Donovan, sie war nicht mehr sie selbst, sie wollte sich einfach rächen«, platzte es aus Miss Frye heraus, »ganz ehrlich, Mr. Donovan, Sie können Ihrer Frau keine Vorwürfe machen, wo Sie überhaupt nie mehr zu Hause sind und eine andere haben...«

»Halten Sie die Klappe!«

Miss Frye hielt die Klappe. Lou schämte sich.

»Schon gut, ich war selbst ein Arschloch. Na schön. Aber wenn die Ehefrau eines Mannes, die Frau, von der er mit

Recht etwas verlangen kann, vielleicht nicht Treue, aber zumindest guten Geschmack, Bildung, verdammt noch mal, wenn die sich einen Schwindler mit einer Fünfzig-Cent-Krawatte und Nelken-Haaröl aufreißt – sogar der Pyjama war noch da, stellen Sie sich das vor, ein Pyjama aus schwarzer Kunstseide, dieser Frauenheld, dieser windige Valentino...«

»Vielleicht haben Sie selbst auch schon einmal ein Spitzenhöschen aus Kunstseide in ihrem Zimmer vergessen.« Verärgert schickte sich Miss Frye an, ihr Geschlecht zu verteidigen. »Mir ist nicht aufgefallen, daß ihr Männer immer mit sozial gleichrangigen Frauen ins Bett geht.«

Es war lächerlich, es an Miss Frye auslassen zu wollen. An der guten alten Frye, der einzigen Frau, auf die er in dieser Hinsicht je hatte zählen können. Sie würde alles für ihn tun, das wußte er. Loyal. Und trotzdem ging einem nichts so sehr auf die Nerven wie Loyalität. Komisch, aber so war es.

»Offen gesagt, Miss Frye, wenn Sie die Wahrheit wissen wollen, ich glaube, meine Frau ist im Begriff, verrückt zu werden«, sagte Lou, jetzt wieder ruhiger. »Anders kann ich mir das nicht erklären. Geht mit diesem Kerl jeden Abend ins Black and Tan, stellt sich offen mit ihm meinen Geschäftsfreunden zur Schau...«

»Ich weiß«, sagte Miss Frye, »ich wollte es Ihnen nicht früher sagen. Deshalb versuchen die Harrods ständig, Sie zu erreichen. Sie glauben, Sie sind an ihrem Zustand schuld, weil Sie von Scheidung geredet haben.«

»Aber sicher«, sagte Lou. »Es ist alles meine Schuld. Aber sicher.«

»Nun, wenn Sie da rauswollen, ist das jetzt Ihre Chance«, sagte Miss Frye zuversichtlich. »Jetzt weiß zumindest jeder, daß Sie allen Grund dazu haben. Alle haben gesehen, wie sie mit diesem Kerl herumgezogen ist.«

»Aber sicher, so einfach ist das alles«, sagte Lou bitter. »Ich gehe und lasse eine Frau zurück, die gerade verrückt wird, klar, kein Problem. Das würde doch aussehen, als wollte ich mich drücken. Was glauben Sie, wie lange ich noch im Geschäft wäre, wenn sich das herumspricht?«

»Viele Frauen machen, was sie macht«, sagte Miss Frye. »Die sind auch nicht verrückt.«

Lou antwortete nicht. Er würde ihr nicht erzählen, wie Mary sich, gleich nachdem er nach Hause gekommen war, die Kleider vom Leib gerissen, die Striptease-Tänzerin vom Spinning Top imitiert und geschrien hatte: »Das gefällt dir doch, oder? Deshalb verläßt du mich doch immer. Danach bist du doch verrückt, na schön, gib mir Zeit, ich werde die Frau werden, die dir gefällt. Warum küßt du mich nicht? Schlaf mit mir, komm schon, zeig mir, wie die andere es macht, ich werd es schon lernen...« Lou war das Blut in den Adern gefroren, er hatte sich aus dem Zimmer gedrückt, war den Flur hinunter zum Kindermädchen gelaufen. Das Kindermädchen hatte ihn bloß mit kalten, feindseligen Augen angeschaut.

»Mrs. Donovan geht es ausgezeichnet. Sie trinkt jetzt allein, das ist alles«, hatte das Kindermädchen gesagt. »Sie sind schuld, Mr. Donovan. Das brauche ich Ihnen wohl nicht zu sagen.«

»Kümmern Sie sich jedenfalls um Sie«, hatte Lou angeordnet. »Rufen Sie ihre Tante an. Rufen Sie einen Arzt.«

»Mrs. Donovan braucht keinen Arzt«, sagte das Kindermädchen schroff. »Ich werde ihr ein Beruhigungsmittel geben. Ein Arzt kann einer Frau nicht helfen, die so unglücklich ist, daß sie nicht mehr weiß, was sie tut.«

Lou hatte schweigend seine Tasche genommen und war zurück in die Stadt gefahren. Es hatte keinen Sinn, Miss Frye diese Dinge zu erzählen. Nicht einmal darüber nachzudenken hatte einen Sinn. Es hatte keinen Sinn, sich an den Geruch des billigen Parfums zu erinnern, an dieses widerliche Haaröl – dieser Gigolo, dieser schäbige Lump...

»Bis sich die Lage wieder beruhigt hat, wohne ich im Stevens«, sagte er zu Miss Frye. »Bestellen Sie morgen Cognac nach. Und sagen Sie zu niemandem etwas.«

Jay Oliver steckte den Kopf zur Tür herein.

»Was – keine Weiber?« rief er. »Man hat mir gesagt, du hättest für das Sechs-Uhr-Manöver eine frische Truppe aus dem Spinning Top angefordert.«

»Was machst du denn in der Stadt?« fragte Lou. »Du alter Teufelskerl, es heißt, daß du dich überhaupt nicht mehr blikken läßt, seit du in das Büro im Osten übergewechselt bist.«

Es war schön, Jay wiederzusehen. Man hatte sich so daran gewöhnt, Jay ständig aus der Klemme zu helfen, daß er einem mehr als jeder andere fehlte, wenn er nicht da war und Hilfe brauchte.

Jay legte seinen Arm um Lous Schulter.

»Ich komme ganz heimlich«, flüsterte er ihm geheimnisvoll ins Ohr. »Mitten in der Nacht schleiche ich mich rein und wieder raus. Aber ich hab gehört, daß die Bande zu dir rüber kommt, also dachte ich, ich könnte auf einen Sprung vorbeischauen.«

»Macht Flo dir noch immer die Hölle heiß?« fragte Lou.

Jay nickte betrübt.

»Wenn Flo mich in Ruhe läßt, dann ist Ebie dran«, vertraute er ihm an. »Ich kann zwischen zwei Höllen wählen. Gewöhnlich entschließe ich mich für die von Ebie, aber dann krieg ich die von Flo per Ferngespräch.«

»Warum legst du nicht auf?«

Jay sah bekümmert drein.

»Hör zu, ich kann durch die Hölle gehen, wann ich will, oder? Mit Ebie gefällt es mir sogar, weil wir uns anschließend wieder versöhnen. Würden Sie das notieren, Miss Frye? Man muß sich streiten, um sich zu versöhnen.«

»Berichten Sie unserem Freund hier über Mrs. Oliver«, forderte Lou Miss Frye auf. »Es ist schrecklich.«

»Sie ruft dauernd hier an«, verriet Miss Frye gehorsam. »Sie sagt: ›Sie können Lou Donovan sagen, ich hoffe, es geht ihm jetzt gut, nachdem er eine Familie zerstört hat.‹«

»Das ist doch nicht zu fassen«, rief Lou. »Im Ernst, ist das nicht verrückt? Eine Frau verbringt ihr ganzes Leben damit, ihre eigene Familie zu zerstören, und dann will sie es jemand anderem in die Schuhe schieben. Mir. Dem guten alten Lou Donovan.«

»Sie macht Sie für alles verantwortlich, Mr. Donovan«, kicherte Miss Frye. »Sie sind der Freund, der Mr. Oliver zum

Trinken verleitet hat, Sie haben ihm mit Gewalt den ersten Tropfen eingeflößt, Sie sind derjenige, der ihn zum Spieler, Frauenhelden und Penner gemacht hat.«

»Das stimmt«, gab Lou zu. »Ich kann mich noch erinnern, wie schwer es gewesen ist, Jay beizubringen, Gefallen an Frauen zu finden. Wir mußten ihn festbinden, so scheu war er, aber wir haben den Unterricht durchgezogen.«

»Ich lasse Sie jetzt allein, damit Sie ihm noch eine Stunde geben können«, sagte Miss Frye. »Ich laß die Tür für die kleinen Nutten offen.«

»Tessie und Marie und Bobby sollen Nutten sein?« wies Lou sie empört zurecht. »Sie wohnen, bitte sehr, alle noch bei ihren Müttern.«

»Dann laß ich sie weit offen«, sagte Miss Frye, »für den Fall, daß sie ihre Mütter auch mitbringen.«

Als sie weg war, holte sich Jay einen Stuhl und setzte sich neben Lou. »Was Flo so fuchsteufelswild macht, ist, daß es endgültig aus ist zwischen uns und sie mir keine Szene mehr machen kann«, erklärte er. »Das ist nämlich der einzige Grund, weshalb eine Ehefrau ihren Mann zurückhaben will. Entweder das, oder sie will ihn den Rest seines Lebens daran erinnern, daß sie ihm damals verziehen hat. Flo hat alles unter ihrem Namen auf die Seite geschafft, und es wurmt sie gewaltig, daß Ebie das völlig egal ist. Es paßt ihr nicht, daß sie nicht sagen kann, die andere Frau ist auf mein Geld aus.«

»Einmal hat sie mich am Telefon erwischt«, sagte Lou. »Sie sagte: ›Wenn du zufällig diesen Herrn Ehemann siehst, sag ihm doch, daß ich einen Haufen Alimente verlangen werde und außerdem, sobald ich aus Reno weg bin, eine Reise nach Hawaii mache. Sag ihm, daß ich diejenige bin, die den Geldbeutel hat und ob er seine Freundin nicht auch gern auf Reisen mitnehmen würde.‹ Ich sagte: ›Okay, Flo, ich sag's ihm, wenn ich ihn sehe‹.«

»Ihre verfluchte Mutter!« Jay schüttelte in düsterer Erinnerung den Kopf. »›So ist's richtig, Florence‹, hat sie sicher zu Flo gesagt, ›sieh zu, daß du es von ihm kriegst. Wenn du's nicht bekommst, dann kriegt Nummer Zwei es.‹ Viel bleibt für Nummer Zwei nicht übrig, wenn diese zwei Raffzähne einen Kerl ausgenommen haben. Nicht daß Flo nicht auch gute Eigenschaften hätte.«

»Wird Ebie nicht wütend, wenn du Flo soviel zahlen mußt?«

»Ebie ist so ziemlich alles egal, solange ich in ihrer Nähe bin«, sagte Jay selbstgefällig. »Sie hat gesagt: ›Mach schon, gib ihr alles, wir kommen schon zurecht. Ich kann jederzeit wieder arbeiten. Zahl ihr alles, was sie will. Alles, was ich will, bist du.‹ So denkt Ebie darüber.«

Wart's ab, dachte Lou, warte fünf, zehn Jahre und frag sie dann, wie sie darüber denkt, daß Nummer Eins das ganze Geld bekommen hat, während Nummer Zwei ihre Hausarbeit selbst machen muß. Wart's ab.

»Ich hoffe nur, daß es nicht alles verdirbt, wenn ich Ebie heirate«, sinnierte Jay mit besorgter Miene. »Ich würde nur höchst ungern wieder im Netz zappeln. So wie es jetzt ist, gefällt es mir, aber du weißt ja, wie die Frauen sind.«

»Gut möglich«, räumte Lou ein.

»Mann, Lou, du bist so verdammt gerissen, das macht mich noch verrückt«, sagte Jay. »Du bist ständig hinter den Weibern her, aber du wirst nie erwischt. Eine Zeitlang hab ich gedacht, die Kameray spielt dich gegen Rosenbaum aus, aber ich glaube fast, dir war die Sache nie so ernst, wie ich angenommen habe.«

»Du kennst ja nicht die ganze Geschichte«, kommentierte Lou leise.

»Ich hab gemerkt, wie dieser kleine Satansbraten dir die Daumenschrauben anlegt, indem sie mit Rosenbaums Armband herumglitzert und dich in ihrer falschen, schüchternen Art um Rat fragt, ob sie zu ihrem Ehemann zurückkehren oder irgendeinen Bandleader heiraten soll, weil ihre Aufenthaltserlaubnis nicht verlängert wird, und ich hab mir gedacht, sieh einer an, der gute alte Lou zappelt in der Falle, Mister Superschlau Donovan hängt an der Angel.« Jay lächelte bei dem Gedanken an seine Fehleinschätzung der Lage. »Ich hätte wissen müssen, daß du der einzige bist, der aus so einer

Sache wieder rauskommt. Hast nach ihrer Pfeife getanzt, bis sie die Leine etwas gelockert hat, und dann bist du abgehauen. Alter Haudegen, dein Geschick möchte ich haben.«

Geschick. Das mußte es wohl sein, wenn man nächtelang wach lag und sich überlegte, wie man sie so bald wie möglich wiedersehen könnte, sich überlegte, wie man sich daran hindern könnte, die Männer, mit denen sie schlief, umzubringen, sich überlegte, wie man ihr mehr geben könnte, als Rosenbaum ihr gab, Rosenbaum, der so verrückt nach ihr war, daß er ihr jeden Wunsch erfüllte, außer einer Heirat, aber gerade das war ihr sehnlichster Wunsch, und wenn Lou das doch ermöglichen könnte... Jetzt stand er mit dem Rücken zur Wand. Er wußte nicht, wie lange er sie noch hinhalten konnte, das Spiel war in letzter Zeit immer härter geworden. Und dann, als er gerade im Begriff war nachzugeben, warf die Sache mit Mary alles über den Haufen. Trina konnte er das nicht erzählen. Trina hatte sich schon genug Ausreden anhören müssen. Trina konnte man nicht die Schuld geben.

»Ich weiß nicht, ob es daran liegt, daß du Köpfchen hast, weil du nie in Schwierigkeiten gerätst, oder ob du einfach unglaubliches Glück hast«, seufzte Jay. »Trotzdem beneide ich dich wirklich, alter Junge.«

»Ich tausche jederzeit mit dir«, bot Lou ihm an.

Man hörte das Geräusch von Stimmen im Büro nebenan. In der Stimmung, in der er gerade war, hielt sich die Freude in Grenzen, als er den alten Grahame hereinkommen sah, und zwar in einem Zustand, der seinem guten Freund Richter Harrod nicht gefallen hätte. Der Knabe hatte eine Schlagseite wie ein altes Segelboot im Wind, und ein breites, gütiges Lächeln erhellte sein Mondgesicht. Zum ersten Mal beehrte er Lou mit einem privaten Besuch, aber an diesem Tag reichte das nicht, um Lou aufzuheitern. Pritchard war auch dabei, und an seinem Arm hing – als Krönung des Tages – die gute alte Francie, ganz in Weiß, mit einem großen Strohhut, der sie besser aussehen ließ, als ihr eigentlich zustand.

»Ich hab meine Freundin mitgebracht«, sagte Pritchard. »Das ist Mrs. Thompson, Lou. Kennt ihr euch schon?«

»O ja, sicher«, sagte Lou. Francie beobachtete ihn aufmerksam, als sei sie darauf gefaßt, er würde sie anbrüllen, weil sie mitgekommen war, aber das war schon in Ordnung. Sie hatte ihn seit dem Abend im Spinning Top vor Monaten nicht mehr belästigt, und es war auch nicht Francie gewesen, von der Mary erfahren hatte, daß er schon einmal verheiratet gewesen war, sondern Flo. Man mußte fair sein, auch wenn das zu nichts führte.

»Wie lange sollen wir in diesem Laden denn noch auf einen Drink warten?« beklagte sich Jay. Er ging mit Lou hinter die Bar, und sie schenkten eine Runde ein. Es kamen noch ein paar Leute, und Lou war damit beschäftigt, Gläser zu füllen. Man brauchte eine Beschäftigung, das war der Trick, man mußte so lange was tun – und wenn es nur Trinken war –, bis das Hirn zur Ruhe kam. Lärm wirkte auch gut, Lärm wirkte wunderbar, und plötzlich war ein solcher Lärm im Raum, daß Lou Francies Stimme gar nicht hörte, sondern nur den Hundert-Dollar-Schein sah, den sie ihm über die Theke hinweg zuschob.

»Das ist der Glückshunderter, Lou«, sagte sie. »Er hat uns Glück gebracht. Frank hat noch nie eine solche Glückssträhne gehabt. Er ist jetzt in Saratoga und wartet darauf, daß die Rennbahn geöffnet wird. Er hat mir gesagt, daß ich dir das geben soll, Lou, und er ist dir wahnsinnig dankbar.«

»Ach, behalt ihn, Francie«, sagte Lou, aber sie schüttelte den Kopf und bestand darauf, daß er ihn nahm. Na schön, wenn ihr damit geholfen war. Ihm konnte ohnedies nichts mehr helfen.

»Ich hab gehört, daß du zur Zeit ziemlich viel herumziehst, Francie«, sagte er mit gedämpfter Stimme. »Warum das? Du hast jetzt einen anständigen Kerl, warum bleibst du nicht bei ihm? Du mochtest ihn doch so gerne, daß du ihn geheiratet hast.«

Francies Augen füllten sich mit Tränen.

»Du bist der einzige, den es für mich gibt«, flüsterte sie. »Du weißt, daß das der einzige Grund ist, warum ich herumziehe. Seit du mich verlassen hast, geht's mir einfach verdammt mies, das ist alles. Nur deinetwegen, Lou. Ich bin einfach immer noch verrückt nach dir.«

Es war doch zu dumm. Man kann es einem Mann doch nicht zum Vorwurf machen, daß er einen nicht mehr liebt. Das ist nicht recht. Das ist nicht fair. Als Lou darauf nichts sagte, wischte sich Francie mit einem Taschentuch die Tränen aus den Augen und wendete sich abrupt dem alten Grahame zu, der sich an der Theke festhielt, damit er nicht umkippte wie ein bleiernes Tintenfaß.

»Gibt's hier noch ein Schlückchen für einen Freund?« fragte Grahame mit leichten Schwierigkeiten, dann ließ er die Theke los, was ziemlich riskant war, und streckte Lou die Hand entgegen. »Schön, Sie zu sehen, guter Mann. Lassen Sie mich Ihnen die Hand schütteln. Ich freue mich immer, wenn ich Sie sehe, Donovan, mein Lieber.«

Wenn das jetzt keine Gelegenheit war!

»Danke«, sagte Lou, »aber mein Name ist Cassidy.«

Gore Vidal

Dawn Powell, eine amerikanische Autorin

Vor langer Zeit einmal war New York City eine wundervolle Stadt, für ihre Bewohner ebenso wie für die Besucher. Sie bot viele Annehmlichkeiten, wie es in den Prospekten heißt. Eine davon war etwas namens Broadway, wo es jede Saison Dutzende von Theaterpremieren gab, in die Tausende von Menschen strömten, in einem Viertel, das heute der Innenstadt Kalkuttas ähnelt, ohne jedoch den vom Flußdelta herrührenden Charme und die intellektuelle Schärfe dieser Stadt auf dem indischen Subkontinent zu besitzen.

Eines Abends, damals, vor langer Zeit (am 7. Februar 1957, um genau zu sein), hatte mein erstes Stück Premiere am Booth Theatre. Üblicherweise blieb der Dramatiker für das Publikum unsichtbar. Man versteckte sich in einer nahegelegenen Bar und lauschte den nasal vorgetragenen süßen Lauten von Pat Boone, dessen Lied *Love Letters in the Sand* aus einer leuchtenden Jukebox tönte. Aber als an jenem Abend der Vorhang fiel, ging ich ins überfüllte Foyer, um jemanden abzuholen. Den Mantelkragen bis über die Ohren hochgeschlagen, bewegte ich mich durch die Menge, vermeintlich unsichtbar. Plötzlich dröhnte eine Stimme wie ein Glockenschlag quer durch das Foyer: »*Gore!*« Ich hielt inne, alle hielten inne. Von der Garderobe sauste eine kleine runde Gestalt, einer Kanonenkugel aus dem Bürgerkrieg nicht unähnlich, auf mich zu und stieß mit mir zusammen. Als ich auf dieses wohlbekannte runde Gesicht mit der Stupsnase und den funkelnden blutunterlaufenen Augen hinunterblickte, hörte ich – und das ganze überfüllte Foyer hörte mit –: »*Wie konntest du das nur tun*? Wie konntest du dich nur so *verkaufen*? An den *Broadway*? An das *Kommerz*theater? Wie konntest du nur *den Roman* aufgeben? Die *Sicherheit*? Die Sicherheit zu wissen, daß pünktlich alle zwei Jahre dieser *Fünfhundert-Dollar-Vorschuß* eintrifft?« Dreißig Jahre später klingt diese Stimme noch immer in meinem Kopf nach, und ich denke mit herzlicher Zuneigung an ihre Besitzerin, diese brillanteste Verfasserin komischer Romane. »Ein Gebiet«, höre ich Dawn Powell knurren, »das nicht gerade übervölkert ist.«

An dem Abend, als *Visit to a Small Planet* Premiere hatte, war Dawn Powell neunundfünfzig Jahre alt. Sie hatte vierzehn Romane veröffentlicht, von denen die Hälfte den Mittelwesten, aus dem sie stammte, zum Thema hatten (und wie man bloß von dort weg und nach New York kam), zur anderen Hälfte waren es jene höchst komischen New-York-Romane mit dem Schauplatz Greenwich Village, wo sie den größten Teil ihres Lebens verbrachte. Ungefähr dreiundzwanzig Jahre früher hatte die Theater Guild Powells Komödie *Jigsaw* (einen *ihrer* vielen erfolglosen Versuche, sich dem kommerziellen Theater zu verkaufen) inszeniert, aber es gab Schwierigkeiten mit dem dritten Akt, und trotz Spring Byington und Ernest Truex wurde das Stück nach nur neunundvierzig Aufführungen vom Spielplan abgesetzt.

Jahrzehntelang stand Dawn Powell unmittelbar davor, von einer Kultfigur zu einer Art Säulenheiliger der Literaturgeschichte zu werden. Aber trotz der Arbeit so fanatischer Kultanhänger wie Edmund Wilson und Matthew Josephson, John Dos Passos und Ernest Hemingway wurde Dawn Powell als Schriftstellerin nie so populär, wie es ihr gebührt hätte. Damals zog ein guter Schriftsteller mit etwas Glück ein paar freiwillige Leser an und wurde damit populär. Heute bedeutet »populär« natürlich schlechte Literatur, die viel gelesen wird, während gute Literatur das ist, was unfreiwilligen Lesern aufgezwungen wird. Powell scheiterte auf beiden Gebieten. Sie hat keine Interpretation nötig und hätte schon zu Lebzeiten genauso bekannt sein sollen wie beispielsweise Hemingway, der frühe Fitzgerald, der mittlere O'Hara oder sogar die späte, viel zu späte Katherine Ann Porter. Aber Powell verkörperte dieses unvorstellbare Monstrum, eine geistreiche Frau, die sich nicht bemüßigt fühlte, der Liebe oder der Familie auch nur ein einziges Mal Tribut zu zollen; sie betrachtete das Leben mit der wachen Unparteilichkeit eines Petronius, und jeder Gastgeber auf dem Fest des Lebens war ein potentieller Trimalchio, der ins Gefängnis kam.

In den wenigen Interviews, die Powell gab, erwähnte sie häufig das *Satyricon* als ihren Lieblingsroman – erstaunlich für eine Amerikanerin, um so mehr noch für eine Frau zu jener Zeit. So etwas war damals genauso inakzeptabel wie heute. Darstellungen inniger, reifer, heterosexueller Liebe waren – und sind – schriftstellerische Aufgabe der Frau, und die veritablen Schriftstellerinnen fallen bedauerlicherweise durch, während die seichten besonders gut ankommen.

Powell wurde seitens der seriösen Kritik nur wenig beachtet (falls eine solche in unserer stark moralisierenden Kultur überhaupt je in einem größeren Ausmaß existiert hat), und als schließlich doch ein Roman von ihr von einer wirklich ernsthaften Person wie Diana Trilling (*The Nation*, 29. Mai 1948) rezensiert wurde, machte uns *la* Trilling darauf aufmerksam, daß das vorliegende Buch nichts wert sei, und zwar aufgrund der »Diskrepanz zwischen der Geisteskraft, die sich praktisch auf jeder Seite ihres Romans *(The Locusts Have No King)* offenbart, und der Belanglosigkeit der Menschen, die sie mit ihrer außergewöhnlichen Intelligenz seziert«. Wohl würdigt Trilling ihre ungeheure Intelligenz, aber weil sich Powell nicht mit moralisch komplexen Leuten befaßt (ordentliche Professoren an der Columbia University in der Midlife Crisis?), »gelingt es dem Roman insgesamt nicht, die Spannung, die er in seinen besten Momenten verspricht, auch durchzuhalten«.

Um als ernsthaft zu gelten, muß ein Roman offenbar von sehr ernsthaften – ja ehrfurchtgebietenden – Leuten handeln, die auf sehr erfurchtgebietende – ja ernsthafte – Weise dargestellt werden. Witz? Was ist das? Aber schließlich wissen wir ja alle, daß Intelligenz und Geisteskraft im amerikanischen Roman genausowenig zählen wie im amerikanischen Alltag.

Gelegentlich zeigt Powell selbst ihre Bestürzung über die Fehlinterpretation ihres Werks. »Die Dummheit wird so fürstlich belohnt«, schrieb sie betrübt (Robert van Gelder, *Writers and Writing*, Scribner's, 1946), »daß es einem unsinnig vorkommt, sich ihr zu verweigern.« Sie bemerkt weiterhin, daß es »als lustig und humorvoll angesehen wird, die Eigenheiten der Armen oder der Reichen aufzuzeigen. Die moralischen Schwächen von Millionären und Müllmännern... Ihre Art zu reden, ihre typischen Gewohnheiten, die Eigentümlichkeiten ihres Denkens scheinen zu jedermanns Belustigung gut. Mit dem, was ich schreibe, breche ich die Regeln, denn ich bin einfach überzeugt davon, daß auch die Mittelschicht komisch ist.«

Schließlich, als die Schatten länger wurden, würdigte Edmund Wilson seine alte Freundin im *New Yorker* (17. November 1962). Ein Grund dafür, teilt er uns mit, warum Powell bei jenen Amerikanern, die Romane lesen, so wenig Anklang finde, sei, »daß sie nichts unternimmt, um weibliche Phantasien anzuregen (sexistische Zeiten!). Die Leserin findet keinen Trost darin, sich mit Miss Powells Heldinnen zu identifizieren. Die Frauen, die in ihren Geschichten vorkommen, sind wahrscheinlich genauso gemein und absurd wie die Männer.« Diese Gleichheit der Geschlechter war unüblich. Jetzt aber, da wir dem Ende des Jahrhunderts näher sind als 1962, erscheinen Powells »gemeine, absurde Frauen« eher wie die komische Carol Burnett als die schreckliche Alexis aus der berühmten Denver-Clan-Serie.

Wilson erwähnte auch Powells Originalität: »Die Liebe ist nicht Miss Powells Thema. Ihr wirkliches Thema ist der aus dem Mittelwesten stammende Provinzler in New York, der sich in der Stadt niedergelassen und eingewöhnt hat, ohne daß jedoch jemals seine Faszination an dieser fremden und anarchischen Gesellschaft nachgelassen hätte.« Das bringt es sehr gut auf den (sehr schlecht formulierten) Punkt. Wilson zählt ihre Romane zu den »amüsantesten, die im Augenblick geschrieben werden, und in dieser Hinsicht stehen sie auf einer Stufe mit denen von Anthony Powell, Evelyn Waugh und Muriel Spark«. Wilson rezensierte ihr letztes Buch *The Golden Spur*; drei Jahre später starb sie an Brustkrebs. »Vielen Dank, Bunny«, hörte man sie murmeln, als dieses verspätete Blumengebinde durch ihr Fenster geflogen kam.

Sommer. Sonntag nachmittag. Ungefähr 1950. Dawn Powells doppelgeschossiges Wohnzimmer in der East Ninth Street Nr. 35. Die Gastgeberin wacht über ein ellipsenförmiges Aquarium, das mit Gin gefüllt ist, einem beliebten Getränk dieser Zeit, bekannt als Martini. Ihr zur Seite Coby – für mich seit Jahren einfach Coby –, ihr ständiger Begleiter; er sieht gut aus mit dem blauen Blazer, dem rosigen Gesicht und den silberglänzenden, glatt zurückgekämmten Haaren. Coby kann charmant über jedes Thema plaudern. Auf den Gedanken, daß er Dawns Liebhaber sein könnte, bin ich nie gekommen. Sie sind so alt. Ein schöner junger Dichter liegt auf dem Boden, buchstäblich zu Füßen von E. E. Cummings und seiner Frau Marion, die beide keine Notiz von ihm nehmen. Dawn wirft gelegentlich einen mütterlichen Blick zu dem Jungen hinüber, aber der Blick gleicht mehr dem einer Katzen- oder Hundemutter, deren Lieblinge im Begriff sind, Unfug anzustellen. Die Unterhaltung plätschert. Der Gin auch. Marion Cummings ist wunderschön, genauso schön wie ihr Ehemann mit seinen blaßblauen Augen. Coby ist groß in Form. Obwohl er oft über sich selbst redet, berichtet er nicht von langweiligen Triumphen, sondern von unwahrscheinlichen Katastrophen. Er ist ständig blank, und seine einst so vornehme Garderobe befindet sich inzwischen in den Händen dieser lebenslustigen Gaunerinnen, seiner Vermieterinnen. An diesem häuslichen Nachmittag ist Dawn ernst, nachdenklich. »Warum nur«, fragt sie plötzlich, den Blick auf den langgestreckten Körper neben dem Couchtisch gerichtet, »haben sie nie einen eigenen Fußboden, auf dem sie schlafen können?«

Cummings erklärt ihr, daß der Dichter in Philadelphia lebt und deshalb zu weit entfernt von seinem eigenen Fußboden ist. Kurz darauf statteten der junge Dichter und ich den Cummings einen Besuch ab. An der Tür wurden wir von einer nervösen Marion begrüßt. »Ich fürchte, ihr könnt nicht reinkommen.« Hinter ihr ertönte ein schauerlich hoher Schrei. »Dylan Thomas ist gerade gestorben«, erklärte sie. »Ist das Mr. Cummings, der da so schreit?« fragte der Dichter höflich, als die Wehklage auf einem noch höheren Ton ansetzte.

»Nein«, sagte Marion. »Das ist nicht Mr. Cummings. Das ist Mrs. Thomas.«

Aber im Augenblick liegt der Dichter, meiner Erinnerung nach, immer noch auf dem Boden, während hoch oben auf der Galerie in Dawns Wohnzimmer eine schemenhafte graue Gestalt auftaucht und auf uns herunterblickt. »Wer«, so frage ich, »ist das?«

Dawn rührt die Martinis um, sanft, zärtlich, kneift die Augen zusammen und sagt: »Mein Ehemann, glaube ich. Es ist doch Joe, nicht wahr, Coby?« Sie wendet sich Coby zu, der den Herrn in Grau anlächelt und ihm zuwinkt, worauf sich dieser zurückzieht. »Natürlich«, sagt Coby. »Und er sieht bestens aus.« Endlich begreife ich, daß das eine *ménage à trois* in Greenwich Village ist. Und verschütte dabei meinen Martini.

Bis heute gibt es erst eine einzige Studie über Dawn Powell, die Dissertation von Judith Faye Pett (University of Iowa, 1981). Ms. Pett hat dankenswerterweise sehr viel biographisches Material zusammengetragen. Es freut mich, endlich zu wissen, daß der volle Name des liebenswürdigen Coby Coburn Gilman war, und es betrübt mich, erfahren zu müssen, daß er Dawn nur um zwei Jahre überlebt hat. Der Ehemann auf der Galerie war Joseph Gousha oder Goushé, den sie am 20. November 1920 heiratete. Er war musikalisch, sie literarisch begabt, besonders für das Theater. Ihr Sohn kam geistig behindert zur Welt. Im Lauf der Jahre wurde ein Vermögen für Schulen und Pflegepersonal ausgegeben. Um dieses Vermögen zu verdienen, schrieb Powell alles: von Zeitungsinterviews über Erzählungen für Frauenzeitschriften und Theaterstücke, die kaum aufgeführt wurden, bis zu einigen Romanen über den Mittelwesten. Anschließend entstand ein Romanzyklus über New York, und hier entwickelte sie ihren eigenen Stil, was dazu führte, daß unsere langweilige Literaturszene über sie herfiel. Als Doyenne des Village hielt sie Hof im Restaurant des Hotels Lafayette – zur Information für Nostalgiker: das Lafayette war gleich in der Nähe des

Washington Square, an der Ecke University Place und Ninth Street.

Dawn Powells einnehmende Präsenz zieht sich wie ein feiner Draht aus purem Messing durch Edmund Wilsons *The Thirties*: »Es war Sperrstunde im Restaurant des Lafayette, und Coby Gilman wurde gerade unter dem Tisch hervorgekehrt. Niles Spencer stotterte schon seit fünf Minuten herum, und Dawn Powell gab ihm eins aufs Kinn und sagte: ›*Meschugge* ist das Wort, nach dem du suchst.‹« Oder: »Peggy Bacon hat mir erzählt, wie Joe Gousha sie einmal auf einer Party attackiert und versucht hat, ihr die Kleider vom Leib zu reißen... Ich meinte, daß Joe vielleicht der Ansicht gewesen war, in Dawns Clique müsse man so etwas machen. Sie sagte: ›Ja: Er glaubte, es sei eine gesellschaftliche Verpflichtung.‹« Powell sagte auch, Dotsys Mann sei »ganz aus dem Häuschen gewesen, weil der Prince of Wales einen Hosenschlitz mit Reißverschluß hatte, eine große Sache in der Werbebranche«. In einer Fußnote zu diesem Text heißt es, daß Dawn Powell und Wilson miteinander einen Briefwechsel führten, in dem sie Mrs. Humphrey Ward und er »ein heruntergekommener Literat namens Wigmore« war. Später findet sich noch eine verworrene Stelle, in der aus einigermaßen unerfindlichen Gründen James Thurber zu Dawn Powell sagt, daß sie es nicht »verdiene«, die Herrentoilette zu benützen. Und das war wahrscheinlich das ganze Geheimnis.

Wie die meisten Schriftsteller schrieb Powell über das, was sie kannte. Deshalb tauchen bestimmte Themen immer wieder auf, und die Schauplätze unterscheiden sich nicht von denen ihres wirklichen Lebens. Als Kind wurden sie und ihre beiden Schwestern vom Vater, der Handelsreisender war (ihre Mutter starb, als sie sechs Jahre alt war) von einer Farm oder Kleinstadt im Mittelwesten zur anderen geschleppt. Die Großmutter mütterlicherseits hinterließ einen bleibenden Eindruck und weckte ihr Interesse am Hotelleben (als Thema, nicht als Wohnsitz). Unbezwingbare alte Frauen, voller Zorn und guter Witze, tauchen in beiden Romanzyklen auf. Powells Vater heiratete wieder, als sie zwölf war, und Dawn und ihre Schwestern lebten auf der Farm der Stiefmutter. »Eines Tages verbrannte meine Stiefmutter alle Geschichten, die ich geschrieben hatte, eine Form der Disziplinierung, die ich nicht ertragen konnte. Mit den dreißig Cent, die ich mir beim Beerenpflücken verdient hatte, lief ich weg und landete im Haus einer lieben Tante in Shelby, Ohio.« Nach dem Abschluß der dortigen High School besuchte sie das Lake Erie College für Frauen in Painesville, Ohio. Ich hielt dort einmal eine Rede anläßlich der Verleihung akademischer Würden und war erstaunt darüber, wie sehr mich diese viktorianischen Backsteinhäuser an Neuengland erinnerten. Ich brachte auch soviel wie möglich über ihre berühmte ehemalige Schülerin in Erfahrung. Ich sammelte einige nette Geschichten, um sie ihr zu erzählen. Aber als ich nach New York zurückkam, war sie tot.

Powell begann als Dramatikerin. Ein Stück wurde schließlich verfilmt, ein anderes, *Big Night*, 1933 vom Group Theater aufgeführt. Aber es war der Erste Weltkrieg, nicht das Theater, was Powell 1918 von Ohio weg und nach New York führte, und zwar als Mitglied der Marinereserve. Der Krieg war zu Ende, bevor ihre Uniform eintraf. Powell stieg in die Werbung ein. Heiratete. Schrieb Reklametexte (damals war Goushé oder Gousha in der Buchhaltung einer Werbeagentur angestellt). Der Mißerfolg am Theater und Geldmangel brachten sie zum Roman mit seiner sicheren Garantie jenes Fünfhundert-Dollar-Vorschusses, auf den jeder von uns so viele Jahre lang angewiesen war.

Angels on Toast war der erste von Powells Romanen, der, wenn schon nicht weltberühmt, so doch *das* Buch für all jene wurde, die sich in den niveauvolleren, geistreicheren Bereichen Manhattans niederlassen wollten. Dort, wo Truman Capote später – und weniger geistreich – seine Zelte aufschlagen sollte. Wir schreiben 1940. Der Krieg hatte begonnen, die Skyline zu verdunkeln. Aber für Ebie, eine Werbegraphikerin, die aus der Provinz kommt und deren Mutter eine der großartigsten exzentrischen Frauengestalten Powells ist,

ist der Zauber der Stadt nach wie vor ungebrochen. Ebie wohnt mit Honey, einer anderen berufstätigen Frau, zusammen, die »eine Jungfrau war (zumindest ließ sich das Gegenteil nicht beweisen) und mächtig stolz darauf. Man hätte glauben können, das sei etwas, was schon seit Generationen im Besitz der Familie war«. Aber Ebie und Honey brauchen einander zum Gesprächsaustausch, und in einer Bar,

> die O. Henry dereinst frequentiert hatte... saßen sie in einer dunklen, mit rauchgeschwärztem Holz verkleideten Nische, tranken Whisky, erzählten einander Dinge, von denen sie später wünschten, sie hätten sie nie erzählt und prahlten mit ihren Familien, die sie mal unter die oberen Zehntausend ihrer Heimatstadt einreihten, dann wieder als romantische Außenseiter darstellten. Die Familie draußen im Mittelwesten mußte auf ein bloßes Wort der New Yorker Töchter wie auf Rädern hin- und hergesaust sein.

Allgegenwärtig im Roman ist das Hotel Ellery im Zentrum, in dem Mrs. Vane, Ebies Mutter, für siebzehn Dollar die Woche in wunschlos glücklicher Verwahrlosung haust.

> BAR & GRILL. Es war der Eingang zum Restaurant eines mittelalterlich anmutenden Hotels, dessen vom Zahn der Zeit geschwärzte Fassade von Feuerleitern zerschnitten war... die dunkle Wandvertäfelung aus Eichenholz reichte hoch hinauf und traf auf rußige Wände, und vor den Bullaugenfenstern hingen Vorhänge aus schwerem kürbisfarbenem Chintz... War man einmal drinnen, kam man nicht so schnell wieder heraus.

Diese fremde, ferne Welt vor der Erfindung des Fernsehens hätte ebensogut von Walter Scott sein können.

Schön ist auch, daß in diesen New Yorker Romanen die Stadt, so wie sie früher war, in jedem Augenblick gegenwärtig ist. Ein solches Hotel, detailgetreu beschrieben, beschwört eine verlorene Zeit herauf in einer Weise, wie es der anmaßende Zeitgenosse des Romans im zwanzigsten Jahrhundert, der frühe Tonfilm, nicht vermag.

> Was an diesen kleinen, ehrwürdigen, angesehenen Hotels außerdem merkwürdig war – beim Durchschnittsgast schienen sie keinen Anklang zu finden. BAR & GRILL beispielsweise sprach vornehm aussehende Witwen und alte Jungfern mit geringem Einkommen an ... Dann gab es noch diese müden Eintagsfliegen, die verglühten Sternschnuppen, und auf der anderen Seite eine fröhlichere, jüngere Gruppe, deren Loyalität gegenüber dem BAR & GRILL auf den billigen Martinis fußte. Bei ihren bescheidenen Ein-Dollar-Mahlzeiten (vier Martinis und ein Sandwich) amüsierte sich diese lebhaftere Runde über die älteren Dauergäste.

Ebie will ihre Mutter aus all dem herausholen, damit sie zusammen in Connecticut leben können. Mrs. Vane würde lieber sterben. Sie zieht es vor, in der Bar Vorträge über Lyrik zu halten. Es gibt auch einen Plot: zwei Geschäftsleute, beide verheiratet. Einer davon hat eine Affäre mit Ebie. Mittlerweile beherrscht Powell ihren Stil meisterhaft. Elegant essayistisch leitet sie ihre Kapitel ein:

> Mitten in der Nacht redeten Ehefrauen auf ihre Männer ein, in der Finsternis redeten und redeten sie, während die Uhr auf der Kommode den Schlaf wegtickte und die letzten Trambahnen in entlegenen Straßen in noch entlegeneren Vororten bimmelten, wo in den neuen Häusern, die unter der Hypothekenlast und den modernsten Ausstattungen fast zusammenbrachen, Ehefrauen in der Finsternis redeten und redeten und redeten.

Die Prosa weist nun nicht mehr die Leichtigkeit der früheren Romane auf, und es findet sich eine bewußte Verdichtung der Sprache, obwohl Powell sich bis zum Schluß grammatikalische Lapsus erlaubte. *Angels on Toast* endet in einer fröhlichen Stimmung, die eines Shakespeare im *Sommernachtstraum* würdig ist: jeder ist an dem Platz, wo er oder sie hingehört. Mir fällt niemand ein, der die Stimmung dieses ersten Kriegsjahres so gut eingefangen hätte, bevor wir alle fortgingen, um die besten Jahre unseres Lebens zu vergeuden.

The Wicked Pavilion (1954, dt. *Downtown Ladies,* in Vorb.), das ist das Café Julien, und das wiederum das reale Hotel Lafayette. Der Titel stammt aus den *Creevey Papers* und bezieht sich auf den Brighton Pavilion des englischen Kronprinzen, wo die Prominenz und die Sensationslüsternen einem verrückten Mitglied der Königsfamilie ihre Aufwartung machen. Der Schriftsteller Dennis Orphen, der bereits in früheren Büchern Powells aufgetaucht ist, eröffnet und beendet die Geschichte auf seine geheimnisvolle Weise. Er hat an der Handlung im Grunde keinen Anteil. Er ist einfach da und sieht zu, wie sich das Glücksrad, das eigentlich keines ist, dreht und die Insel der Seligen zur Insel der Traurigen wird. Wie für Powell ist auch für ihn das Café der Mittelpunkt seines Lebens. Hier schreibt er, trifft sich mit Freunden, läßt den Jahrmarkt der Eitelkeit an sich vorüberziehen. Mittlerweile hat Dawn Powell höchste Kunstfertigkeit erreicht. Die Essays – Präludien, Ouvertüren – sind sowohl geistreich als auch von weiser Melancholie. Sie hat Eisenhowers Amerika aufs beste charakterisiert, als sie alle möglichen, inzwischen gealterten Figuren aus den früheren Romanen in dieser vorletzten Versammlung wieder zusammenführt: Okie ist immer noch ein schicker Lebemann und Verfasser des letztgültigen Werks über den Maler Marius, Andy Callingham ist immer noch ein weltberühmter Schriftsteller (angelehnt an Ernest Hemingway), zufrieden in seiner nicht ansteckenden Selbstliebe, und die immer wiederkehrende Peggy-Guggenheim-Figur taucht hier als Kunsthändlerin Cynthia wieder auf. Ein Handlungsstrang betrifft das junge Liebesglück: Rick und Ellenora, die sich während des Krieges im Café Julien begegnet waren und die weder davon genug bekommen konnten noch voneinander, noch von der »Insel der Seligen« – so nannte Dawn Powell ganz unironisch jenes Manhattan, wie sie es einst kennengelernt hatte.

Eine neue Variante unter Powells jungen Frauengestalten ist Jerry, selbstsicher, zielstrebig und auf dem Weg nach oben. Aber die ihr eigene Natürlichkeit regt Männer nicht dazu an, sie mit Geschenken zu überhäufen; »die Wahrheit war, daß sie es sich bei ihrem zunehmend kostspieliger werdenden Geschmack einfach nicht leisten konnte zu arbeiten... Was den Rückzug in die Sicherheit einer Ehe anging, schien ihr das die endgültige Niederlage zu sein, gleichbedeutend mit der Bitte um die Sterbesakramente«. Eine Dame aus der Aristokratie, Elsie, versucht vergeblich, sie zu lancieren. Elsies Bruder Wharton und ihre Schwägerin Nita sind eine gelungene Persiflage auf das mustergültige ehrbare Ehepaar. Überhaupt ist Wharton eines der wirklich großartigen und originellen Scheusale Powells:

> Whartons Tüchtigkeit erfreute sich eines derart phantastischen Rufes, daß viele Freunde schworen, der Grund für die häufige spontane Farbveränderung seiner Nase liege in einem komplizierten Rimbaudschen Farbschema, das jenen seine verschiedenen Reaktionen auf die Außenwelt anzeige... Ach, was war es für ein Geniestreich gewesen, daß er Nita gefunden hatte! Wie glücklich war er auf der Hochzeitsreise und in den Jahren danach gewesen, als er sich in der Sicherheit von Nitas kindlicher Unschuld sonnte, bei der seine mangelnde Intelligenz, seine sexuelle Kälte und seine Launenhaftigkeit – kurz, seine grundlegende Dummheit – nicht weiter auffielen... Er war sich durchaus bewußt, daß viele Männer mit so einem weltfremden Gemüt wie dem seinen junge Knaben bevorzugten, aber er hatte Angst davor, seine Unerfahrenheit gegenüber jemandem seines eigenen Geschlechts preiszugeben, und nach einigen vorsichtigen Versuchen begriff er, daß seine lendenlahmen Gelüste der überwältigenden Angst vor dem Gerede der Leute wichen... Vor dem schmeichelhaften Hintergrund von Nitas ergötzlicher Lauterkeit blühte er auf zum Über-Macho, dem allwissenden Ehemann... Schon bald brachte er ihr bei, daß anschmiegsames Verhalten, Händchenhalten und ähnliche Gefühlsäußerungen kindisch und vulgär seien. Er hatte jedoch irgendwo gelesen, daß es eine Frau in ekstatische Höhen der Lust versetze, wenn man ihr ins

Ohr blies oder sie im Nacken kraulte... Innerhalb angemessener Zeit gebar ihm Nita vier Töchter, eine Art Gastgeschenk für die seltenen Male, an denen er ihr seine Aufwartung machte.

Nun wird die Party von Cynthia gegeben, und sie ähnelt Prousts letzter Versammlung: »Viele Leute hier sind bereits seit zwanzig Jahren tot«, bemerkt jemand, einschließlich »dieses personifizierten Langweilers«. Es herrscht eine Art Torschlußpanik, die Leute geben sich mit dem zufrieden, was sie kriegen können. »Wir sind dieser Schmarotzerpflanzen überdrüssig, aber eines Tages werden wir begreifen, daß es gerade diese Pflanzen sind, die die immer morscher werdenden Äste zusammenhalten.«

1962 veröffentlichte Powell ihren letzten und vielleicht ansprechendsten Roman, *The Golden Spur*. Wie bei Powell so oft der Fall, ist der Protagonist ein Mann. In diesem Fall ein junger Mann aus Silver City, Ohio, mit Namen Jonathan Jaimison. Er ist in die Stadt gekommen, um seinen Vater zu suchen. Sechsundzwanzig Jahre zuvor hatte seine Mutter offenbar eine kurze Affäre mit einem berühmten Mann in Greenwich Village; sie kam schwanger nach Hause und heiratete einen Mr. Jaimison. Das Buch beginnt mit einer spannenden Schilderung des Abbruchs des Warenhauses Wanamaker. Powell schwelgt nun geradezu in der äußeren Zerstörung ihrer Stadt (dieses letzte Buch schrieb sie, als sie bereits Mitte Sechzig war und die Zeit auch an ihr Spuren hinterlassen hatte). Aber es gibt immer noch ein paar Wasseradern, die aus den zwanziger Jahren übriggeblieben sind, und eine davon ist das Golden Spur, wo Connie sich unter die Bohemiens begab.

Jonathan steigt im Hotel De Long ab, das wiederum deutlich an das Vanderbilt erinnert, ebenfalls ein Star zahlreicher Erzählungen Powells. Jonathan, bewaffnet mit Connies kryptischem Tagebuch, hat eine ganze Reihe von Namen von Leuten parat, die ihm behilflich sein könnten. Einer ist der Claire van Orphens, jener mäßig erfolgreichen Schriftstellerin, für die Connie ab und zu getippt hatte. Claire gibt Jonathan alle möglichen Hinweise; sein plötzliches Auftauchen ist wie ein Jungbrunnen für sie. Ihre Karriere erhält dank der Hilfe eines ebenfalls beruflich gescheiterten Schriftstellers neue Impulse, der alle Kurzgeschichten, die Claire während der vergangenen Jahre für Frauenzeitschriften geschrieben hat, sorgfältig überarbeitet; dann versieht er Sie mit einem neuen moralischen Standpunkt:

> »Früher war die Karrierefrau, die die Familie unterstützte, die Heldin, und die untätige Ehefrau war die Böse«, sagte Claire heiter. »Und jetzt ist es umgekehrt. In den Seifenopern ist die Karrierefrau die Böse und die Ehefrau die Gute, weil sie besser fürs *Geschäft* ist... Damit hatten Sie recht. CBS hat die zwei Erzählungen gekauft, die Sie überarbeitet haben, und Hollywood ist interessiert.«

Powell selbst schrieb in der Ära Eisenhower Fernsehspiele und hatte diese erstaunliche Erfahrung zweifellos selbst gemacht.

Schließlich erscheint Cassie, wieder Peggy Guggenheim, und die bekannte Dawn-Powell-Party versammelt sich zum letzten Mal. Es wimmelt von köstlichen Anspielungen auf die damalige Zeit. Mädchen vom Bennington College sind allgegenwärtig, und Cassie selbst ist »dreiundvierzig – na schön, achtundvierzig, wenn man unbedingt jedes vergeudete Wochenende mitrechnen wollte«. Sie findet Gefallen an Jonathan und stellt ihn in ihrer Galerie an. Am Ende des Romans hat Jonathan nicht nur herausgefunden, wer sein Vater, sondern auch, wer seine Mutter war, vor allem aber, wer er selbst ist.

Die Suche ist beendet, die Identität steht fest. Nach dem Ende der Party ist Jonathan unterwegs in die Stadt, »vielleicht ins Spur, wo sie ganz von vorne anfangen konnten«. Mit dieser optimistischen Bemerkung endet Powells Lebenswerk und zugleich ihr Leben, und der Zauber dieser Epoche ist vorbei – außer in Dawn Powells Romanen.

[illegible] kann man endlich wieder
ruhige, gerade Geschichten lesen
die sich nicht den
[illegible]
[illegible]

[illegible]